ハヤカワ・ミステリ

RUTH RENDELL

街への鍵

THE KEYS TO THE STREET

ルース・レンデル

山本やよい訳

TOKYO HAYAKAWA BOOKS

A HAYAKAWA POCKET MYSTERY BOOK

THE KEYS TO THE STREET
by
RUTH RENDELL

Translated by
YAYOI YAMAMOTO
First published 2015 in Japan by
HAYAKAWA PUBLISHING, INC.
This book is published in Japan by
arrangement with
UNITED AGENTS LTD
through THE ENGLISH AGENCY (JAPAN) LTD.

装幀／水戸部 功

ドンへ

街への鍵

1

リージェンツ・パークに入るためのゲートは、どこもかならず上に鉄製のスパイクがついている。スパイクの数が二十七本のゲートもあれば、十八本、十一本のゲートもある。公園自体は大部分が棘のある低木の生垣に囲まれているが、スパイクつきの柵の部分もあり、柵の総延長は何百メートルにもなる。グロスター・ゲートの庭園を囲む柵と同じく、スパイクの形は先端が丸みを帯びたもの、装飾的なもの、途中で曲がっているものなどさまざまだ。あるヴィラでは、高い柵の先端にあるスパイクから、猛禽の鉤爪のように鋭く曲がった飾りが六本ずつ突きでている。あるテラスハウスでは、円柱の上にスパイクがついていて、それが広がり、棘だらけの花のように見える。公園とその周辺のスパイクの数をかぞえたら、何百万本にもなるだろう。ジョージ王朝時代の建築物とみごとに調和している。

夜になると、公園は閉鎖される。敷地内に残された生命体は動物園の動物と水鳥だけになる。スパイクつきのゲートは年間を通じて毎朝六時に開き、日暮れどきに閉まる。つまり、冬は午後四時半に閉園だが、五月はもっと遅くて九時半になる。総面積は四百六十四エーカー。公園の周囲の通りが作りだす輪の内側にもうひとつの輪があり、そのなかに、正三角形の敷地を持つロンドン動物園と、三方向へ広がって四つの小島を浮かべた湖と、美しい庭園をとりまく円形の散歩道がある。この散歩道を地図で見ると、スポークが二本突きでた車輪にそっくりだ。

夜のあいだ、公園は無人になる。というか、本来ならそうなるはずだ。公園警察が夜間のパトロールをおこない、ホームレスの寝場所になりそうなレストランエリアと、園内の住宅エリアにはとくに注意を払う。ヴィラ、豪邸、アメリカ大使公邸となっているウィンフィールド・ハウス。浮浪者が休憩所や野外音楽堂の陰で安眠をむさぼることはできないが、いくら警察でも、毎晩公園の隅々まで調べてまわるわけにはいかない。身を潜める場所として、運河の土手が残されている。それから、広大な緑地も。夏には、木々の下に広がる深い草むらも。

公園の北端には動物園とアルバート・ロードがあり、その先がプリムローズ・ヒルとセント・ジョンズ・ウッド。ここにセント・ジョンズ・ウッド教会とローズ・クリケット・グラウンドがある。そこから南東方向に見えるのがロンドン・モスク。パーク・ロードが南のベイカー・ストリートとシャーロック・ホームズ博物館のほうへ延び、その途中に、ロンドン・ビジネス・スクールと聖キプリアヌス教会がある。この教会はアングロカトリック派で、内部は白と金で統一され、香のにおいが立ちこめている。メリルボーン・ロード、プラネタリウム、マダム・タッソー蠟人形館（ロンドンの観光名所で一番の人気。ロンドン塔やバッキンガム宮殿より多くの観光客が訪れる）、ロイヤル・アカデミー音楽院、パーク・クレセントとパーク・スクエア。この二つの公園には一般公開されていない庭園があり、地下トンネルでつながっている。さて、リージェンツ・パークの東側にあるのがアルバニー・ストリート。グレート・ポートランド・ストリート駅から北へ向かって古代ローマの街道のようにまっすぐ延び、アルバート・ロード、グロスター・アヴェニューにぶつかる。プリムローズ・ヒルでは、いくつもの通りがテニスラケットのように交差していて、グロスター・アヴェニューがそのグリップ部分に当たる。至るところに柵があり、そこに並んだスパイクは、尖った先端がまっすぐ伸びたものや、直角にねじまがったもの、丸みを帯びた装飾的なものなどさまざまだ。

アルバニー・ストリートは公園の周辺にあるほかの通りと違って、緑にも静寂にも縁がない。街路樹のない殺風景な広い通りだ。片側には粗末な家が軒を連ねているが、向かい側には、このうえなく豪壮なテラスハウスが並んでいる。ケンブリッジ・テラス、チェスター・テラス、カンバーランド・テラス。柱廊とペディメントと彫像を備えた、裕福な人々が暮らすところ。反対側の粗末な家々のさらに向こうには、うらぶれた地区が広がっている。もっとも、ユーストン駅とセント・パンクラス駅にはさまれたサマーズ・タウンのレベルまで落ちるには、まだまだ時間がかかるだろう。セント・ジェームズ・ガーデンズに近い通りの一つから若い男が現われ、マンスター・スクエアを渡り、アルバニー・ストリートのほうへ歩いていった。

男はみんなからホブと呼ばれている。HOB——ファーストネームとミドルネームと名字のイニシャルを合わせたものだ。名前以外にもきわだった特徴が一つある。それは頭のサイズ。胸板の厚いがっしりした体格だが、それ以上に頭の大きさが目立っている。五十歳になるころには（それまで寿命があればだが）、顎が肩の高さまで垂れ下がることだろう。金色の髪は二センチほどに刈りこまれ、黄色がかった人工の照明のなかできらめいていた。金色の髪に茶色の目、珍しい組みあわせだ。その目はチョコレートムースのような変わった質感を持つ茶色で、瞳孔が猫のように大きくなったり、キーボードのピリオドのマークみたいに小さくなったりする。

ホブにはいまから仕事があり、その代金五十ポンドの半分をさっき受けとったばかりだった。つまり、二十五ポンドもらったわけだ。これに手持ちの金を合わせて、行動に移る前にまず、必要な品を買うつもりだった。それがないと何もできない。自分が女だったらよかったのに、と思うことがよくある。女は手っとり早く金儲けができて、しかも、彼に言わせれば楽なものだ。小さいころに大人から聞いた言葉のなかで記憶に残っているのは、母親の交際相手だった男の言ったことだ――女はみんな、大金の上にすわっている。

ホブは禁断症状を起こしていた。このフレーズは彼が自分の状態を表わすときにいつも使うものだ。以前、義理の姉妹の一人から彼女のパニック発作について聞かされたことがあり、彼自身の禁断症状と共通点があることを知った。ただ、彼のほうが持続時間が長く、症状もひどい。全世界が崩壊する。目にするもの、耳にするものすべてが恐怖となり、さらには、目に見えないものと静寂にも同じように怯えてしまう。禁断症状の高まりとともに、恐怖という巨大なガラス玉のような泡に呑みこまれ、丸みを帯びた泡に殴りかかりたくなる。通りを歩いていてもこぶしをふりあげることがあり、そんなとき、人々は宙に向かって殴りかかるこの異常者を避けようとして通りの反対側へ逃げてしまう。

痛みも吐き気もまだなかった。しかし、延々と続く広い通りを目的地に向かって歩く以外、いまは何もできそうになかった。ホブを避けようとする者も、じろじろ見る者も、いまは一人もいない、仕事を頼まれ、料金の半額をすでに受けとったが、もちろん、その仕事もいまはできそうにない。歩みが機械的になってきた。禁断症状のなかにいても、どこまでも永遠に歩いていけそうな気のすることがあった。暗い芝生、緑の丘、ロンドン北部の丘陵地帯を越えて、はるか彼方の野原と森へ。

しかし、何キロも歩かなくてもすむだろう。カンバーランド・ゲートの内側に中国原産の木立があり、そこへ行けば、グプタかカールかルーがいるはずだ。陥没箇所のある通りや路地を抜け、カンバーランド・テラスの前のゆるやかな坂をのぼった。その姿が黒く重苦しい影絵となって石畳に落ちた。建物の壁で、そして、豊かに茂る木々の葉の向こうで、光が躍っていた。

昼間は人や車で混雑するアウター・サークルも、夜になると人影が消え、ぎらつく路面に止めてある車は一台もない。立派なテラスハウスも、緑に囲まれた豪邸も、葉叢の奥で深い眠りについている。ただ、窓の多くは瞳を閉じているが、オレンジ色の明かりがついた窓もちらほら見受けられる。歩道の街灯は、どちらを向いてもはるか遠くまでともっている。街灯と街灯のあいだは艶やかな闇に満たされている。ホブは通りを渡った。カンバーランド・ゲートは施錠されていた。閉園からすでに三時間近くたっている。

ゲートの柵の上には鉄製のスパイクがついている。左右のゲートに十八本ずつ。気分のいいときなら――禁断症状を起こしていないときの自分をホブはそう表現する――ゲートを乗り越えるぐらい楽なものだ。だが、今夜の彼は、肉を切り裂かれるのではないか、骨折するのではないかと怯えつつ、老人のように用心深くよじのぼった。反対側には薄闇が広がっていた――灰色の芝生、淡い色の小道、黒い木々。ひょろ長く伸びた黒い中国原産の木々を見て、サソリを連想した。

警察は車で、徒歩で、自転車で、ときには犬を連れてパトロールをする。だが、ホブやカールに言わせれば、園内を隈なく調べるなんてできっこない。ホブのいる場所や、カールのいる場所には、警察はあまりやってこない。ホブは木立に入っていった。音を立てないよう気をつけていたが、サソリの子供が親の背中から飛びだし、羽を生やして翼手竜に変身した瞬間――本当は鳩が梢から飛び立っただけだが――恐怖の悲鳴を上げてしまった。

背後から伸びてきた手に口をふさがれた。怖くはなかった。相手が誰だかわかっているから。グプタが言一回めりこませたとたん、報復の連中が飛んでくるだろう。

妙なことだが、ホブは理解しようとするのをすでにやめていた。禁断症状は凄絶だ。だったら、なぜそれを長引かせようとするのだろう。いつもそうだ。母親の交際相手なら――もしくはその一人なら――こう言うだろう。壁に頭を打ちつけるようなもんだ。やめたときの気分が最高だ。しかし、ホブの感覚はこれとは多少ずれていた。終わらせる手段があるとわかっていれば、苦痛と発作が、パニックとあらゆるものへの虚無感が喜びに変わる。禁断症状が快楽に近いものになる。ホブは首を揺らし、微笑に似たものを唇に浮かべて、ガラスの泡に包まれたまま歩きつづけた。

チェスター・ロードとインナー・サークルのほうへ向かえば、警察と鉢合わせする危険があるので、ひきかえすことにした。しかし、カンバーランド・ゲートをふたたび乗り越えるかわりに、生垣の下の暗い草むらに入っていった。

「何やってんだよ」

「気分がよくないんだ」

暗いなかでも、赤く染まったグプタの歯が見えた。生肉でもかじったのかと思いたくなるが、じつを言うと、彼が嚙んでいるのはキンマという植物の葉だった。ホブは所持金をすべて差しだして、グプタから品物を受けとった。ジプロックの袋で、そこに何かのかたまりが入っていた。白い小石に似ているが、波に洗われてなめらかになった小石ではなく、ざらっとした感じで、でこぼこしている。ホブは反射的に、自分の腕力とグプタの軟弱さを、そして、ヨーグルトのパックに入った白い小石のことを考えた。あれだけあれば、長いあいだいい気分でいられる。だが、やるだけ無駄だ。すぐさま報復される。連中に指示されてホブ自身が何回かやってきたことだから、よくわかる。まず脚をへし折られるだろう。グプタの痩せこけた腹にこぶしをらに沿って進んだ。やがて、寒さが身にしみてきた。四月の夜によくあるように、今夜も冷えこみがひどい。顔と胸に噴きでた汗が乾き、冷気と塩気に変わっていた。干からびた上唇をなめると塩の味がした。

禁断症状があまりにも長く続くと、そのうちに震えと吐き気が襲ってきて、全身の力が抜け、何分かのあいだに何歳も年をとってしまったような気分になる。あとはハッピーになれるクスリに頼るしかない。ふたたび、スパイクつきの柵をよじのぼった。今度はグロスター・ゲートのほうだ。さっきよりも苦労した。急に老けこんで、関節炎が悪化し、骨が脆くなったような気がした。

ゲートから外に出て、アルバニー・ストリートの信号のところで待った。何秒かたったころ、いや、一分は優に過ぎていたかもしれないが、信号が赤から青に変わり、ふたたび赤に戻ったことに気づいた。車が一台だけ停止して待っていた。ホブは道路を渡り、次は橋の欄干にすがって、通りがかりの者が見たら酔っぱらいとしか思えないような足どりで歩き、パーク・ヴィレッジ・イーストのほうへのろのろと曲がってから、荒廃した庭に通じるゲートを押しひらいた。

闇のなかから前方にぬっと現われた家は、目下改装中だった。窓がとりはずされ、黒い穴になっていた。建築資材が山と積まれている――材木、レンガ、梯子。コンクリート・ミキサーにぶつかりかけた。どっしりした尻と小さな鈍い頭を持つ、巨大な白い動物のような物体。斜面の下には〈グロット〉があり、暗いけれど、奥のほうに水のきらめきが見える。よろよろと下りていく途中、有刺鉄線のトゲを避けようとして、キイチゴに手をひっかかれてしまった。下まで行ってから、橋の上の街灯が投げかける細い光を受けて池の縁の石に腰を下ろし、しばらく震えたまま背中を丸めていたが、やがて、上着のポケットを探って必要な品々をひっぱりだした。

それらは赤いベルベットの巾着袋に入っていた。宝飾店が指輪やネックレスのケースを入れるのに使うような袋。ホブはこれをヨーク・テラスのゴミ容器から拾ってきた。ああいうところはゴミまで高級だ。袋から最初にとりだしたのは、これもやはり拾ってきたもので、ブリキのじょうろの散水口。それから、缶の蓋。散水口にぴったり合うのを長いあいだ捜していた。つぎにとりだしたのは、ウォッカのボトルのねじ蓋。

〝帝政ロシア宮廷御用達〟という文字と〝一八八七〜一九一七〟という数字が赤で印刷されている。それから、包装されたままのストロー（ブロード・ウォークの近くにあるカフェのカウンターから勝手にとってきた）。そして、最後にライター。

まず、グプタから買った白い結晶を親指と人差し指でつまんだ。手が震えていたが、それはべつにかまわない。指で砕けばいいだけだから。それを散水口の管に投げこんだ。管には一センチ間隔で穴が二つあけてある。ストローの包装をはがして爪切りで半分にカットし、二つの穴にそれぞれ三センチほど差しこんだ。かろうじて手もとが見える程度の明るさだったが、これぐらいのことは真っ暗闇のなかでも楽にできる。

ストローがちょうどいい長さだけ差しこまれていることを――この点がきわめて重要――手の感触で確認してから、ライターをつけ、結晶がのっている散水口の穴の部分に炎を近づけた。火がつくとすぐに散水口の底を蓋で覆って、ストロー二本をくわえ、深々と吸いこんだ。最初に吸いこんだ瞬間、ホブはいつも声を上げる。それは喜びの声、オーガズムの快感を示す声だが、他人が耳にすれば、絶望のうめきだと思うかもしれない。

ホブの声を耳にした者はいなかった。声の届く範囲には誰もいなかった。連中の仕事を手伝いはじめてあれこれ教わっていたころ、ルーから、ジャンボ（コカイン）が脳に届くには十秒しかかからないと言われた。

まったくの別人になってしまうとも言われた。たしかにそうだった。ホブは満足のうめきを洩らした。車が一台、橋を渡り、木々が軽く揺れた。夢のなかで邪悪な何かがドアの外へ追いだされるのにも似て、禁断症状が消えはじめた。その何かは追いだされるさいに抵抗したが、ドアが閉まり、部屋のなかは暖かな雲と甘い歌声と希望に満たされた。ホブは目を閉じた。じょうろの散水口を初めて使ったときは、逆さまにして穴から吸いこんだだけだったが、それだと無駄が多くなることを知った。浪費は犯罪だ。

しばらくしてから、散水口の管にかぶせておいたウォッカのねじ蓋をはずし、散水口と缶の蓋を別々にして巾着袋に戻し、ストローは茂みに投げ捨てた。自分が強くなったのを感じ、楽しくてたまらなくなった。まだ始まったばかりだ。

車はほとんど走っていなかった。大型トラックやトレーラーの姿はどこにもなく、目に入るのは乗用車だけ。乗用車はつねに走っている。どんな時刻だろうと、カムデン・ハイストリートにはつねに人が出ている。午前零時をまわると、ロンドンの街の鼓動はしばらくのあいだ小さくなるが、それでも消えることはない。人工の照明を受けて、闇が緑っぽい白と鈍いオレンジ色に染まり、信号は青から琥珀色へ、赤へ、ふたたび琥珀色へ、青へと無言で変わっていく。それもしばしば、無人の通りに向かって。ホブはそんな場所で、信号が目的もなく変わりつづける場所でアルバート・ロードを渡り、パークウェイへ向かった。気分がよくなればまるで別人のようで、軽やかな足どりで歩きつづけた。

別人の彼、禁断症状から抜けだした彼は、冗談好きで、ひょうきん者で、独特のスラングを使う男になっていた。何を見ても笑いがこみあげてきた。おれは強い。なんだってできる。半額の前金をもらった仕事だって、もちろんできる。何度も売り払いたい誘惑に駆られた腕時計を見ると、時刻は夜中の一時二十分だった。

標的はシュルーズベリーを九時二十五分に出る列車でロンドンに着くことになっている。ユーストン駅到着が午前一時十四分。ユーストンからここまで一キロほど。ロンドンの終着駅のなかでいちばん近い。列車が定刻に到着し、タクシーが待っているなら、ホブのほうも徒歩でほぼ同じころにセント・マークス・クレセントに着ける。時間は充分にある。標的がセント・マークス・クレセントに住んでいるのがなんだか滑稽で、思わずクスッと笑ってしまった。

グロスター・アヴェニューを歩き、脇道を抜けてリージェンツ・パーク・ロードに出てから、右の脇道に入った。公園は見えない。もっとも、鬱蒼たる木々のわずか数メートル向こうはもう公園だ。黒い影とほとんど音を立てない木の葉。空っぽにされるのを待っているゴミ容器。静かな公園に負けないぐらい静かに歩き、聞き耳を立て、凍りつき、匂いか直感で彼の存在を察知し、イタチ顔負けのスピードで塀の向こうへ逃げていく猫。

家々に明かりがついているが、その数は多くない。ホブのめざす建物はどの階も真っ暗だった。みすぼらしい前庭があり、雑草が生い茂っている。そのなかにイバラも交じっていることを知った。茂みの陰に身をかがめたとき、服に棘がひっかかったのだ。手の甲をひっかかれ、点々と血がにじんでファスナーみたいに見えた。

あたりが静まりかえっているため、タクシーがリージェンツ・パーク・ロードを走っているときから、その音が聞こえてきた。いまのホブはとても冷静で幸せ、冗談を言える相手がいればいいのにと思うだけだった。テレビに出てくる俳優をまねて、殺し屋っぽいセリフを言ってみたかった。タクシーが角を曲がり、ホブが隠れている庭の外で止まった。ヘッドライトがホブの顔に当たり、目に突き刺さった。ホブはできるだけ身を低くした。話し声が聞こえてきた。

「三ポンドとっておきたまえ」

「ありがとうございます、お客さん」

ゲートが開いた。タクシーが動きだし、方向転換を始めた。もし玄関ドアが開くまで運転手がじっとしていたなら、ホブはどうしていいかわからなかっただろう。スーツケースが庭の小道に押しこまれ、その背後でカチッと低い音を立ててゲートが閉まった。タクシーのテールライトが小さくなって消えていき、エンジンの響きも聞こえなくなった。

ホブは立ちあがると、素手で襲いかかった。まず両手で、つぎに脚も使って攻撃した。相手の口を背後から片手でふさいで、反対の腕で喉を絞めあげ、相手を地面に倒してから蹴りを入れた。命を奪ったり障害を残したりするほど強烈ではないものの、肋骨を何本か折る程度の威力はあった。たぶん、いずれは腎臓に悪影響が出るだろう。歯医者で治療する必要も出てくるだろう。

ホブは相手を痛めつけるのが楽しくてならなかった。自分のみごとな腕前に、とくに、音も立てずに攻撃をおこなえる才能に自分でも惚れ惚れした。長い鍛練に加えて両手を巧みに駆使するおかげで、相手の口から血が細い筋となって垂れていても悲鳴が洩れることはけっしてない。ホブは膝を突いた。相手の持ち物を奪うことは指示のなかに入っていないが、考えてみれば、あの料金では安すぎる。何かいただいてもいいだろう。上着の内側に手を突っこんでポケットを探ると、財布があった。クレジットカードはなんの役にも立たない。ホブが買いたいものはひとつだけだし、カールもグプタもVISAカードは受けとってくれない。十ポンド、二十ポンド、さらに二十ポンド……歓喜のあまり、彼の体内が温もりに満たされた。全部で八十ポンド。赤いベルベットの巾着袋が入っているポケットに金を押しこんだ。

気分が高揚しているいたずら好きなホブは、つぎにスーツケースを開き、なかをのぞいてみた。予想どおり、衣類が詰まっていた。予想外だったのはそれが女物だったこと。大半が女物のランジェリーだ。そういえば、今夜の標的に関して何か妙な噂を聞いたことがあったのを、いま思いだした。どんな噂だったかよく覚えていないが。

茂みにランジェリーをかけていった。真っ赤なシルクのビキニパンティ、フレンチニッカーズ、黒のブラ、黒レースのナイティー。まるで若い女二人がここで野宿していて、寝る前に洗濯をしたかのようだ。オールインワン・タイプでクロッチの部分に留め具のついた黒い透け透けのものもあり、これがどう呼ばれているのか知らないが、ゲートにかけ、ぐったり倒れた標的の身体にはガーターベルトをのせておいた。

半開きの口からかすかなうめきが洩れたので、これ以上ぐずぐずしていては危険だと判断した。手の甲にできたひっかき傷の血をなめながら庭を離れ、足早に歩いて、今度は反対方向のプリムローズ・ヒルへ向かった。気分が落ちこんできた。ルーは十秒でクスリの効果が出ると教えてくれたが、三十分後に鬱状態に陥ることについてはひとことも言わなかった。もう遅すぎる。中国原産の木々のところに戻っても、グプタはいないだろう。しかし、プリムローズ・ヒルかマクレスフィールド橋へ行けば、カールかルーに会えるかもしれない。そちらへ向かうことにした。ポケットにはさっき奪った金が入っている。

「ジャンボ、ジャンボ」ホブはつぶやき、やがて、元気を出すために歌いはじめた。「ジャンボ、ジャンボ……」

2

　その手紙は彼女が出ていく日に届いた。祖母からの絵葉書、水道代の請求書、そして、〈ハーヴェスト・トラスト〉のロゴがついた茶封筒。ロゴは真っ赤なキノコに似ているが、もちろんそうではなく、まったくべつの意味を持っている。それを開封するのはあとまわしにした。祖母の絵葉書はスウェーデン北部のヨックモックというところで投函されたもので、こんな文面だった。〝可愛いメアリ、来週の木曜日にロンドンに戻る予定です。そのころには、あなたはパーク・ヴィレッジに移っていることでしょう。帰ったら電話するわ。こちらは驚くほど暑くて、真夜中まで太陽が出ているのよ。愛をこめて……〟

「水道代、割り勘にするから、小切手を書いてくれ」アリステアが言った。ひどく不機嫌そうだ。怒りで攻撃的になっている。

　電気代のほうはメアリが全額払ったのだが、文句は言わないことにした。アリステアは茶封筒を手にとり、真っ赤なロゴを見ていた。

「わたしの手紙をこっちにくれない？」

　アリステアはしぶしぶ封筒をよこした。「もっとほしいと言ってきたんだな、たぶん」

「そんなわけないでしょ」メアリは彼との会話を短く、礼儀正しく、冷静に進めようと努めた。喧嘩はもう過去のこと。「ただの最新報告よ。定期的に連絡をくれるの」

「やつの死の通知ならいいのに」アリステアは嫌みを言った。

　そうまで言われて冷静でいるのはむずかしい。「そんな言い方はやめて」

「時間を無駄にし、自分の身体を粗末にしたことをきみにわからせるには、それがいちばんなんだ」

「残りの荷物を詰めてしまうわ」メアリは言った。

アリステアが寝室までついてきた。ベッドの上に、蓋を開いたスーツケースが二個置いてあり、一個のほうにメアリの衣類が半分ほど詰めてあった。封筒と絵葉書をブルーのTシャツの上に置き、薄紙に包んだパンツスーツをその上に置いた。このベッドでアリステアと一緒に眠ったのは一週間も前のことだ。そのあとは、今日まで彼が一人でベッドを使い、メアリはリビングのソファベッドで寝た。出ていくまでのあいだ平穏無事に過ごしたいなら、そのほうが簡単だった。小切手帳が引出しに入っていたので、水道代を二で割った金額を小切手に書きこんだ。

うなずきも、微笑も、感謝の言葉もなしに、アリステアがそれをポケットに突っこんだ。「あの豪邸がなければ、きみは出ていくのを思いとどまったはずだ。そうだろ？　たとえば、家具付きの貸し部屋だったら？　あるいは、お祖母さんのところへ戻るとしたら？」

「その話はもうすんだでしょ、アリステア」

「で、そいつらが長い休暇から戻ってきたら――そのあとどうするんだ？　豪邸から追いだされたら？　ここに戻ってきて、自分が間違ってた、前のようにここで暮らしてもいいかと頼むことになるのかい？」

「いいえ、それはないと思う。こうして別居するんですもの」

「試験的な別居だ」

「そういう言い方もあるけど……」どうしてわたしはいつも弱気になって妥協してしまうの？「四カ月たてば、おたがいの気持ちも変わるかもしれない」

「それを当てにしてるんだな？　おれの気持ちが変わることを。おれが結婚する気をなくすことを。だったら、すでにそうなってるさ。〈ハーヴェスト〉の件できみにだまされて以来、気持ちが冷めてしまった。きみときたら、理由もなしに自分の健康を損ねたわけだからな。殉教者になって、自分に酔いしれて、〝善行を積みました〟と言えれば、それでよかったんだろ？」

「そんなこと言ってないわ」メアリは怒りが薄れ、遠ざかっていくのを感じた。坂道をころがり落ちていくボール。それを必死につかんだ。「ひとことも言ってないわ」あなたと結婚しなかったことに感謝しなきゃ。結婚していれば、もっと悲惨だっただろう。

片方のスーツケースの蓋を閉め、もう一つのほうに荷物を詰めはじめた。アリステアが上唇をかすかにゆがめてこちらを見ている。けだもののようなその表情は、知りあったころは一度も見た覚えのないものだった。「祖母から電話があったら、この番号を伝えてくれる？　祖母もたぶん知ってると思うけど、念のために」

電話番号をメモして、住所も書いておいた。ロンドンNW1、リージェンツ・パーク、パーク・ヴィレッジ・ウェスト、シャーロット・コテージ。

「コテージだと！」

「建てられた時代の基準からすると、小さな家だったんでしょうね」

「わざとらしい。プチ・トリアノンみたいなものだな」

「わたしの仕事場に近いから、歩いて出勤できるわ」

まるで、そのために出ていくかのようだ。博物館に近いから出ていく気になったかのようだ。

アリステアには、相手の気持ちを直感的に見抜き、相手の決心が鈍ったところにつけこむという、薄気味悪い才能がある。彼の表情が変わり、媚びるような口調になった。つきあいはじめたころは、けっしてこんな言い方をする男ではなかった。「そのうち招待してくれるだろ？　考えてみれば、おれが一緒にそっちへ越していけない理由はないよな」

「あるわ」メアリは静かに言った。怒りがよみがえった。本気で腹を立てたことはこれまで一度もなかった。怒りに我を忘れるなど、ありえないことだった。臆病な人間で、自分を主張するのが苦手だった。二つ目のスーツケースの蓋を閉めると、バッグを手にとったが、ジャケットを着るためにふたたびバッグを下ろした。

「理由はたくさんあるわ、アリステア。でも、いまさら言ったところでなんにもならないし」

「まさか、このおれが――」アリステアは口ごもり、言葉を探した。たぶん、ふざけた言葉、子供っぽい言葉、暴力を遊びのイメージに変えてくれる言葉がほしいのだろう。「ピシャッとやるなんて」と言った。「もう一度きみをピシャッとやるなんて、まさか思ってやしないだろう?」

　あら、思ってるわ。暴力が日常茶飯事だったわけではないが、殴られたことはけっこうある。そのため、かつては「彼が今度またわたしを殴ったらもう許さない」と言い、虐待された女を見れば「なんであんな男にくっついてるの?」と言える、まともな神経の持ち主だったのに、半分あきらめてしまい、「一度かぎりのことだから」と自分を納得させ、さらには「わたしが怒らせたから、向こうもついカッとなっただけ」と言うような女になってしまった。しかし、ついに、アリステアと暮らすのも、あきらめるのも、我慢するのもやめて、出ていくことにした。

　アリステアがドアのところに立っていたため、メアリが廊下に出るには横をすり抜けなくてはならなかった。わたしったら何を考えてたの? その場で自分に問いかけた。わたしを怯えさせる男と一緒にいるなんて、たとえ五分でもいやなのに、何を考えてたのかしら。わたしの身も心も支配しているつもりの理不尽な男なのに。

　両手にスーツケースを一個ずつ持つと、全身の筋肉を緊張させ、息を止めて、アリステアの横を通り抜けた。アリステアがどいてくれず、その場に頑固に立っているため、押しのけるようにして通るしかなかった。妨害はされずにすんだ。そこで思いだしたが、一度、片足を突きだされ、つまずいてころんだことがあった。〈ハーヴェスト〉のことを彼に知られ、ごたごたしていたころだ。アリステアが片足を突きだしたために、メアリはばったり倒れてしまい、起きあがったときに言われた。「おれのせいじゃないぞ。きみの骨のせいだ。勝手なことをするから骨が脆くなって、いっきに老化したんだ」

しかし、今日の彼はメアリに触れようともしなかった。「アリステア、さよなら」彼から充分に離れたところで、メアリは言った。

アリステアは片手を伸ばし、つぎに両手を差しだして、軽く首をかしげた。「キスは？」

彼に身体をつかまれて、往復ビンタを食らい、揺すぶられ、床に突き倒されて、こぶしで殴りかかられたら……？　そこまでひどいことをされた経験はないが、メアリは思わず首を横にふった。玄関ドアをあけた。

外廊下に出ると、誰かがエレベーターを待っていた。よかった……アリステアが以前のような温かい声で「気をつけて、ダーリン。また連絡する」と言ったが、メアリのために言ったのか、それとも、エレベーターを待つ人物を意識してのことなのかはわからなかった。

地下鉄の駅まで行くのにタクシーを呼ぶつもりだったが、すっかり忘れていた。スーツケースをころがして通りの角まで行き、フラットのどの窓からも見えない場所で管理事務所の前の低い塀に腰を下ろして、タクシーが通りかかるのを待った。

ビーンが散歩させている犬の住まいのなかで、いちばん南はデヴォンシャー・ストリートだった。ここはビーグルのルビーの家。つぎはパーク・クレセントに住むボルゾイのボリス。どちらも裕福な家の犬で、上等な餌をもらい、一流の獣医にかかり、毛艶がよく、気位が高くて、甘やかされている。しかし、ビーンが預かっている犬はすべてそうだ。でなければ預かったりしないだろう。雑種犬の散歩など、ビーンには考えられないことだ。

ボリスとルビーを二本のリードにつないで、ナースメイド・トンネルへの坂を下りていった。このトンネルは南のパーク・クレセント・ガーデンズと北のパークク・スクエアを結ぶ通路で、トンネルの下には地下鉄のジュビリー線、上にはメリルボーン・ロードが通っている。メリルボーン・ロードは昼夜を問わず交通量の多い通りで、車が轟音を上げて西のウェストウェイ高速道路のほうへ、そして、東のユーストン駅とキングス・クロス駅のほうへ向かう。午前三時か四時でも車の流れがとぎれることはないが、ビーンが犬を散歩させる早朝と夕方は交通量がピークに達する。トンネルの屋根の上でズンズンズンと大きな音が響いてこの地下通路を揺るがす。トンネルの茶色っぽい壁とじっとりした石の床を照らしているのは、両端の開口部から射しこむ自然光だ。

トンネルを使わずに道路を渡るのは、一日のどの時刻でも大変なことだ。青信号の時間が短すぎるため、急に立ち止まって匂いを嗅ぎまわろうとする犬を二匹連れていたら、道路の安全地帯にたどり着いてさらに向こうまで渡りきるのは、まず不可能と言っていいだろう。ビーンはクラウン・エステーツの住人なので、庭園とトンネルの鍵を持っている。このトンネルはかつて、乳母が雇い主の子供たちを連れて通り、恋人が逢引きの場所として使っていたものだ。ビーンの見たところ、いまもここを利用しているのは彼以外にほとんどいないようだ。

ビーンの散歩コースは、もっとも活発な犬が最長距離を歩き、脚の短い小型犬が最短距離ですむように、念入りに組み立ててある。まず三時四十五分にビーグルを迎えにいき、その五分後にボルゾイ、さらに先へ進んで、セント・アンドリューズ・プレースでゴールデン・レトリヴァーのチャーリーを、カンバーランド・テラスで焦げ茶のプードルのマリエッタを預かってから、四匹を連れてテラスハウスの通路を抜け、アルバニー・ストリートに出る。

四月下旬の晴れた午後だったが、まだ肌寒く、冷たい風の吹くなかで青空に雲が流れていた。木々は春の若葉をつけ、窓辺のプランターでは花が咲きはじめていた。ビーンは七十歳、小柄だが屈強だし、動作が機敏なので、少し離れたところからだと五十五歳ぐらいにしか見えない。一九八六年に仕事に応募して(そこが最後の職場になった)四十九歳とサバを読んだときも、そのまま信じてもらえた。意識して若作りにしているが、やりすぎないよう気をつけている。亡くなったモーリス・クリゼローのスーツを何着かもらい、すべて自分のサイズに合わせて直したが、ぴしっとプレスしたブルージーンズ、ロールネックのセーター、ブルーの中綿ジャケットが彼の冬の定番スタイルになっている。〝五月が終わるまではボロでも脱ぐな〟という諺があるが、まだ四月も終わっていない。髪は昔から軍隊並みに短く刈りこんでいたが、最近は、剃りあげて白髪交じりの坊主頭になっている。

ビーンは老犬、肥満犬、健康に問題のある犬は預からないという方針を貫いていた。預かるのは最大六匹まで。口輪の必要な犬はお断わり。この仕事はいい稼ぎになり、老齢年金の不足分を埋めてもお釣りがくるほどだが、仕事をするうえでいくつもルールを定めている。そして、それを厳格に守っていることを、アルバニー・ストリートに住むミセス・ゴールズワージーという女性に説明した。今日初めて、そこのスコティッシュ・テリアを預かることになっている。

「休暇で犬を連れて出かけるときは、一週間前までに連絡をお願いします、マダム」ビーンはミセス・ゴールズワージーに言った。「それから、解約をご希望のときは、一カ月前までに。もちろん、病気の場合はべつですが。また、ほかの誰かが、もしくはあなたご自身が犬を散歩に連れて出られた場合も、いつもどおりの料金を頂戴します。よろしいでしょうか」

「え、ええ。わかりました」

「さて、この子がマクブライドですな。スコティッシュ・テリアは元気あふれる小型犬だが、脚が少々短いから、散歩のほうは中距離コースにしましょう。レディ・ブラックバーン＝ノリスが飼っておられるシーズーと一緒に」ビーンは図々しくも、その名前をさりげなく口にした。仕事にプラスになるからだ。「では、四十五分後に伺います」

犬の散歩のおかげで健康そのもの、年老いた心臓も三十年前に劣らず元気に動いているので、まっすぐ延びる長い通りをビーンは時速六キロで歩きつづけた。

ベジタリアンで、コークより強い飲みものを少し口にするのは金曜の夜だけ。健康にこだわり、散歩コースにしている通りのことは彼と〝彼の〟犬のためのエクササイズ手段としか思っていないため、この一帯や建築物の歴史にも、リージェンツ・パークそのものの歴史にも無頓着だった。六〇年代のみごとな建築と言われるラズドゥン設計の王立医科大学には目もくれないし、通りを渡るときには、すぐそばに聖カタリナ・デンマーク教会があることにまったく気づいていない。この教会はケンブリッジ大学にあるキングズ・カレッジ・チャペルを模したものだが、そこまで立派ではない。

パーク・ヴィレッジ・ウェストと呼ばれる半円形の通りは、そこに住む人々から〝ロンドンでもっとも美しい通り〟と呼ばれていて、アルバニー・ストリートから枝分かれしている。アルバニー・ストリートはにぎやかな大通りで、車が少なくなるのは夜間と日曜の午前中だけだが、パーク・ヴィレッジ・ウェストのほうは静けさと田園ふうの魅力に満ちた小さな聖域だ。田舎の小道と大聖堂の中庭を足して二で割ったような感じで、春になると、花をつけた木々や、水仙や、ニオイアラセイトウの香りに包まれる。

ビーンと犬の群れは垂れ下がった枝の下を通ってパーク・ヴィレッジ・ウェストに入っていった。〝安らぎのヴィラ〟、〝建築家ジョン・ナッシュの傑作〟――一八四〇年代の面影を漂わせる家々はそう呼ばれてきた。どの家も緑豊かな庭園に囲まれ、一軒一軒が異なる雰囲気を持っている。独自の古典的な装飾、暗い窓、由緒ある壺、ローマ皇帝の胸像、フィレンツェの彫刻家デッラ・ロッビアの円形浮彫り装飾、東屋、風見鶏、オリンポスの神々を祀った神殿のような外観の車庫。

ビーンがつぎに立ち寄る予定の家は、広々とした前庭と低い塀の奥にあり、塀は塗装を新しくしたばかりで、漆喰塗りのその塀に〝シャーロット・コテージ〟という名が刻まれていた。ビーンはリードの持ち手部分を門柱にかけると、犬たちにおすわりと命じてから庭に入り、小道を進んだ。赤いチューリップの最後の花弁が落ちて、すすけた萼《がく》がむきだしになっている。パンジーとプリムラはすでに枯れている。キングサリももうじき枯れるだろう。くすんだブルーのサテンみたいな花弁を広げたクレマチスが、かすかな光沢を放つクリーム色の壁に蔓をからみつかせていた。ブルーの玄関ドアの左右に縦溝を刻んだ柱が立ち、ブルーの地にクリーム色で浮彫りにされたジョン・ナッシュの神々と女神たちがドアの上のペディメントを支えている。一階の窓があいて、ビーンと同年代かもう少し年上の女性が顔をのぞかせた。

「もうそんな時間？」女性は言った。「まだ三時ごろだと思っていたわ」

「四時十六分です、レディ・ブラックバーン＝ノリス」つねに変わらぬ丁寧な口調で、ビーンは言った。礼儀正しくしておいて損はない。

レディ・ブラックバーン＝ノリスは顔をひっこめると、数秒後に、菊の花みたいな毛並のシーズーを抱いて玄関ドアをあけた。グーシーの被毛は金色で、花びらのように目まで垂れ下がったところが、飼い主のストロベリー・ブロンドの髪に似ている。もっとも、飼い主の前髪はフレームがブルーのミラーサングラスのおかげで、垂れ下がってはいないけれど。「あのビーグル犬、ボルゾイに何をしてるの？」

「気になさるには及びません、マダム」ビーンは言った。この年になるまで知らずにいたのなら、いまさらこちらから教える必要はない。ビーンがシーズーを受けとり、じゃれかかるルビーを撃退しながらリードの金具を首輪にはめていたとき、タクシーが角を曲がって現われ、シャーロット・コテージの外で止まった。

タクシーを降りて助手席からスーツケース二個をひきずりだした若い女性は、ブラックバーン＝ノリス邸の留守番役としてやってきたに違いない。見たところ、かなり若い。もっとも、最近のビーンにはほとんどの人間が自分より若く見えるため、十八歳なのか、はたまた三十歳なのか、見当がつかないのだが。この女性は——ビーンから見れば少女みたいなものだが——華奢な感じで、風が吹けば倒れてしまいそうだった。ほっそりしていて、長い首と白く美しい肌から、なぜか百合の花が連想された。グーシーを長い散歩に連れて出るようなタイプではなさそうだ。そのほうがありがたい。

ビーンは女に会釈をして、こんにちはと言った。多くの者から魅力的だと思われ、美人と言われることもありそうな女だが、ビーンはまったく惹かれなかった。彼にとってのセックスは、人生後半に入ってからがとくにそうだが、よく言ってグロテスク、悪く言えば恐怖だった。モーリス・クリゼローが亡くなったとき、ビーンは単なる安堵を超えるため息をつき、セックスというものを永遠に頭から追い払った。スーツケースをころがして小道をやってくる若いレディに手を貸そうかと、ちらっと考えたが、その思いはすぐに消えた。彼のほうも犬で手一杯だ。それに、自力では運べないほど重いスーツケースを持ってくるのがそもそも間違っているし、チップをくれたとしても、女というのはけちだから、しみったれた額しかよこさないだろう。二十ペンスか、せいぜい奮発して五十ペンス。

犬の群れがすでにリードをひっぱり、早く本格的な散歩を始めたがってうずうずしていた。ビーンはアルバニー・ストリートとアウター・サークルを渡って、犬と一緒にグロスター・ゲートから公園に入り、動物園の南に広がる緑地でリードをはずして、犬を自由に走らせてやった。

遠くのほうに一ダースの犬を散歩させている女がいた。散歩係というより、まるで子守をする乳母のようだ。ラブラドール三匹とボクサー一匹をボールで遊ばせていた。ビーンは得意の怖い顔で女をにらみつけてやったが、遠すぎて向こうは気づかなかった。

「旅行はまずブラジルからなの」レディ・ブラックバーン＝ノリスが言った。「つぎにメキシコとコスタリカ。そのあとカリフォルニア。ユタで雄大な国立公園を訪れて、ニューイングランドで秋の紅葉を楽しむ。帰国は九月上旬の予定。そうよね、あなた」彼女の夫は顔も身体つきも、メアリが門のところで見かけたボルゾイによく似ていた。ひょろ長い脚と、丸まった肩と、アリクイみたいに長い鼻までそっくりだ。

「たとえ無事に戻ってこられるとしても、ミス・ジェイゴ、われわれのような年寄りがこんな長い旅行に出るのは無謀だと思っておいでだろうな。たしかにそのとおり。わたしは八十二歳、この奥さんは七十九歳だ」

「うちの祖母はさらに年上ですけど、いまでもほうぼう旅行に出かけております」メアリは言った。

「ああ、大好きなフレデリカ！　今度の旅行につきあってもらえたらどんなに楽しかったかしら。でも、まだスウェーデンのほうだし、来月はトラットンご夫妻との前々からの約束でクレタ島へいらっしゃるそうだし。あなたをここによこしてくださったフレデリカには、どんなに感謝してもしきれないわ、ミス・ジェイゴ。信頼できる人にお留守番を頼めなかったら、旅行に出ることなどできませんもの。そうでしょ、あなた」

サー・ステュアート・ブラックバーン＝ノリスは抑制された無表情な声で、そのとおりだと答えた。だが、この長たらしい旅行を実現可能にした妻の親友フレデリカ・ジェイゴを殺してやりたいと思ったことが、この数週間に何度もあった。長期間留守にすることを警察に連絡しておけば安心だし、犬もいる――グーシーを犬と呼べるなら――しかし、誰かに留守番を頼むのに勝るものはない。留守番役が見つからなければ、さすがの妻も出かけるのを考えなおしたことだろう。もちろん、サー・ステュアートのほうは旅行などまっぴらだった。親しい友人たちには正直にそう打ち明けていた。彼の望みは、自宅にいて、毎朝、散歩がてらブルック・ストリートのクラブまで出かけ、そこでランチをとること。午後はタクシーでパーク・スクエアへ行って、ナースメイド・トンネルのそばにある神殿のような建物に入り、〈クラウン・エステート〉の理事を務める友人に会い、彼の聖域ともいうべき部屋で雑談すること。週に三回〈オデット〉で、あとの三回は〈オーディン〉で、そして、日曜は〈ムムターズ〉で夕食をとること。

「それもできなくなる」サー・ステュアートはつぶやいたが、フレデリカの孫娘に問いかけるような視線を向けられても、何も説明しなかった。

暖房装置の使用法はサー・ステュアートが、ビデオ機器の使用法は彼の妻がメアリに説明してくれた。よく使う電話番号のリストと、欠くことのできないサービス業者のリストを渡された。朝の八時から九時までと、午後の四時十五分から五時十五分までは、何があってもグーシーを外に出さないようにと指示された。ビーンに散歩を頼んでいるからだが、それ以外の時間なら散歩に連れていってもかまわないとのこと。メアリに——そして犬に——意欲と体力があれば。

「そこまではしないと思います」メアリは言った。

「わたし、日中は仕事ですから」

「ああ、そうそう、働いてるんだったね」サー・ステュアートの口調からすると、働くなどという酔狂な生き方をする女性に出会ったのは初めてだ、千人に一人ぐらいは、やむをえぬ事情か特殊な状況のせいで働かざるをえないのかもしれない、と思っているのだろう。

「ベイカー・ストリートにあるあのシャーロック・ホームズの博物館。たしかそうだったね?」

メアリは笑った。「いえ、いえ。シャーロック・ホームズじゃありません。アイリーン・アドラーです。わたし、チャールズ・レーンのアイリーン・アドラー博物館で仕事をしています」この名前を出せば夫妻から何か反応があるかと思ったが、どうやらなんの興味もないらしい。「セント・ジョンズ・ウッドにあるので、ここなら歩いて通えます」

サー・ステュアートはロンドンの地図で調べてみると言いだした。距離を計算していた。たぶん、メアリが歩ける距離かどうか、ふつうの人間だったら歩けるのか、メアリのように華奢な人間の場合はどうなのかを判断しようというのだろう。ちょうどそのとき、ビーンが犬を返しにやってきた。メアリに紹介されて、ビーンは言った。

「では、明日の朝八時十五分に伺います、お嬢さま」

〝お嬢さま〟と呼ばれたのは初めてだった。ヴィクトリア時代の小説に出てくる令嬢になったような気がした。メアリがグーシーの頭をなでてやさしく声をかけると、犬は身をすり寄せてメアリの手をなめ、甘え、菊の花束みたいに彼女の腕に抱かれた。

「下りろ、バカ犬」サー・ステュアートが言った。

メアリは訊いた。「どうしてグーシーなの？　名前の由来はなんですか」

「十七世紀にグーシー・ハーンという人がチベットを治めていたの。そうだったわね、あなた」

「さあね」サー・ステュアートは言った。「最初の飼い主がつけた名前なんだ。わたしならサムにしただろう」

ブラックバーン＝ノリス夫妻が旅支度の仕上げをするあいだに、メアリは邸内の部屋を見てまわった。瀟洒な家で、居心地がよくてエレガント、趣味のいい家具が置かれているが、リージェンツ・パークをとりまく多数の家々やフラットはどこもこんな感じなのだろう。更紗、ベルベット、ウィルトンカーペット、中国の磁器、ジョージ王朝時代の銀器、ケシの花やクジャクの羽をかたどった飾り、古典的なデザインの椅子、寝椅子、十八世紀の円卓、トマス・ホープがデザインした椅子、有名な家具製作者ダンカン・ファイフの作品ではないかと思われる椅子。メアリが慣れ親しんだものばかりで、ときには、もっと違うものを見たい、驚きや喜びをもたらすインテリアにめぐりあいたいとひそかに願うこともある。いつか自分の家を持ったら、きっと、好みのインテリアにするだろう。

窓には鎧戸がついているから、泥棒よけになりそうだ。レースのカーテンがないので、庭の格子細工と外の景色がはっきり見える。メアリは窓辺に立ち、東屋や池のある庭をながめた。その向こうには、パーク・ヴィレッジ・イーストとウェストを隔てる緑地が広がっている。

この季節には、樹木も灌木も豊かに茂り、壁面や高い場所は花をつけた蔓植物に覆われ、レンガ細工は植物の葉が織りなす複雑な模様のタペストリーに隠れてしまう。だから何を見ても、のどかな田園地帯にいるような気分になれる。遠くに高層ビルがそびえていても、薄緑や翡翠色や金緑色の葉を茂らせた木々が隠してくれる。青空に描きだされる白い飛行機雲は植物の蔓だと思えばいい。

庭では、遅咲きのレンギョウや雪のようなコデマリのあいだから、白いライラックの花房がのぞいていた。美しい花々をながめているうちに、どういうわけか、予想もしなかった孤独に襲われた。一人暮らしをしたのは遠い昔のことだが、三十分後には完全に一人になってしまう。もちろん、グーシーがいるが、ペットがいれば一人でも寂しくないなどとは思えない。そんなことを考えたのが裏切り行為のような気がして、メアリは犬の頭をなでてやった。

タクシーが早めにやってきた。メアリは運転手のために玄関ドアをあけた。ブラックバーン＝ノリス夫妻はまだ二階から下りてこない。玄関先の話し声を耳にしたサー・ステュアートが、二階にきてスーツケースを運ぶのを手伝うよう、運転手に向かってどなった。そのあとの五分間は大混乱で、運転手が口答えをして背中が痛いとぼやき、レディ・ブラックバーン＝ノリスがおろおろと歩きまわり、意外なことに、メアリにいきなり別れのキスをし、サー・ステュアートは不可解にも、最後のこの瞬間になって窓の施錠方法の説明を始めた。

夫妻は出ていった。犬は眠りこんだ。メアリはタクシーの姿が消えてからも長いあいだ、窓辺に立って景色をながめていた。あたりは静かで、まるで田舎にいるようにひっそりしていて、いくら耳をすましてもロンドンの鼓動と騒音は聞こえてこない。アリステアのことが心に浮かび、一度は愛し尊敬していた相手に恐怖を抱くようになったのはどういう心理なのかと考えこんだ。今夜さっそく電話があるかもしれない。電話に出るのがいやで、放っておいて、かけてきたのがブラックバーン＝ノリス夫妻の友達だったりしたら、どうしよう？

アリステアと話をすることに、不意に大きな恐怖を感じた。散歩に出ようか。それとも映画でも見に行こうか。映画館ならベイカー・ストリート駅の近くに一つ、カムデン・タウンに二つある。でも、ここにきたばかりなのに、家と犬をほったらかしにするなんて無責任じゃない？　二階へ行って荷物の整理を始めた。

メアリの寝室からは、この家の庭と、パーク・ヴィレッジ・イーストの庭園の数々と、線路の向こうのモーニングトン・クレセントを見渡すことができた。ユーストン駅の上空に、赤と黄色に色分けされた気球が浮かんでいた。一個目のスーツケースを開いて、マホガニー製の猫脚の衣装だんすに服をかけていった。二個目のスーツケースのいちばん上に詰めておいた衣類は引出しにしまった。パンツスーツをとりだした。その下に、スウェーデンのヨックモックから届いた祖母の絵葉書と、〈ハーヴェスト・トラスト〉からの手紙があった。

ベッドに腰を下ろし、封を切る前に手のなかの封筒をしばらくながめた。〈トラスト〉から手紙が届くと、いつもこうだ。内容を知りたいのに知るのが怖いため、こうしてためらい、気をひきしめ、心の準備をする。覚悟はできた？　でも、いくら覚悟しても、恐れているような最悪の事態が起きていたらショックじゃない？

メアリが〝オリヴァー〟という名前でしか知らない男性のことを、アリステアは死んでくれればいいのにと言った。まさか本気ではないだろうが――とにかく骨髄移植のこととなると、アリステアはすべて目の仇にし、無茶ばかり言っていた――でも、〝オリヴァー〟が亡くなった可能性もある。それを知らせる手紙かもしれない。

最後に連絡をもらったのはいつだっただろう？　思いかえしてみた。クリスマスより前だ。十月か十一月、半年以上たっている。しかし、それはもちろん通常のこと。〈トラスト〉のほうへは、三ヵ月後、六ヵ月後、九ヵ月後、一年後、一年半後に情報を送ってほしいと頼んである。移植からすでに一年半以上たったはずだ。もうじき一年と八ヵ月になる。

亡くなったのかもしれない。手術の成功率はわずか二割から五割。亡くなった可能性のほうが高い。覚悟を決め、いや、精一杯の覚悟をして、親指で封をはがし、手早くあけた。

手紙は〈ハーヴェスト・トラスト〉のドナー支援担当者からだった。メアリは〝すべてが順調に運んで一年半が経過したら、匿名という規定をゆるめてほしい〟と頼んでいたことを思いだした。つぎのように書かれていた。


貴女の同意を得たうえで、ご本名とご住所を〝オリヴァー〟に伝え、あちらの同意を得たうえで彼の本名と住所をお伝えしようと思います。もしくは、〝オリヴァー〟の住所を貴女にお伝えしますので、直接コンタクトをとっていただいてもけっこうです。お会いになる場合は、事前に手紙のやりとりをなさることが望ましいと思います。わたしどももできるかぎり支援させていただきます。問題が生じた場合は、遠慮なくご相談ください。


そして、デボラ・コックスと署名されていた。

メアリは手紙を読みかえした。最初の夜を埋めてくれる用事ができた。

3

アイリーン・アドラーはかつてボヘミア王の愛人だった美しきオペラ歌手で、コナン・ドイルによれば、セント・ジョンズ・ウッドのサーペンタイン・アヴェニューにあるブライオニー荘に住んでいたという。しかし、これは小説の世界のこと。サーペンタインという名のつく通りはロンドンに一つしかなく、郵便番号で言うと、NW8ではなくW2なので、アイリーン・アドラーの名前がついた博物館を作った人々は、セント・ジョンズ・ウッド・ハイストリートとチャールズ・レーンの角にある家で我慢するしかなかった。

博物館にはアイリーン・アドラーにゆかりの品などひとつもない。なくて当然。シャーロック・ホームズが愛した――もしくは賞賛した――唯一の女性は、短篇一篇に登場するだけだ。ホームズがアイリーンに出会うのとほぼ同時に、彼女はミスター・ノートンと結婚し、あとには彼女の写真が一枚だけ残されて、それがホームズの宝物となる。だが、博物館には、いかにもアイリーンが好んで持ちそうな品々が展示されている。十九世紀後半から二十世紀初頭にかけて作られたドレスの数々、ラファエル前派の絵画、アール・ヌーヴォーのさまざまな品、ブラックバーン＝ノリス家に置いてあるような家具、銀と黒玉や、金色銅や、煙水晶と月長石などを使ったジュエリー、スウィンバーンやワッツ＝ダントンの作品が出ている保存状態のいい文芸誌『イエロー・ブック』が何冊か、膨大な数のビアズリーの挿絵、『ズーレイカ・ドブスン』の初版本。

メアリ・ジェイゴがこの博物館にくるようになったのは、美術学校を出てほどなく、昔の衣装を復元する仕事を一人で始めたころだった。儲かる仕事ではなかったが、これをきっかけに、アイリーン・アドラー博物館を経営するドロシーア・ボリックと知りあうことができ、のちに、彼女の誘いで共同経営者になった。ロンドンっ子にはほとんど無視されている博物館だが、観光客には人気のスポットで、とくにアメリカ人が多い。場合によっては入場規制をおこない、入口に三十分ほどロープを張ることもある。そんなとき、角を曲がってセント・ジョンズ・ウッド・テラスまで延びる列を見て、ドロシーアとメアリは胸を躍らせるのだった。

ドロシーアは月曜に休みをとり、メアリは土曜にとることにしている。この日、メアリが博物館に着いたときは九時二十分になったばかりで、チケット売場とミュージアムショップを担当するステイシーはまだきていなかった。けさは犬の散歩係がグーシーを返しにきたあとすぐにシャーロット・コテージを出た。〈ハーヴェスト・トラスト〉宛ての手紙を投函しようと思っていて、どこにポストがあるのかわからなかったが、パーク・ヴィレッジ・ウェストからアルバニー・ストリートへ出たところに一つあった。

その手紙を書く前にさんざん考え、慎重に検討した。夕方の時間をほとんどそれにとられたため、映画に行くのはあきらめた。〈ハーヴェスト・トラスト〉に新しい住所を教えてもいいだろうか。一時的な仮住まいだから、教えても意味がないのでは？　ブラックバーン＝ノリス夫妻は九月上旬に戻ってくる。そのときがきたら、こちらの心境に変化がないかぎり、アリステアのもとに戻る決心をしないかぎり、自分の住まいを探さなくてはならない。

しかし、この手紙にくる返事はとても重要だ。〝オリヴァー〟の本名がついにわかるのだから。じつは、〈トラスト〉へ手紙を出すかわりに電話することも考えたが、電話で情報がもらえるかどうか心配になった。無理に決まっている。事件を追うジャーナリストかスパイだと思われかねない。こちらの声を知っている人は〈トラスト〉には誰もいない。そこで、やはり手紙を書くことにした。まだ住所も書いていない真っ白な紙。〝ウィルズデン、チャッワース・ロード〟と書いたら、アリステアが〈トラスト〉からの返事を転送してくれるだろうか。それとも、意地悪く捨ててしまうだろうか。

いちばん簡単なのは祖母の住所を書くことだ。あそこの鍵を預かっているし、あと一日か二日すれば祖母も帰国する。今回の手紙を最後に、今後〈トラスト〉から手紙がくることはたぶんないだろう。病状に関する報告は〝オリヴァー〟からじかに届くことになるはずだ。便箋の右上に、〝ミセス・F・M・ジェイゴ方〟と書いた。住所は、ロンドンNW3、ベルサイズ・パーク・ガーデンズ、ランバル邸。〝オリヴァー〟の本名と自宅住所を尋ねる文章をしたためた。

こうしておけば、手紙がアリステアの手に渡る心配はない。この一年半のあいだ、メアリのやったことに対するアリステアの怒りは大きくなるばかりだった。奇妙なことだが、彼自身会ったことがなく、メアリも会ったことのない男に復讐したがっているように見えた。骨髄性白血病にかかっているだけで、責められるべき点はどこにもない男なのに。メアリは公園に入ってブロード・ウォークを渡り、動物園の南側にある小道を歩きながら、アリステアの不可解な態度についてあらためて考えてみた。彼女の行動がアリステアを変え、わからず屋で、ときには残虐とも言える男にしてしまった。

〈ハーヴェスト・トラスト〉からは、ドナーになる最終決断を下す前に家族とよく話しあうようにと言われていた。メアリの家族はアリステアと祖母だけ、あとは誰もいない。ところが、祖母が最初の不安を乗り越えて賛成してくれたのに対して、アリステアからは、怒りと不信と拒絶が返ってきただけだった。

〈トラスト〉の名前そのものが拒絶反応を招いていた。アリステアにはどうやら、ただの単語から不吉なものをあれこれひきだす才能があるらしい。

「ハーヴェストだぞ。トラストの連中は自分たちのやってることを〝収穫《ハーヴェスト》〟と呼んでいる。意味深だと思わないか。きみの骨髄を収穫しようってわけだ」

そして、つぎにこう言った。「おまけに、きみは二十五万ポンドの保険に入ることになる。ほら、ここにそう書いてある。危険性がなかったら、そんなことすると思うか？」

「わたしは若くて健康よ」メアリは反論した。「ドナーに適してなかったら、断わられるはずだわ。ひ弱そうに見えるけど、そんなことないわよ」

しかも、これはメアリが骨髄提供を頼まれる前の話で、その時点では名前を登録しただけだった。彼に屈するのは、理不尽な要求に屈するのは、弱い人間のすることで完全に間違っている、とメアリは思った。自分が犠牲者のカテゴリーに属していることはよくわかっていた。おとなしくて優しいタイプ、女らしい女、波風を立てないために譲歩し、相手をなだめて微笑し、その結果、いじめが好きな人間を増長させてしまう。その鋳型に、その役割りに、メアリはしばらく前から抵抗するようになっていた。しかし、〈トラスト〉のほうからレシピエント候補者について連絡を受け、健康診断を受けにセンターまできてほしいと言われたときには、アリステアの前で自分を主張することができなかった。

内緒にしておいた。博物館の昼休みを利用して健康診断に出かけた。もちろん、彼に話すつもりではあった。皮肉なものだが、二人の仲がうまくいっていなかったら、話していたかもしれない。逆境のなかで強くなれたかもしれない。だが、当時は仲むつまじい幸せな時期だった。どうしてこれをこわさなきゃいけないの？　いずれにしろ、骨髄採取の日が決まったら、アリステアに前もって話すつもりだった。きちんと話さなくてはいけない。それはわかっていた。

アリステアが勤務先の銀行から香港出張を命じられた。予定は一週間、メアリの骨髄提供もちょうどその週に当たっていた。退院するときは誰かに迎えにきてもらい、自宅まで付き添ってもらうのが望ましいと言われた。アリステアに頼むわけにはいかない。きっと怒らせてしまう。そこで、ドロシーアに頼むことにした。口が堅いから、黙っていてくれるだろう。アリステアに知らせる必要はない。少しは強くなったつもりだったのに、メアリは以前の彼女に戻っていて、〝まったく臆病で愚かなんだから〟と自分を叱咤してもなんの効果もなかった。

こうしたことを思いだしながら公園のなかを歩くうちに、モンキー・ゲートまでやってきた。運河の橋を渡り、チャールバート・ストリートに入った。骨髄採取のために病院へ行った日も、ちょうど今日と同じく、そよ風が吹くうららかな一日だった。アリステアに不吉なことばかり言われたが、危険があるのは全身麻酔だけだった。どんな手術の場合もそれは同じだ。二時間ほど意識を失い、そのあいだに、骨髄液一リットルの採取がおこなわれた。体内の骨髄液総量の五パーセントにあたる。

意識が戻ったとき、メアリがまず感じたのは高揚だった。終わった、やった。ちゃんとやりおおせた。健康なおかげで、ほかの誰かの病気を治すことができる。自然が犯した過ちを正すことができる。これまでたいしたことは何もせず、善行を積んだこともなく、今後もろくなことはできないだろうが、今回の骨髄提供だけで、生まれてきた甲斐があったと言える。もっとも、そんなことを人に言うつもりはなかったが。迎えにきてくれたドロシーアには、軽い口調で「どうってことなかったわ。楽なものよ」と言っただけだった。しかし、心のなかでは深い満足を感じていた。たとえ失敗に終わったとしても、移植が無駄になったとしても、ドナーになるだけはなった。すべての哲学とすべての宗教において人間の存在意義とみなされていることを、自分はやってのけた。隣人を愛したのだ。それも自分から進んで。

この感情の昂りは長くは続かなかった。心のなかでひそかにつぶやいただけの言葉が、いまでは照れくさくなっていた。あわてて現実的な事柄に心を戻した。ドロシーアがタクシーで家まで付き添ってくれ、食事を作って一緒に食べ、無理しないでね、職場復帰は来週でいいから、と言ってくれた。メアリはぐったり疲れ、全身が多少こわばっていたが、それ以外は大丈夫だった。三度の食事をきちんととり、軽い散歩に出かけ、処方された鉄剤を呑み、アリステアが出張から帰ってくるのを待った。

メアリが骨髄採取時の注射針の跡に一度も目を向けようとしなかったのは、自分自身にもどうにも理由を説明できないことだった。針の跡がどこにあるかは正確にわかっていた。腸骨稜と呼ばれる、骨盤のもっとも上の部分。傷跡があとあとまで残ることはないと保証されてはいたが、白いなめらかな肌に残った針の跡を調べようとするのは、ごくふつうのこと、きわめて自然なことのはずだった。服を脱ぐあいだ、シャワーを浴びるあいだ、その場所を見ないようにしていたのは、後悔からではないとしても(ありえない)、きっと、嫌悪感のようなものがあったに違いない。人の役に立とうとしたばかりに、しみひとつなく完璧だった身体がどうなったかを、自分の目で見る気になれなかったのだろうか。

だが、アリステアに見られてしまった。愛を交わしたときに。寝室に秋の日射しがあふれ、柔らかな金色の光がメアリの裸身に落ちて、白い肌に傷が一つ……。

最初の入館者たちはショップへ直行し、エドワード七世の愛人だったリリー・ラングトリーとイタリアの女優だったエレオノーラ・ドゥーゼのカレンダーと絵葉書、エイダ・レヴァーソンの小説の革装丁のリプリント版、手描きの扇子、ビーズのバッグ、バティック染めの布、アップリケ製品、マリアノ・フォルトゥーニのクノッソス・スカーフを模したとても高価なスカーフなどを、ステイシーから買った。メアリは帽子展示室で仕事にとりかかり、絹のつばの部分を修理して、黒いダチョウの羽根をつけなおしていた。〝鯨骨に覆われた気むずかし屋〟——小説家のオルダス・ハクスリーはエドワード七世時代の貴婦人をそう評し、貴婦人がかぶっていた羽根飾りつきの帽子を〝最高級のフランス式弔い〟と呼んだ。この部屋にはそうした帽子が二十個以上展示されている。どれもやたらと大きくてケーキのようだ。真珠色、ローズピンク、ブルー、黄色、黒などの帽子に、バラの花やリボンや羽根の飾りがついている。一九〇九年の《ヴォーグ》の挿絵が壁に飾ってある。小柄な女性が傘みたいに大きな帽子をかぶり、つばのところにウサギがすわってキャベツをかじっている。

この部屋に、あるいは、コルセット展示室に入ると、メアリはしばしば、アイリーン・アドラーが男装した気持ちを理解できるような気がする（小説のなかでは、男装したアイリーンがベイカー・ストリートでホームズに「こんばんは」と声をかけている）。鯨骨に覆われた気むずかし屋がホッと息をつけるのは夜のベッドのなかだけで、昼間は、S字形の鯨骨のコルセットで身体を締めつけ、ホックと紐のついたボディスを着け、甲殻類の殻みたいに硬い衣装を何枚も重ね、つば広の派手な帽子をかぶっているため、一瞬たりともくつろぐことができなかった。壁に飾られた何枚かの絵にも、エドワード七世時代の女性が階段をのぼろうとするところ、電車に乗ろうとするところ、風の強い日に帽子を押さえているところなどが描かれていた。

最初の入館者たちが展示室にぞろぞろと入ってきたので、メアリは修理中の帽子を脇に置いた。質問をよこすのはたいていアメリカ人で、入館者数もアメリカ人がいちばん多い。月曜はたいてい人が少なくて静かなので、今日もそういう一日になるだろうと思っていたが、観光シーズンのピークが近づきつつあることを忘れていた。

「こんなに裾の長いスカートで、雨の日はどうやって歩いていたの?」誰かが尋ねた。お決まりの質問だが、メアリにはうまく答えられないものだった。

「ふつうの女性はどうだったの?」これもまた、お決まりの質問。こっちのほうが頻度が高い。「貧しい女性はどうしてたの? 着替えを手伝うメイドを雇う余裕も、専用の馬車を持つ余裕もない人たちは? どんなふうに暮らしてたの?」

そして、かならず出るのが「アイリーン・アドラーって誰だったの?」という質問。

この博物館では、シャーロック・ホームズの『ボヘミア国王の醜聞』(表紙にはコルセットで身体を締めつけたアイリーン、裏表紙には上着と膝丈ズボン姿のアイリーン)が、カタログと冊子類をすべて合わせたよりもよく売れている。入館者に人気があるのは、アイリーン宅の客間を復元した部屋。物語のなかのブライオニー荘と同じように、暖炉の横に秘密の羽目板があって、そこに国王とアイリーンの写真を隠し、羽目板をあけて秘密のバネ仕掛けが誰にでも見えるようにしてある。グスタフ・クリムトがアイリーンの肖像画を描いたことはない。クリムトは実在の画家だし、アイリーンは小説のなかにしか存在しないのだから。しかし、金色の葉を背景にして、スパンコールと真珠に飾られたアイリーンの姿がクリムトふうに描かれ、金泥仕上げの細長い木製フレームに入ったその絵がアメリカまで持ち帰られて、中西部の多くのコンドミニアムの壁を飾ることとなる。

ランチタイムになっても館内が混雑していたため、メアリは外に出ることができなかった。午後に入ると、一時的に三十分の入場制限が必要かと思われたほどだった。しかし、五時に近くなるころには人の数も減ってきて、ショップではカレンダーとクノッソス・スカーフが品切れになっていたので、ステイシーが業者に電話をかけていた。メアリはシャーロット・コテージのことが少々気になってきた。ビーンは四時十五分にちゃんと家に入ってグーシーを散歩に連れていき、いまごろはもう家に帰してくれているだろうか。出ていくときに、玄関ドアをきちんと施錠してくれただろうか。

朝の出勤時にかなり歩いたので、帰りはタクシーにしようかと思った。しかし、いまも太陽が輝き、風がすでにやんでいたので、公園に入ったとたん、歩くのが億劫だったことも、シャーロット・コテージとグーシーのことも忘れて、広々と開放的なスペースを南へ向かって歩きはじめた。不思議なことに、ウィルズデンに住んでいたあいだ、この公園にきたことはめったになかったし、博物館に勤めていても、運河を渡ったことや、プリンス・アルバート・ロードの南へ足を延ばしたことはほとんどなかった。

ボーティング湖へ続く小道を歩きながら、公園がどんなに開放的かということに、メアリはいまようやく気がついた。中央部分はわりに木が少なくて緑地が大きく広がり、いくつもの塔や歴史的建造物がそれを縁どっている。モスクの金色のドーム、その横に立つほっそりとした光塔、ベイカー・ストリートにあるアビー・ナショナル銀行のアールデコ調の建物、ポスト・オフィス・タワー、そして背後には、動物園のマッピンテラス。湖の北側には木立があり、浅い岸辺に、ホシハジロ、オシドリ、コクチョウなどの水鳥が集まって、落ちたパン屑の奪いあいをしている。

ロング橋を渡り、しばらく足を止めて、湖に浮かぶ小島の木々の一つに止まったサギをながめた。左へ曲がればカンバーランド・ゲートのほうへ行けるはずだが、道が見つからなかった。

それがこの公園の特徴であることが、メアリにもわかってきた。二つの輪を中心に設計されている以上、必然的にそうなるのだろう。輪のなかに輪があり、しかも、この二つは同心円ではない。小道が予想どおりの場所へ続くことはめったになく、正しい方向のはずだと思って歩いていると、いつのまにか動物園やセント・ジョンズ・ウッドへ逆戻りしてしまう。このあたりはとくにその傾向が強い。『鏡の国のアリス』によく似ている。アリスは物語のなかで、庭園までまっすぐ続いているように見える小道がじつはそうでないことに気づくが、鏡を通り抜けて以前の部屋に戻ることも怖くてできない。わたしは何があろうと、以前の部屋にも、以前の人生にも戻りはしない。メアリはそう思いながら、野外劇場のそばでインナー・サークルに入った。

そこから金色の門を抜け、チェスター・ロードを通ってブロード・ウォークまでは、わずかな距離だった。新しい噴水が水を噴きあげていた。ライオンに支えられた大きな石の鉢やローマ風の花瓶から花があふれでていた。ブロード・ウォークに沿って続くフォーマルな設計の細長い花壇では桜草が花盛りで、パンジーと黄水仙も咲いていた。パーク・スクエアからチェスター・ロードを経てさらに先へ延びる道の両側の、花はなくて木々だけが並んだ野性味の感じられるあたりには、ベンチが向かいあって置かれ、そのほとんどに二人か三人がすわっていた。ところが、チェスター・ロードとブロード・ウォークが交差する場所にいちばん近いベンチには、男がぽつんと一人ですわっているだけだった。

この種の連中は、仲間がそばにこないかぎり、いつも一人ですわっているものだ。こんな男と同じベンチにすわろうとする者はどこにもいない。西のほうから歩いてきたメアリは、これまでもよくやったように、こういう男にあてはまる言葉を頭のなかで探してみた。放浪者？　ホームレス？　路上生活者？　物乞いではない。何もねだりはしないから。無宿者でもない。それは祖母の時代の言葉だ。たぶん、あてはまる言葉はないのだろう。ないほうがいいのかもしれない。

男は本を読んでいた。そのため、ほかの連中とは違って見えた。まわりのものも人間も眼中になく、本に没頭している様子だ。所持品を入れた手押し車がベンチの金属製の肘掛けにもたせかけてあった。首に巻いたぼろきれからブーツに至るまで使い古されていて、くたびれたデニム、しわくちゃのウール、すりきれたポリエステルなどを身に着け、暗い色のキルトのベストをはおっている。髪も暗い色で、もじゃもじゃの髯が顔の大部分を鉄灰色で覆っている。前にどこかで会ったような気がしたが、具体的な場所は思いだせなかった。前に会った気がするのは、男の手のせいだった。長くてほっそりした美しい手。日に焼けてはいるが、肌はなめらかで、左手に金の結婚指輪がはまっている。

メアリが前を通りかかったときに男が顔を上げ、その瞬間、二人の目が合った。男の目はブルーだった。海のようにあざやかなブルー。男はすぐに本のほうへ目を伏せ、抑制の利いた正確な手の動きでページをめくった。メアリは最初に男を見かけた場所を思いだそうとした——ベイカー・ストリート？　マダム・タッソー蠟人形館の外？　しかし、そちらのほうへはほとんど行ったことがない。銀杏の木々にふちどられた小道をカンバーランド・ゲートのほうへ向かって歩いていった。お金をねだられたことがあったのかしら。ひょっとして、《ビッグ・イシュー》を売っていたとか？

玄関で鍵がまわる音を耳にして、グーシーが三回鋭く吠えた。メアリが名前を呼ぶと飛んできた。散歩で疲れているとしても、そんな様子はまったく見せなかった。かがんだメアリの腕のなかに飛びこみ、身をすり寄せて、彼女の首と肩に菊の花のような顔を埋めた。

前にどこでローマン・アシュトンを見かけたかを、メアリ・ジェイゴが思いだせなかったとしても、ローマンのほうは、彼女を思いだすのになんの苦労もなかった。チャールズ・レーンにある博物館にいつもより二時間早く出勤してきて、入口のステップの上で目をさましたばかりの彼と鉢合わせした若い女だ。アイリーン・アドラー、博物館にはそういう名前がついていた。正面ドアの外にガラス張りのポーチがあり、それが小さな前庭から歩道まで延びている。ローマンは雨に濡れる心配なしに、ここで幾晩かこっそり寝ていたのだが、女に見つかってからは、二度と近寄らないことにしていた。

「すみません」女はあのとき、彼をまたぐのを遠慮して言った。たぶん、恐怖もあったのだろう。ほとんどの者が彼や彼の仲間を怖がるものだ。「起こしてしまって。ここで誰かが寝てるなんて知らなかったの」

〝一般人〟とはしゃべらない、しゃべる相手は仲間だけ、というのが彼の方針だった。もっとも、それにも問題があり、罪悪感もあったけれど。人と口を利くべき理由は何もなかった。物乞いをする必要はないし、一度もしたことがないため、人から声をかけられたときには、黙ってうなずくか、肩をすくめるか、聞こえないふりをするだけだった。だが、デリケートな顔立ちで、ほっそりしていて、髪が金色で、妖精のような雰囲気のこの女に対しては、そんな態度はとれなかった。この女は、住む家があってまっとうに暮らす人間を相手にするように、丁寧な口調で話しかけてきた。だから、ローマンはうなずいて立ちあがり、さっと手際よく毛布を巻いて脇へどき、彼女を通したのだった。

「すまなかった」と言った。「退散するよ」

彼女の耳には、つぶやきか低いうめきに聞こえたに違いない。ホームレスの仲間以外の相手に言葉を向けたのは一年ぶりだが、それが彼女にわかるはずもない。自宅を売却して路上で暮らすようになって以来、彼の口から初めてきちんとした言葉が出た。そして、いまふたたび彼女と出会った。一瞬、話しかけられそうな気がして、どう返事をすればいいかと迷った。以前の自分に戻って、感じがよくて礼儀正しくて気さくな男になるか、それとも、いまのままのよそよそしくて陰気で不機嫌な男で通すか。しかし、彼女は話しかけてこなかった。彼のことが思いだせなかったのだ。そのほうがいい。一般人との会話はもうごめんだ。おたがいに使う言語が違っている。

ローマンはそれからしばらく、ゴーゴリの『死せる魂』を読みつづけた。というか、読もうとしたが、チチコフの行動に注意を向けることはもはやできなかった。気が散って仕方がなかった。色白で軽やかな足どりの金髪女を目にしたせいというより、前回の出会いを思いかえしてあれこれと感慨が浮かんできたせいだった。

鋤の柄のような取っ手のついた木製の四輪手押し車に本を入れ、それを押して、小道の一つを西へ向かってゆっくり進みはじめた。どこへ行くのかまだ決めていなかった。これがふつうのことだ。いまの境遇がもたらした利点のひとつが完全な自由だった。

暖かく静かな午後で、ここ何週間かは風が強く、じめじめした長い冬のあとに肌寒い春が続いていただけに、ローマンはいまのこのひとときを楽しんだ。幸せが永遠に奪い去られ、他人事でしかなくなってしまっても、喜びを感じることはできる。ときには、屋根の下で暮らしてベッドで眠る者たちより強く鋭く感じることすらある。顔に降りそそぐ太陽と優しいそよ風を感じるのは、贅沢であり、大きな喜びでもある。思わず笑みが浮かんだ。

彼にはもう一つ方針があり、その晩どこで眠るかについて、午後や夕方のうちに計画を立てることはけっしてなかった。計画を立てるのは自由を捨てること。いまの彼に残されたのは自由だけだ。ほかのものはすべて奪い去られ、もしくは、彼自身が捨て去った。今夜の〝宿〟のことを考えるのは、あたりが暗くなり、通りに人がいなくなり、車が走り去り、パブが閉店し、自分と似たような連中がうろつきはじめてからにするつもりだった。

ヨーク橋を渡り、湖の南側の人目につきにくい場所に入った。ここに並んだベンチには彼の仲間がよくすわっている。緑のポリ袋に所持品を詰めこんだエフィー。犬を連れているが荷物はほとんど持たないディル。ナイロン製のバックパックを背負い、上着二枚を腰のところで結んでいるだけだ。しかし、今日は誰もいなかった。ディルがわずかな所持品だけで生きていけることをローマンは知っている。たいてい、メリルボーン・ロードかエッジウェア・ロードの簡易宿泊所に泊まっているからだ。ローマンの場合は罪悪感があり、自分は紛い物だという思いにつきまとわれているため、宿泊所の利用をどうしても躊躇してしまう。かつて自宅を所有していた者が、その自宅を売却して代金を銀行に預けている者が、ホームレスのなかにいったい何人いるだろう?

日々の多くを、ローマンは過去のなかで生きていた。それは意図的にやっていることで、幸福だった時期を思いだし、心のなかであらためて体験していた。公園のなかや、公園を中心として鳥の巣のような形を作っている数々の通りを歩きながら、ときには数時間にわたって白昼夢を追いつづけることもあった。過去の特定の出来事を選んでそのなかに入りこむ。子供の誕生、彼とサリーが交わした会話、さらに時間をさかのぼって、大学で初めてサリーと出会ったときのこと。

以前はどうしてもそれができなかった。不安だった。

いや、不安というより怯えていた。あの華奢な金髪女と出会ったのをきっかけに、彼女と初めて顔を合わせたのは、彼が過去への旅を始めたころだったことを思いだした。手押し車に毛布を押しこんで歩き去ったあのとき、彼が離れてしまった世界に住む一般人と口を利いたことが何かの啓示のように思われて、ローマンはその瞬間、拒絶の時期に終止符を打とうと決心したのだった。徹底的な変身、境遇の激変、過去との決別――その目的はもう充分に達成した。そろそろ、未来へ向かって進み、苦痛のなかに身を投じる時期がきていた。傷口の組織を切り裂き、生々しい傷に冷たい探針を差しこむことにした。失うものは何もない。どうしても必要なことだし、まさにその瞬間を迎えていた。

まず、結婚指輪に視線を据えて、瞑想からスタートした。指輪は過去の人生と彼が失ったものの象徴だった。それ以来、ローマンは自分で選んだ世界のなかで、架空であると同時に彼が知っているどんな現実よりも現実味を帯びた世界のなかで、幸せだった過去を毎日のように再体験してきた。体験するのは過去の一章分のこともあれば、一章のそのまた一部分のこともあり、それで傷が癒えるわけではなかったが、それまで知らなかったことが起きていた。人として生きるのがどういうことかを、かつて経験したことがないほど強く意識するようになった。喜びと満足にあふれていた日々には、かえって実感できなかったのかもしれない。そして、彼を苦しめていた厄介な自己憐憫が消え去った。ローマンは何も持たぬ男になった。実存主義者たちの言う、人間の本来あるべき姿になったのかもしれない。自由と苦悩と孤独を知り、自分の運命を自分で制御できる男に。

いま、ローマンが過去への旅に選んだのは、彼とサリーとエリザベスがクレタ島で過ごした休暇だった。ちょうど十年前のこと。エリザベスは四歳か五歳だった。五月に出かけることにしたのは、その季節になると野生の花が島を埋めつくし、暖かくなり、しかしまだ猛暑の心配はないからだった。この休暇のことで彼の記憶に残っているのは、海の色、エリザベスの目の青さ、気怠さ、甘い怠惰な時間、そしてサリーとの愛の行為だった。あんなに官能的なひとときはハネムーン以来だった。二人は七年前の若い熱烈な恋人どうしに戻り、二週間の休暇中にサリーがダニエルを身ごもることとなった。ローマンは苦悩に思わずあえぎを洩らしつつ、二人のベッドと、シーツで裸身を隠すこともなく迎えた朝の目ざめを思いだした。彼のかたわらに裸のサリーがいた。朝の光を浴びて、二人は神々のようだった。

クラレンス・ゲートを通って公園を出ながら、ローマンはいつしか、休暇中にサリーと交わした言葉の数々を、そして、サリーの目の表情までも思いおこしていた。彼女の目に浮かんでいたのは穏やかさで、ときには情熱だった。娘とビーチを散歩し、娘の小さな柔らかい足には砂が熱すぎるため、途中から抱きあげたことを思いだした。「パパ、パパ」片足を上げてエリザベスは言った。「あたしの魂が燃えてる！」いや、そう聞こえたような気がして、ローマンはサリーと二人で笑った。燃える魂と地獄の責め苦について、あのころの自分は何を知っていたというのだ？

グロスター・プレースを渡って、メリルボーン駅の裏手に出た。このあたりはみすぼらしい通りばかりで、ナッシュが設計した豪華なテラスハウスとは大違いだ。ステップを下りてボストン・プレースに入り、そこからブランドフォード・スクエアを横切ってヘアウッド・アヴェニューまで行った。角の店が目に入り、夕食用に何か買うつもりだったことを思いだした。いずれ買わなくてはならないが、このあたりの店は夜通しやっている。リッソン・グローヴのところで南に曲がりながら、エリザベスの無邪気な顔や大喜びの顔を思い浮かべるうちに、よくあることだが、涙があふれて彼の頬を伝い落ちていた。

みんな、彼の涙など気にもしなかった。自分たちとは違う人間だと思っている。異常者、ヤク浸り、アル中、獰猛、変人。こうした点ゆえに、この男はホームレスになり、自分たちはまともに暮らしているのだと思いこんでいる。日中の営業を終えた店のドアにもたれたファラオだけが、親しみのこもった目をローマンに向け、いままで飲んでいたボトルを差しだした。

「ほら、ひと口どうだい？」

他人のボトルに口をつけたら何か病気がうつるのではないかと心配するのを、ローマンはとっくの昔にやめていた。飲みたくはなかったが――どんな酒が入っていることやら――ボトルを受けとり、ぐいっと飲んだ。リオハワインにメチルアルコールを混ぜたもののようだ。ディルとエフィーの真似をして袖で口を拭ってから、石段に腰を下ろして、ファラオを見あげた。

ファラオの顔になんらかの変化があらわれ、改善の兆しが見てとれることを、ローマンはつねに願っている。それはつまり、狂気が影をひそめ、健全さの消失がストップし、ある程度の人間らしさが残され、血走った野獣のような目に優しい光が宿り、口もとの緊張がほぐれて、青白くこわばった表情で唇をゆがめることも、すぼめることもなくなるということだ。

しかし、変化はなかったし、涙ぐむ男に酒を差しだすという人間らしさをファラオが見せるのはとても珍しいことだった。やがて、それすらなくなってしまうだろう。ファラオはしゃがみこむと、何かにとりつかれたような顔をローマンに近づけ、ヘアダイで濃紺の縞模様になっている顎髯をローマンの髯にこすりつけた。

「鍵、持ってきてくれたのかい？」

ローマンは首を横にふった。ファラオをじっと見た者なら誰もが――そんな者はどこにもいないが――何百本という鍵が彼の全身にぶら下がり、ベルトがわりのロープにつけられ、安全ピンで服に留めてあるのを目にすることだろう。真鍮の鍵、スチール製の鍵、クロム製の鍵、エール錠の鍵、バーナム社の鍵、玄関の鍵、裏口の鍵、スーツケースをあける鍵、南京錠をかける鍵。ファラオの服がところどころ膨らんでいることから、ポケットにも鍵がどっさり入っているのだろうと、ローマンは推測している。ファラオはチリチリジャラジャラ音を立てながら、足をひきずってあちこちに出入りし、究極の鍵を求めて心の声の命じるままに放浪を続けている。

これらの鍵はどこにあったのだろう？　誰のものだったのだろう？　ファラオはけっして語らず、ローマンもけっして尋ねない。

「天の国の鍵だ」ファラオは言った。

その黒い目で天を仰いだ。ファラオがあたりを見るときは、何かに驚いたようなぎくしゃくした動きになる。心の声が彼に告げたそうだ――〝わたしはあなたに天の国の鍵を授ける〟とキリストが言われたのは、じつは鍵束のことで、キリストはそれをペテロにお与えになったのだ、と。鍵束は失われ、二千年のあいだ行方不明になっているが、それを見つけるのがファラオに与えられた使命だった。ファラオは鍵の素材と形についてつねに推測をめぐらしている。

「たぶん、黄金でできてるんだ。そうだろ？　純金かな？　天国の門をあけられるのは黄金だけだ」

ファラオは路上で暮らすのをやめたほうがいい。ホームレス社会のはみだし者なのだから。居心地がよくて、清潔で、快適な施設か何かに入るべきだ。残念ながら、いまの世にそういう施設はなかなか見つからないが、もし入所できれば、面倒見のいい人々が世話をしてくれ、こういう悲惨な症状にくわしい医者が薬を処方してくれるだろう。ファラオが自閉症なのか、統合失調症なのか、知的障害者なのか、ローマンにはまったくわからない。こういう専門用語より、〝いかれた”という単語のほうがローマンの好みに合っている。なぜなら彼自身もいかれていて、アウトサイダーになるための過程では、いかれていることが必須条件だったからだ。

ローマンはファラオの肩を軽く叩き――そのとたん、向こうは驚いてあとずさり、棒でつつかれた野良猫みたいに歯をむきだした――それから立ちあがって、メリルボーン・ロードのほうへ歩いていき、通りを渡ってグロスター・プレースまでひきかえした。以前の自分だったら、ファラオに声をかけられただけで動揺しただろうと思うと、おかしくてたまらなかった。自分では認めなくとも、すくみあがり、聞こえないふりをしただろう。そういう人間と会話をするなど、考えられないことだった。いまでは彼自身がそういう人間になっている。もしくは、それに近くなっている。

クローフォード・ストリートに入り、道路を渡る前に、赤と白の宅配用バンが通りすぎるのを待った。電話ボックスから〈エクスプレス・ティッカ・アンド・ピッツァ〉に電話をかけ、チェスター・ロードとブロード・ウォークの角から北へ向かって左側三番目のベンチにチキン・マサラを届けてほしいと頼んだら、どんな返事がくるだろう？　サンドイッチ・カフェでチーズとピクルスのサンドイッチを頼んだときに受けた視線と同じものが、たぶん言葉になって返ってくるのだろう。

あのとき、カフェの店員は胡散臭そうな視線をよこしたが、注文には応じてくれた。アクセントのせいだと、ローマンにはわかっていた。店員はきっと、自分の勘違いかもしれない、この男はホームレスではなく、風呂に入るのを忘れている注意散漫な変わり者の大学教授なんだ、と思ったことだろう。ローマンはできればアクセントを消したかったが、そのための努力をしても、グロテスクなパロディになるだけだった。明日はどこかの公衆トイレで身体を洗うことにしようと自分に言い聞かせた。どうやって清潔でいるか、もしくは、どうやって垢まみれになるのを避けるかは、ホームレス社会のはみだし者が直面する難問のひとつだが、本物のホームレス連中は気にもしていない。

　どこで腰を下ろして夕食にしようかと考えながら、オールド・ケベック・ストリートに出たところで、〈タリスマン出版〉の窓の下を通りかかった。環境保護関係の書籍を専門に出している出版社。ローマンは腕時計を持っていなかったが、明るさと車の量と人々の動きを見れば、だいたいの時間はわかるものだ。いまはたぶん七時ぐらいだろう。社のスタッフは（と言っても、わずかなものだが）一時間前に帰ってしまっただろう。正面ドアにはライアツリー（梢が竪琴のような形になる松の一種）の葉をデザインした〈タリスマン〉のロゴがついていて、編集長のトム・ウートラムの名前が出ている。かつてはローマンの名前もそこにあったが、それも昔の暮らしの多くと同じく、橋の下を流れる川のようなもので、記憶という海のなかに消えてしまった。

4

こんな早い時間に電話をよこすのはアリステアぐらいしかいない。朝の九時前に電話がかかってくると、緊急事態が起きたのかと思ってしまう。ビーンがすでにやってきて、グーシーを散歩に連れていった。いまは八時半。アリステアの電話であることは薄々わかっていたので、メアリは受話器をとる前にしばしためらった。しかし、祖母に何かあったのかもしれない。祖母はしっかりしていて健康だが、相当な高齢だ。

「新しい生活には慣れたかい？」

アリステアがこんな言い方をするのは初めてだった。年老いた親が子供のことを気遣いつつも、不満と腹立ちをこめてぶつけるような言い方。メアリはきびきびと陽気な声で答えようとした。

「ええ、すっかり。ご心配なく。家はすてきだし。ずいぶん歩くようになったわ」

とたんに、まずいことを言ってしまったと後悔した。アリステアからすかさず、無茶をしてはいけないとたしなめられたからだ。きみは丈夫じゃない。身体が弱いんだ。言葉にこそしないものの、無責任で軽率な行動によってメアリの健康が危険にさらされているのだとほのめかしていた。

「いつになったら、ご機嫌伺いに行けるんだい？」

「アリステア、わたしたちは別居中なのよ。覚えてる？」

「試験的な別居だろ」

メアリはもう一度言った。「わたしは家を出たのよ。あなたと別れることにしたの。二人で話しあって決めたことでしょ。わたしがここにきたのは別居を始めるためなの」

「そんなこと言うなよ。試験的にって言ったじゃないか。それを信じたおれがバカだった。離れて暮らせば優しい心になれる。それが別居に踏み切った本当の理由だ。そうだろう？」

わたしの心？　それとも、あなたの心？　尋ねる必要はなかった。離れて暮らせば、おれへの未練が増すはずだ――アリステアはそうほのめかしている。未練。生ぬるい言葉。それすらわたしの心にはほとんどない。包容力があって人を喜ばせるのが生きがいの（消極的で人に媚びるタイプというのを体裁よく言っただけ）、わたしみたいな人間からすると、脅せば愛が得られると思っている人間の心理はどうにも理解しがたい。アリステアはいまもやはり、メアリを脅そうとしていた。

「おれから逃げようったって、そう簡単にはいかないぞ、メアリ。こっちはな、女の気まぐれにふりまわされて二人の人生をこわしてしまうような男じゃないんだ。二人にとって何がベストか、おれはちゃんと知ってるってことを、過去にも証明してきたじゃないか」

メアリはそれに反論すべきだったが、そのあとに続く嵐が怖かった。わたしは家を出た。そうでしょ？　大きな一歩を踏みだした。わざわざ喧嘩する必要はない。そこで、忙しいのでもう切らなくてはと言った。

「はいはい。その口調なら聞き覚えがある。きみがすねてしまうと、言葉をひきだそうとしてももう無理だ。じきにご機嫌も直るだろう。近いうちにお邪魔させてもらうよ」

まるで招待されたような言い方……。

「いえ」メアリはようやく言った。「悪いけど、こないで」断わろうとするだけで、いつも疲れてしまう。外見と同じく、心のなかまで繊細にできているかのようだ。

「夜にでも寄るからさ」彼女の言葉などなかったかのように、アリステアは言った。「二人でどこかへ出かけよう」

メアリはキッチンに戻って二杯目のコーヒーを注いだ。彼と別れるのは思ったより大変そうだ。意志の力を身につけたい。この先、必要になってくる。しかし、女がぜったい身につけることのできない力については？　肉体面で彼と肩を並べるのは不可能だ。注射針の跡を目にしたアリステアから平手打ちを食らったときの痛みが、何かの拍子に聖痕が現われるのにも似て、不意に頬によみがえった。鏡をのぞくと、頬が赤く染まっていた。左よりも右のほうが赤い。アリステアは左利きだ。

あのとき、二人は愛の行為の最中だった。アリステアがふと身体を離し、右手を伸ばして指先で傷跡に触れた。

「これはなんだ？」その口調からすると、すでに察しているようだった。「サソリに刺された？　ウルシにかぶれた？　有刺鉄線にひっかかった？」

愛の行為の雰囲気が——とても優しく、けだるく、全身が熱く燃えて息もできなくなるほど刺激的だったその雰囲気が——きびしい声と、皮肉と、抑えきれない怒りによって砕け散ってしまう様子には、何か恐ろしいものがある。セックスの欲望ぐらい急速に高まるものはないが、途中で意欲が萎えてくると、それもまたあっというまだ。冷水を全身に浴びせられるのに似ている。

メアリは顔を背けた。「骨髄採取の跡なの。やるつもりだって、あなたに話したでしょ」

「だましたんだな」アリステアはそう言うと、指が食いこむほどきつく彼女の顔をつかみ、頬をひっぱたいた。こんな強烈な平手打ちは初めてだった。こんな目にあわされたことは一度もなかった。

痛めつけられたわけではない。頬をぶたれ、身体を揺すられ、ふたたび平手打ちを受け、ひきずりあげられて床に投げつけられる程度では、〝痛めつけられた"とは言えない。メアリは這って逃げ、バスルームに閉じこもった。翌日、頬が青あざになっていて、倒れた拍子に脚にもあざができていた。

アリステアは謝った。ひたすら低姿勢だった。なぜあんなにカッとなったのか自分でもわからない。もう二度としない。予想どおり、暴力亭主の特徴であるもうひとつの面があらわになっていた。おれの困った性格のせいなんだ。彼はそう言い訳をした。完璧な肉体を愛し、理想を崇拝するせいなんだ。

「きみがあまりに完璧だから、その完璧な身体が傷つけられたことに我慢がならなかったんだ」アリステアは泣きださんばかりだった。「きみの美しさが危険にさらされたと思っただけで、おれは耐えられない」

自分の暴力は棚に上げて――あとでメアリは思った。勝手だわ。アリステアは涙を浮かべ、あざになった彼女の頬に触れた……。

でも、そんなことは二度と許さない。もう二度と。

すべて終わった。彼のもとを離れ、よそへ移ったのだから、どんな攻撃もかわすことができる。二階へ行き、頬がまだ赤みを帯びていてアリステアの手の跡が残っているような気がしたので、薄く白粉をはたいた。目に恐怖が浮かんでいた。アリステアのせいだ。しかし、意識して深い呼吸をくりかえすうちに、顔のこわばりが消え、冷静さがよみがえり、肩の力が抜けた。

ちょうど家を出ようとしたところに、グーシーが戻ってきた。メアリは水を入れたばかりの容器を犬に見せて、ぎゅっと抱きしめてから、小走りで出かけ、アルバニー・ストリートの角のところでビーンと犬の群れに追いついた。ボルゾイのボリス、ゴールデン・レトリヴァーのチャーリー、焦げ茶のプードルのマリエッタ、スコティッシュ・テリアのマクブライド。しかし、ビーグルのルビーがいなかった。

「バカンスでデヴォン州のイルファクームへ出かけてます」ビーンが言った。首にカメラをぶらさげている。

まるで観光客のようだ。「公園を恋しがってるでしょうな。ああいう猟犬は思いきり走らせてやらないと」

「砂浜を走ればいいんじゃない？」

ビーンは質問にはけっして答えない。メアリは自分がなぜ質問などしたのかと、不思議に思った。ビーンに質問すると、テレビ討論でこの種の修練を積んでいる政治家顔負けの鋭さで、彼自身の意見または質問が返ってくる。質問された事柄に関連している場合もあれば、見当違いのこともあった。

「猟犬は三十キロ走っても、まったく苦にしません」

メアリは〝でも、猟犬が苦にするかしないか、どうしてわかるの？〟と返したかった。だが、かわりに、多数の犬を楽々と扱えるビーンの腕前を褒めた。ビーンはうなずき、褒め言葉を当然のことと受け止め、蔑むような口調で言った。いや、当人にそんなつもりはないのかもしれないが。

「では、ここで失礼します、お嬢さま。ひきとめては申しわけないので」

「じゃ、また」

「道路を渡るときはお気をつけて。無謀運転の車が多いですから」

この人、以前は執事だったの？　たぶん。こういう態度は上級召使いのものだ。いえ、五〇年代の映画に出てくる上級召使い。本物の執事に接した経験は、メアリにはまったくない。彼女を育ててくれた祖父母は裕福ではあったが、暮らしぶりは質素で、掃除の女性が週に二回くるだけだった。メアリはアンビカ・ポール記念庭園のフェンスに沿った小道を歩くことにした。牛や鹿を近くで見られる。子供のころ、祖母に連れられてよくここにきたものだった。プリムローズ・ヒルに住む友達と一緒に、動物園に連れてきてもらったこともある。幼児のころも、少女のころも、大切に育てられたと思う。祖父母が富をひけらかすことはなかったが、とても裕福だった。要するに資産家だった。

資産家《コンフォタブリー・オフ》とか、富裕層《ウエル・オフ》とか、考えてみたら妙な表現だ。何から〝離れてる《オフ》〟の？　貧困層から？　パンの施しを受ける列から？

　祖父母の収入が話題にのぼることはけっしてなかった。お金のことはいっさい口にしない人たちだった。フレデリカの財産がどれぐらいあるのか、メアリはいまだに知らない。大富豪なのか、そこそこ優雅に暮らせる程度なのか、それすら知らない。アリステアが知りたがったが、祖母はけっして教えなかった。最初からアリステアのことが気に入らない様子だった。祖母とアリステアの意見がかろうじて一致したのは骨髄提供の件だけだったが、アリステアに比べれば、祖母の反対などおとなしいものだった。〝かけなくてもいい〟麻酔をかけることを危惧し、メアリのことを外見どおりの虚弱体質だと思いこんで（その逆を示す証拠がたくさんあるというのに）、反対しただけのことだった。

　人間というのは、微妙に異なる要素がいくつも混ざりあっているものだ。メアリは従順で、気弱で、おとなしいかもしれないが、いったん決めたことはやりぬくタイプだ。あきらめない。〈トラスト〉のほうから、相手は急性骨髄性白血病にかかった二十二歳の男性だと知らされていた。移植は国内で実施とのことだったが、レシピエントが英国籍なのか、外国籍なのかは伏せられていた。

　移植手術のあと、メアリの書いたカードが相手に渡され、相手のカードが彼女に渡された。どちらも封はされていなかった。ドナーとレシピエントの身元をおたがいが知ることのないよう、どちらも細かくチェックされていた。男性の名前はオリヴァー。しかし、それを伝えたときに〈トラスト〉のスタッフが笑みを浮かべたことからすると、偽名であることは明らかだった。メアリのほうもカードに名前を入れるように言われ、ヘレンにした。相手の男性には、健康そのものの二十八歳の女性だと伝えられていた。メアリが〝ヘレン〟を選んだのは、亡くなった母の名前だから。でも、向こうはなぜ〝オリヴァー〟にしたのだろう？　それとも、誰かがかわりに選んでくれたのだろうか。

カードに何を書けばいいのかわからなかったので、〝オリヴァーさま、早く元気になられますように。心をこめて、ヘレン〟としておいた。くだらない文面。向こうはどういう意味にとるだろう？　彼のほうのカードには、あまり上手ではないタイプ打ちの文字が並んでいた。堅苦しくてそっけない。〝ヘレンさま、ご尽力いただいたことにお礼を申しあげます〟。ただ、末尾を見ると、〝消えることなき感謝をこめて、オリヴァー〟と、感情が堰を切ったかのように書かれていたので、チェックした人間は〝消えることなき〟という不吉な言葉に異議を唱えなかったのだろうかと、メアリは不思議に思った。移植を受けても、彼の命はおそらく消えていく運命だろう。

その後、〝オリヴァー〟の移植をおこなったセンターから経過報告が届いた。三ヵ月目と六ヵ月目は順調だった。あとは連絡がとだえた。半年間、なんの連絡もなかったので、きっと容態が悪化して死に瀕しているのだとメアリは思いこんだ。やがて、九ヵ月目と一年目の報告が同時に届いた。〝オリヴァー〟は順調に回復を続けていた。経過報告のことはアリステアに内緒にしておいたが、あるとき、ついうっかり、〝オリヴァー〟が元気になったことを口にしてしまった。

アリステアは、骨髄の採取以来メアリの体調がよくないようだし、顔色も悪くなっていると主張した。メアリは彼に、自分は健康そのもので顔色も前と同じだと言いかえした。以前は骨髄提供に反対していた祖母も、元気そうだと言ってくれている。アリステアがカッとなったのは、たぶん、メアリが祖母のことを持ちだしたせいだったのだろう。いきなり彼女の肩をつかんだ。

「分別を叩きこんでやる必要がありそうだ」そう言って、メアリの身体を揺すぶりはじめた。最初は軽くだったが、そのうちに逆上して激しくなった。メアリはテーブルにぶつかり、その拍子にガラスの花瓶が落ちて割れ、足に切り傷を負った。アリステアがあわてて病院の救急へ連れていき、縫合と包帯の処置がすんでから、彼女の前で涙に暮れ、美が失われたことを、血が流れたことを嘆き悲しんだ。

「なんであんな愚かな犠牲を払ったんだ？　なんで健康と美貌を損ねるようなことをしたんだ？　見ろ、こんなことになってしまって」

それが終わりの始まりだった。メアリにとっていちばん辛かったのは、自分の判断力のなさを痛感したことだった。どうしてあんな男を愛することができたの？　いえ、愛していると思いこんだの？　彼のそういう面をどうしてもっと早く見抜けなかったの？　やがて、外見で人を判断する彼にいつも感じていたかすかな困惑が、いまふっと思いだされた。彼の母親に会ったとき、年老いた母親も同じことをしているのを知った。ジェーン・オースティンの『説得』に出てくるサー・ウォルター・エリオットと同じく、母親のマリーナ・ウィンターも周囲の人々をつねに槍玉に挙げ、〝若い時期を過ぎると人柄の良さを失ってしまいがちだ〟と評し、〝そばかすと、出っ歯と、不格好な手首〟について的はずれな意見を述べたものだった。

アリステアの性格が誰譲りなのかを知って、メアリも多少大目に見る気になったが、その後、彼と一緒に暮らして年をとり、容色が衰えてきたらどうなるのかと、疑問に思うようになった。老女を見て〝ババア〟呼ばわりをする彼にショックを受けたことが一度か二度あったが、メアリが年をとったときも、アリステアはやはりそういう呼び方をするのだろうか。顔にしわが刻まれ、重力で身体のあちこちが垂れてきたら、彼との親密さも、二人で楽しんでいる性生活も、優しい穏やかな自分の性格も、手芸の技術も、すべて虚しく消えていくのだろうか。

その答えは思ったより早く見つかった。自らの肉体を傷つけたメアリを、アリステアは言葉ではなく殴打で罰した。記憶をたどるうちに、彼にぶたれた頬に血がのぼってくるのを感じた。血がそこにとどまり、皮膚を焼くのを感じた。

5

グーシーを膝にのせて、フレデリカ・ジェイゴは言った。「ブラックバーン゠ノリス夫妻が帰国したら、あなた、どうするつもり？」そして、返事を待たずに続けた。「うちに戻ってきて、わたしと暮らしてちょうだい」

メアリは笑った。「ずいぶん急なお誘いね。その言葉に甘えようかしら」

「あなたの実家なのよ。あなたの行くべき場所がそれ以外のどこにあるというの？」

「自分で住まいを見つけるわ」

「もちろん、うちのほうがずっと広いけど、豪華さの点ではこの家の足もとにも及ばないわね。でも、考えてみたら、こんな豪邸はどこにもなくてよ。うちの屋敷はあなたが切りまわしてくれればいいし、一人で好きにできる時間もたくさんあるわ。だって、わたし、旅行に出てばかりだから」

それは事実だ。祖父が生きていたころは、夫婦そろってコーンウォールより西へ、あるいはサフォークより東へ出かけたことは一度もなかった。祖父が飛行機恐怖症で、そのうえ、船酔いしやすい体質だったからだ。祖父が亡くなり、メアリが家を出たあと、祖母は放浪の旅にこそ出なかったものの、ありとあらゆるパッケージツアーに参加して、インド、タシケント、サマルカンド、バラ色のペトラ遺跡、揚子江、ナイル川、カリフォルニア、ニューイングランドなどを旅してきた。八十歳を超えてからは、旅行代理店が勧める珍しい土地へ出かけるのをやめ、旅行先をヨーロッパに絞ることにした。

祖母は小柄でほっそりした愛らしい女性で、小鳥のような顔立ちに、ウェーブのかかった白い髪と、孫娘と同じ緑色の目をしていた。メアリもいずれ祖母とそっくりになるだろう。祖母はまた、肉付きより骨格のほうが目立っていて、不思議なことに、身体つきはいまも若い娘のようだ。

ラップランドでメアリのために買った土産物とシャンパンのボトルを持ってタクシーでシャーロット・コテージに着いた祖母は、グーシーとの再会を喜んだ。犬用のガムを持ってきていて、トナカイの皮でできてるのよとグーシーに言い聞かせながら、バッグを探ってまずそのガムをとりだし、つぎに封筒を出してきた。

「そうそう、忘れるところだった。あなたに手紙がきてたの」

メアリは封筒を受けとった。「あとで訊こうと思ってたのよ。でも、まだ早すぎるような気がして」

「何が早すぎるの？」祖母がグーシーにガムを渡すと、犬は前足でガムを抱えこんで絨毯の上へ仰向けにころがり、鼻を鳴らした。「なんの手紙なの？　骨髄をあげた男性のことで、また何か連絡が？」

「たぶん、その人の名前と住所が書いてあると思うの」メアリはこの前〈トラスト〉から手紙が届いたときと同じように躊躇して、手のなかで封筒を裏返し、ロゴと切手と消印に目を向けた。「ようやくわかるのね。なんだか怖い」

「怖がることはないわ。開封してあげましょうか」

「ううん。いいの、そこまでしてもらわなくても」

「ねえ、メアリ、わたしの前であける必要はないのよ。べつに気を悪くしはしないから。わたしが帰るまでそのままにしておいたら？」

メアリは首をふった。「いまあけるわ」

名前が書いてあるだけだもの。たぶん平凡な名前。そして、どこかの市か町か村にある通りの名前と番地。英国諸島のどこかに住む英国人ということだけは、〈トラスト〉のほうから知らされていた。


今回は心の準備をする必要も、覚悟を決める必要もなかった。この封筒から不吉な知らせが出てくるわけではない。怯えるのはばかげている。祖母がデスクからペーパーナイフを出して渡してくれた。柄が象牙で、細長い刃がついている。ブラックバーン＝ノリス夫妻がこれを使うのを、祖母はたぶん見たことがあるのだろう。メアリは封筒の上部をナイフで切り、便箋をとりだした。

短い手紙だった。こう書いてあった。

ミズ・ジェイゴ様
貴女の名前と住所を〝オリヴァー〟のほうへ伝えてほしいとのご依頼はなかったので、貴女のほうから直接連絡なさるおつもりと判断いたしました。レシピエントの氏名はレオ・ナッシュ、住所は〝ロンドンNW1、プランジェント・ロード、レッドフェリー・ハウス、二十四号室〟です。ナッシュ氏との顔合わせが楽しく実りあるものとなるよう願っております。

敬具

デボラ・コックス

メアリは手紙を読みあげた。「奇遇ねえ。プランジェント・ロードって、たぶんこの近くだわ。郵便番号がNW1で、ここと同じだもの」

「たぶん、環境が違うでしょうね」祖母がそっけなく言った。「そちらはサマーズ・タウンよ。ねえ、それ以外のことは何もわからないの？　二十三歳の男性という以外には」

「もう二十四になってるわ」メアリは言った。「ねえ、おばあさま、この何カ月もずっと、その人に会いたいと思ってたのに、いざ実現するとなったら、ほんとに会いたいのかどうかわからなくなってきたわ。こういう状況で人に会うのって、間違ってるんじゃないかしら。たいてい、がっかりするものでしょ」

「そういう状況を経験したことがないから、メアリ、わたしにはわからないわ。こんなことを言うと古風かもしれないけど、わたしが古風なのは事実よ。古風でないほうが不自然だわ」

「何がおっしゃりたいの？」

「わたしが言いたかったのは、いえ、言いたいのは、人と知りあうときは友人や家族に紹介してもらうのがいちばんだということ。あるいは、職場の人とか。ただ、わたしは働いた経験がないから、なんとも言えないけど。この青年はあなたに大きな恩があって、負い目を感じているわけでしょ。友情を育むのに最適な土台とは言えないわ」

「友情だなんて！　こちらから手紙を出しても、返事はこないかもしれない。負い目を感じているなら、わたしには会いたくないんじゃないかしら」

「善行を施してくれた相手に嫌悪を感じるというのは

真理だと思う？」祖母が訊いた。「だとすると、その善行が大きければ大きいほど、嫌悪も大きくなるでしょうね。そして、人の命を救うことこそ、最大の善行じゃないかしら。向こうはとうてい返しきれない恩を受けたと思っているかもしれない。そんななかであなたに会ったら――ええと、どう表現すればいいかしら。メアリ、あなたはとても美人で、そのうえ、優雅で優しい子だわ。見るからに高い教育を受けていて、才能豊かで、贅沢な屋敷に住んでいる。向こうにとっては、それが重荷になるんじゃなくて？　ユーストン駅の裏手にある、おそらくは公営団地と思われるところで暮らす、貧しい病身の青年ですもの」

メアリは祖母を見た。小さなパニックに襲われていた。「おばあさまが旅行中でなければよかったのに。相手の住所を尋ねる前に、いまのようなやりとりができたでしょうに」

「でも、わたしが助言したとして、あなたはその助言を受け入れたかしら。きっと、聞く耳を持たなかったでしょうね」

「まだ手遅れじゃないわ」メアリはのろのろと言った。「じかに連絡をとったわけではないから。名前と住所がわかっただけ。ねえ、おばあさまならどうなさる？」

祖母は笑った。「人に責任を押しつける気？」

「知らない。もしかしたらね。わたしの癖なの。ううん、昔の癖ね。どうすればいいか教えて」

「手紙を破って、こちらによこしなさい。わたしが帰り道でゴミ箱に捨ててあげる」

「手紙を拾い集めて貼りあわせたりできなくするために？　でも、なんにもならないわ。相手の名前がわかってるんですもの。住所も覚えたし。こちらから手紙を出さなかったら、この先ずっと後悔すると思わない？　まあ、返事はたぶんこないと思うけど」

祖母は笑った。「くるわよ」

アルバニー・ストリートの家の玄関先で、十日後にバカンスに出かけるためマクブライドはペットショップに預ける予定でいることを、エドウィナ・ゴールズワージーが、ビーンに正式に伝えた。ビーンはペットショップを毛嫌いしているので、態度が冷淡になった。しかし、必要書類を作るために家に入らなくてはならず、その前に犬たちを街灯の柱につないだせいで、よけいな時間を食ってしまった。

「ペットショップに預けて体重が減ったとしても驚かないでくださいよ、奥さん」ビーンはミセス・ゴールズワージーのでっぷりした身体に非難の目を向けてから、さらに続けた。「わたしがいつも言ってるように、犬に悲しい思いをさせると、ダイエット以上に痩せてしまいますからね」

ミセス・ゴールズワージーはビーンが頼りなので、言い返すこともできなかった。その点はどの飼い主も同じだ。誰もがビーンの意のままだ。彼がいなかったら、一時間早くベッドを出たり、カクテルアワーを犠牲にしたり、ぐずぐずするのをやめたり、靴を泥だらけにしたりしなければならない。ビーンはひそかに笑みを浮かべた。故アンソニー・マドックスと、そのあとの故モーリス・クリゼローに仕えていたころは、権力を手にしたことなど一度もなかったが、いまになって、失われた日々の埋めあわせをしているわけだ。信頼のおける仕事ぶり、会話のなかにちりばめた〝サー〟と〝マダム〟、犬への純粋な愛情、時間厳守——このすべてがビーンを欠くことのできぬ存在にしている。わずか五分の遅刻でも、権力が弱まりそうな気がしていやだったので、犬の一団を連れて歩調を速め、カンバーランド・テラスへ向かった。焦げ茶のプードルのマリエッタが住んでいるところだ。

女優のリール・プリングは散歩の時間に気づいていなかった。マリエッタにキスをして、メークした顔をなめられた。ビーンがこんなに細い女を見たことは、飢饉の写真以外に一度もない。テレビは太って見えるとよく言われるが、それが理由で痩せているに違いない。どうやって細さを保っているのかと、ビーンは不思議だった。きっと、サラダだけで生きているのだろう。あるいは、雑誌に出ていたモデルのように、冷蔵庫にはレモンしか入っていないのかもしれない。

休暇で出かけるときは一週間前までに連絡をというルールをあらためて告げると、リールは甲高い声で「出かける暇なんてないわ、ダーリン」と言った。「撮影のないときでも、朝の五時から真夜中までリハーサルなの。信じられないでしょ?」ビーンはうなずいた。信じる気になれなかった。この女はずいぶん金があるに違いない。こうしてテラスハウスの奥にいると、レミントンやチェルトナムというジョージ王朝時代の保養地にきたような気がする。柔らかな色合いの石材とツタ、ほころびはじめた花、新芽を伸ばしたシダ、田園地帯のようなみずみずしい爽やかな香り。こんなところに住めるなら大歓迎だ。ただ、いまのような暮らしではとうてい手が届かない。権力をもっとふりかざすとしよう。

カンバーランド・テラスを出ると、緑色のポリ袋を抱えたホームレス女がアウター・サークルをよたよた歩いてくるところだった。エフィーという名前であることはビーンも知っているが、心のなかでは〝醜悪ババア〟と呼んでいた。ボリスも、チャーリーも、あとの犬も、かならずこの女の臭いを嗅ぎたがる。犬というのはときとして、いい香りの人間より悪臭ふんぷんたる人間のほうを好むようだ。犬の習性のなかで、ビーンが唯一気に入らない点がこれだった。わざとらしく身震いしてリードをひっぱった。ホームレス女はビーンにくたばっちまえとわめき、彼と犬がどんな性行為をおこなうべきかを指示した。三年ほど前に始まったロンドンのクリーン作戦も、ホームレスや物乞いや口汚い淫売どもを通りから追い払うに至っていないことを、ビーンは残念に思った。

セント・アンドリューズ・プレースに住むバーカー＝プライス夫妻のところへゴールデン・レトリヴァーのチャーリーを返しに行く前に、ビーンはこの犬の写真を撮った。見栄えのする犬で、頭を上げ、しっぽをピンと立てて日射しのなかに立ったその姿は立派だった。葉巻を手にした飼い主がみずから玄関に出てきた。バーカー＝プライス氏はロンドンのどこかの選挙区から出ている国会議員で、二時間ものあいだ葉巻を我慢しなくてはならない下院での審議をどうやって乗り切っているかは謎である。ビーンは最後に一匹だけ残ったボルゾイを連れてパーク・スクエアまで行った。ここで自分の鍵を使って、広場の中央にある庭に入った。

庭は全部で三つ、通りから見えるのはワイヤフェンスと、みすぼらしい（だが、通り抜けるのは不可能な）生垣と、木々の梢だけだが、なかに入ってみると、まるで公園のようだ。緑の芝生、カーブを描く花壇、高い木々、花をつけた茂みなどがあり、安らぎと静けさに満ちた美しい庭で、豪華なカントリーハウスの庭園と言ってもいいほどだ。その美しさにビーンはまったく気づいていないが、非公開という点が気に入っていた。選ばれた階級の仲間入りをさせてくれるもの、ごく一部の者しか享受できない特権と喜びを分け与えてくれるものなら、なんでも大歓迎だった。ここでもいい写真が撮れそうだ。燃えるように赤い花が咲きほこる茂みなら、誰かがクリスマスカードに使いたがるかもしれない。

ナースメイド・トンネルへの小道はゆるやかな曲線の下り坂となってレンガ塀のあいだを通り、トンネル入口の柱廊まで続いている。トンネルのなかにいるのが自分一人ではないことを知って、ビーンはギクッとした。はるか前方に人がいる。もしその人影が動いていて、こちらに近づいてくるか、遠ざかっていく途中であれば、ビーンもなんとも思わなかっただろうが、正体不明のその人物はパーク・クレセント側の左手の壁にもたれて酒瓶を唇に当てていた。ホームレス。エフィーの同類だ。ほとんどの者と同じく、ビーンもホームレスに恐怖心を抱いている。狭い空間で顔を合わせたときがとくに怖い。ビーン自身は小柄で、とうてい若いとは言えないし、ボルゾイのほうはオオカミ狩りに使われていた大型犬だが、骨格が華奢で、攻撃的になることはめったにない。

ひきかえそうかと思った。パーク・スクエアのほうへ戻り、地下鉄のリージェンツ・パーク駅のところで信号待ちをしてメリルボーン・ロードを渡ればいい。しかし、酒瓶を持った男にそんな姿は見せたくなかった。しっぽを巻いて逃げだす姿を見せて、ひきかえした理由を向こうに悟られるなんてまっぴらだ。なぜなら、このビーンこそが権力者。逃げたりすれば、この薄汚い落ちこぼれに、下水以外には居場所のないクズ野郎に、権力を譲り渡すことになる。酔っぱらいの耳ざわりな笑い声がトンネルに響きわたり、じめじめした壁から跳ねかえるところを、ビーンは想像した。

現金はたいして持っていないが、カメラを失うのはいやだった。ペンタックスのカメラで、ビーンの所持品の多くがそうであるように、かつてはモーリス・クリゼローのものだった。五分前に気づいていれば、カメラを上着の内側にそっと隠しておけたのだが。

あの男はどうやってここに入りこんだのだろう？〈クラウン・エステート〉は鍵の管理が厳重だ。鍵をもらうためには、スクエアか、クレセントか、その近辺のテラスハウスかミューズの住人でなくてはならない。ビーンは護符に触れるような手つきでカメラにさわり、それからあわてて手をひっこめた。歩きはじめた。酒瓶を持った男がいなかったら、こんなのろい歩調にはならなかっただろうが、それでも、恐怖を向こうに悟られるようなのろさではなかった。ボルゾイはふだんどおり、爪先で飛び跳ねるようにして優雅に歩いていたが、歩調はとても安定していた。

トンネルの向こう端から射しこむ光のなかに、痩せ衰えた身体と、長い黒髪と、ブルーに染まった顎鬚が見えた。一瞬、過去がよみがえり、ビーンは六十年前に連れもどされていた。そこはハンプシャーの村の学校、遠い昔に英国諸島に住んでいた人々がタイセイという植物からとった青い染料を身体に塗っていたことを、教師が説明していた。このホームレスの顎鬚を青く染めているのも、たぶんタイセイだろう。ビーンは男の横を通るとき、そちらを見ないようにしようと決めた。男がそこにいないかのように、もしくは、男の存在が目に入らないかのように、落ち着いた歩調で通りすぎることにした。リードを強くひいてボリスを自分のすぐ右側に寄せた。ああいう連中は平気で犬を蹴飛ばすものだ。

二メートルほどまで近づいたとき、男が首をまわしてビーンを見つめた。ビーンもやむなくそちらを見た。ほんの一瞬、視線を返し、それからあわてて目をそらした。その一瞬のあいだに、金属がぎらっと光ったような印象を受けた。男が金属片に覆われているように思った。SMプレイに溺れていたモーリス・クリゼローのことが、思いだしたくもないのに思いだされた。SとMのイニシャルが何を意味するのかビーンは知らなかったが、何をするのかはよく知っていたし、クリゼロー氏の生前にフラットを訪ねてきた連中の何人かも知っていた。レザー、ジッパー、ボディピアス（かなり多数）、そして、さまざまな形をした大量の金属。そのほとんどが鋭くとがっていた。

こんなことを考えているうちに、ビーンは男の横を通りすぎ、犬も男の横を通りすぎ、階段をのぼって光あふれる外に出た。ちょうどいいタイミングで心がよそへそれたわけだ。因縁をつけられることも、カメラを奪われることもなく、安全を確保したところで、故アンソニー・マドックスなら〝あと知恵《レスプリ・ド・リスカリエ》〟と呼んだであろうものに身を委ね、どう言えばよかったのか、どう言うべきだったのかを考えた。たとえば、〝きみはなんの権利があってこのトンネルを使っているのだ？〟とか、〝誰の許しを得て立入禁止のこの通路に入りこんでいるのだ？〟とか。

聖ミカエル＝聖ジョージ三等勲爵士にして国会議員たるジェームズ・バーカー＝プライスなら、そう言っていただろう。そして、ボリスの飼い主であるバートラム・コーネルも。二人とも上流のアクセントを身につけている。二人が通った学校は、自分をこの世界の王とみなすよう生徒たちに教えていた。金もそれを教えてくれる。庭園を出て道路を渡り、パーク・クレセントの歩道まで行ったとき、あの金属が何だったのかを悟った。鍵だ。男は至るところに鍵をぶら下げていた。そのひとつが庭園の鍵だったに違いない。どうにかしなくては。

ボリスが飼われているのは、舞台女優のマリー・テンペストがかつてここに住んでいたことを示すブルーのプレートつきの家ではなく、その何軒か先だった。いつものように、コーネル家の家政婦の手で地下勝手口のドアの錠がはずしてあった。なぜ玄関ドアをあけてくれないんだ？　あの女は知らんだろうが、わたしが召使いみたいな扱いを受ける日々はもう終わったんだぞ。だが、家政婦のせいで、ビーンは角を曲がってポートランド・プレースまで行き、鉄製の階段を下りなくてはならない。

ボルゾイは愛情のかけらも示さず、ふりかえることもなくビーンのそばを離れると、家政婦を無視して軽やかに階段を駆けおりた。長い鼻づらでドアを押しあけて、奥へ姿を消した。感情を持たない冷淡な犬。

「ロシアの犬だものね」それですべての説明がつくかのように、家政婦が言った。

ビーンはうなずいた。「コーネルご夫妻はお留守かね、ヴァレリー?」

家政婦は、雇い主夫妻はフランスへ出かけていて明日戻ってくると答えた。この夫妻でさえ彼女をミス・コンウェイと呼んでいる。図々しくもファーストネームで彼女を呼ぶのは、親しい友人をべつにすればビーンだけだ。勇気を出して、ビーンにやめるよう言いたいのだが、その勇気がまだ出ない。せめてもの腹いせに、ビーンが地下への階段を上り下りしなくてはならないように仕向けている。クレセントでまた泥棒騒ぎがあったことをビーンに告げた。正確には二度もあり、そのうち一度はすぐとなりの家だった。

「そんなんじゃ、ここに一人でいるのは不安だろうね」ビーンは言った。

たしかに不安だ。しかし、はっきりそう言われるのは癪だった。「犬がいるから」

ビーンは軽く笑って首をふった。「ありゃ猫みたいなもんだ。物騒な連中がうろついてるぞ。いまもトンネルで人間とは思えんやつを見かけたばかりだ。人間というより異星人だね。誰がきても玄関はあけないほうがいい」

「ご親切にどうも」ヴァレリーは言った。

勝手口のドアが乱暴に閉まった。ビーンは通行人が見ているかもしれないと思い、自分の繊細さを示すために軽くビクッとしてみせた。庭園の端に、台座の上からポートランド・プレースを見おろすヴィクトリア女王の父君、ケント公エドワードの像があり、ビーンはそばを通りかかったときにちらっと視線を向けた。前に誰かから、ケント公に生き写しだと言われたことがあり、以来、そばを通るたびにブロンズ像を見ることにしている。

ビーンの住まいはここから少し離れたヨーク・テラス・イーストという通りにある。ふだんはトンネルを通って帰るのだが、〈鍵男〉と顔を合わせたくなかった。不便ではあるが、メリルボーン・ロードに出て、信号が青に変わるのをたっぷり二分間待ち、ふたたび赤信号になる前に全速力で通りを渡ることにした。戦車競走でもするかのようにぐいぐいひっぱる犬たちがいなくなったおかげで、楽に渡れた。

自分のフラットに入った。すっきり片づいていて、塵ひとつなく、インテリアはかつての持ち主だったモーリス・クリゼローが生きていたころとまったく同じだ。艶やかに磨きあげられた十九世紀後半の重厚な家具、赤と青のトルコ製のラグ、居間には黄褐色の革張りのいくらか新しい三点セット。これと、ビデオつき大型テレビとが、ビーン自身の趣味を表わしている。キッチンはフリーザー&電子レンジの文化に合わせた仕様になっている。オーブンはなく、鍋類もいっさいない。クリゼロー氏の追悼会の日にすべて処分した。ついでに、ピアノ、鞭と銃のコレクション、見るも無惨な殉教の苦悶に耐える聖人の絵画二点も処分した。モーリス・クリゼローはビーンの奉仕への褒美として、彼が所有していたメゾネット式のフラットを遺してくれた。その奉仕はけっこう大変で、折檻のときがとくに厄介だった。ただし、ビーンはつねに折檻する側で、される側にはぜったいにならなかった。どこで一線を画すべきかも心得ていて、例えば、自宅でクリゼロー氏と二人だけになったときは、スパイクつきの犬の首輪を二人ではめようという氏の要求を頑としてつっぱねた。このように限界を定めていたのに、それでも、クリゼロー氏はフラットをビーンに遺贈してくれた。何度も約束してくれてはいたが、ビーンがそれを本気にしたことは一度もなかった。

ビーンはいま、愛するフラット(ビーン流に呼ぶなら〝メゾネット〟)に心地よく腰を落ち着け、リンダ・マッカートニーがプロデュースしたベジタリアン料理を電子レンジで温めていたが、このフラットにはひとつだけ残念な点があった。ここの住所を見せてクライアントたちを感心させたくても、〝NW1、ヨーク

・テラス〟と記した請求書を渡したくても、そのチャンスがない。犬の飼い主たちが支払う料金は税金控除の対象にならないため、ビーンがもらう金はすべて飼い主のポケットマネーから出ていて、現金で渡される。クリゼロー氏からもらっていた給料も申告の必要な額に達してはいなかった。生活の面倒をクリゼロー氏がすべてみてくれたからだ——食事も、住まいも、さらには服までも。内国歳入庁のほうではたぶん、ビーンのことを亡くなったものと思っているだろう。いやいや、彼の誕生さえ知らない可能性のほうが大きい。

カメラを調べて、フィルムがあと三枚分残っていることを確認した。

シャーロット・コテージに移ってから三週目に、メアリはディナーに二回招待された。一回目は、祖母がメアリのために開いてくれた盛大なディナー・パーティだった。招待客九人と祖母のフレデリカ・ジェイゴがディナーの席についた。クロッタン・ド・シャビニョールという山羊チーズのフライのクランベリー・ソースがけ、ホロホロ鳥のロースト、フランスふうアップルタルトのクロテッドクリーム添えというメニューだった。古き時代の古き人々にふさわしい重厚な料理。年をとっていないのはメアリととなりの席の男性だけだったので、この若い男性が、というか、比較的若そうな男性がメアリのために招かれたのは明白だった。

もうひとつのディナー・パーティも似たようなものだった。こちらは仕事仲間のドロシーアからの招待。彼女はチャールズ・レーンにあるアイリーン・アドラー博物館のとなりの家で、夫のゴードンと暮らしている。八人の客はみんな若かったので、ルッコラとコーンをオレンジと胡桃のドレッシングで和えたサラダ、ヒメジという魚のソテー、つけあわせはクスクスとセージの葉のフライ、そのあとに、柿のジュレを添えたチェリモヤの実のシャーベットが出た。カップルで招かれているのは、夫婦か、長きにわたって同居している男女だったので、となりの席にすわったバッイチの独身男性がメアリのために招かれたのは明白だった。

この二人、つまり、祖母のお気に入り男性とゴードンの友達のうち、翌日メアリに電話してきて〈英国万歳!〉を見に行かないかと誘ったのは、祖母のお気に入りのほうだった。メアリは断わった。すでに見ていたし、二人の人間がおたがいのことをよく知ろうとするなら、映画デートなどなんの役にも立たないというのが彼女の持論だったからだ。映画館の前で待ちあわせる。となりどうしにすわって暗いなかで沈黙を続ける。映画のあとで一杯やり、おやすみなさいと言って別れる。もっとも、彼のことを深く知りたいと思ったわけではないし、その後デートの誘いがなかったところを見ると、向こうも同じ気持ちだったのだろう。ドロシーアのところで会った男からは連絡もなかった。

「屈辱だわ」翌日、アイリーン・アドラー博物館の客間で、メアリはドロシーアに言った。

「あんなことしないでほしかった。うちの祖母にもやめてもらいたかったわ」

「ちょ、ちょっと待ってよ。わたしは何もしてないわ。あの哀れな男はね、奥さんに税務署員と駆け落ちされて、そのトラウマをようやく乗り越えようとしてるところなの。ゴードンとわたしとで、できるだけ彼を誘いだすことにしてるだけ」

「そして、この哀れな女もようやく、ボーイフレンドに殴られたトラウマを乗り越えようとしていると、あなたたちは考えた。そういうわけね? お似合いの二人ってこと? でも、あちらはそうは思わなかったようよ。電話もくれなかったもの。それって屈辱だわ、ドリー」

それに劣らず屈辱的なのが、レオ・ナッシュに手紙を書いたのに返事がこないことだった。すぐに返事があるものと思っていたのに。彼がこちらの手紙を待ちレオ・ナッシュもきっと、シャーロット・コテージの住所と便箋を見て、わたしの尽力にどう感謝を示せばいいかと心配になったに違いない。

「ねえ、彼のことが気になるのなら、また機会を設けて……」

「ぜんぜん気にしてないわ。映画も一人で行けばいいんだし」

自分が孤独であることを、ドロシーアにはひとことも言わなかった。何か言おうものなら、ドロシーアのことだから、毎晩のようにメアリをチャールズ・レーンの自宅に招き、毎週のようにディナー・パーティを開いてくれるだろう。高校の友達や大学の友達だって、メアリから連絡すれば集まってくれるだろう。サリー州に住むいとこも週末に招待してくれたが、グーシーがいるので断った。孤独に陥り、それを気に病むのは、強くなろう、自立しようとする者にとって最高の鍛練法とは言えない。

こがれている。言葉をかけてほしくてうずうずしている、連絡できるチャンスをつかもうと息をひそめて待っている——そんなふうに想像するなんて、わたしったら、なんてバカだったの。

「気にしすぎよ」ドロシーアはそう言いながら一歩下がり、アイリーン・アドラーの額入り写真を暖炉のマントルピースに飾ったほうがいいか、それとも、半分開いた秘密の羽目板の陰に少しだけ隠したほうがいいか、決めようとしていた。客間をいまのような形にして以来、この問題がドロシーアを悩ませている。「あなた、いまはたぶん自分の不幸で頭がいっぱいで、ほかの人のことまで考えられないのよ」

「たぶんね。でも、わたしには、あの男がこうつぶやきながら家に帰ったような気がする——簡単につかまる男だなんて向こうに思わせる必要はない。そのあたりの駆引きなら、こっちだってよく知ってるさ。でね、それきりわたしのことを忘れてしまったんだわ」

週末がいちばん苦痛だった。まだ三回しか経験していないが、ひどくわびしかった。遅く起きて、読書をして、グーシーがへとへとに疲れて抱っこをせがむまで散歩させてやり、ウェスト・エンドを歩き、ウォレス・コレクションとプラネタリウムへ出かけた。夜の時間は、アイリーン・アドラー博物館のために準備中の新しいカタログとパンフレットの作成にあてた。

平日の夜のほうが楽だった。グーシーと一緒にテレビを見たり、ブラックバーン＝ノリス家のCDをかけたりした。寝る時間になると、犬用バスケットが置いてあるキッチンにグーシーを閉じこめるのをやめて、二階へ連れて上がり、彼女のベッドで寝かせるようになった。グーシーが夜のあいだにベッドの頭のほうへそろそろと移ってくるため、朝起きたときにメアリがまず目にするのは、ふさふさの毛をしたグーシーの顔が枕にのっている光景だった。しかも、たいてい、両腕でグーシーを抱きしめていた。

最初の一週間は、朝の郵便の配達を待ちわびていたが、郵便受けに投げこまれるのはジャンクメールと、ハイヤー・タクシー会社のカードと、フードデリバリーのチラシだけだった。手紙にシャーロット・コテージの電話番号を書いておいたので、電話が鳴ると、おずおずした不安そうな男性の声が聞こえてくるのではないかと期待した。だが、電話の向こうの声はいつもアリステアで、おずおずしたところはまったくなかった。

あの早朝の電話のあと、アリステアから三回電話があった。一回目はメアリに会いにくることを伝えるための電話だった。翌日の夜に彼女を訪ね、食事に連れていくという。いくら断わっても、別居中だと抵抗しても、なんの効果もなかった。明日がだめなら明後日にしよう――アリステアは言った。メアリはついに折れて二番目の提案に同意し、翌日も、そのまた翌日も重い気分で過ごし、アリステアが家まで送ってきて泊まりたいと言いだしたらどうしようと悩みつづけた。

午後七時になり、七時半になり、七時三十五分に彼から電話があり、用ができて行けなくなったと言ってきた。メアリはホッとすると同時に怒りも覚えた。二日も惨めな気分で過ごしたことで、彼に腹を立て、自分にも腹を立てた。この日の午後は仕事にも身が入らず、アメリカの観光客に、アイリーン・アドラーの住まいはセント・ジョンズ・ウッド・テラスにあった、高貴な愛人というのはセルビア国王だった、と説明してしまったほどだった。

アリステアから三回目の電話があり、きみの健康状態が心配だと言われた。彼女のためにかかりつけの医者の予約をとったという。

「木曜の朝の八時半だ」

「アリステア、わたし、車を持ってないのよ。そんな時間にウィルズデンまで行けると思う?」

「前の晩、こっちに泊まればいい」

「わたしは至って健康よ。お医者さまは必要ないわ」

愛想よく彼に話しかけ、丁重ではあるがきっぱりした口調を心がけた。しかし、電話を切ろうとしたとき、受話器の向こうからアリステアの怒号が響いてきて、思わず震えあがった。

こんなことがあったせいで、シャーロット・コテージで犬の世話と留守番をひきうけて正解だったのかどうか、自分に問いかけることとなった。もちろん、アリステアのもとにとどまる気はなかった。それは明らかだが、まず祖母のところに身を寄せて、それからどこかの共同住宅でフラットを見つけたほうがよかったのではないだろうか。そうすれば、周囲に人がいてくれて……。

しかし、もう手遅れだ。外は今日もいい天気で、静かで暖かな夕方になっていた。アルバニー・ストリートへ散歩に出てきたカップルが腕を組んで通りすぎた。穏やかな夕暮れには、孤独がなおさら身にしみる。大都会の地平線に赤い夕日が沈み、夕方の空が紫に変わっていく。でも、星を見ることはできないだろう。メアリはグーシーを膝にのせてテレビを見た。

この小型犬がビーンに連れられてほかの犬と一緒に散歩に出ていたとき、朝の郵便が届いた。エクササイズ用トランポリンを販売する会社からのダイレクトメール、〈エクスプレス・ティッカ・アンド・ピッツァ〉のチラシ、NW1の消印がついた封筒。手紙を開封するのをためらう癖はもう捨てなさい――自分に言い聞かせた。きっぱり捨て去るのよ。それもやはりおどおどした性格の一部。そんな性格は直さなきゃ。落ち着いた冷静な態度で居間へ行き、ペーパーナイフをとって封筒をあけた。

最初に写真が目に入った。駅かスーパーの証明写真ボックスで撮ったものらしいパスポートサイズの写真。ひだの寄ったカーテンを背景に、男性の痩せた青白い顔が写っている。メアリは無意識のうちに、貧血症とつぶやいていた。もちろん、貧血症に決まっている。この男性は貧血のせいで命を落としかけたのだ。目は明るく澄んでいた。髪は白と見紛うほどの淡い金色、顔立ちは整っていて古典的。薄い唇、すっと通った鼻筋、秀でたなめらかな額。

プランジェント・ロードの住所から届いたのは手書きの手紙だった。

メアリ・ジェイゴ様

ぼくはあなたから寛大なる骨髄提供を受け、命を救われた男です。あなたは命を救ってくれただけでなく、ぼくをふたたび健康にし、価値ある人生を与えてくれました。おかげで元気になれたことをここにご報告したいと思います。

お名前と住所を教えてくださったからには、ぼくとの連絡を望んでおられることでしょう。こんなことを申しあげて図々しいと思われないといいのですが、あなたもぼくと同じように、顔を合わせたいとお思いではないでしょうか。

電話をかけるとか、この手紙に返事を出すといった面倒なことは省略してください。いや、正直に白状しますと、うちには電話がないのです。今日こうして手紙を書いているのは月曜日で、遅くとも水曜日にはお宅に届くはずです。会う気はないと言われないかぎり、金曜日の五時半から六時まで、リージェンツ・パークにあるレストラン〈ローズ・ガーデン〉の外のテーブルでお待ちしています。ボーティング湖の北側にあるレストランです。

かならずきてくださいとは申しません。でも、きてくださるよう願っています。

敬具

レオ・ナッシュ

6

ホームレス、浮浪者、人生の落伍者の大部分が路上で暮らしているのは、ほかに行くところがないからだ。持ち家も、借りている家もない。ローマンの場合は違う。かつては自分の家を持っていたが、ほかにどうしようもなくてホームレスになった。生きていこうとすれば、路上で暮らすしか選択肢がなかった。

生きていく気があったならば。もちろん、ほかの方法もあるにはあった。すべての者に与えられた方法が。運河の土手から〝飛びこむ〟のだ。何度も考えたものだった――ある晩、ホームレス連中がミルクと呼んでいるメチルアルコールと水を混ぜた白濁した液体を飲んで、まず脳と神経を麻痺させてから、冷たい水に入っていくことを。だが、失ったはずの信仰に邪魔された。信仰心がすべて消えてしまったとしても、理性と科学によってすべてが追い払われたとしても、ポーランド人の母親にカトリック教徒として育てられたため、かすかな恐怖というか、つまり、精霊に対して罪を犯すことへのばかげた畏怖の念だけは残っていた。

だから、路上で暮らすしかなくなった。自宅はもはや住める場所ではなく、彼を苦しめる空虚な場所に変わっていた。空っぽ。二度と埋めることができない。亡霊がさまよう家のなかで、ローマンは彼を凝視する壁から顔を隠し、嗚咽をこらえるために布団を口に押しこめなくてはならなかった。しかも、自宅だけでなく、どこの家やフラットやホテルやシェルターに移っても同じことだった。

家族を失ったのをきっかけに、それまで経験したことのない閉所恐怖症のような感覚に陥った。それと同時に、働くことも、ふつうの人々のなかで暮らすこともできなくなった。生き延びたいのなら、目を閉じて水かきのある手に顔を埋めた胎児のようにどこかで身体を丸めてしまうのがいやなら、それまでなじんでいた人生をすべて捨て去るしかなかった。彼がいられる場所は路上だけになった。路上にいれば、ふつうと違っていても、様子がおかしくても、出会った相手は当然のことと思ってくれる。さまよえるユダヤ人かギリシャ神話のオイディプスになる——目的はそれだった。たとえ、オイディプスのように自分の目玉をくりぬいていなくとも、娘を放浪の旅の連れにしていなくとも。

幸せすぎる人生というものはたしかに存在する。いまのローマンにはそれがわかる。あの事故の直後は、あまりにも幸せな日々を失ったことが悲しくてならなかったため、夫婦仲が冷えきっていれば、あるいは離婚していればよかったのに、わが子が醜い愚かな子たちであればよかったのに、と思ったものだった。こうした筋の通らない思いゆえに、あらゆるものとのつながりを断ち切り、家族を自分の心から追いだし、その他すべてを自分の人生から追いだした。過去を思いださせるものを何も残さないため、あらゆることを一変させるために。家も、仕事も、友達も、社交生活も、見慣れた身のまわりの品も、残らず捨てた。逃げるのなら、本気で逃げる必要があった。徹底的に、真剣に、過去の人生をすべて置き去りにして。

だが、それも色白の女に声をかけられて返事をするまでのことだった。

ローマンはプリムローズ・ヒルへ出かけた。そこでは午後五時になると、修道女たちが紅茶とバターのついたパンをホームレスの連中に配ってくれる。〝ペテン師と食わせ者〟という言葉に出会ったのは、グレアム・グリーンの何かの長篇のなかだったが、ローマンはしばしば自分をそう呼んでいる。なぜなら、かつて自宅を所有していて、それを不動産屋に頼んで売ってもらったからだ。その売却代金が入ってからは、簡易宿泊所や福祉センターへ行くのをやめた。自分には利用する権利がないと思ったからだ。通行人が恵んでくれる金を受けとるのもやめた。しかし、修道女の紅茶だけはもらうことにしていた。紅茶を飲み、バターのついたパンを食べて、テーブルに一ポンド硬貨を置いた。

カムデン・タウンにあるヴィクトリア様式の陰気な簡易宿泊所から、多数のアイルランド人がきていた。〈タリスマン出版〉に勤めていたころに何かで読んだのだが、こういう人々の平均寿命は四十七歳だそうだ。メチルアルコールが寿命を縮めるのだ。それから、寒さと貧しい食生活も。人生の落伍者になると、いろいろと学ぶことがあるものだ！　ローマンはリージェンツ・パーク・ロードをゆっくり歩き、運河にかかったセント・マークス橋を渡った。係留されているハウスボートを数えてみると、カンバーランド・ベイスンという船溜まりに七艘、中国茶が飲めるティーハウスの前に一艘あった。その一艘の平屋根に緑色のビキニ姿の女が寝そべって日光浴をしていた。

モスクの光塔が淡いブルーの空にそびえ、空には小さな雲がかかって網の目を作っていた。ローマンはペルシャの詩人オマル・ハイヤームと、光に包まれたスルタンの塔に思いを馳せた。太陽を浴びたモスクの金色の屋根はまばゆすぎて正視できないほどだ。アウター・サークルを渡ってブロード・ウォークまで行った。このあたりは野趣にあふれていて、木々が鬱蒼と茂り、花壇はなく、きれいに刈りこまれた芝生から遠く離れている。

ローマンはしばらくのあいだ、〝サー・コワスジー・ジャハンギールの噴水式水飲み器〟のそばにあるベンチにすわった。プレートに刻まれた説明文によると、英国がインドを統治していた時代にパールシー教徒が受けた寛大な慈悲への感謝を示すため、この噴水が建造されたとのこと。プレートの上の石柱から男性の顔がこちらを見ていた。建造されて以来、いったい何千人がここの水を飲み、何千頭の馬が水桶で渇きを癒してきたのだろう？　パールシー教徒は死者を沈黙の塔に安置し、ハゲタカがその肉をついばむにまかせたという。この男性もそうして安置され、自分の運命を待ち受けていたのだろう。

背後の動物園から動物の鳴き声が聞こえてきた。大きなうなり声や、象が立てるラッパのような音。彼と妻のサリーが子供たちを動物園へ連れていったことは一度もなかった。行くとしたら、ネコ科の大型獣が自由に走りまわるウォバーンやロングリートのようなサファリパークだった。ローマンは瞑想モードに入り、過去の記憶をたどって、ロングリートへ出かけた日のことを思いだした。晴天、スケッチブックを開いてライオンの母子を写生するエリザベス。ローマンのばかげた不安が楽しい一日にかすかな影を落とした。

車の窓はスイッチを押せば開くようになっていて、取っ手をまわして下げるタイプではなかった。スイッチが故障して、開いたまま、もしくは閉まったまま動かなくなる場合もあるという。どこかに故障が起きて、子供が窓をあけたあと、二度と閉まらなくなったら？　車がライオンの群れに囲まれたら？　車がエンストしたら？　帰宅してから、妻のサリーもまったく同じことを考え、同じ不安を抱いていたことを知った。だが、それはよくあることだった。夫婦で同じ考えや恐怖や喜びを抱き、おたがいの心が手にとるようにわかるのだ。

なのに、子供たちの身に、妻の身に起きたことを事前に予知できなかったのだから、不思議なものだ。かつて彼が抱いた恐怖はただの幻想に過ぎず、信じてもいない運命のいたずらを案じていたに過ぎなかった。家族をすべて奪い去られたらどうすればいい？　どんな気持ちになる？　どうやって生きていけばいい？——そんな具体的な悲劇を想定していたのではなかった。そして、じっさいに悲劇に襲われたときは、そのあとしばらくのあいだ、恐怖を忘れていた。エリザベスが生きていればもうじき十五歳、そしてダニエルが八歳になる現在、世間一般の親がするような心配は無縁のものとなっていた。

ローマンがあの日に思いを向けることはめったになかった。知らせが届いた瞬間を心のなかで再現することはなかった。ひとつには、そのときの自分の感情がほとんど思いだせないからだった。記憶に空白が生じ、残っているのはそれ以前の記憶と、十二時間後の恐怖と苦悶の記憶だけになってしまった。いまの彼にはもう、失われた時間をとりもどそうという気はなかった。

しかし、たまに思いだすことがある——いまも、ベンチから腰を上げ、噴水の石柱から、沈黙の塔から離れながら思いだしていた——あとになって襲いかかってきた衝撃を。何度も、何度も、信じられないと思ったものだった。すぐ睡魔に襲われたものだった。眠ればすべて忘れてしまえるが、睡魔に逆らおうとした。目をさました瞬間、最初に知らせを受けたときと同じく、現実がまた新たに生々しくよみがえってくるからだ。天の恵みであるべき眠り、〝傷ついた心を癒してくれる〟はずの眠りが、ときとして呪いになることもある。鎮痛剤など誰がほしがるだろう？　効き目が消えたときに、さらに大きな苦しみを味わうだけだとしたら。

だが、いまは違う。否定は過去のものとなり、忘却が訪れることもなくなった。自分に襲いかかった出来事をありのままに受け入れて、どこかの建物の玄関先で横になって眠りにつくようになり、目ざめたときも、妻子の悲運と自分の運命がはっきり把握できているようになった。妄想に惑わされることはなくなった。だが、路上暮らしを始める以前は、朝起きると、となりの枕に目を向け、サリーはどこへ行ったんだろう、ずいぶん早起きだな、と思ったものだった。そして、ゆっくりと火山の地鳴りが始まって勢いを増し、ついには噴火の瞬間が訪れるごとく、すべての記憶がよみがえり、抑えきれない痛みに襲われてうめき声を上げたものだった。すすり泣き、低くうめきながら、あの夜の帰宅後の出来事をふたたび体験した――警察が到着したこと、彼を気遣ってくれたこと、〝打撃〟と呼ばれるものを和らげる力が警察にはなかったこと。現実を否定し、追い払い、埋めてしまい、何もなかったふりをしよう、とローマンが決心したのはそのときだった。

いまの彼は、生き延びていくための戦いを経て、記憶を制御できる段階に達していた。記憶が爆発し、砕け散り、悲しみに変わっていくという事態に彼がふりまわされることは、もはやなくなった。記憶は存在し、つねに身近にあり、狂乱状態を招く引金になりかねないが、彼にはもう、それをふたたび体験する必要も、現実には目撃していない光景を見る必要もなかった。彼の心の目に映るのは、衝突の衝撃、金属音と黒と赤。それらを追い払い、かわりに、幸せだったときのことを考えるようになった。ダニエルの最後の誕生祝い。〈マクドナルド〉で十五人の子供が食事をし、そのあと、映画館へ〈美女と野獣〉を見に行った。エリザベスも参加した。ティーンエイジャーから幼い子供への大きな譲歩、すばらしい親切……。

ローマンはチェスター・ロードに曲がり、金色のゲートからインナー・サークルに入った。サリーはバラ園が大好きだった。ただし、彼女が好んでいたのはいまから一カ月ぐらいあとの、バラのつぼみがほころびて繊細な香りが漂いはじめる時期だった。バラ園の幾何学的な美しさ、秩序、バラの花の配置に見られる趣味の良さが気に入っていたようだ。ローマンは野外劇場のそばのゲートからインナー・サークルを出て、そのまま歩きつづけた。湖の北側へ向かって伸びた部分にかかるロング橋を渡っていたとき、背後に足音が聞こえたのでふりむいた。あの色白の女だった。遅刻しかけたメアリが走っていたのだ。誰かと会う約束なのだろうかと、ローマンはいぶかった。

女に挨拶されて、ローマンはひどく驚いた。顔を合わせるのはこれで三回目、ふつうの状況だったら、挨拶を交わすのは当然だろう。しかし、ホームレスには誰も挨拶などしないし、毎日のようにホームレスと出会っても一般の人間は視線をそらして無視するものであることを、ローマンはすでに学んでいた。至るところに落ちているゴミと同じく、ホームレスには誰も目を向けない。だから、女から笑顔で「こんにちは」と言われたとき、ローマンは驚愕のあまり返事ができなかった。彼女を見つめることしかできなかった。

「いいお天気ですね」女が言った。

ローマンはようやく返事をした。「うん」と言った。「うん、そうだね。いい天気だ」

そのまま歩きつづけるかわりに、足を止めて橋の欄干にもたれた。あとをつけられていると女に誤解され、怯えさせてはいけないと思ったからだ。女と出会ったことで、一瞬、ふつうの男に、社会のなかで生きる人間に戻ったような気がした。自分がそれを望んでいるのかどうかはわからなかった。

〈ローズ・ガーデン〉というレストランの名にはロマンティックな響きがある。じっさいに行ってみると、キノコが群生しているような建物で、小さな丸屋根が寄り集まり、テラスには六角形の小さなテーブルが並んでいる。メアリは遠まわりをして、相手が予期していない方向からレストランへ行くことにした。向こうに気づかれる前にそっと観察したかった。好みに合いそうもない人物がすわっていたら逃げ帰ろう、などと考えていたわけではなく、むしろ、心の準備をしたかったのだ。

準備をするのは、メアリの人生ではごくふつうのことだった。封筒を開いて何が書いてあるのかを知る前に、電話に出る前に、初対面の相手と会う前に、心の準備をする。準備をしておかなくては気がすまない。表情と微笑を整えておかなくては気がすまない。外のテーブルで女性を待っている男性の一人客は何人もいるかもしれない。メアリが相手に関して知っているのは、写真で見た顔と、自分より六歳年下ということだけだ。

向こうはおそらく、彼女がインナー・サークルから現われるか、もしくは、小道を歩いてきてホーム・グリーンの売店のところを通りすぎるはずだと思っているだろう。かわりに、庭園のほうからレストランへ向かった。レストランの外のテーブルはすべて埋まっていた。カップル、四人連れ、男性二人、女性三人。男性一人。だが、その男性は少なくとも四十歳になっていた。メアリはじっと立ったまま、テーブルからテーブルへ視線を走らせた。そのとき、彼が目に入った。

少年っぽいタイプを想像していたが、テーブルにいたのは一人前の男性だった。だが、写真の本人に間違いないメアリの顔がカッと熱くなり、頬が赤く染まるのを感じた。向こうは予想どおり、湖の横を通って道路を渡ってくる彼女を見つけようとしていたが、ハッとふりむいた。まるで紅潮した頬が勝手にテレパシーを送ったかのようだった。そこでメアリは歩きだし、男のテーブルへ向かった。彼が立ちあがって両手を差しだした。ひどく痩せた長身の男だった。

「メアリ・ジェイゴです」メアリは言った。

「レオ・ナッシュ」男が言った。「もしくは、オリヴァー」

彼はすでに左手を下ろしていた。メアリの両手を握りしめるつもりだったようだが、図々しすぎると思ったのかもしれない。メアリが彼の手に自分の手を重ねると、彼の手はひんやり冷たかった。年齢より上に見え、少々やつれた感じだが、大病と、ストレスと、もちろん恐怖に苦しんできたあととなれば、当然のことだろう。顔色が悪いことをのぞけば、ハンサムと言ってもいい顔立ちだ。淡いグレイの目に見つめられて、メアリは少しどぎまぎしながら思った。この人とわたしってよく似てる。姉と弟でも通りそう。

「ようやく会えたのに、何を言えばいいのかわからない。どんなことを言おうかと何回も練習してきたのに、バカみたいだね。感謝の気持ちを伝えたくて、一人でスピーチの練習をしたのに、あなたに会ったとたん口が利けなくなってしまった」

「そんなことないわ」メアリは笑おうとしたが、息苦しさを感じた。「すらすらしゃべってるじゃない」

「中身のないことばっかり。〝お茶はどう？〟ぐらいだったら、ちゃんと訊けるよ。どう？　それとも、お酒？　それとも、紅茶とケーキ？　何がいい？」

彼は電話を持っていない。つまり、ひどく貧乏ということだ。服装は若者の定番とも言うべきもので、ジーンズにTシャツ、肩にかけたスウェットシャツ。ここからは何も読みとれない。

「紅茶にするわ」メアリは答えた。

彼がウェイトレスに注文しているあいだに、メアリは腰を下ろし、無言でその姿を見守った。予想とは違う展開になっていた。いや、彼の外見は予想どおりだが、予想外なのは彼女自身の感情だった。華奢で青白いこの男の体内に自分の骨髄が移植された、その霊薬によって彼が健康をとりもどしたのだと思うと、感動のあまり気が遠くなりそうだった。

椅子にかけたまま前かがみになり、目を閉じた。ゆうべ初めて彼と寝たような心境になった——いえ、それ以上だ。彼と恋に落ちたような心境……。

彼が優しく声をかけた。「大丈夫?」

メアリは両手で目を覆っていた。その手を離して彼を見た。彼は心配そうな表情を浮かべ、少しおろおろしていた。「ごめんなさい」メアリは言った。「きっと、変な女だと思われてしまったわね」

彼は首をふった。「もっと違うタイプを予想してたわけ?」

「ううん、そうじゃないの。こちらのイメージそのままではなかったけど、予想からかけ離れてはいなかったわ。写真ももらってたし」メアリは必死にフォローした。「あなたに会うために心の準備をして、おおよその外見もわかっていた。でも、じっさいに顔を合わせて、こうして一緒にすわったら——なんだか不思議な気がしたの」

「不思議だけど心地よい気分だ。ぼくにとっては」

「あのう——どんなふうだったか話してくれない? つまり、その、回復の過程を。いえ、それって、あなたの——あの、プライバシーの侵害になるのかしら」

彼は笑った。だが、穏やかな笑いだった。メアリは彼の澄んだグレイの目を直視できない自分に気づいた。

紅茶が運ばれてきて魔法が解けた。ケーキは彼のためだった。フルーツタルト、クリームホーン。

「たくさん食べなきゃいけないんだ」彼が言った。「しっかり食べるようにって、病院でいつも言われる。たぶん、果物や野菜のことで、クリームケーキじゃないと思うけどね」

今度はメアリも笑顔になれた。「話してくれない？」

「移植手術のこと？」

「ええ、そうね。何もかも。病気のことも、手術のことも、一つ残らず。聞きたいの。あなたの口から」

「ぼくばかり勝手にしゃべってもいいの？」

メアリの心に自信があふれてきた。「わたしを喜ばせるためだと思って」

「わかった。それなら気分が軽くなる」

彼はしばらく考えこんだ。子供のようにうれしそうにクリームホーンを食べていた。指についたクリームをなめ、顔を上げてにこやかに微笑する彼を見て、メアリは楽しくなった。

「ぼくは大学を出たばかりで、仕事を探していた。どこにも就職できないんじゃないかと不安で、最初のうち、痛みは——神経のせいだと思っていた。それが始まりだったんだ。すさまじい痛みだった」彼は眉を寄せ、思いだしていた。「脇腹の鋭い痛み。神経のせいだと思い、つぎに、たぶん盲腸だと思った。かかりつけの医者へ行ったら、胃腸炎だと言われた。だけど、胃腸炎なんて一度もかかったことがないから、医者の言葉が信じられなかった。そのうち、痛みが強烈になっていった。こんな話、ほんとに聞きたいの？」

「ええ、もちろん」

「ぼくには兄がいる。すごくいい兄貴で、ぼくの親友みたいなんだ。痛みのことを言ったら、すぐ救急へ連れてってくれた。診察の結果、脾臓が正常サイズの三倍に腫れあがっているのがわかった。治療が必要だった。すでに白血球の機能が失われていた。病院から兄に話があり、ぼくにも話があった」

「さぞショックだったでしょうね」

「いきなりパンチを食らったような気分だった。自分は健康だ、ただの胃痛なんだと思ってたら、これだもんね。手術で脾臓を摘出した。病名はAML、つまり、急性骨髄性白血病だった。死刑宣告を受けたような気がした」

「でも、〈ハーヴェスト・トラスト〉へ行ったんでしょ？」

「しばらくしてからね。骨髄移植を受けるよう勧められた。兄弟姉妹の場合、適合率は四分の一ということだったので、ぼくは兄の骨髄に望みを賭けた。兄は喜んで提供すると言ってくれた」彼がこぶしを固めるのがメアリの目に入った。彼の口調が熱を帯びてきた。

「それだけではなかった。ぼくを助けるチャンスを待ち望んでいた。仲のいい兄弟だからね」

「でも、お兄さんの組織は適合しなかったのね？」

「さっきも言ったように、ぼくは死刑宣告を受けたような気分だった。四分の一のチャンスがあることを医者から聞かされたとき、すべてが変わった。かならず助かると確信した。だって、手術を受けなきゃいけない、四分の一の確率で麻酔から覚めないことがあると言われたら、ふつうは死を覚悟するだろ？　ぼくもそうだ。四分の一なら、かならず兄の組織が適合すると思った。自信満々だったから、たいして考えもしなかった。ぼくの兄だ。同じ遺伝子を持ち、髪と目の色も同じ、顔立ちも同じだ。ぜったいうまく行くと信じていた。

　検査の結果、適合しないことが判明した。最初は信じられなかった。何かの間違いだと思った。だけど、間違いではなかった」

　彼はため息をつき、それから明るい顔になった。

「でも、兄の骨髄をもらってたら、きみには出会えなかったわけだよね」

「でも、そのときはそんなこと考えなかったでしょ。わたしの存在すら知らなかったわけだし」

彼は軽く首をかしげた。メアリの言ったことについて考えている様子だった。

「兄は必死にドナーを見つけようとした。チラシを印刷して、あちこちの家の玄関に投げこんでまわった。想像できる？　ほとんどの人は無視するだけだったが、検査を受けようと言ってくれた人もずいぶんいた。そのなかの一人が適合したけど、採取は無理だとわかった。ドナーが見つからないかぎり死ぬしかないと覚悟した。あんな辛いことはない。病気を治してくれるものが、いや、とにかく進行を抑えてくれるものがあり、それが薬であれ、血清であれ、どこにでもあって、たぶんきわめて日常的なものなのに、それを見つけることができないとわかったら、パニックに陥って当然だろ？　どこかにしまいこまれていて、通りで見かける多くの人の体内にも存在するかもしれないのに、手に入れることができない。そんなとき、病院から〈トラスト〉のことを教えられた」

「それで？」

骨髄提供者が見つかったと〈ハーヴェスト・トラスト〉から連絡があった日のことと、このうれしい知らせを受けたときの喜びと、死なずにすむとあとで実感したときの興奮とを、彼は思いだした。

「それまでは、二十二歳の誕生日が迎えられないんじゃないかという恐怖のなかで生きてきた。ところが、きっと迎えられると言ってくれる人がたくさん出てきた。絶望に、運命に慣れようと努めてきたぼくが、今度は希望に慣れなきゃいけなくなった」

一時は病状が悪化し、この状態だと移植手術は無理だと周囲が心配したこともあった。しかし、容態が安定してきた様子だったので、思いきって手術をすることになった。こういう状況のなかで、彼はいつもメアリのことを考えていた。

「ぼくは〝ヘレン〟のことを考えた。たぶん、英雄崇拝の傾向があるんだろうな。昔もいまも兄を崇拝しているし、今度はあなたという人が、未知の女性が登場して、ぼくの崇拝の的となった。あなたはぼくの救世主だった。聖女と言ってもいい」

すぐ赤くなってしまう自分がメアリはいやでたまらなかった。こんなことを言われたのは生まれて初めてだ。真っ赤になった。

「あら、なんでもなかったわ」メアリは自分の口調の強さに驚いた。「ほんとになんでもなかったの」

「ぼくだったら、そこまでできたかどうか疑問だ。移植が無事に終わって、ぼくには考える時間がたくさんできた。何度も考えたものだった――自分が骨髄を提供できる立場にあったらどうしただろうって。たぶん何もしなかったと思う。怖いもの」

彼の目には崇拝の念があふれているように見えた。メアリは困惑と気恥ずかしさに襲われたが、彼から視線をそらすことができず、話題を変えて注意をよそへ移そうとした。

「お仕事のほうは？　手術と治療のあいだ、働けなかったでしょ？　生活費はどうやって」またもや図々しい質問をしてしまった。「ごめんなさい。そんなこと訊いちゃいけなかったわね……」

「なんでも訊いてくれてかまわないよ」

冷静な口調だった。彼のオープンな態度にメアリは圧倒された。親密な感覚に包まれて、わずかに身を震わせた。顔を合わせてまだ三十分もたっていないのに、ずっと前からの知りあいだったような気がする。

「いえ、ごめんなさい」メアリはふたたび言った。気後れしてしまい、何を訊けばいいのかわからなくなっていた。「こんなふうに探りを入れる権利なんてないのに」

「なんでも訊いてくれていいんだよ。だって、ぼくはあなたのものだもの。そうだろ？」

「どういう意味？」

「そんな——そんな怯えたような顔をしなくてもいいのに。知らないの？　きみが誰かの命を救ったら、その人はきみのものになるんだよ。召使いのようなものだ。本当の意味での召使い。献身的にきみに仕える人間」

メアリは両手をテーブルに置いていて、彼がそこに自分の手を重ねた。一度は彼女の手をとろうとして差しだし、照れたのか、礼儀を重んじたのか、そのままひっこめてしまった手。いま、その手をメアリの手に重ねて強く握りしめてきた。うっとりするほどすてきな感触だった。

「兄が食べさせてくれた。いまは仕事がある。ただのパートで、たいした金にはならないけどね。兄のところで働いてるんだ。ぼくが望んでたような仕事ではない。いい大学へ行き、未来に大きな夢を持ってたけど、でも、仕事は仕事だ。命が助かったことを知ってからは、どんなものでもありがたく思うようになった」

メアリは仕事の内容を聞けるものと思って待ったが、彼は何も言わなかった。勘定書きが運ばれてきた。彼がウェイトレスの手からそれをとろうとしたので、メアリは言った。

「ううん、わたしに払わせて」

それを聞いて彼は笑いだした。ウェイトレスがその場に立って聞き耳を立てていたが、彼は気にする様子もなかった。「電話がないって言ったのを覚えてたんだね。あれはぼく個人の電話がないって意味。病気になって以来、兄のフラットに居候してるから。そうするしかなかった。一人で暮らすのは無理だしね」

彼は冷たくなった手をひっこめた。メアリは夕暮れの訪れとともにあたりが冷えこんできたことに気づいた。立ちあがった。

「パーク・ヴィレッジまで送るよ。いいだろ？　ああ、そんな目で見ないで。体調は上々なんだから。あなたのおかげで元気になれた。ねっ？　長い距離を歩いても平気だよ、メアリ」

　彼に名前を呼ばれたのはこれが初めてで、おろおろしているうちに、メアリの胸に喜びが湧きあがった。二人でブロード・ウォークまで歩き、北へ向かった。さきほど出会った顎髯の男がふたたびベンチに腰を下ろし、あいかわらず本を読んでいた。メアリは笑顔を向けて〝こんにちは〟と言おうとしたが、男はページに視線を据えたままだった。自分たちの住まいが近いという不思議な偶然について、レオが話しはじめていた。ふたたび彼女をメアリと呼んだ。そこにはほかの誰が呼ぶよりも愛らしい響きがこもっていた。

　メアリは一度だけふりむいたが、ベンチの男の姿はすでになかった。

7

　みんなどこへ行ってしまったのかと訝しむことも、不安や疑惑を感じることも、あれこれ推測することも、みんなが出かけたきり帰ってこず、電話もかかってこないせいで不安が高まることも、まったくなかった。行き先はわかっていた。というか、わかっているつもりだった。ウッドブリッジへ出かけたのだ。妻の実家へ。十月に入って学校が一週間だけ休みになるので、サリーはエリザベスとダニエルを連れ、体調を崩している実家の母親を見舞うために、自分で車を運転してサフォークへ出かけていったのだ。そちらに一泊する予定だった。

　のちに、数字や日付や合計数に異様なこだわりを持つようになった彼は、この十五年間にサリーが何回実家へ出かけたかを計算しようとした。家族全員で出かけたことが何回あっただろう？　二百回？　それ以上？　十五年間をふりかえり、日記を参考にして、ようやく、二百二十三回という正確な数字を弾きだした。たとえわずか数分でも、悲劇を忘れ、計算と数字という感情のない乾いた世界に身を置けるなら、なんだって大歓迎だった。

それだけの回数を、サリーは事故も起こさず、何事もなく、危機一髪という事態に見舞われることもなく、車で往復したのだ。ローマンはまったく心配していなかった。するわけがない。受話器をとって確認しようなどとは一度も思わなかった。実家の母親のところにいるのだ。電話をくれるかもしれないし、くれないかもしれない。夕食がすんだら、実家のほうへ電話して、具合はどうかと尋ねるつもりだった。

だが、のちには、自分が本当にそう考えたのかどうか疑問に思うようになった。何も考えなかったような気がする。ほかのことで頭がいっぱいだった。先住民ハバスパイ族の女と結婚した逃亡奴隷の日記とされる原稿をチェックしていたのだ。本物と証明され、アドバンスがそう高くなければ、〈タリスマン出版〉で版権を取得する予定だった。それを自宅に持ち帰っていた。原稿は四枚目をいちばん上にして、キッチンのテーブルに置いてあった。不思議なことに、トム・ウートラムが版権を買ったのかどうか、ローマンはまったく覚えていない。

のんびりと夕食の支度をしていた。ピッツァを解凍するのではなく、ベイクドビーンズを作るつもりだった。電子レンジより缶詰のほうが好みに合っている。缶をあけながら、次のパラグラフに目を通した。冷蔵庫にムルソーのボトルが入っている。まだ半分残っていて（悲観論者なら〝半分しか残っていない〟と言うだろう。ローマンはけっして悲観論者ではなかった）、ワイン保存用のストッパーで栓がしてある。ビーンズズを加熱するあいだに、すでにグラスに一杯、ワインを注いでいた。逃亡奴隷の日記はたぶん本物ではなく、フィクションだろう。だが、そのほうが出版しやすいかもしれない……。

七時一分前に玄関のベルが鳴った。誰かが募金集めにでもきたのだろうと思った。ポケットに財布が入っているのをたしかめながら、玄関まで行った。

その時点では、警官たちはくわしい話をいっさいしなかった。ローマンが詳細を知ったのはあとになってからだった。七時一分前、グラスのワインは半分に減り、ベイクドビーンズがガス台でフツフツと煮えていた。やがて、婦人警官がガスを消し、ローマンにすわるように言った。事故が起きたことを告げ、つぎに事態の深刻さを告げ、つぎに死者が出たことを告げた。ローマンは警官たちを凝視していた。もう一度言ってくれるよう頼んだことを覚えている。きっと耳がおかしくなったのだと思った。いまのは聞き間違いだ、そんなことが起きるわけはないと思った。

その後も長いあいだ、トマトソースの焦げる匂いを嗅ぐと、自分の人生が崩壊したことを、幸せの源をすべて失ったことを実感したものだった。一度、カムデン・タウンにある労働者の多いカフェでその匂いを嗅ぎ、毒でもあおったかのように気分が悪くなったことがあった。

警察が訪ねてきた翌日、ローマンはサリーがスピード制限を守り、すべての交通規則に従って慎重に運転していたことを知った。エリザベスが助手席に、ダニエルがうしろの席に乗っていた。イプスウィッチの近くにあるイースタン・リージョンの線路の踏切で一旦停止をした。その踏切は丘のふもとにあった。フィーリックストウという港町のドックからやってきた二十トン積みのコンテナトラックが猛スピードで丘を下ってきて、ブレーキの故障でサリーの車に追突したため、そのあおりで車は踏切の遮断機を突き破り、近づいてきた列車の前に投げだされた。

三人とも即死だった。列車の運転士は負傷したが、乗客はみな無事だった。トラックの運転手はどうかというと、頭を強打し、関節にひどい裂傷を負った。二百二十三回は無事だったのに、そのあいだじゅう、二百二十四回目が出番を待ちかまえていたのだ。運命の勢いとともに、一回ごとに近づいてきていたのだ。そういうことを信じる人なら、そんなふうに考えるだろう。ローマンはそうではなかった。

検死審問には行かなかったが、葬儀には出た。彼自身の葬儀のようなものだった。衰弱したサリーの母親と、サリーの姉が参列していたが、あとは誰にも会いたくなかったので、こないでほしいとみんなに頼んでおいた。その晩は泥のように眠り、翌朝目をさましたときには、サリーは早起きしたのだ、いまに紅茶を運んできてくれる、と思いこんでいた。現実を思いだし、苦痛がよみがえった瞬間、彼の口から悲痛な抗議の叫びが洩れた。

その二週間後、ローマンは〈タリスマン出版〉をやめ、家を売りに出して、路上で暮らすようになった。

自分が異常な世界へころがり落ちることになったきっかけは、三人の葬儀、現実とは思えないその儀式だったとローマンは思っている。自ら選んで身を置くことにしたいまの状況を、どう呼べばいいのかはわからないが。三つの棺が黒いスーツ姿の男たちの手で殺風景な火葬場の通路を運ばれていく様子は、まるでエルンストの絵のようだった。もしくは、マグリットの絵のようでもあった。ローマンは、悪夢と麻薬の生みだす幻覚に満ちた現実の彼方の世界に入りこんでしまい、そうした絵を見るような感覚で、葬儀の場面を何度も目にしたものだった。

不思議なことに、過去を受け入れて以来、思いもよらぬときに過去がよみがえり、目の前に情景が浮かぶようになった。〝チャーチ・ガーデンズ〟と呼ばれるセント・ジョンズ・ウッド教会の墓地へ向かおうとして、プリンス・アルバート・ロードを横断していたときもそうだった。横断歩道で車が何台も止まったが、ローマンの目には入っていなかった。一台が警笛を鳴らして彼を急かした。彼の目の前を三つの棺が通りすぎた。運んでいるのは屈強な若者たち。こんな服装の若者が見られるのは葬儀のときだけで、みんな、若々しい顔に悲嘆を浮かべ、目を伏せている。

花はいっさいなかった。当然だ。そんなばかげたことが誰に提案できただろう？　そう、提案した者は誰もいなかった。彼の人生のすべてが、過去と現在と未来が三つの木の棺に収まっていた。ローマンは感情をなくしたまま信者席にすわり、ひどく若い男がタフィーを呑みこんだみたいな喉仏を上下させながら、復活と命についてポッタリーズ地方の訛りで説教するあいだ、棺を凝視していた。

道路を渡りおえたところで、その光景が薄れていった。残酷な幻が消えていくなかで、早くも夕暮れが忍びよっていた。墓地の門がもうじき閉まるだろう。ホームレスを追い払うため、警察が閉園時刻の前後にリージェンツ・パークを巡回しているが、公園のゲートの外にあるこの木陰の多い墓地に入りこみ、古い墓石のあいだに寝床をこしらえれば、警官の目を逃れられることを、ローマンは知っていた。

まばたきした彼が見たのは、緑の芝生と、花壇と、プラタナスの幹だけだった。灰色の皮膚みたいな樹皮があちこちはがれて、下からレモン色の木肌がのぞいている。日の光が薄れていくなかで、プラタナスや、ブナや、ウラジロナナカマドの葉がひどく青白く儚げに見える。白い色を帯びたものがどれも奇妙な輝きを放っていた。

晴天だったこの日、ローマンはすでに何キロも歩いていたが、さらに歩きつづけた。いつものように墓地を歩きながら、墓を見ていった。百五十年前に亡くなった水彩画家のジョン・セル・コットマン。自称宗教預言者のジョアンナ・サウスコット。預言が入っているという〝箱〟を遺して、ワーテルローの戦いの前年に亡くなっている。灰色の墓石のどれを見ても、墓碑銘はすでに解読不能。歳月と天候に浸食されたのだ。ブルーベルは花の時期もそろそろ終わりだが、ルリヂサが同じ色合いの花を咲かせ、セリの葉がきらめいて、まるで田舎の小道を歩いているようだ。

ベンチに腰を下ろし、頭をベンチの背にもたせかけて目を閉じた。かつての彼は快適さを大切にし、マットレスを選ぶにも神経を配り、出費を惜しまない人間だった。アームチェアはフットレストのついた柔らかなタイプでなくてはならなかった。しかし、路上生活を始めてからは、快適さなど気にしなくなり、道路の敷石の上で寝ようが、比較的贅沢に芝生の上で寝ようが、どうでもよくなっていた。

しばらくして、ほかにも誰かが墓地にいることに気づいた。警察ではない。あんな歩き方はしない。彼が耳にしたのはエフィーの足音だった。目をあけた。エフィーはベンチまでくると、反対の端に腰を下ろし、横目で恥ずかしそうに彼を見てから、何も言わずに視線をそらした。ホームレスの先客がいるベンチにすわるのは、ホームレス仲間しかいない。

エフィーはけっこう若い女だ。ローマンは最初、年寄りだと思っていたのだが、たぶん彼よりも若いだろう。背を丸めているため、そんな印象を受けたのだ。また、荒れた手と包帯を分厚く巻いた脚のせいでもある。しかし、古ぼけた帽子をとり、頭に巻いたウールのスカーフをはずすと、丸みを帯びたしわひとつない顔と、ふっくらした唇と、ホメロスが〝牛王の目〟と呼んだ、ゼウスの妃ヘラのごとき目が現われる。

ローマンがエフィーと初めて出会ったのは、彼が路上生活を始めた最初の冬で、ホームレスとしては彼女のほうが新参者だった。三月に入って寒さが和らいでも、やはりまだ三月、じめついた日が多く、夜はひどく冷えこむ。同じこの墓地で、ただし、同じベンチではなかったが、彼女が並んで腰を下ろし、あたりが暗くなると――夜のように暗くてもまだ六時だった――まず彼の膝に手を置き、つぎに手をすべらせて彼の股間のものをつかんだ。以前のローマンなら狼狽したことだろう。あとずさり、あわてて逃げだしたことだろう。しかし、彼が感じたのは軽い興味と好奇心だけだった。長い禁欲生活ののちに、性的なことは考えないようにして五カ月を経たのちに、彼の肉体がこのホームレス女の手に反応し、驚くほど女らしい温かな彼女の手に握られたものがみごとにそそり立っていることを、自分でも不思議に思った。

そのころはまだ、昔からしみついている優越感を、自分はエリート階級だという思いを払いのけるに至っておらず、墓石のあいだの暗がりで草の上に広げた毛布に横たわり、彼女と一緒に動きながらも、自分が女に恩恵を施しているのだと思っていた。自分はこんなに親切だ。女の野卑な臭い、魚のような臭いを我慢し、女の手に身体をまさぐられても寛大に耐えている。暗くぬらぬらした未知の場所にこうして入っていくのは、女にとって光栄なことのはず。こうして情けをかけた見返りに自分がどんな危険を背負いこむことになるのか、わかったものではない。

ところが、ことが終わり、知りあって以来初めてエフィーの笑顔を目にし、その腕に抱きしめられるのを感じたとき、彼女のほうが彼に恩恵を施しているつもりでいたのだと悟り、衝撃を受けた。彼女の笑みは誇らしげで、彼を抱きしめた腕は母親のようだった。おそらく、哀れみか共感から、彼女に差しだせる唯一のものを与えてくれたのだろう。それがローマンへの教訓となった。おのれを恥じた。そのあと、エフィーが荷物をひきずって墓地を出ていったときに初めて、感謝の言葉とともに十ポンド札を差しだす寸前まで行っていたことを思いだし、踏みとどまってよかったという安堵に身を震わせた。

いまでは、エフィーがふたたびそばにすわっても、結婚前にふとした偶然で女と出会って一夜かぎりの関係を持ったときに感じたような、困惑や、気まずさや、不吉な思いに襲われることはなくなっている。路上生活とホームレス仲間が彼を変えたのだ。社会人としての礼儀も抑制も消え去り、それとともに、他人にどう言われるだろう、どう思われるだろうという不安も消えた。エフィーとセックスする気はもうないが、言葉や態度で彼女にそう告げても、気まずい思いをすることはないはずだ。彼女のほうを向いて笑いかけ、手押し車に詰めこんだ袋のなかに手を入れながら言った。

「飲みものはどうだい？　コークしかないけど」

エフィーは首を横にふった。日によって気分が浮き沈みするタイプで、元気な日より落ちこむ日のほうが多く、彼女が両手をじっと見つめて何やら低くつぶやきながらてのひらを上に向け、それからもとに戻す様子を見て、今日は落ちこんでいる日のようだとローマンは察した。手に何が見えるのか、ローマンにはわからない。血かもしれないし、湿疹か、聖痕か、落ちない汚れかもしれない。ふつうの女の手となんら変わりはないように見える。ただ、手荒れがひどく、実年齢より老けた感じだ。エフィーはその手を何度も表に返し、裏に返して、いっそう念入りに点検していた。

「そろそろベッドに行く時間だ」ローマンは言った。「もう寝ることにするよ」

エフィーは手を裏返して、マニキュアしたばかりの爪に見とれる女のごとく、汚れた爪をじっと見ていた。

「おやすみ、エフィー」

エフィーから返事があったら、ローマンは驚いたことだろう。エフィーは膝に両手を置き、つぎにその手を尻の下に敷いた。荷物の一つを蹴飛ばした。荷物の重さに、つねに持ち歩かなくてはならないことに、くすんだ緑という醜い色をしていることに、嫌気がさしたかのようだった。荷物が小道を一メートルほどころがっていった。ローマンはときどき、街の通りはだだっぴろい精神科病棟で、自分も彼らと同じ入院患者にすぎないような気のすることがある。

立ちあがってしばらく歩くと、御影石の墓碑銘が消えてしまった二つの平たい墓石のあいだに寝場所が見つかった。丈の短い草と苔が半々ぐらいで交ざっている一角だった。手すりの向こうを見ると、白い石とテラコッタで造られたビザンチン様式の大きな建物の正面部分が、街灯の黄色がかった光を受けてぬっとそびえていた。

ローズ・クリケット・グラウンドの横を通ってハムステッドへ向かう車の音が、潮騒のように響いてきた。砂利浜に打ち寄せる波の音のようだ。しかし、ここにこうしていれば、田舎の教会の墓地にいるのと変わらない。トマス・グレイの詩〈田舎の墓地で詠んだ挽歌〉で有名なストーク・ポージスの教会といったところだろうか。静かで、穏やかで、墓が並ぶ場所につきものの諦念と休息と深い安らぎが、そこはかとなく漂っている。ローマンはまずシートを広げ（シートを省略したときの結果を以前に経験しているので）、その上に寝袋を置いた。そこにもぐりこみ、のんびり横になって、ほっそりと長い雑草の茎のあいだから、赤いテラコッタと白い石の壁をながめた。枕を使うのはとっくの昔にやめていた。グレイの〈挽歌〉がこの場にふさわしい気がしたので、記憶に残っている部分を暗誦した。

思うに、この忘れられた場所に眠っているのは、
かつては天上の火をいだいていた胸だ。
帝国を指図する笏を持ち得た、または
姫琴をかきならし神韻を与え得た手だ。

そのあとの一節を暗誦している途中で、ローマンは眠りに落ちた。

五月中旬ともなると、夜の闇も長くは続かず、五時には夜明けが訪れる。空が白みはじめ、それでも日の出はまだというころ、エフィーがローマンの肩を揺すり、顔を近づけて彼を起こした。ローマンはその瞬間、またも誘いをかけられたのだと思った。だが、エフィーや彼が属する世界の基準からしても、さすがに無茶と言うべきだろう。

「だめだよ、エフィー」ローマンは言った。「だめだ」どんな口実を作ろうと、どんな理屈をつけようと、不実な言い逃れになるだけなので、こう言った。「あれは一度きり。あれで終わりだったんだ」

エフィーは返事のかわりに、彼が着ているセーターとTシャツの右肩のところをつかみ、もう一方の手を突きだして、北のウェリントン・プレースのほうを指さした。必死の形相で訴える様子が芝居じみていて、ゴシック小説の一場面のようだった。エフィーの顔がゆがんだ。生まれつきの障害なのか、のちに心に傷を負ったせいなのか、とにかく、ふだんからうまくしゃべることができず、いまもこう言っただけだった。

「レールの上！　レールを見て！」

ローマンは即座に鉄道を連想した。きっとジュビリー線のことだ。自分たちの足の下を通って、セント・ジョンズ・ウッド駅へ向かう地下鉄の路線。ローマンは起きあがると、こわばった脚のストレッチをやり、腕の曲げ伸ばしをした。戸外で寝るのは気分爽快なときもあるが、骨に鈍いしびれが残る。頭ははっきりしても、手足や背中に痛みが走る。目をこすった。エフィーを追って小道を進んだ。先を行く彼女の足が徐々に遅くなり、やがて完全に止まった。

「どこまで行く気だ、エフィー？」

エフィーは首をふっていた。彼の質問を拒むためではなく、自分がさっき目にしたものを、彼に見てもらいたいものを、否定することしかできない、と言っているかのようだった。

「どこへ連れていこうというんだ?」

エフィーが指さした。ふっくらしてはいるが傷つきやすそうな顔が、何か必死に訴えかけるように彼のほうを向いた。悲しみがあふれていた。伸ばした指が震えていた。ローマンは思わずその手をつかみ、しっかり握りしめた。

空が明るくなってきたが、鬱蒼と茂った木立のなかはまだ暗く、木々の影は昼間よりなお黒々としていた。エフィーは彼を墓地の北の端まで連れていこうとしている様子だった。車の音は聞こえず、風もなく、重苦しい静寂があるだけだった。ローマンが早朝の景色を目にすることはめったにない。夜明けの前後の時間帯がいちばん熟睡できるからだ。空を見て驚いた。雲ひとつなく、宝石のように透明なブルーだった。

エフィーがローマンの袖をつかんだ。彼をひっぱって小道を進み、コクラン・ストリートに面したウェリントン・プレースの正門のほうへ向かった。ゲートの左側にある柵《レーリング》の上に、ローマンはそれを見た。

〝レール〟、エフィーはそう言った。〝レール〟。なんのことか、いまやっとわかった。

その男の身体は柵のスパイクに刺し貫かれているように見えた。上半身はウェリントン・プレース側へ垂れ下がり、中途半端に握りしめた鉤爪のような片手が見えていた。下半身はこちら側に、つまり、墓地のほうにあった。ブーツの足がだらりと垂れ、汚れた黒っぽいジーンズのすりきれた裾から骨ばった細い足首がのぞいていた。エフィーが両手をふりまわして、切れ切れに何かつぶやきはじめた。ローマンは躊躇した。心臓の動悸がひどかった。柵に近づき、隙間から手を突っこんで、死んだ男の冷たい手に触れた。死んでいるのを確信したのはこのときだった。氷のように冷たい手だった。

顔に見覚えがあるように思ったが、確信はなかった。ぼろきれに近い着衣からすると、ホームレスのようだ。それは間違いない。

スパイクが突き刺さった場所と、スパイクとぼろきれと傷口をべっとり覆ってすでにどす黒く乾いている血を目にして、ローマンはその沈黙の塔から顔を背け、かわりに、青く澄んだ無慈悲な空を見あげた。

8

その日と、翌日と、翌々日にアイリーン・アドラー博物館を訪れた者は、ほとんどが殺人事件の現場までの道順を訪ねるためにやってきたのだった。入場券は一応買うのだが、ゆっくり見てまわる者はほとんどいなかった。お目当ては殺人現場、一刻も早くそこへ行きたくてうずうずしていた。

「左へ曲がってセント・ジョンズ・ウッド・テラスに出たら、もう一度左へ曲がってハイストリートを進み、右手の最初の脇道に入ってください。警察の現場保存用テープが張ってあるから、すぐわかります」

メアリも、ドロシーアも、寝言でも暗誦できそうだった。もっとも、二人とも現場にはまだ足を運んでいなかった。とりあえず、博物館の収益だけは伸びていた。道を尋ねる人々に加えて、ウェリントン・プレースのほうからやってきた観光客のグループもいた。この界隈でほかにどんな楽しみがあるか見てみようという人々だ。まずセント・ジョンズ・ウッド・ハイストリートのブティックをまわって、カフェで休憩。それからアイリーン・アドラー博物館。最後に殺人現場を訪れて本日のお楽しみの締めくくりにする。

ドロシーアが言った。「あの哀れな男の死因はナイフの傷、スパイクはたまたま飾りに使われただけ――そう言う人がこれ以上出てきたら、ヘドをぶちまけてやる」

メアリはたとえ人づてにしろ、事件の話を聞くのは苦手だし、うんざりしていたが、墓地や公園を通り抜けるのを不安に思う気持ちはなかった。博物館にきた人々はなんとかして彼女を怖がらせようとした。

「わたしだったら、あの公園にはぜったい足を踏み入れないわ」帽子展示室で一人の女性が言った。「一人だろうと、連れがいようと。グレートデンが一緒でもいや。近道するために公園を通ったら、自分からトラブルを招きよせるようなものだわ」

「でも、事件が起きたのは公園のなかじゃないんですよ」

「今回はね、ええ。でも、つぎの事件がそうならないって保証はある？」女性はピンクのオストリッチの羽根をふんだんにあしらったローズ色の帽子を細かく点検しはじめた。「この時代のほうが女の身は安全だったでしょうね。外に出る機会があまりなくて、男に守られ、大切にされ、出かけるときはいつも馬車だったんですもの」

メアリとしては、労働階級の女だったらそうはいかない、それに、切り裂きジャックのことはどうなのか、と言いたかったが、黙っていることにした。運河のほとりでメチルアルコールを飲む連中の一人を選んで殺した犯人が、つぎの犠牲者にこの女を選ぶなんて考えられない。殺人事件のことを最初に耳にしたとき、公園で会った男のことが反射的に頭に浮かび、つぎに、アイリーン・アドラー博物館の入口で目をさます彼を見つけた朝のことを思いだした。柵で発見された死体が別人であるよう、心から願っている自分に気づいて、なんだか照れくさくなった。夕刊の写真も参考にはならなかった。黒髪に顎鬚の男とくれば、誰もみな同じに見えるし、ぼやけた写真からわかるのは男の名前だけだった。ジョン・ドミニク・カーヒル。

「きっとアイルランド人ね」いまにも飛び立ちそうに見えるシラサギの羽根がついた黒い帽子をしげしげと見ながら、女性が言った。「偏見を持ってはいけないんでしょうけど」

昨年と一昨年にリージェンツ・パークで通報された事件の一覧表を残していったのは、この女だろうか。それとも、ほかの入館者だろうか。ついうっかり忘れたのか、意地悪で置いていったのかはわからないが。ミュージアムショップのカウンターにガイドブックと一緒に置いてあるのを、ステイシーが見つけた。

「悪質な傷害一件、身体傷害三件」ドロシーアが読みあげた。「警官に対する暴行二件、強制猥褻二件、公然猥褻四件――どうしてこんなものまで含めるのかしら――器物損壊九件、薬物濫用七件、ひったくり十六件。でも、去年は身体傷害と警官に対する暴行は起きていないし、器物損壊はわずか五件。ただし、薬物濫用が十三件も起きている」

「それほど多くないわよね」メアリは言った。「一年間の合計でしょ」

いつものルートで帰ることにした。この夕方も、前日の夕方も、心のなかで〝ニコライ〟と呼んでいる男に会えないかと期待していた。ホームレスや物乞いに関する多くの新聞記事に、路上生活者のすべてがニックネームを持っていると書いてあった。本当かどうかメアリにはわからないが、公園で会ったあの瞬間、男に〝ニコライ〟とあだ名をつけた。ゴーゴリのファーストネームがニコライで、男はあのとき、ゴーゴリの『死せる魂』を読んでいたからだ。

男の声がメアリの興味を惹いた。スノッブと言われても仕方がないが、ホームレスがあのような声とアクセントで話すとは思いもしなかった。ついでに言えば、あのような本を読んでいたのも意外だった。帰る道々、ジョン・ドミニク・カーヒルでないことを願いつつ、男の姿を捜した。新聞には、カーヒルのニックネームはデッカーと書かれていた。デッカーとニコライが同一人物でないよう、切に願った。

だが、男の姿はどこにもなかった。メアリはまわり道をしてロング橋を渡り、インナー・サークルに入ってみた。曇天で風もある日だったので、男がブロード・ウォークのベンチにすわっている可能性は低かった。南東の鬱蒼たる茂みのほうまで足を延ばしたが、そこにも男はいなかった。時間の無駄だったわね、とつぶやいた。もしも男がここにいて、薄暗い小道でいきなり顔を合わせたりしたら、気まずい思いをすることになっただろう。

今夜はレオ・ナッシュと食事に出かける約束だった。二日前の晩、彼から誘いの電話があったのだ。遠慮がちで用心深いこちらの態度が彼を落胆させたのではないかと思っていただけに、電話をもらって有頂天になった。自分がなぜあんな冷たい態度をとったのか、それがどんな役に立ったのか、いまはもう自分でも理解できなかった。

初めて会ったあの日、レオはグロスター・ゲートを通って公園をあとにし、パーク・ヴィレッジ・ウェストまで送ってくれた。道をよく知っているようだったので、メアリがそのことを尋ねると、レオは、小さいときから公園の近くに住んでいたし、テラスハウスや、ヴィラや、湖や、動物園のフェンスの奥にちらっと見える野生動物が大好きだったと答えた。

「おまけに、名字がナッシュですものね！」メアリは言った。

レオはわけがわからないという顔でメアリを見た。

「そうだけど……」

「ナッシュよ。ジョン・ナッシュ。リージェンツ・パークを造った人」

「ああ……。考えたこともなかったな。結びつけたことが一度もなかった」

「あなたの先祖かもしれない」

レオは笑ったが、表情に困惑が出ているように見えた。「電話帳を見れば、ナッシュなんてどっさりいるよ」

二人は〈グロット〉を通りすぎて、パーク・ヴィレッジ・ウェストの半円形の道路に入った。いつもより遠まわりになるルートだった。ライラックの季節は終わり、バラにはまだ早かった。真紅と金色のニオイアラセイトウや、その一種でシベリア・ウォールフラワーと呼ばれるオレンジ色の花のいい香りが漂っていた。誰かが芝生を刈っている最中で、芝刈り機のうなりを聞いていると、田舎か郊外にいるような気がしてくる。

花屋みたいな匂いだね、とレオが言った。庭園に入った経験がなく、切り花や、花瓶に活けられた花や、箱に詰められた花しか知らないのかもしれない。メアリはシャーロット・コテージの門の外で足を止めた。この庭はロックガーデンになっていて、白と黄色とブルーの高山植物が花をつけ、プランターでゼラニウムの蕾が開きはじめている。

「なんて愛らしい庭なんだ」

「家のなかもすてきよ」

彼がよこした表情に、メアリは妙なものを感じて困惑した。彼は突然、心ここにあらずといった表情になっていた。メアリはこの瞬間まで、家に寄っていくよう彼を誘うつもりでいた。お酒かコーヒーでもどうかと言って。人はそういう口実を必要とするのよね。いえ、〝女は〟と言うべきかしら。しかし、なぜか、誘うのを思いとどまった。二人のあいだに不意に距離を感じた。それまで抱いていた親近感が消え、レオが赤の他人であることを意識した。わたしはこの人のことをほとんど知らない。会ったばかりだもの。骨髄以外に何を共有しているというの？

「ようやく会えて楽しかったわ」この暖かな言葉で拒絶を和らげようとするかのように、メアリは言った。だが、口にしたとたん、自分の耳にすら冷淡に聞こえた。ひどく堅苦しい響きだった。両手を差しだしたことで事態がさらに悪化した。「また会えるといいわね」

レオを傷つけてしまったことを知った。彼が唇をとがらせた。男というのは、自分が何かまずいことをしたと思ったときに、間違いをしたものの、どこでどんな間違いをしたのかわからないときに、こんな顔をする。

「そうだね。また電話してもいい？」

「もちろん」

「じゃ、電話する。近いうちに」

「送ってくれてありがとう」メアリは急いでその場を離れて家に入り、入るとすぐにグーシーを抱えあげ、強く抱きしめた。

そんなことがあったあとだけに、レオから電話をもらったのがうれしかった。ダメージを修復できる。二人のあいだのわだかまりを消すことができる。彼の電話を待っていたが、電話がなくても意外には思わなかっただろうし、彼と連絡をとる方法を考えていただろう。だが、レオは電話をくれた。あまり熱心すぎる印象を与えないよう、ほどほどの時間をおいたうえで。彼の声は暖かくて、親しみがこもっていて、メアリも思わず同じように暖かな言葉を返した。

この電話をきっかけに、彼のことを誰かに話したくなった。いとこのジュディスから電話があったので、新しくできた友達のことを話した。自分が提供した骨髄のレシピエントのことを。ドロシーアにも話した。すると、ドロシーアは〝性格のいい〟男かどうか、〝セクシーな〟男かどうか、今度はいつ会う約束なのかを知りたがった。

「アリステアには痛手ね」

「まだ一回しか会ってないのよ、ドリー」

祖母を訪ねたときにも、レオのことを話した。フレデリカ・ジェイゴは翌日、トラットンという一家とクレタ島へ出かけることになっていた。古くからの友人で、そちらに家があるという。

「〝だから言ったでしょ〟なんて言ってはいけないことぐらい、わたしもわかってるけど、あなたに言ったでしょ？　たぶん返事がくるだろうって。ただ、ちょっと時間がかかったようね。よさそうな人？」

「たぶんね。とってもいい人みたい」

「まさか――ええと、どう呼ぶんだったかしら――まさか与太者じゃないでしょうね？　あらあら、メアリ、そんな顔しないでちょうだい。人を判断するときは、その人の環境を見なくては」

「頭がよくて、教育があって、物静かで、そして、ちょっと繊細なタイプよ」

「そこまで判断するのにどれだけ時間をかけたの？　一時間？」

メアリは笑った。「もう少し短かったわ。お祖母さまがクレタ島から戻ったら、彼に会ってね。わたし、もう帰らなきゃ。ずいぶん長居してしまったわ」

フレデリカはタクシーを呼ぶと言いはった。通りでタクシー待ちをするなんてだめよ。身近で殺人が起きるなんて物騒でしょ。

「門の前までお願いね」祖母はタクシーの運転手に言った。「クレセントに入って門の前まで行ってちょうだい。アルバニー・ストリートの角でおろしたりせずに」

メアリは祖母にキスをした。バニラのほのかな香りがした。走りだしたタクシーのなかから、屋敷のほうへ手をふった。後期ヴィクトリア様式の豪邸に向かって。街灯の黄色い光を受けてきらめく漆喰塗りの壁、赤い屋根板、赤いタイルに向かって。そして、立派な柱廊の下のステップに立つ祖母の端正で小柄な姿に向かって。

レオは早めに迎えにきた。タクシーを待たせておいて家に入ってきたが、メアリがグーシーを客間に閉じこめるあいだ、玄関ホールで待っていた。今日の彼はスーツ姿で、それを見たメアリはアリステアのことを思いだした。アリステアはたいてい堅苦しい服装をしている。メアリが玄関ホールに戻ると、レオは壁に並んだオクスフォード大学の銅版画シリーズの一つである、クライスト・チャーチ学寮の額入りの絵に見入っていた。

「ぼくもザ・ハウスに入ってたんだ。この絵とまったく同じだ」

クライスト・チャーチ学寮はいまも〝ザ・ハウス〟と呼ばれているの？「そうね、卒業のすぐあとで病気になったって、あなた、言ってたわね」

レオは笑顔になった。微笑によって、若々しい顔に放射状のしわが刻まれた。メアリはそれを見て、やはり病人の顔だと思った。急に老けこんだ感じで、病気の老人みたいに顔色が悪い。

「大丈夫？」

「うん。どうして？　顔色はもともとよくないんだ。色が白いのも困りものだね」

レオはメリルボーン・ハイストリートからパディントン・ストリートへ入ったところにあるイタリアンへ彼女を連れていった。兄の友達が勧めてくれた店だという。歩いても楽に行ける距離だ。だが、一キロ近く歩くのはやはり無理なのだろうか。メアリは彼の体調を尋ねたくてたまらなかった。このまま元気でいられるの？　完治したの？　そんなことがあるとは思えないけど。

こぢんまりしたシンプルなレストランに入った瞬間、おいしいものが食べられそうだ、気配りの行き届いた控えめなサービスが期待できそうだと思った。木のテーブルとすわり心地のいい椅子が置かれた感じのいい店で、ガラスと錬鉄の不安定なテーブルと椅子、壁には鏡と絵、すべてのテーブルに花が飾られ、ロウソクが燃えているようなレストランとは大違いだった。

食事をしながら、レオが最初のドナーの話をしてくれた。組織が適合した。しかも兄弟姉妹並みの完璧な適合だった。ところが、相手の男性の健康状態が思わしくなく、検査の結果、骨髄提供は無理だと判明した。

「あんなに落ちこんだことはなかった。ぼくは死を覚悟した。あきらめるよう自分に必死に言い聞かせた。どんな葬式にしてほしいかという希望まで書いたほどだ」

「お母さまは適合しなかったの？」

レオは無表情になった。メアリと目を合わせようとしなくなった。「母は検査を受けなかった。じつは――麻酔が怖いんだ。意識を失うのが。麻酔の経験が一度もない。その気持ちはよくわかる」

メアリの祖母も昔から同じ恐怖を抱いていた。たぶん、世間によくあることなのだろう。意識を失い、自分で自分がコントロールできなくなり、短時間の死を体験することへの恐怖。「ほかに血縁者はいなかったの？」

「いとこがいる。二人が検査を受けたけどだめだった。そこにきみが現われた」レオは微笑した。「ぎりぎりのタイミングで」

「きっと、ほかにも誰かいたと思うけど」

「いや、そうは思えない。きみが世界でただ一人の人だった」

その口調と彼がよこした眼差しにひたむきなものがあったので、メアリは思わず目を背けた。レオは彼女の困惑を感じとったらしく、無関係なことへ話題をそらした。兄の商売について。何か商品を販売しているらしいが、メアリにはよく理解できなかった。それから、兄と暮らしている家について。レオは大人になったら出ていくつもりでいたが、母親がよそへ移ったため、家は兄弟のものになった。自分の住まいをそう簡単に捨てられるものではない。

勘定書きがきたので、メアリは割り勘にしようと言った。レオの表情がこわばった。軽い苛立ちも浮かんだ。「だめだ。そういうことは二度と言わないでくれ。頼むから」

メアリはひるんだ。彼のきびしい口調は予想外のことだった。気弱なメアリは人に無愛想な態度をとられると身がすくんでしまう。頬をぶたれたような気がして、思わず頬に手をやった。アリステアのことが思いだされた。アリステアといるときは、暴力に加えて、言葉の攻撃にも怯えたものだった。レオの微笑が——どことなく共犯者めいた温かな微笑、控えめで親しげな微笑が——さきほどまでの雰囲気を呼びもどしてくれた。

「世界でただ一人の人」レオはふたたび言った。「こんなこと言ったら嫌がられるかもしれないけど、特別な絆ができたような気がしてならないんだ」

メアリは返事をためらったが、通りに出たところで静かに言った。「嫌がるなんてとんでもない。わたしも同じように感じてるの。こういう状況に置かれたら、誰だって自然とそういう気持ちになるんじゃないかしら」

「歩いて帰る？」

歩くのは無理ではないかと、メアリのほうから彼に言うのはやめることにした。しかし、ここからパーク

・ヴィレッジまでは一キロ足らずだろうと思っていたが、よくよく考えてみると、少なくとも一キロ半はありそうだ。
「あなたさえよければ」

しぶしぶといった感じで答えた。気の進まない口調にすれば、自分が歩きたがっていないことをレオが察してくれるだろうと思ったのだ。だが、たとえ察したとしても、レオは知らん顔だったので、二人はメリルボーン・ロードとヨーク・ゲートをめざして並んで歩きはじめた。

ありがたいことに、レオは殺人事件にいっさい触れなかった。あの事件を話題にしなかったのは、ここ三日間で彼だけだった。祖母でさえ、タクシー運転手に指示をするとき、その件を匂わせた。メアリがレオに両親のことを尋ねると、レオは、父親は亡くなり、母親はその後再婚してスコットランドで暮らしていると答えた。兄のカールは十歳年上、頭のいい才能豊かな男で、自分にとってはメアリと同じく命の恩人だと笑顔でつけくわえた。レオがはっきり言ったわけではないが、メアリはカールがゲイではないかとの印象を受けた。レオが言ったのは、カールが孤独を好むタイプで、私生活が謎めいているということだけだった。

〝謎めいている〟という最後の言葉を口にしたとき、レオは通りかかった店のドアに片手を伸ばして身体を支えた。街灯の光だけではよくわからないが、顔色がいっそう悪くなっているようだ。その場に立ったまま苦しげに呼吸していたが、やがて、腰ぐらいの高さの塀にすわりこんだ。

「歩くのはやめましょう。遠すぎるわ。無理しないほうがいいと思う」

レオはうなずいた。「うん、そうだね。少し休めば楽になる」彼が浮かべた微笑を見て、メアリはホッとした。「ときどきこうなるんだ。しばらく続くだろうって病院で言われた」レオは胸の思いを口にするのが賢明かどうか考えているように見えた。いっきに言葉を吐きだした。「抗がん剤治療を受けてるから。けっこう——」言葉を探した。「——きつい」

「タクシーを拾いましょう」

一台通りかかるまでずいぶん待った。すでに十一時近くになっていて、メアリは今夜こそレオを家に通してコーヒーを淹れ、ここで暮らすことになった経緯を説明し、家のなかを案内する気でいたが、次回に延ばすしかなさそうだった。レオが彼女のためにタクシーのドアをあけた。まずパーク・ヴィレッジ・ウェストまで行き、そのあとプランジェント・ロードへまわってくれるよう、彼が運転手に言うのが聞こえた。

「明日また会えないかな？」レオは言った。「今夜の醜態の埋めあわせをしたいから。無理して歩くのはやめるよう、きみはそれとなく警告してくれた。そうだろう？」

「わたしが渋ってるんだって、あなたに信じてもらおうとしたの。その程度のことしかできなかったわ」

レオは顔を背け、くぐもった声で言った。「行き届いた気配りのできる人なんだね」

メアリは暗闇のなかで赤くなった。頬が燃えるように熱かった。殺人事件を話題にしないでくれてどんなにうれしかったかを彼に伝えたかったが、事件のことにひとことでも触れたら、思いがうまく伝わらなくなりそうな気がした。タクシーがパーク・ヴィレッジ・ウェストに入ったところで、レオが彼女の両手を自分の手で包みこんだ。今夜は彼の手に温もりがあった。強く握りしめてきた。病身の男の握力とは思えなかった。

「じゃ、明日」

「明日は土曜日よ」

「なおさら都合がいい。午前中に迎えに行ってもいい？　十時でもかまわないかな？」

「もちろん」二人の仲がどんどん進んでいきそう。でも、いいわよね？　どこがいけないの？　わたしが何を失うというの？　「無理しないで」メアリは言った。

「身体を休めなきゃ。ぐっすり眠ってね」

しばらくその場に立っていたら、夜の冷気が身にしみた。すべての花が蕾を開き、街灯の青白く冷たい光を受けてモノトーンのきらめきを放っていた。近くの家から音楽が低く流れてきたが、窓の閉まる音が聞こえ、あとは静寂だけになった。

シャーロット・コテージのなかは暖かく、グーシーは柔らかな心地よいマフのようだった。メアリは犬の金色の被毛に両手を埋めた。この週末は、ここにきてから初めて、孤独な思いをせずに過ごせる。グーシーを連れてベッドに入り、レオ・ナッシュの夢を見た。

夢のなかで、リージェンツ・パークでイーゼルの前にすわっているレオに出会った。レオはサセックス・プレースの設計図を描いているところで、そこには東洋風の丸屋根が十個そびえ、コリント式の柱が並んでいた。メアリが近づくと、レオはスケッチブックから紙をはぎとって、メアリに渡しながら言った。

「適合性のある組織の遺伝特性を見たいだろう？」

メアリが手にした薄い紙は氷のように冷たく、そこに描かれたものを見る暇もないうちに雪のように融けて、指から滴り落ちた。

どこかの時計が――メアリにはその場所がまだわからないのだが――十時を告げる最後の音を響かせていたとき、レオがやってきた。正式な握手をするかのように片手を差しだしたが、彼女の手をとってから、もう一方の手で包みこんだ。親しみのこもった温かなしぐさだった。小さな犬が走り出てくると、すぐさま抱きあげて腕にかかえた。

「いかにもきみが飼いそうな犬だね」

「どうして？」

「小さいけど強い。優しくて、魅力があって、愛情たっぷりで、無邪気。きみのようなタイプという意味ではなく、きみが好みそうなタイプだ。合ってる？」

「わたしの好みが知りたいの？　それとも、この子がわたしの飼い犬かどうかを知りたいの？」

二人はすでに居間に入り、腰を下ろしていた。いままで作成していたアイリーン・アドラー博物館のパンフレットにレオがちらっと目を向けたので、メアリはそれについて何か訊かれるものと思ったが、レオはかわりに当惑気味の表情で言った。

「きみの犬じゃないの？」

眉を上げ、中途半端な笑みを浮かべ、犬の被毛に手を埋めたままで。これほど澄んだ目を、メアリは見たことがなかった。ガラスのように透明。スモークガラスの容器に湛えられた水のように透明。けさの彼はジーンズにチェックのシャツとデニムのジャケットを合わせている。少年っぽい服装のおかげで若さが戻っていた。


「そうならいいのにと思いはじめてるところ。ほんとに可愛い子なんですもの」

「誰かの犬を預かってるわけ？」

「ここの持ち主の犬よ。わたしの家だと思ってたの、レオ？」

レオは室内を見まわし、花瓶や飾り棚に目を向け、それから彼女に視線を戻した。「てっきりそうだと思ってた。違うの？」

「老夫婦に頼まれて留守を預かってるだけ。わたしの祖母のお友達なの」

レオは微笑した。「とんだ勘違いだった！」

「老夫婦はバカンスで中米へ出かけたの。留守宅と犬の世話を誰かに頼みたくても、子供はいないし、頼める人もいなかった。うちの祖母も旅行中。ただし、ほんの二週間ほどどね。祖母の家はハムステッドにあるんだけど、毎日ここまで出向くのは無理でしょ。もう八十を過ぎてるから」

「きみの家じゃないとわかってうれしいよ」

「どうして?」

レオは真剣な顔になった。眉間にしわが刻まれた。

「ぼくがどんな家に住んでるか、きみ、まだ見てないだろ。きみはたぶん金持ちなんだろうなと思ってた。じつを言うと、手紙の住所を見たとき、返事を出すのはやめようかと思ったんだ」

「だから、あんなに時間がかかったの?」

この疑問が何週間も自分を悩ませていたのだと、いまようやくメアリは悟った。なぜ彼がぐずぐずしていたのか。なぜ自分が郵便の配達を待ちわび、電話が鳴るたびに飛んでいったのか。「そういうわけだったのね!」と言いそうになったが、踏みとどまった。

「返事を出したかった。どうしてもきみに会いたかった。ぼくの感謝の深さをきみはまだ完全には理解していない。ただ、ここの住所を見たとき、ぼくは——そのう、すっかり落ちこんでしまった。〝面食らった〟と言ったほうがいいかもしれない。ここにきてみた。ある晩、ここにきて、家をこっそり見てみた」

「手間のかかる人ね」メアリは冗談っぽく言った。

「裕福な特権階級の人なんだと思った。そう思うのが当然だろ。きみは金持ち。だから、ぼくのものにはできない。けっして」

「あなたのもの?」メアリの頰が赤く染まった。

「おおげさだったね。ごめん。ぼくはすでに——すごく親近感を持ってるんだ。自分では止めようがない。ヴィクトリア朝に好んで使われたフレーズがあるだろ。〝わたしの肉の肉。わたしの骨の骨〟」

「夫と妻のことを指しているのよ。〝二人は一体となる〟っていう、昔の結婚式のときの言葉」

「当時は移植なんてなかったけどね」彼が横目で軽い笑みをよこしたので、メアリの困惑は消え去った。

「今日はいい天気だ。どこでランチにする?」

「今日はわたしにご馳走させてね」

「いいとも。喜んでおごってもらう。きみが金持ちじゃないとわかったから」

9

ローマンの子供たちは大英博物館が大好きだった。エリザベスの博物館熱が弟のダニエルにも伝染したようで、ローマンがエリザベスを連れて博物館へ出かけるとき、ダニエルもくっついてきたことが何回かあった。二人とも、古代エジプトの遺物にとくに興味を持っていた。そのため、いつものねぐらから何日か離れる必要が生じたときにローマンがひきよせられるのがこの博物館で、グレート・ラッセル・ストリートの入口付近で家庭に似たものをこしらえることにしていた。

気温が下がり、寒くなってきたが、冬の寒さではなかった。児童遊園地のコラムズ・フィールズでかなりの時間を過ごし、シオボールド・ロードの古本屋で買ったブーニンの短篇集を読んだりした。身体の汚れを落とし、多少身ぎれいにしたあとで博物館に入った日もあれば、ホームレスになってから初めて映画に行った日もあった。リージェンツ・パークを離れたのはデッカーの遺体発見がきっかけだった。ただし、その時点では、デッカーだとは知らなかったのだが。

彼とエフィーは数分間そこに立ち尽くしていた。遺体を見ないようにしても、その存在がほかの何よりも強烈に意識された。路上生活で真の知恵を身につけたおかげで、自分は強い人間に生まれ変わったと思っていたが、胃がせりあがり、嘔吐の前触れとなるどす黒いふらつきに襲われるのを感じた。鉤爪のように指がねじ曲がった手と、ブーツをはいた足と、柵についた黒ずんだ血から視線をそらし、冷たく澄んだ朝空を見あげた。すがりつくエフィーを支えているあいだに、徐々に吐き気が消えていった。エフィーのほうも、青ざめて震えながら助けを求めて彼を見あげていたあいだ、どんな思いでいたにせよ、徐々に落ち着きをとりもどしたようだ。彼女が大きく息を吐くのが聞こえた。

通りには人影がなく、あたりはまだ静かだった。ウェリントン・ロードのほうで車の音が大きくなり、くぐもった響きが二人のところに届いた。バンが一台通りすぎたが、運転席の男はまっすぐ前方を見たままだった。

「ここを離れろ、エフィー」ローマンは言った。「公園へ行くんだ。墓地を通って公園に戻れ。何も言うんじゃないぞ。あんたはこれを見ていない。ここにはいなかった。何も言うな」

その点は心配なかった。もちろん口は利けるが、たいてい、一人で何かつぶやくか、彼女を見てすくみあがった通行人に悪態をつく程度だ。ローマンは彼女の顔をのぞきこんだ。無表情、低い鼻、飛びでた丸い目、子供のようにすべすべの薄汚れたピンクの肌。頭に巻いたスカーフは水に濡れた羊のような臭いがする。

ローマンは中流意識や教育や礼儀作法が骨の髄までしみこんでいるため、愛を交わした女に対してそれ以前と同じ感情を持つことはどうしてもできなかった。エフィーとのあいだにあったことを〝愛を交わす〟などと表現するのも妙なものだが、中流階級の彼が抵抗なく口にできる言葉として、ほかに何があるだろう？ ローマンとエフィーがグロテスクな状況ながらもそうした行為をおこない、その結果、彼はエフィーに対してある種の優しさを永遠に持ちつづけることになった。あの行為がなかったら、二人の絆をローマンが意識することはけっしてなかっただろう。もっとも、エフィーのほうは彼に特別な思いを抱いている様子ではないし、あの行為についても、おそらく何も意識してはいないだろう。

ローマンは彼女に腕をまわし、きつく抱きしめてから、小道のほうへそっと押しだした。それから、どうすべきかわからず、何かすべきかどうかもわからないまま、彼自身も墓地をあとにした。彼とエフィーが柵の上で見つけた遺体は、まだ誰も目にしていないはずだ。こんなことをやってのけた犯人以外には誰も。

セント・ジョンズ・ウッド・ハイストリートをてくてく歩いていく《トランプ・アップ》と――浮浪者《トランプ》という言葉の意味するものが、この一年半のあいだに肌で理解できるようになった――電話ボックスが見えてきた。どんな展開になるかを考えてみた。電話は即座に逆探知される。それは間違いないが、こちらには声という強みがある。名門パブリックスクールのウェストミンスター校とケンブリッジ大学を思わせるアクセントで匿名電話があった場合、警察が手押し車を持った浮浪者にたどり着くことはまずないはずだ。

電話をかけた。ウェリントン・プレースの柵に串刺しにされた死体があることを通報した。ふたたびこちらの名前を尋ねられたところで、ローマンは受話器を戻した。前に一度、コンノート・チャペル（もともとは教会だったが、現在は映画スタジオになっている。キケロの言葉を借りるなら、〝ああ、なんという時代！　なんという道義！〟）のコリント式柱廊玄関の石段で幾晩か寝たことがあったが、そこだと人目につきすぎる。かわりにオードナンス・ヒルまで行き、窓にはカーテンがなく外に〝売家〟の看板が出ている空き家の庭に入ってから、コンクリート段の上に寝場所を作って寝袋にもぐりこんだ。寒さと突然の空腹で眠れずにいるうちに、数分後、いや、たぶん十分ぐらいたったころ、パトカーのサイレンが響いてきた。

その日、もっと遅くなってから、ローマンはマクレスフィールド橋を渡ってリージェンツ・パークに入った。運河沿いの道はこのあたりまでくると狭くなる。鬱蒼たる植物が土手を覆い、森林地帯が水面まで続いているかのようだ。プラタナスやライムやクマシデが生い茂り、緑の葉やチャービルの白っぽい葉のあいだに幹が見え隠れしている。二年ほど前に子供たちをここに連れてきて、一八七四年に火薬運搬船の爆発で以前の橋が崩壊したことを話して聞かせたことがあった。いま、ローマンはアーチ橋の中央に立ち、眼下に延びる石畳の狭い道を見おろしていた。警官たちがそこでホームレス連中に質問している。制服姿ではないが、警官であることは間違いない。デニムのジーンズはきれいにプレスされ、革ジャンは光沢がある。栄養状態もよく、四十七歳で死亡するようなことはない。

警察を嘲ったり中傷したりするのは愚かだとローマンは思っているが、警察に好意を持っているわけでもない。路上で暮らすようになってからは、法を守る警察寄りの人々から離れ、警察を敵とみなす別社会へ移っていった。じっと見ていると、ホームレスの一人で、ローマンも一度か二度しゃべったことがあるアルスター出身の顔色の悪い痩せた男が警官二人に連れられ、アルバート・ロードに止まっている車のほうへのろのろと歩いていった。捜査に協力するためというやつだ。

あれこれ質問されるうちに、メチルアルコールでふやけた脳は救いがたい混乱に陥ることだろう。

ローマンが警察に質問されたら、その瞬間、ほかのホームレスとは別の人種であることがばれてしまう。変人、落ちこぼれ、ゆえに疑いをかけられる。服装と手押し車はまさにホームレスのものだが、ホームレスらしくないしゃべり方が警察の注意を惹くだろう。ローマンは南へ向かって歩きだし、公園を通り抜け、反対側からメリルボーン・ロードに出ると、道路を渡ってさらに歩きつづけた。この界隈がディケンズから、〝ウィンポール・ストリートと、ハーリー・ストリートと、似たような無愛想な通りが織りなす、ぞっとする光景〟と呼ばれていたことを思いだした。四日か五日すれば、事件のほとぼりもさめて、公園に戻ることができるだろう。空は灰色、高くそびえるジョージ王朝様式の家々の塀も灰色、木々はどこにも見えず、車の列がきらめく金属の川となってキャヴェンディッシュ・スクエアのほうへ流れていく。

土曜日になり、ローマンはリージェンツ・パークに戻った。六月上旬の日射しを浴びてヨーク・ゲートから公園に入り、すぐ左に曲がって、湖のほとりへ、そして、水に浮かんだアヒルのところへ行った。木陰の芝生、エフィーがときどきすわっているベンチ。だが、この朝、エフィーはいなかった。ボルゾイとビーグルとゴールデン・レトリヴァーのリードをひっぱって散歩させている男がいるだけだった。

二人で出かけてランチをとった。レオは彼女に支払いをまかせ、ふたたび、金持ちでないのがわかったから喜んでおごってもらうと言った。そのあと、太陽を浴びてコヴェント・ガーデンまで歩き、学生オーケストラが演奏するモーツァルトに耳を傾けた。〈フルートとハープのための協奏曲〉だとレオが言った。モーツァルトの作品のなかで、この二つの楽器を使った協奏曲はこれだけで、娘と合奏したいという裕福なパトロンの依頼を受けてモーツァルトが作曲したのだ。演奏が終わって学生たちが楽器を片づけはじめたとき、レオが彼女の手をつかんだ。握手をするためではなく、唇に持っていこうとするかのように、そっと持ちあげた。

メアリは彼を見つめ、その目をじっとのぞいて、興奮のかすかな震えのなかで思った。つぎは何？　何を言うつもり？　わたしたち、これから何をするの？

レオはつかんだ手を握りしめ、それから下ろした。

「今日はここでお別れだ」

聞き間違いかと思った。

「そろそろ帰らないと。兄と会う約束なんだ」

一緒にきてほしいって言ってるの？　「よかったら地下鉄で行きましょうか」

メアリは彼のかすかな苛立ちを感じとった。「いや、いま言っただろ。兄に会わなきゃいけないんだ。ぼく一人で」それから、とってつけたように言った。「かまわないだろ？」

「ええ、もちろん」

失望が襲ってきたのはあとになってからだった。最初は突然のこの別れに呆然とするばかりだった。頬にキスしてくれるかと思ったのに、それもなかった。フローラル・ストリートと地下鉄のほうへ歩き去る彼を、メアリは見送った。いつものように軽くしなやかな足どり、服を透して骨の形が見えそうなほどの細さ、明るい金色の髪。レオはふりむいて手をふってもくれなかった。

孤独と向かいあうには一週間のなかで最悪のときに、土曜の夕方の五時に、一人で家に帰ることになった。歩いて駅に戻り、ようやく地下鉄に乗りながら、また会おう、電話するよ、といった言葉が彼からまったくなかったことを思いだした。仕事上のつきあいに過ぎない相手でも、二度目に会ったときにはキスをする時代なのに、彼はキスしようともしなかった。

自分が何を言ったのか、何をしたのか、何をほのめかしたのかを考え、どうして彼の機嫌を損ねてしまったのかと考えた。思いあたることは何もなかった。

いままで気づかずにいたけど——メアリは思った——また彼に会いたい。会いたくてたまらない。

10

メアリのために花を持ってきた男性はこれまで一人もいなかった。彼女も時代遅れの習慣だと思っていた。なぜまた、アリステアが一人目になったのだろう？カーネーションと無数の小さな白い花で作ったブーケだったが、白い花の名前がメアリはどうしても思いだせなかった。

アリステアは予告もなしに現われた。あれから電話は一度もなかった。二度とかかってこないだろう——メアリはそう思うようになっていた。あきらめてくれたんだわ。どこかで新しい出会いがあったのかもしれない。

「男はもうこりごり、彼と別れてせいせいした——あなた、きっとそう思ってるのね」ドロシーアは言った。「だって、あなたったら、彼がほかの誰かと出会うよう願ってるんだもの」

「心からホッとするでしょうね。後悔なんてぜったいしないと思う」

公園を歩きながら、アリステアの相手としてメアリが想像していたのは、勝気なしっかり者の女だった。毅然としていて、彼の言葉を笑い飛ばし、彼に立ち向かうことのできる女。問題は、アリステアがどう反応するかがわからないことだ。彼が好敵手よりも犠牲者を必要としている暴君だというのが、悲しい真実なのだろうか。

家が近くなってきてもアリステアのことを考えていたため、玄関ドアの前に立ち、メアリが身を隠していると思っているかのように郵便受けをのぞきこむ彼を見たときには、想像が奇跡によって不愉快な現実になったのかと思った。ブーケを手にし、ダークスーツを堅苦しく着こみ、短い黒髪をなでつけたその姿は、P・G・ウッドハウスの小説の挿絵みたいだった。そして、小説に登場するバーティ・ウースターのような声で、アリステアは言った。

「家に入れてくれる気はないのかい？」

「あの、アリステア……」

メアリはうろたえた。どう答えればいいのかわからなかった。

今夜きてほしかった相手はレオだった。アリステアのことを考えていたのは事実だが、彼女が会いたいのはレオ、この前の土曜日から何も連絡してこないレオだった。しかし、レオが完全に沈黙しているにもかかわらず、メアリは彼がきてくれることを期待し、いまもまだ期待していた。あれだけのことを言い、あのような目でこちらを見た人が、片手に軽く触れただけでわたしの人生から去ってしまうなんて考えられない。

だが、いまはアリステアを家に通すしかなかった。

空想のなかの女性ならアリステアの鼻先でドアを閉めるかもしれないが、メアリにはできない。花を受けとり、一歩脇へどいて彼を通した。

「電話してくれればよかったのに」ようやく言った。

「おれたちの仲で、電話してアポイントをとる必要があるのかい？」

メアリは言いかえしたかった。どういう仲よ？　わたしたち、そんな関係じゃないわ。別居したのよ。いまも別居中だし、〝試験的に〟と言ったのは、露骨な言い方を避けたかっただけ。しかし、言いかえせなかった。アリステアは眉を上げて玄関ホールを見まわし、階段を見あげ、居間をのぞきこんでいた。

「入って」メアリは言った。「お花を花瓶に入れてくるわ」

使っていいのはどの花瓶？　装飾だけが目的なのはどの花瓶？　中国渡来の花瓶はどれも高価で脆そうだ。戸棚をあけると、陶製の壺とガラスの花瓶が見つかったので、その二つに花を活けることにした。アイリーン・アドラーなら、たぶん上手に活けられるだろうが、いまではもう失われた芸術だ。花瓶と壺を居間に運んだ。

アリステアはソファにすわり、近寄ろうとするグーシーを靴の先で追い払おうとしている最中だった。かつての恋人がいまでは敵役となり、呆れたことに犬を蹴飛ばそうとしている――あまりにも古典的なこの光景に、メアリは思わず噴きだした。グーシーはアリステアの靴にまだ触れてもいない。彼が犬嫌いなのはメアリもよく知っている。だが、すでにグーシーの親友になっているレオのことを思って、メアリは笑いだし、アリステアに対して一瞬優しい気持ちになった。

「何がおかしい？」

「いえ、べつに。かわいそうなグーシー。外に出したほうがいい？」

アリステアは肩をすくめた。「きみも豪勢な家を手に入れたものだな」

「わたしのものじゃないわ、アリステア。九月には持ち主夫妻が戻ってくるのよ」

「子供のない夫婦だと、きみ、言わなかったたっけ？　家族はいないと」

「わたしの知るかぎりではね」アリステアに対して感じた一瞬の優しさは消え去った。「何か飲む？」

「夕食に誘おうと思ってきたんだ」アリステアはいささか不機嫌な声で言った。

メアリは迷った。アリステアと食事に出かけるなど、彼女が選ぶ夜の過ごし方ではない。だが、その一方、アリステアが家にいるときにレオから電話があったら大変だ。ここにくると言いだすかもしれない。男二人のライバル意識を危惧したからではなく――レオはただの友達で、あの週末も手を握りさえしなかった――レオを〝オリヴァー〟として、つまり、骨髄移植のレシピエントとしてアリステアに紹介するのがためらわれたのだ。アリステアはどんな態度をとるだろう？　レオを侮辱する？　罵倒する？　殴りかかる？

「レストランに電話して予約をとろう」アリステアが言った。「どこかお勧めは？　きみはここの住人なんだし」

急いで心を決めなくてはならなかった。言い逃れや策略に頼るのはやめて、自分の心に正直にならなくては。自分には隠すことなど何もない。ここに誰がいようと、どういう展開になろうと、レオがきてくれたらどんなにすてきだろう。それに、アリステアが人に殴りかかるなんて、想像するだけでもばかげている。少々喧嘩好きな性格をおおげさにとらえ、やみくもに暴力をふるう傾向があると、わたしが勝手に思いこんだだけ。

「家でゆっくりしましょう。わたしが何か作るわ」

アリステアは受話器を戻した。「その言葉を待ってたんだ。あ、家でゆっくりしようって言葉のほうを。

料理なんかしなくていいよ。パンとチーズで充分だし、あとはワインが飲めればいい。ワインはあるんだろ？」

メアリはうなずいた。突然、彼に何を言えばいいのかと途方に暮れた。話題が浮かんでこない。彼と今宵を過ごすことを考えただけで憂鬱になる。まるで赤の他人どうしのよう、三年近く一緒に暮らしたことが嘘のようだ。以前は二人でどんな話をしていたの？　いくつもの夜をどうやって過ごしていたの？　ふと気がつくと、絶望の思いで彼を見ていた。ただ、憂鬱が顔に出ることはなかったようで、アリステアが機嫌のいい声で話しかけてきた。

「きみがいなくなってどんなに寂しかったか、たぶん、わかってもらえないだろうな」メアリを横目で見た。「ウィルズデンのあのフラットだけどさ」その口調ときたら、メアリと二人で長く暮らした場所ではなく、ちらっと耳にした場所のことを言っているかのようだった。「陰気だろ。みすぼらしいし。どんなに気が滅入るか、言葉にできないぐらいだ。おまけに、きみが出ていって、当然ながらよけい陰気になった」

「そんなにいやなら、どこかへ越しなさいよ」祖母のきびきびした口調が自分に移っているのを知って、メアリはうれしくなった。

「そうなんだ。うん、そのとおり。じつはさ、ダーリン、最初から主張すればよかったと思ってることがあって、このさい、それを実行に……」

「ワインをとってくるわ」メアリは言った。「サラダが用意してあるし、サーモンもあるの。ワインだけでいい？　それとも、ジンか何かにする？」

「主張すればよかった」メアリの言葉が耳に入らなかったかのように、アリステアは言った。「きみと一緒にここに越してくることを」

できれば避けたいと願っていた対決のときが近づきつつあった。目の前まできている。「そういう話はやめにしない？　ワインをとってくるわ」

キッチンでワインの栓を抜いた。これなら、アリステアにボトルをとりあげられて男の腕前を自慢されたりせずにすむ。レオの姿が浮かんできた。あの土曜日、ランチに出かける前に、レオがこれとよく似たワインボトルの栓を抜いた。グラスを掲げ、「きみに乾杯！」と言った。あれだけの温かさがなぜ急に無関心に変わったのか、自分の前からなぜあんなに急いで去る必要があったのかを、メアリは知ろうとした。どこまでが自分の妄想で、どこからが現実なのか。電話が鳴るたびに、きっとレオだと思ったが、電話がかかってくることはめったになく、重苦しい沈黙を破って電話が鳴ってくれるよう、無意識のうちに念じていたことが何度かあった。

ボトルとグラスをトレイにのせ、冷蔵庫から料理を出し、グーシーの水入れを一杯にしてから、手を洗った。アリステアが室内を見てまわり、ブラックバーン＝ノリス夫妻の磁器を調べていた。

「何をぐずぐずしてたんだ？　地下に下りて最高級のビンテージを選んでたとか？」

「自分が飲むワインは自分で買ってるわ。ご夫妻のワインを飲むなんてとんでもない」

アリステアのせいでいらいらしてきた。彼といると、自分の最悪の面が出てしまう。無理に笑みを浮かべて彼にグラスを渡した。彼はグラスを掲げて言った。

「われわれに乾杯！」

〝われわれ〟はもう存在しないのよ――メアリは思ったが、無言でワインを飲んだ。レオは〝きみに乾杯！〟と言ったが、アリステアの乾杯のセリフと同じく無意味だった……。

「いいかい、きみがこの家に一人で住んでるのが、おれは心配なんだ。近所で人が次々と殺されてるし」

「一人だけよ。男性が一人だけ。落ちぶれた気の毒な人。それから、セント・ジョンズ・ウッドは〝近所〟

とは言えないわ」気配りと分別を忘れない臆病な人間でいるのは、もうやめなきゃ。むずかしいけど、どこかで第一歩を踏みださなくては。「アリステア、そんなのただの口実でしょ。正直に言ったらどうなの？またわたしと暮らしたいんでしょ。でも、悪いけど、わたしはあなたと暮らしたくないの」

アリステアはまさかという表情になった。傷ついた表情でも、怒りの表情でもなく、ただもう信じられなくて呆然としている。「だったらなぜ一緒に暮らした？」

「三年も前のことでしょ。人は変わっていくものよ。わたしも変わった。あなたが変わったかどうかは知らない。たぶん変わったと思うけど、わたし、あなたのことがぜんぜんわかってなかったのかもしれない。あなただって、わたしのことがわかってなかったんじゃないかしら」

電話が鳴りだしたため、アリステアは返事ができなかった。

メアリは飛びあがった。電話が鳴ったらそうなるのはわかっていた。自分の力では止めようがなかった。心臓の動悸が激しくなった。きっとレオだ。土曜日から音信不通だったレオが電話をくれたのは、食事に誘うためだ。いや、いまパーク・ヴィレッジへ向かっていると言うためかもしれない。アリステアが立ちあがり、手を伸ばして電話をとろうとした。

「やめて！」

二人で暮らしていたあいだ、メアリが彼にこんなきつい言い方をしたことは一度もなかった。誰に対しても、ここまで横柄な物言いをしたことはめったになかった。アリステアは驚愕のあまり動きを止め、唖然とした顔を彼女に向けた。

メアリは受話器をとると、ひそやかな声で「もしもし」と言い、こちらの電話番号を告げた。

相手の声はレオではなく、女性だった。教養と品格の感じられる年老いた声。メアリが最初に感じたのは大きな失望だけだった。がっかりして、苛立ちのあまり泣きわめきたくなった。誰がかけてきたのか、まったくわからなかった。シーリア・トラットンという名前を聞いてもピンとこなかった。

「一度お会いしたことがありましてよ。数年前に。フレデリカのお宅で。あなたのお祖母さまのお宅」

「あ、あのときの……」すぐさま気がついた。「よく覚えています。申しわけありません。祖母はお宅にお邪魔してるんでしたわね」

「メアリ、とても悲しいお知らせがあるの。わたしも辛いんだけど」

「悲しい知らせ？　祖母の具合が悪いんですか」

「え、ええ、そうね。具合が悪かったのでしょう」

メアリは単調な声で言った。「亡くなったのね」

「ええ。今日の午後。ご本人は何も意識しなかったと思いますよ。わたしと一緒にテラスの日陰にすわっていたの。いまおしゃべりしてたと思ったら、つぎの瞬間には亡くなっていた。脳卒中か何かね。あまりに突然のことだったので、ほんとにショックで……」

祖母は母親のような存在だった。メアリはこの場に必要な堅苦しい挨拶の言葉を述べた。ゆっくりと慎重に受話器を戻し、架台にちゃんとのっていることを確認するため、もう一度置きなおした。頭のなかが真っ白になり、身体が冷たくなった。アリステアの腕がそっと肩にまわされ、アリステアの熱い頬がこちらの頬に押しつけられるのを感じた。グーシーがやってきて、メアリの脚にもたれかかるようにおすわりした。アリステアが靴の先で犬を追い払おうとした。

「ちょっと、やめてよ！」メアリは叫んだ。「その子にかまわないで。どうしてそんな意地悪をしなきゃならないの？」笑いと涙が同時にあふれた。アリステアにひっぱたかれるのを覚悟したが、彼は何もしなかった。

「ごめん。犬がきみにうるさくつきまとうのをやめさせたかったんだ」

「祖母が亡くなったの。あなたにもわかった？」

「もちろん」

メアリは顔を背け、肩から彼の手をはずした。

「ダーリン」アリステアが言った。「お祖母さんは高齢だった。幸せな人生を送ってきた。いずれにしろ、残された時間はそう長くなかっただろう」

メアリは思った――立ちあがってドアを指さし、帰って、出ていって、とアリステアに言ってやりたい。そうするだけの強さと力がほしい。かわりに、椅子にもたれて目を閉じると、祖母の姿が、しわの刻まれた明るい顔が、若々しさにあふれた鋭い緑色の目が鮮やかに浮かんできて、亡くなったことが信じられなくなった。ありえない。何かの間違いに決まっている。

「もう八十五だったしな」アリステアが言った。彼なりのやり方で慰めようとしているのだ。「まったく苦しまなかった。ロウソクのようにフッと消えただけだ。おれたちの番がきたときも、そういう幸運に恵まれたいものだ」

「ええ、そうね」

「何カ月も寝たきりになった場合のことを考えてごらん。きみがどれだけ苦労することやら。すべて自分一人でひきうけて、介護に当たらなきゃならんのだぞ。きっとそうなってたはずだ。身内はきみだけだからな」

「ええ、わかってるわ、アリステア。そうね」

「幸せな一生だったし、最期も幸運だったと多くの人が言うだろう」

わたしは気の弱い哀れな人間――メアリは思った――だから、自分と同じように物静かで気が弱くて穏やかな人が好き。お祖母さまのことが好きだった。大好きだった。お祖母さまは人の感情を、脆いガラスででできているかのように大切に扱い、相手を傷つけないように細やかな心遣いのできる人だった。わたしが好きなのは、ゆったりしていて、手探りで進み、思慮深く慎重に言葉を選ぶ人々。物腰が優雅で、人の夢を踏みつぶしたりしない人々。〝洗練された〟というのがわたしの好きな言葉。なのに、こんな男とどうして何年も一緒に暮らせたの？　どうして〝もう帰って〟とこの男に言えないの？

アリステアがワインを持ってきてくれたので、少し飲んだ。何か食べなくてはと彼に言われて、食べる気になれないと答えると、おれは食べるぞと彼が言った。

「腹が減った。正直にそう言ったっていいだろ？　人生は続いていくんだ」

アリステアはサーモンとサラダと全粒粉パンをとってきた。食べながら、メアリを〝元気づけよう〟として、銀行での今日一日の出来事を話した。メアリは適当に聞き流しながら、アリステアのかわりにレオがいてくれればいいのにと思い、いま彼がここにいたらなんと言うだろうと考えた。気遣ってくれることは想像できた。ただ、具体的にどんな気遣いを示してくれるかまでは思い浮かばなかった。

しばらくしてから、アリステアに断わって二階の部屋へ行った。ドアに錠と鍵がついているので、アリステアが上がってきたときの用心に錠をかけた。つぎに、そんな用心をするなんてばかげていると思い、錠をはずした。ベッドに横になって思った。ドロシーアにきてもらいたい。ジュディスでもいい。誰かにそばにいてもらいたい。レオにいてもらいたい。彼のことはほとんど知らない。一緒に過ごしたのは数時間だけ。でも、彼がいまここにいてくれたらどんなにいいだろう。アリステア以外の人なら誰でもいい。なぜよりによってアリステアなの？

お祖母さまが死ぬなんてありえない。いや、もちろん、ありうることだ。高齢だったのだから。とても高齢だった。

亡くなった人の年齢は、残された者からすればなんの関係もないことだ。八十五歳の人を失うのも、四十五歳か二十五歳の人を失うのも、悲しいのは同じだ。レオならわかってくれるだろう。彼は死というものを知っている。いまのメアリには死を知る人間が必要だった。ふたたび一階に下りると、アリステアはテレビを見ていた。ふりむいた。

「少しは気分がよくなったかい?」

メアリはうなずいた。もっとも、うなずきにはなんの意味もなかったが。

「きみはもう何もしなくていいよ。皿とグラスはおれが洗っといた」

メアリが礼を言うのを思いとどまるには努力が必要だったが、その努力をして成功した。

「今夜は泊まっていくぞ、メアリ。きみを一人にはしておけない」

「いいのよ。必要ないわ、アリステア」

「泊まっていくよ。きみを見捨てて帰ったりしたら、あとで自分が許せなくなる」ゲストルームは必要ないわね、わたしと一緒に寝ればいいんだから、と言ってもらうのを期待しているような口調で、アリステアはいたずらっぽく言った。「空いてるゲストルームがあるだろ?」

メアリは突然、バカンスが終わったらレオに会ってくれるよう、祖母に頼んでいたことを思いだした。涙が浮かんだ。おやすみなさいと言って、グーシーを抱きあげ、二階のベッドまで一緒に連れていった。ドアの錠をかけ、今度はかけたままにしておいた。しばらくすると、アリステアがシーツの保管用戸棚を探して歩きまわり、戸棚に手を突っこんでシーツを出そうとする音が聞こえてきた。

長い夜だったが、メアリはようやく眠りに落ちた。

11

いまは亡きアンソニー・マドックスの従者としてブライアンストン・スクエアで暮らした日々のなかで、ビーンは雇い主を憎むようになっていた。アンソニー・マドックスはスパニエル犬を飼っていて、人間が大好きな犬なのにまったく可愛がろうとせず、ある日、いじめている最中に犬が嚙みついたので、犬を処分するために獣医のところへ連れていくようビーンに命じた。

ビーンは自己嫌悪に陥るような性格ではなかったが、この件に関してだけは、マドックスの命令に従った自分を責めつづけた。いやだと言うべきだった。フィリドールを安楽死させるぐらいなら、辞職願を出すべきだった。だが、悲痛な思いで、命じられるままにスパニエル犬を獣医のところへ連れていき、処分を依頼した。しかし、その後、目に見えないひそかな方法で、ゆっくりと復讐にとりかかった。亡くなる前日までマドックスはまったく知らなかったが、ビーンはさまざまな方法でこの雇い主の人生を惨めにしていたのだった。

ビーンが運んでくるスープ皿には、かならず彼が最初に唾を吐いていることなど、マドックスが知るはずもなかった。紅茶やコーヒーのカップにはビーンの小便がスプーン一杯入っていることも知らなかった。リージェンツ・パークの緑のなかからビーンがとってきた毛虫（マドックスは毛虫が大の苦手）がサラダに入っていたときは、マドックスもさすがに気づいたが、ビーンからは、近眼がひどくなったため、レタスを洗ったときに見落としてしまった、という返事があっただけだった。サラダが大好物のマドックスだったが、食べるのをやめてしまった。固定資産税の未納で役所に呼びだされたことが三回あった。納付書がマドックスのところに届く前に、ビーンがこっそり横どりしたからだ。

マドックスはシティ・オブ・ウェストミンスター（ロンドン中心部の特別区の一つ）に住む者として権利のある住民用駐車エリアに車を止めていたが、その車をビーンが夜のあいだに黄色の二本線のひかれた駐車禁止区域へ移動させたことも何度かあった。ロンドン図書館で借りた高価な本が不可解にも消えてしまった。電気毛布が燃えた。リージェンツ・パークのゴミ箱で拾ってきたハムとチーズのワッフルからビーンが菌を培養して、マドックスのレバーパテに混ぜ、彼を胃腸炎にさせたこともあった。医者がサルモネラ食中毒と診断したので、ビーンは以後、これだけはぴたっとやめた。マドックスが死亡し、殺人罪で死刑にされたりしては大変だ。

アンソニー・マドックスは六十六歳の誕生日に脳出血に見舞われた。言葉がひどく不自由になった。ビーンは献身的に世話をしたが、マドックスが介護ホームに移ることになった日の前日、これまでのことを雇い主にすべて打ち明けた。

マドックスは昼食をとっていた。というか、昼食の時間になったので、ビーンが彼に食べさせていた。メニューはスープ、そのあとにピーチヨーグルト。スープはきれいな薄緑色で、オールドバラ産の新鮮なアスパラガスとチキンストックと生クリームでビーンがこしらえたものだった。この三つの食材と四番目の材料が調和しないことは、ビーンにもよくわかっていた。こういう変則的なことが彼の楽しみだった。〝ビーン流ユーモアのセンス〟といったところだろうか。

ビーンがきれいに洗って糊づけし、アイロンをかけたダマスク織りのナプキンが、アンソニー・マドックスの皺だらけの首と、くぼんだ胸と、せりだした腹を覆っていた。マドックスの口は片側が垂れ下がり、目は飛びでていた。ジョージ王朝様式の細長い窓の外に広がるすばらしい景色に見とれているようにも見えるが、それはたぶん違うだろう。窓の外に見えるのは、ウィンダム・プレースにあるサー・ロバート・スマーク設計の聖マリア教会。ペディメントや、円柱や、古代建築を模した〝風の塔〟を飾る柱頭。太陽が丸屋根を照らし、茶色っぽい石を赤みがかった豊かな黄金の色に変えている。

だらしなく開いた雇い主の唇に——最近はいつもこうだ——スプーンを近づけて、ビーンは言った。

「スープを温めるあいだに、そのなかに唾を吐いておきましたよ、旦那さま。この十五年間、それがわたくしの習慣でございました」

マドックスは大きく目をむき、スプーンから離れようとした。口がわなわなと震えた。

「日によっては、朝に大量の痰を吐いたこともありまして、それも旦那さまのスープに入れさせていただきました」ビーンはいつもの恭しい口調で言った。マドックスの友人の一人はこの口調を〝慇懃無礼〟と呼んでいたものだ。「旦那さまの紅茶とコーヒーには、わたくしの尿を入れました。毎回ではございませんが、三回に一回ぐらい。旦那さまが大量にお飲みになるので、わたくしのペースでは追いつけなかったのです」

マドックスはすでに口にしていたスープを吐きだした。顔面蒼白だった。ビーンはきわめて優しく世話をして、ベッドに横になったマドックスの身体をきれいに拭き、快適に過ごせるようにしたが、その夜、マドックスは心臓発作を起こして帰らぬ人となった。

八〇年代に入ると、男性の召使いを雇う者はほとんどいなくなっていた。一人暮らしの独身男性は二週間に一度ずつ清掃業者にきてもらい、食事はテイクアウトか電子レンジで温めたTVディナーですませ、洗濯物は移動式クリーニング業者に頼めば配達までしてくれる。羽根布団を使っているのでベッドメーキングの必要はない。ビーンが就職斡旋業者のところに名前を登録してから何ヵ月もたった。リッソン・グローヴにある新聞販売店の二階に部屋を借り、貯金をとりくずしながら生活した。アンソニー・マドックスはビーンに何も遺贈してくれなかったので、唾と小便のことを告白したことをなおさら喜ばしく思った。

ある日、仕事の口が見つかった。面接をおこなった男は、ビーン流に表現するなら、〝薄気味悪い〟人物だった。小太りで、禿げていて、赤味を帯びたわずかな毛髪がつるつるの頭をとりまき、朝の十時だというのに黒いシルクのスーツを着て、その下からフリルたっぷりのシャツの飾りがのぞいていた。アパートメント——二つのフロアにまたがる住まいに〝フラット〟という呼び方はふさわしくない——の壁には武器がびっしりかかっていた。いちばん多いのは鞭だが、握りの部分に装飾が施された銃も何丁かあった。裸に近い若者の絵があった。頭のところに光輪が描かれ、全身に矢が突き刺さっている。もっと大判の絵もあって、やはり光輪のある男性がステーキ肉みたいに金網の上で焼かれている。ビーンはけっしてステーキを食べないが、アンソニー・マドックスのために焼いたことはときどきあった。そして、ときどき肉に唾を吐いてやった。

面接をおこなったのはモーリス・クリゼローという株式仲買人だった。ただし、最初に顔を合わせたときは、職業のことにはいっさい触れなかった。フルートのような甲高い声をしていて、彼の言葉遣いにビーンは妙な違和感を覚えた。話を聞いていると、彼にとってはあらゆることが〝苦痛〟で、ずいぶん〝苦しんできた〟ように思えてくる。

「わたしの世話をしてくれる人物の必要性を、わたしは痛いほど意識している」クリゼローは言った。「もちろん、きみならわたしの苦悶をひどくすることができそうだし、わたしはそれに耐えていけるはずだ。冷静沈着とまでは行かずとも、あきらめの境地で。痛い人物だときみに思われそうな気がして、不安ではあるが」

何を言われているのか、ビーンにはさっぱりわからなかったが、とにかくここで働くことにした。物乞いに選り好みは禁物。リッソン・グローヴで暮らしていると、物乞い連中をずいぶん目にする。気の滅入る日など、連中の仲間入りをしてポーチにすわりこみ、歩道に帽子を置き、孤独を解消し哀れさを演出するために犬をそばに置いている自分の姿が浮かんでくる。モーリス・クリゼローが犬を飼っていないことを、最初は残念に思ったが、のちに、鞭や、アパートメントにやってくる連中や、クリゼローの妙な言葉遣いの意味を理解しはじめてからは、犬がいなくてよかったと思うようになった。ヨーク・テラスの日常茶飯事であったた異様な興奮のなかにいたら、犬がどんな目にあわされたかわかったものではない。

アパートメントにやってくる若い男たちは、鞭をふるうという単純作業のための連中だったが、なかには己の力の限界を心得ていない者もいた。ビーンがクリゼローをベッドに運んで傷口にアルニカチンキをすりこみ、みみず腫れにコルチゾン軟膏を塗らなくてはならないことが何度かあった。若い貴婦人たちはもっと洗練されていて、クリゼローに鞍と手綱とはみを着け、背中にまたがって階段をのぼらせたり、寝室のなかを歩かせたりした。クリゼローがタイミングよく死んでくれて遺贈を受けたあと、ビーンは一度か二度、そうした訪問者の一人に通りで出会ったことがあった。外に出て歩きまわる時間が長いビーンにとって、それは避けられないことだった。

その女はベイカー・ストリートで男を物色している最中で、腿まである安物のブーツとジッパーのこわれたミニスカートをはいていた。ビーンは新品のボマージャケットをはおり、野球帽をかぶっていた。女は彼のことをアメリカ人だと思いこみ、イギリスとアメリカのアクセントが混じりあったような英語で、カクテルをご馳走してくれないかと訊いてきた。ビーンは返事のかわりに怖い顔で女をにらみつけ、そのあとで、いきなり歯をむきだしてみせた。女は思わずあとずさってから、「失せな」とビーンに言った。ビーンがこの表情をすれば、誰もが震えあがる。この女みたいに短時間で立ち直るものはめったにいない。

深夜営業の〈ヨーロッパ・フーズ〉に入り、ポットヌードルと、刻んだドライトマトをひと瓶と、塩漬けのマッシュルームと、ブルーベリーとアーモンドの脂肪ゼロヨーグルトと、缶入りスプライトを買った。帰り道で顔見知りに出会った。コーネル家の家政婦で、男友達と一緒に歩いていた。ベイカー・ストリートの映画館へ八時十五分の上映に合わせて出かけるところのようだ。四時間ほど前と三時間ほど前にこの女のせいで地下勝手口の階段をのぼりおりさせられたことを思いだし、ビーンは大声で呼びかけた。

「こんばんは、ヴァレリー。気持ちのいい夜だね」

メリルボーン・ロードをはさんで駅と向かいあった路上のニューススタンドで、《イブニング・スタンダード》を買った。ふだんはあまり新聞を読まないし、そもそも、読書にも無縁の人間なのだが、テレビのニュースはあっというまに終わってしまうため、くわしいことがわからない。墓地の柵で串刺し死体が見つかった事件は、すでに奥のページへ追いやられていた。検死審問の結果、ドミニク・カーヒル、通称〝デッカー〟の死因は刺傷、主として心臓の左心室の刺傷であることが判明した。柵のスパイクに串刺しにされていたのは猟奇的な効果を狙っただけのことで、検死官はこれを、犯人の〝邪悪かつ低俗なユーモア感覚〟を立証するものだと評した。

ポットヌードルとドライトマトとマッシュルームを電子レンジで加熱するあいだに、ビーンは記事のすべてに目を通した。殺人《マーダー》という評決が出ていた。〝不法な殺害〟とか〝故殺〟といったくだらない表現は使われていなかった。ビーン自身は死刑制度を百パーセント支持している。彼の思いどおりになるなら、公開処刑にしたいぐらいだ。罪の軽い者については、もちろん、さらし台を復活させる。

すぐに冷えるようフリーザーに五分ほど入れておいたスプライトを飲みながら、カーヒルの妹で、アイルランドのオファリー県在住のバーナデット・ケイシーという女のインタビュー記事を読んだ。その女は二十八年のあいだ兄に会ったことも、話をしたこともなかったと認めながらも、〝すばらしい人でした。兄が亡くなったことで、わたしも、あと八人の兄弟姉妹も落胆しています。兄がロンドンの路上で辛い人生を送っていたなんて信じられません。何かの間違いであってほしいといまも願い、祈っています〟と語っていた。

警察による犯人の捜索はあまり進んでいないようだ。そういうことは新聞記事からなんとなく伝わってくるものだ。もちろん、警察のほうも、彼や法律を厳守するその他の市民と同じく、誰が犯人だろうが気にしていない可能性もある。人間の屑がまた一人通りから排除され、ゴミのように捨てられただけのことではないか。

テレビをつけた。ニュースの時間だったが、この殺人事件はもはや全国ニュース扱いではなくなっていた。ビーンは椅子にもたれて楽しい空想にふけった――自分の犬がほしい。犬種が決まり、血統書つきの犬が買えるだけの金がたまったら、飼うことにしよう。クラフツ・ドッグショーで優勝した犬の子供がいい。収入アップの方法を考えなくては。犬を散歩させる回数を日に三回にしても大丈夫だろうか。

ここで、ビーンの思いは顧客たちに向いた。バーカー＝プライス家、ブラックバーン＝ノリス家、ミセス・ゴールズワージー、リール・プリング、ほかにも何人か。こうした人々の飼い犬を散歩させる仕事を始めたときは、彼らの過去の秘密や、人に知られては困るため口止め料を払う気になってくれそうな出来事が見つかるよう願っていた。しかし、彼らがビーンを自宅に招き入れることはほとんどなく、ましてや打ち明け話などするわけもなかった。彼らがビーンに見せるのは、無色透明の申し分ない外見だけだった。モーリス・クリゼローの家に八年も住みこんでいたせいで、ウェスト・エンドの住人たちの平均的家庭生活についてあらぬ妄想を抱くようになったのかもしれない――ときたま、そう思うことがあった。もしかしたら、誰もが無垢で、幸せな結婚生活（もしくは幸せな独身生活）を送っていて、慎み深くて清廉潔白な模範的市民なのかもしれない。

ビーンがすでに知っている秘密については（それを秘密と呼べるならだが）、ベイカー・ストリートで近づいてきた女に〝過去をばらすぞ〟と脅しをかけたところで、やるだけ無駄というものだ。女はおそらくいい宣伝になると思うだろうし、どっちみち、金など持っているわけがない。リール・プリングに過食症の可能性もあると、ふと思いつき、元気が出てきた。リールは現在、人気コメディーに主演中だ。暴飲暴食のあげく喉の奥に指を突っこんでいる、などという記事が《サン》に出るのは避けたいと思うだろう。キッチンへ行ってヨーグルトをとってきた。今度マリエッタを迎えに行ったときに、家のなかをよく調べてまわり、嘔吐の形跡がないかチェックしてみよう。

マダム・タッソー蠟人形館の外で営業中のハンバーガーの屋台は、人間の汗と同じ臭いをさせていた。強烈な汗の臭い。この臭いならビーンはよく知っている。モーリス・クリゼローに仕えた日々に、いやというほど汗の臭いを嗅いだものだった。とくに、若者の一人がやってきたときに。ハンバーガーの屋台はビーンにとって、二重の意味で腹立たしいものだった。まず、こうした過去を思いだすから。そして、この臭いを放っているのが肉だから。ヨーク・ゲートかパーク・スクエアを通るかわりに、なぜこちらにきてしまったのかと、自分でも不思議に思った。ヨーロッパ全土からやってきた若者たちの群れをかき分けながら屋台の前を通るとき、鼻と口にわざとらしくティッシュを当てた。誰もティッシュに気づかなかった。いや、気づいたとしても、メリルボーン・ロードを走る車の排気ガスから身を守っているとしか思わないだろう。

蠟人形。こんなもののどこがいいのか、ビーンにはさっぱりわからない。一度だけ行ったことがある。〈恐怖の部屋〉へ——ほかにどこがある？　モーリス・クリゼローのお供をして、フックに吊るされた何者かや、浴槽のなかで刺し殺されたフランスの男を見に行ったのだった。モーリス・クリゼローはこういうものが大好きで、たびたび蠟人形館へ足を運んでいた。七、八年前はいまほど混雑していなかったような気がする。最近は歩道を進むのもひと苦労だが、ビーンは車道へ押しだされてたまるかと思い、肘で人混みをかき分けて歩いていった。左耳にリングを三個つけ、右耳に二個つけた若い女がビーンに《ビッグ・イシュー》を売りつけようとしたが、にらみつけられ、歯をむきだされて、あとずさった。

犬を連れた物乞い——これはビーンのつけたあだ名——が、いつもの場所にすわっていた。マダム・タッソーとヨーク・ゲートの中間地点。かつてはビデオカセットのケースだったプラスチックの箱が、施しを受けるために歩道に置いてあり、男の膝のそばにすわった犬が上着のポケットに鼻を突っこんで眠っていた。犬にくわしいビーンが見た感じでは、ビーグルのようだ。毛色はレモン色と白、間違いなく純血種。

ビーンはこの男にも歯をむきだしてみせた。この怖い顔にはいつも絶大な効果がある。たぶん、相手が予想外のショックを受けるからだろう。誰もがすくみあがる。ビーンはいつものようにカメラを持っていたので、歩道の端まで下がって写真を撮った。物乞いは両腕を上げて顔を隠そうとしたが、もう遅かった。

ビーンが迎えに行った最初の犬はボルゾイのボリスだった。いつものように、ヴァレリー・コンウェイの意地悪のせいで、地下勝手口への階段をわざわざ下りなくてはならなかった。うちの旦那さまご夫妻から伝言があるわよ——ヴァレリーは言った——犬が盗まれる事件がちょくちょく起きてるから、気をつけてほしいって。

「ホームレス連中が犬を盗んでくのね」ヴァレリーは言った。「夜の寒さよけにできるから。それに、哀れみをかけてもらえるし」

「どういうことだ?」

「だって、英国人は人間より犬に同情するもの。でしょ?」

ビーンは人から聞いたことを、いつか役に立つかもしれないと思って、すべて記憶に刻みつけておく。ビーグルのルビーを迎えにポートランド・プレースのフラットへ行ったとき、いま仕入れたばかりの情報をアーナ・モロシーニに伝えた。

「ビーグルがとくに狙われやすい。例えば、マダム・タッソーの外にすわっているあの落ちこぼれだが、やはりビーグルを連れてます。ひと目で血統書つきだってわかりますよ」ビーンの得意の口から出まかせが始まった。「一日じゅうおとなしくさせておくために、連中は犬に薬を飲ませるんです。ベイリウムが人気ですが、ラーガクチルが僅差で二位です」

「そんな話、聞きたくなかったわ」ミセス・モロシーニが言った。

「人はみな、事実を直視しなきゃいけません。そうでしょう、マダム? 来週、ルビーの写真を何枚か撮らせてください。もしお気に召したら、とても安い値段でお譲りします」

パーク・クレセントに戻る途中、ケント公の像と目が合ったので、顔をひきしめて、高慢そうな厳めしい表情をまねた。庭園に入り、二匹の犬とともに傾斜した小道を下りてナースメイド・トンネルまで行った。日射しに靄がかかったようなこの穏やかな午後、あたりはいつものように人影ひとつなく、〈鍵男〉の姿もなかった。パーク・スクエアの庭園も同じく無人で、太陽を浴びた芝生に鳩と雀がたむろし、リスが一匹、高くそびえる緑の木の幹を駆けおりてきて、べつの木を駆けあがっていくだけだった。もしこれが土曜日なら、リージェンツ・パークのほうも混雑することだろう。

ビーンはミスター・バーカー＝プライスのところでも、ホームレスが犬を盗んでいるという話をした。今度はビーグルをゴールデン・レトリヴァーに替えて。バーカー＝プライスは嫌みな口調で、チャーリーが外に出るのは日に二回だけで、そのときはいつもビーンが連れているのだから、犬が盗まれないよう気をつけるのはビーンの役目だと言った。

ビーンは「おっしゃるとおりです」と答えたが、胸には怒りがたぎっていた。チャーリーの写真を撮る話は出さなかった。また、マリエッタの写真のことをリール・プリングに話すのも、タイミングが悪いのでやめておいた。最近はプードルがホームレスに狙われやすい犬種であることを話すと、リールから思いがけない言葉が返ってきた。

「あんな犬、誰にでもくれてやるわ。いまもキリム絨毯の上でおしっこしたのよ」

「まさか本気じゃないでしょうな、ミス・プリング」

ビーンは彼女の意見と言葉遣いにショックを受けていた。

リールがマリエッタを連れてくるまでのあいだ、ビーンは玄関ホールで待ち、猟犬みたいに鼻をうごめかしながら、ドアを一つあけてみた。衣類の収納スペースかと思ったら、ただの物置だった。ボディにかけられた刺繡入りのロングドレスと、なかに誰かが入っているみたいに直立した鎧一式が目に入り、ギョッとしてすぐさまドアを閉めた。ミセス・ゴールズワージーのところでは、同情されたりベッドを温めたりするのに役立つため、スコティッシュ・テリアがホームレスに狙われている、と言いたかったが、やめておいた。さきほどのリール・プリングの言葉を思いだしたからだ。

アルバニー・ストリートを歩いていたとき、顎鬚とオックスブリッジのアクセントを持つ長身のホームレスとすれちがった。少なくとも、この男だけは悪臭と無縁だ。いつだったか、朝の散歩の途中で急に尿意を催したビーンが犬たちを柵につなぎ、ブロード・ウォークから脇へ入ったところにある公衆トイレに飛びこんだことがあった。長身の男がなかにいて、裸になって身体を洗い、ハンドドライヤーの風で髪を乾かしていた。ビーンは言葉も交わさなかった。それはいまも同じだった。そっぽを向いた。この連中は有害食品みたいなものだ。どういう理由で身体を洗ってたのか、わかったもんじゃない。

シャーロット・コテージの留守を預かっている若いレディは、この午後、少しやつれた表情だった。黒を着ていた。それ自体はべつに意味もないことだが、家のなかに誰かがいて、ビーンの見たところ、メリルボーン・ロードの葬儀社からやってきたスタッフのようだった。つねに旺盛なビーンの好奇心がさらに高まった。

ビーンはグーシーを受けとりながら、このうえなく礼儀正しい口調で言った。「まさか、サー・ステュアートとレディ・ブラックバーン＝ノリスのことで悪い知らせがあったのではないでしょうな、お嬢さん」

彼女はつっけんどんに言い返すようなタイプではな

く、そのおとなしさをビーンはバカにしている。

「いえ、いえ、違うの」心ここにあらずといった悲しげな返事だった。「元気にしてらっしゃるわ。コスタリカからハガキが届いたばかり」

ビーンはそれ以上追究しないことにした。彼女の個人的な悲劇に興味はなかった。犬たちを追いたててグロスター・ゲートをくぐり、噴水式水飲み器の向こうに広がる緑地で犬を放してやった。公園は予想どおりの混雑で、今日はとうてい暖かとは言えず太陽がすぐ雲に隠れてしまうのに、さまざまなレベルで肌を露出させた若い連中が芝生に寝ころがっている。犬のなかではチャーリーがいちばん人なつっこくて遠慮がなく、抱きあったカップルに近づいて股間や尻に鼻づらを押しつけるのが見えたので、ビーンは愉快でたまらなくなった。カップルは悲鳴を上げ、犬をどなりつけた。グーシーとマリエッタはピクニックのグループを見つけ、マリエッタはスイスロールを二分の一本くわえて茂みに逃げこんだ。ふだんのビーンは公園にほとんど人がいないのを好んでいるが、そのつぎに好きなのは今日のような日だ。人でにぎわっていて、ほとんどの者が犬の行動にムッとしたり、いらだったりする。

しつけの行き届いた犬の一団を連れて、公園を縦断する長い散歩道をゆっくり歩いている女性のドッグ・ウォーカーを目にしても、ビーンの楽しい気分が消えることはなかった。今日は支払日。土曜日ごとにやっているように、犬を送り届けたときに料金をもらうとしよう。

グーシーを返しに行ったときには、葬儀社の人間はいなくなっていた。若いレディの目は真っ赤だった。泣いていたか、結膜炎か、そのどちらかだろう。料金をいただきたいとビーンが言うと、向こうは紙幣を渡すさいに、なんと詫びの言葉まで添えた。ミセス・ゴールズワージーは片手でマクブライドをひっぱって家に入れ、反対の手で金を差しだした。家の奥の物音からすると、どうやらカクテルパーティの最中らしい。初夏の午後五時十五分に早くもカクテルパーティとは、なんとも退廃的だとビーンは思った。リール・プリングのところでは、彼女が料金を払ってくれる顧客でなかったら、ビーンは歯をむきだしてみせたことだろう。玄関に出てきた彼女はホルタートップと短パン姿で、ガリガリの腹部をあらわにし、そのうしろに立った男も同じく短パン、彼女のウェストに両腕をまわしていた。

バーカー＝プライス氏は葉巻の臭いが強烈すぎて、犬でさえいやな顔をしたほどだった。ビーンに払う金をのろのろと数え、それから、銀行の窓口係みたいにもう一度数えなおした。ビーンはニコチンがしみついた指から紙幣を受けとるさいに、思いきりひっぱらなくてはならなかった。

「いつもありがとうございます、サー」と言うと、目の前でドアが乱暴に閉まった。

もらったばかりの札束の下から鍵をとりだし、パーク・スクエアの庭園に入った。一メートルも離れていないところにリスが出てきて小道を横切ったので、ビーグルのルビーが追いかけようとして、ものすごい力でリードをひっぱった。ビーンは危うくころびそうになった。ボルゾイがルビーに向かってうなり、気に食わない人間や物を目にしたときのビーンと同じように、唇をめくりあげた。

庭園の鍵を持っている者はかなりいるはずなのに、芝生にも散歩道にも人影がなく、ベンチも空っぽだった。風はすでにやんでいた。というか、高い木々に囲まれた日当たりのいいこの空間には、風は入ってこなかった。名前もわからぬ花々が甘い香りを放ち、メリルボーン・ロードの排気ガスの悪臭を消していた。クロウタドリのさえずりが聞こえてきた。

芝生はあまり踏み荒らされておらず、散歩道に目ざわりなゴミが落ちていることも、ゴミ入れがあふれそうになっていることもなかった。残念ながら、ここで犬を放すのは禁止されている。放してもいいのなら、公園には二度と足を踏み入れなくてすむのだが。壁に囲まれた急な傾斜路をトンネルのほうへ下りていった。ボリスとルビーが横並びになって彼の前を駆けていく。

この傾斜路を通るときは、いつも緊張する。筋肉がこわばり、両手で思わずこぶしを作りそうになるのを我慢しなくてはならない。しかし、今日は〈鍵男〉の姿はなかった。いつものように、トンネルのなかには誰もいなかった。この時間帯だと、トンネルの中央まで行ってもけっして暗くはなく、両端から射しこむ自然光のおかげで充分に明るい。一瞬、ぞっとする考えが浮かんだ。〈鍵男〉が向こう側で待っているかもしれない。トンネルを出たすぐのところで。そして鍵をぎらつかせ、ジャラジャラ言わせながら、出口にたどりついた自分を通せんぼするかもしれない。

しかし、自分の背後に何が潜んでいるかには注意もせず、足音にも息を吸いこむ音にも気づかないまま、ビーンが出口の手前まで行ったとき、頭のてっぺんに何かがぶつかった。低い天井の梁や、ドアの上部に頭をぶつけたような感覚だった。だが、それ以上に強烈で、思わずよろめいてがっくり膝を突き、地面に大の字に倒れてしまった。頭がくらくらして、目の前が一瞬真っ暗になり、星と、尾をひく彗星と、衛星が黒い空を飛んでいくのが見えた。倒れた拍子に、握りしめていたリードを放してしまったようだ。

ボマージャケットのポケットを誰かに探られているのを感じた。うめき声を上げ、弱々しく身じろぎをした。やがて、足音が聞こえた。駆け足で遠ざかり、パーク・スクエアのほうへ戻っていく。ビーンは身体を起こした。野球帽が脱げ落ちていたが、襲われたときには頭にのっていた。重傷を負わずにすんだのはそのおかげだったのだろう。頭のてっぺんを慎重に手で探ってから、指を見てみた。血はついていなかった。転倒したのが不安で、どこか骨折していないかと気になった。骨粗鬆症は年配女性だけのものではないと、健康雑誌で読んだことがある。

カメラ！　消えていた。一瞬、今日は家に置いてきたのかもしれないと思ったが、バーカー＝プライスから金を受けとったとき、カメラのストラップが首にかかっていたことを思いだした。鍵のほうは……いつもジーンズのポケットに入れてある。鍵、ヨーク・テラスの鍵、シャーロット・コテージの鍵、リール・プリングの家の鍵、ここの庭園に入るための鍵。脚の脇のほうを指で探って金属のごつごつした感触をたしかめてから、ポケットに手を入れた。鍵はすべて無事だった。だが、ボマージャケットのポケットには何もなかった。顧客四人から受けとった札束が消え、二週間分の老齢年金もほとんど消えていた。ビーンの胃がひっくりかえった。まるで、胃が床に落ち、とんぼ返りをして、上下が逆さまになったような気分だった。

どうにか起きあがることができた。両脚とも無事だった。視力も大丈夫。殴打による網膜剝離はなかったようだ。彼がせっせと読んでいる健康雑誌には、そういうことも起こりうると書いてあったが。犬が二匹とも消えていた。庭園からは出られないはずだと自分に言い聞かせ、二匹がメリルボーン・ロードでコンテナトラックに轢かれたのではという不吉な想像を払いのけた。かすれた弱々しい声で犬を呼んだが、無駄だった。

もちろん、犬を捜してまわらなくてはならなかった。鳩の腐乱死体の上でころがっているボリスが見つかった。ルビーのほうはリードでボリスとつながれたまま、腹立たしげにぐるぐる走っている。ビーンは頭痛を抱えたまま、うんざりしてリードを拾いあげた。

今日だけは、地下勝手口の階段を下りるのはおことわりだと思った。コーネル家の家政婦が姿を見せたので、「玄関ドアをあけてくれなかったら、ボリスを柵につないでそのまま帰るぞ」と、大声で言った。

「どうしたっていうのよ？」家政婦が言った。

「ひったくりにあったんだ。玄関ドアをあけてくれ、ヴァレリー。気分が悪い。たぶん、脳震盪を起こしてるんだ」

かなり長く待たされて、ようやく玄関ドアが開いた。真っ白なカーペット、金箔仕上げの家具、ヴェネツィアンガラスの花瓶に活けられた赤い百合が見えた。ビーンがリードの金具をはずすと、ボリスは長い鼻でドアを押しひらき、いつも玄関を使っているかのように、静かな足どりで家に入っていった。

「今日は報酬をいただく日なんだが、あんたにわざわざ言う必要はないよね、ヴァレリー」

奪われた金額を考えただけで気が滅入った。貯金に手をつけるしかない。それにカメラ。なぜ保険をかけておくことを考えなかったのだろう？　ビーンは片手を上げて、頭のてっぺんにできたコブをさすった。家政婦が料金の入った封筒を持って戻ってきた。何か嫌みを言ってやろうと必死に考えている様子だった。

「じゃ、また明日の朝」ビーンは言った。

「じゃ、そのとき、ミス・コンウェイと呼んでくれたことにお礼を言わせてもらうわ！」

家政婦は顔を真っ赤にして精一杯の皮肉を言った。

ビーンは肩をすくめると、封筒をポケットに入れ、ヨーク・テラスの自宅まで歩いて帰った。たとえ一瞬でも意識をなくしていれば、脳震盪を起こしたしるしだ。医者へ行かなくてはならない。だが、はたして意識をなくしただろうか。そんな気はしないのだが。家に入るとすぐ警察に電話して、ひったくりにあい、金を残らず奪われたことを告げた。

警官をそちらへ行かせます——警察の人間が言った。それから、病院で診てもらったほうがいいですよ。

「犯人はわかってるんだ」ビーンは言った。

「顔を見たんですか」

「はっきり見たわけではないが、知ってるやつだ。みすぼらしいホームレスで、全身に鍵をつけて歩きまわってる」

「あなたの鍵も盗まれたんですか」

ビーンは盗まれていないことを認めたが、電話をとった警官の口調がひどく退屈そうで無関心なのにうんざりし、自分のほうから署に行くと告げた。

12

メアリはつねづね、人が祖母を亡くしたときの悲しみは親のときほど深くはないだろうと思っていたが、自分がその立場になってみて、そうではないことを実感した。ドロシーアの夫が有給休暇を一週間とって、博物館でメアリの代わりを務めてくれた。クレタ島のトラットン夫妻はフレデリカ・ジェイゴの遺体を故国に搬送する手続きをしてくれた。葬儀社のほうは、おおげさな哀悼の意がうっとうしかったが、とても力になってくれた。アリステアがやってきて、死亡届を出したり、花を注文したり、弁護士に連絡したりするのを手伝ってくれた。

「実の母親を亡くすのと同じだもんな」死亡の知らせ

が届いた夜に比べると、アリステアの態度はずいぶん変わっていた。「悲しいのは同じだ。身内を亡くした者の気持ちを、血縁の程度で推し量ろうとするのは間違ってる」

これが、寝たきりの祖母の介護をせずにすんだのを幸運に思うべきだと、わずか一週間前にメアリに言ったのと同じ男なのだ。彼の口からは、遺産の話も、ベルサイズ・パークの屋敷を処分する話も出なかった。セックスの話も、泊まっていくという話も出なかった。そして、骨髄移植や〈ハーヴェスト・トラスト〉についてアリステアがあれこれ言うこともなくなった。

レオからはなんの音沙汰もなかった。顔を合わせたのはたったの三回なのに、メアリは彼に会いたくてたまらなかった。〝死ぬほど会いたい〟というのが胸に浮かんだ言葉だった。あまり極端に走ってはいけない、と自分を戒めた。まるでヒステリー症状だ。ほとんど知らない相手なのに、どうしてこんなに会いたいの？　夢にレオが出てくるようになった。一度など、ひどく官能的でロマンティックな夢だったため、ショックで目がさめてしまった。

わたしの肉の肉、わたしの骨の骨――この言葉が思いだされた。彼からこの言葉を聞いたとき、メアリはこのうえない感動を覚え、一瞬ではあったが、自分たちの過去に親密な歳月があったような気がした。二人で寄り添って過ごす歳月が未来に待っていると信じたのは、不自然な、もしくは図々しいことだっただろうか。

レオは煙のように消えてしまった。彼に抱かれ、キスをされ、愛撫を受ける夢を見た翌日、メアリは、二度と彼に会えなくても、彼がこちらの人生に登場したときと同じく一瞬にして消えてしまっても、二人で過ごした何時間かのことは永遠に忘れないだろうと思った。

祖母を亡くした悲しみは、レオへの慕情と同じぐらい深かったが、それでもなお、彼を忘れることはできなかった。レオが会いにきてくれれば、お祖母さまのことが話せるのに。レオなら耳を傾けてくれる。話を聞かせてほしいと言うだろう。アリステアに思い出話をしようとしたらさえぎられた。思い出や回想は彼の好みに合わないのだ。

「お祖母さんのことは、おれもよく知ってたさ、ダーリン。自分の身内よりよく知ってたぐらいだ」

また、ドロシーアには、過去にこだわるのはよくない、葬儀が終わったら過去はすべて置き去りにすべきだ、と言われた。

「過去の話ばかりするのは、わたしは賛成できないわ。事態を悪化させるだけよ。過去のことをあれこれ話した結果、子供のころの虐待が判明した人たちを見てみなさいよ。何も知らないほうが幸せだったんじゃない?」

「わたしが言ってるのは、そういうことじゃないの。セラピーは必要ないわ」

「いまを大切にしなきゃだめよ」ドロシーアは言った。

レオならじっと聴いてくれるだろう。なぜかそんな気がした。その場にふさわしい質問をよこし、辛抱強く耳を傾け、母親であり、友人であり、人生の試練のときには励ましてくれた祖母、誰もその代わりはできない祖母にまつわる話を、必要ならば何時間でも聴いてくれるだろう。しかし、いまのメアリは、レオには二度と会えないという不吉な思いを抱いていた。

葬儀の日を待たずに仕事に復帰した。一人でシャーロット・コテージにいるより、アイリーン・アドラー博物館で働いているほうがよかった。葬儀の前日にクレタ島から帰国したシーリア・トラットンと一晩ゆっくり話をしたおかげで、それまでより冷静になり、祖母の死を受け入れられるようになった。殺人事件の話題性が薄れて新聞にも出なくなって以来、博物館を訪れる人の数も激減していたので、メアリは入館者のいない三十分ほどを利用して、レオに電話をかけてみることにした。

そこまで決心するには、かなりの覚悟が必要だった。レオがくれた言葉をひとつ残らず思いかえした。メアリをうっとりさせてくれた優しい言葉の数々。初めて会ったときも、金曜日に会ったときも、彼の言葉のほぼすべてに、メアリと友達になりたいという思いがこもっていた。かすかな苛立ちが混じっていた彼の最後の言葉だけは、心から払いのけようとした。急に立ち去った彼の姿を必死に消そうとした。連絡したくてもできない状況にあるのかもしれない。たぶん、お兄さんに関係したことで。あるいは、電話をくれたが、祖母が亡くなって以来話し中のことが多かったため、あきらめたのかもしれない。ゆうべ、自分にそう言い聞かせて、レオの兄のところへ電話をしてみた。三回かけたが、誰も出なかった。

わたしがどこで働いてるか、レオに話したことはあったかしら。彼のほうから話してくれたのは、お兄さんのところでパートタイムの仕事をしているということだけ。自宅なのか、外のオフィスなのかはわからない。べつに不思議なことではない。仕事のことをくわしく話す機会がなかっただけのこと。

メアリはいま、レオが電話に出たらどう言えばいいのかと考えはじめていた。どうして連絡をくれなかったの？　会える？　もう一度会いたい。どれもみな、メアリのような人間には無理だ。説明がほしいけれど、三回しか会っていない男に向かって、なぜ自分を捨てたのかと尋ねるようなまねはできないことが、彼女自身よくわかっていた。レオはけっして不実な恋人というタイプではない。元気かどうかを尋ね、あたりさわりのない空虚な質問をするだけにしておこうか。電話番号をダイヤルしたが、今回も応答がなかった。

葬儀の日は雨だった。アリステアが会社を休んで駆けつけ、傘を差しかけてくれた。前に祖母の家のディナーパーティで顔を合わせ、メアリを映画に誘った男性が、恋人と思われる女性同伴で教会にきていた。高齢の友人たちがブラックバーン＝ノリス夫妻を除いて全員参列していた。アカプルコのホテルに電話をかけて、穏やかな言葉で訃報を伝えなくては、とメアリは心に刻みつけた。あのディナーに夫人同伴で出席していた祖母の顧問弁護士が最前列の信者席にいて、葬儀がすみ、ベルサイズ・パークでの物悲しい会食が終了したあとも屋敷に残った。

メアリはなぜだろうと首をひねり、自分のものではない屋敷に、というか、法的にまだ自分のものになっていない屋敷に会葬者を招いたのがいけなかったのだろうか、と漠然と考えた。だが、シャーロット・コテージでそんな集まりを開くほうが、よけいに不作法なはずだ。しかしながら、弁護士のエドワーズ氏があとに残ったのはまったく違う理由からで、グラスにシェリーのおかわりを注いでいるアリステアもその理由を知っている様子だった。突然、葬儀のときの芝居じみた雰囲気が戻ってきた。エドワーズ氏がアリステアに何やら耳打ちすると、アリステアが言った。「わたしのフィアンセも、お話を伺う心の準備ができていると思います」

二人はゆっくりした足どりでダイニング・ルームへ向かった。メアリはフィアンセと呼ばれたことに憤慨するあまり、ドアが閉まって二人がその奥に姿を消したことに気づいていなかった。何秒かしてからドアが開いた。アリステアが顔をのぞかせ、こちらにきてくれないか、と低い真剣な声でメアリに言った。

エドワーズ氏がテーブルの上座についていた。アリステアはその反対側。しかし、メアリが入っていくとアリステアは立ちあがり、彼女のために椅子をひいて、自分はそのうしろに立った。メアリが腰を下ろしたあとも、そのまま立っていた。ヴィクトリア時代の婚礼写真に写った夫のようだと、メアリは思った。

「お祖母さんの遺言書の内容を、ミスター・エドワーズがいまから話してくださるそうだ、マイ・ディア」

〝マイ・ディア〟などという呼び方もこれまではなかったことだ。二人から庇護者ぶった父親みたいな態度をとられて、メアリは、レオがここにいれば止めてくれるのにと思った。しかし、自分を抑え、エドワーズ氏に向かってうなずき、お話を伺いますと言った。

エドワーズ氏は申しわけなさそうに小さく咳をしてから、まず、メアリもすでに知っていることを告げた。この屋敷は彼女のものになるという。そのあとで、彼女が夢にも思わなかったことを告げた。祖母が全財産を彼女に遺したというのだ。総額にして二百万ポンド近く。

アリステアはなんらかの方法で(具体的にどんな方法かはわからないが)あらかじめ知っていたのではないか、弁護士と共謀しているのではないか、とメアリが一瞬でも疑ったとしても、背後の彼の顔を見た瞬間、その疑いは消え去った。まるで別人の顔のよう、会ったこともない人間の顔のようで、しわが刻まれ、目が大きくなり、口がぽかんとあいていた。メアリの横の椅子をひいて、そこにすわりこんだ。両腕をテーブルに投げだしてそこに顔を埋めるのではないかと、メアリは薄々予想したが、アリステアはじっとすわったまま、向かいの壁の絵を見つめるだけだった。

エドワーズ氏が少額の遺贈について説明していた。複数の小さな慈善団体へそれぞれ小さな額を。メアリの耳にはほとんど入っていなかった。お祖母さまに莫大な財産があるなんて夢にも思わなかったのはなぜ？と自分に問いかけていた。エドワーズ氏が不意に話を終え、じつに喜ばしいと言いたげな温かな笑みをメアリに向けた。大切な旧友でありクライアントであった女性の葬儀に、二時間ほど前に参列したことなど嘘のようだ。

「ありがとうございました」メアリは言った。

アリステアが彼女の手をとって握りしめた。メアリはエドワーズ氏から慈愛に満ちた表情で見つめられていることに気づいた。思いがけず巨額の遺産を相続する幸運に恵まれた、結婚間近の若いカップルを見るような表情だ。こう思っているに違いない――若い二人はまだピンときていないようだ。喜びが大きすぎて呆然としているのだろう。だが、二、三分もすれば……。

遺言検認と時間を要する法的手続きの話に入ると、エドワーズ氏の声のトーンが変わった。メアリはうなずいた。アリステアがようやくしゃべれるようになった。舌が上顎にくっついてしまったに違いない――メアリはそう思っていたのだが。

「ええ、おっしゃるとおりです。わたしのフィアンセは早急に金が必要なわけではありません。相続が完了したさいには――もちろんご存じと思いますが、わたしは銀行業界の人間ですから、財産管理はおまかせいただいて大丈夫です」

エドワーズ氏が辞去するころには、ふたたび雨になっていた。エドワーズ氏は傘をさし、タクシーを拾うと言って小走りで通りへ向かった。アリステアは自分たちのために電話でタクシーを頼んだ。黙りこくったまま、シャーロット・コテージに帰った。玄関ドアを閉めてから、アリステアが彼女のほうを向き、抱きしめようとした。虫だって反撃できるのよ――メアリは思った。もっとも、わたしは虫以下だったけど。閉じこめられた昆虫ってところね。それでも、刺すことはできる。彼の手をつかむと、自分の肩からはずし、うしろへ下がった。

「おかしなものね。一緒に住んでたころはあなたのガールフレンドだったのに、別れたあとでフィアンセに昇格？　どういうわけ？」

「金が理由だと言いたいのか」

「ううん、そこまで言うつもりはないわ、アリステア。

あなたがすでに言ったから。わたしがどうしても口にできなかったことをあなたが言ってくれたのよ」

「お祖母さんが死んだあと、おれがほとんど毎日ここにきて力になったことを、きみは忘れてしまったようだな。遺産がどれだけあるかなんて、おれは知らなかった」

「頭を使って推測したんでしょ？　ミスター・エドワーズに言ったように、あなたは銀行に勤めている。こういうことにはくわしいはずだわ」

「ダーリン」アリステアは言った。「ダーリン、結婚してほしい。きみが出ていくまで、おれは自分のそんな気持ちに気づかなかった。それがそんなに悪いことか？　一緒に暮らしてたあいだは、きみの本当の良さがわからなかったが、出ていかれたあと、寂しくてたまらなかった」

「〝ダーリン〟と〝フィアンセ〟――それって、相手の名前を呼びたくないときに使う言葉じゃないかしら」

アリステアはムッとした口調になった。「それとこれとどういう関係があるんだ？　おれは結婚してほしいと言った。その理由も言った。過去をいつまでも根に持つのはやめてくれ。二度とあんなことはしない。きみに約束したじゃないか」アリステアはこぶしを固めた。「きみ、気づいてないようだな」

「なんのこと？」

「骨髄移植だか、ハーヴェストだか、とにかく、そういう話をおれはいっさい出してないだろ？　きれいさっぱり忘れることにしたんだ。ぐずぐず言うのはやめようと自分に誓い、その誓いを守ってきた。これ以上何が望みだ？」

アリステアがひとこと言うたびに、メアリの気持ちが軽くなった。自分でも驚くほどの勢いで力があふれてきた。「わたしは何も望んでないわ、アリステア」

「どういう意味だ？」

「あなたには何も望まない。前に説明したはずよ」

「いや、違う。きみはすべてを手に入れた。ずっと待ち望んでいたものを。自立を。おれは邪魔者。きみが言ってるのはそういうことだ」

アリステアがいきなり飛びかかってきた。不意打ちだった。メアリの肩をつかんで揺すぶりはじめた。以前の顔に戻っていた。どす黒い赤に染まった頬。真っ黒な目。

「きみはおれのものだ。逃げようったってそうはいかん。金持ちになったものだから、おれなんかもう必要ないと思ってる。さんざん尽くしてやったのに。一緒に暮らしてきたのに……」

玄関のベルが鳴った。アリステアの手がこわばり、やがて力が抜けたので、メアリは身をよじって彼から逃れた。歯がガチガチ鳴っていた。片手で口を覆った。押さえつければ震えが止まるかのように。ふたたびベルが鳴ったので、無言のまま震えながら玄関に出たが、媚びへつらうような笑みを浮かべてドアの前に立つビーンを見ても、何も言えなかった。

「こんにちは、お嬢さん。ワンちゃんは散歩に出かける支度ができてますかな？」

ボルゾイ、ビーグル、ゴールデン・レトリヴァー、焦げ茶のプードル、スコティッシュ・テリアが門柱につながれていた。ビーンの頭の禿げた部分のほとんどを、大判の絆創膏が覆っていた。メアリは驚愕の表情でそれを見たあと、グーシーを連れてきた。うしろからアリステアが出てきて、ビーンに「やあ」と愛想よく声をかけ、この天気では犬を散歩させるのは大変だろうと言った。

「必要に迫られればやるしかないです」ビーンは曖昧に答えた。

メアリは玄関ドアを閉めた。アリステアは壁にもたれていた。

「さっきはすまなかった。だが、きみがあんまり腹立たしいことを言うものだから、ついカッとなって。おれの力できみに分別を叩きこんでやれると思ったんだ」

「もうわかったでしょ。無理だってことが」

メアリはふたたび玄関ドアをあけた。涙を必死にこらえてドアをあけると、ビーンと犬たちの姿や、向かいの家で雨など気にせず枯れたバラを摘みとっている男性の姿が目に入り、どうにか泣かずにすんだ。

「帰ってちょうだい。黙って帰って」

アリステアは一瞬、ほんの二、三秒ではあったが、ドアからメアリの手を払いのけ、乱暴に閉めてそこにもたれ、彼女と対決しそうな表情を見せた。そう考えたに違いないが、行動に出るのは後日に延ばすことにしたのだろう。ビーンと顔を合わせたときのメアリと同じく、何かの衝撃で口が利けなくなったのだろう。遅まきながら、自分のしたことを、二度としないと誓った行動に逆戻りしてしまったことを、悟ったのかもしれない。玄関のコート掛けからレインコートをとると、そそくさと雨の戸外へ出ていった。

一人残されたメアリは、いまなら思いきり泣けると思ったが、泣きたい気持ちはもう消えていた。居間へ行き、レディ・ブラックバーン＝ノリスのデスクの前にすわって、レオに手紙を書きはじめた。

土曜の午後五時には、尼僧たちがプリムローズ・ヒルで〈鍵男〉のファラオに紅茶を出してくれた。ラッカー、ディル、その他数名のホームレス、そして、ローマン自身もその場にいた。ローマンはこのことと、そこでファラオと話をしたことを、警察に伝えた。奇矯なふるまいが多くて現実との接点を持たない〈鍵男〉のような人間が相手では、話をしたといっても、たかが知れているけれど。土曜の五時に何か事件が起きたことと、自分がファラオのアリバイを立証したことは、ローマンにも察しがついた。どんな事件なのか、警察はひとことも言ってくれなかったが。

いったい何があったのかと、捜査当局に説明を求めるにふさわしい中流階級の言葉遣いで尋ねたが、教えられないと言われた。ローマンは一瞬、警官から〝サー〟と呼ばれそうな気がした。若い警官は、ローマンのアクセントや、ホームレスとはとても思えない態度に戸惑い、じつはもう少しで〝サー〟と呼びそうになったのだが、この男は浮浪者だと自分に言い聞かせたのだった。

ファラオの人生について、警察に少し話しておけばよかったのかもしれないが、何も尋ねられなかったし、路上暮らしのなかで、よけいなことは言わないのがいちばんだと学んでいた。ファラオの秘密をいろいろ知っていると警察に思われても迷惑だ。たとえ本当にそうだとしても。ある晩、運河の土手で聞いた話が事実だとしても。きっと事実だとローマンは思っている。くわしい話をしてくれたのはフランシー・クインで、いつもと違って〝ミルク〟による酩酊状態ではなく、急に狂ったような哄笑を上げることも、喧嘩腰になることもなく、ファラオの身の上を語った。

ファラオの本名がジミー・クランシーであることは誰もが知っているが、あだ名の由来を突き止めたのはクインだけだった。七〇年代、まだ十代だった少年のころ、ファラオはあるカルト教団に入っていて、教団はおんぼろのバンやトラックで国内をまわり、昔の旅芸人のごとく、道端や野原で教団独自の解釈による奇跡劇や聖史劇を上演していた。その一つに、〝パピルスの籠に入れられたモーセ〟と題した芝居があり、エジプト王の役をクランシーが演じた。王の娘が川に流されたモーセを見つけて育てるという筋書きだ。この役が気に入ったクランシーは、以後、ファラオと名乗るようになった。

彼が髪を初めてブルーに染めたのもそのころで、当時はそれがファッショナブルとされていた。まあ、彼が染めたというより、美容師だった姉が染めてくれたのだが。クインの推測だと、ファラオはカルト教団に入る前から統合失調症を患っていたようだ。教団のメンバーの大部分が、自分は神の声を聞いたと信じているから、ファラオの行動が奇異な目で見られることはなかった。

「けど、おれに言わせれば、神じゃなくてサタンだな」クインは言った。「サタンの手先がやつを苦しめてるんだ。あいつ、王国の鍵を見つけなきゃならんと思いこんでる。」

「天の王国の鍵か。どこにあるのか知らないけどさ」

「キリストがペテロに与えたと言われている鍵だな」ローマンはそう言ったが、物知りだと思われては困るので、つけくわえておいた。「前に聞いたことがあるんだ。そんなような話を。いまはローマ教皇が持ってるそうだ」

「じゃ、ほんとの鍵なのかい？　つまりさ、公園のゲートを閉めるのに使うような鍵？」

ローマンが「たぶん違うと思う。シンボルというか、鍵という表現を使っているだけだろう」と答えると、クインはその意味を理解した様子だった。暗い運河に満月が映って、水中に円形の白い光が沈んでいるかに見えた。木々が細い枝を水面に垂らし、月をとらえようとしているみたいだ。ゆるやかに流れる大河の岸辺にすわっているような気がした。土手は鬱蒼たる草に覆われ、多種多様な緑が見渡すかぎり生い茂っているのかもしれない。街のほうへも何キロも広がって、色濃き野生の植物が建物を覆いつくしているのかもしれない。モーセがパピルスの籠に入れられて漂ったナイル川も、たぶん、そういう感じだったのだろう。

赤みがかったロンドンの空に黒いちぎれ雲が流れていた。遠くに背の高いエドワード様式の建物群が見え、ネオンとナトリウム灯に淡く照らされて、眠りの森にそびえる城のように輝いていた。都会の物音はとてもひそやかで、それがさらに弱まってほとんど聞こえなくなり、地面を通してかすかな震動が伝わってくるだけになった。

ホームレスのほかの面々はすでにカムデンの簡易宿泊所に戻っていた。クインだけは、警察の目を逃れて公園で眠ることさえできれば、簡易宿泊所を避けることにしている。この日は生活保護の支給日だったので、水で薄めたメチルアルコールのかわりに黒ビールを飲んでいて、ローマンにビール瓶を差しだした。ローマンはつきあいが悪いと思われないように、ひと口飲んだ。

「ファラオはそのうち、かなりおかしくなってきたんで病院に入れられて、八〇年代はほとんどそこにいた。四年か五年前に退院して、いわゆる自宅療法を始めることになった」クインは嘲るような低い笑い声を上げた。「母親は二晩だけ家に泊まらせてくれた。そのあと、継父と共謀して鍵を変えちまったもんだから、ファラオは家に入れなくなった。そうとは知らずに帰ってきて、鍵穴に鍵を差しこんだ。それが鍵を集めはじめたきっかけだった。自宅の玄関をあけることのできない鍵」

「どこから手に入れるんだろう？ あとの鍵のことだが」

「盗んでくるんじゃないかね。知らないけどさ。使いもしない鍵なのに。ファラオのあけたいドアをあけられる鍵は一つもない」

「城門よ、頭を上げよ」ローマンはつぶやいたが、たちまち、やめておけばよかったと後悔した。

しかし、クインはうれしそうな顔になった。「そうそう。もっと言ってくれ」

そこで、ローマンは言った。「城門よ、頭を上げよ。とこしえの門よ、身を起こせ。栄光に輝く王が来られる……」

「ファラオにそう言ってやれ。ぜったい喜ぶぞ、ファラオのことだから」

しかし、ローマンはカルト教団のことを思いだして言った。「とっくに知ってると思うけどな」

警察がじっさいにファラオと話をしたのかどうか、ローマンにはわからなかった。ニュースボードを見てみた。新たな殺人のニュースが出ているかと思ったのだが、何もなかった。ジョン・ドミニク・カーヒルの死体を見つけ、墓地を離れるようローマンがエフィーに言った日以来、彼女の姿も消えたままだ。しかし、リージェンツ・パークの端のほうで野宿する男たちと、ときたまそこに交じる女たちのなかに新たな緊張が芽生え、危険と脅威への怯えが生じているのを、ローマンは感じとっていた。復讐の女神が姿を現わし、彼らの不安定な平和を乱そうとしているかに思われた。

夜はまだ寒さが残るものの、穏やかな陽気になっていた。ローマンは衣類と毛布一枚をベイカー・ストリートのコインランドリーへ持っていった。冬のあいだにぼろぼろになったスニーカーは捨て、新しいのを買った。路上で寝る者たちにとっていちばん楽な季節が近づいている。建物の玄関先で寝るようになって初めてわかったことだが、イングランドに本当の夏がやってくるのは夏至が過ぎてからで、暖かな夜と言えるのは短い夏のあいだに四回か五回しかない。

六月の第一週にそういう暖かな夜があり、星が見たくなったローマンはプリムローズ・ヒルの野外で寝ることにした。ところが、丘にのぼっても、自然のものではなさそうな靄で空が曇り、下からは赤みを帯びた人工的な光が射していた。いつまでも寝つけないまま、エリザベスが天文学に興味を持っていたことと、娘と話を合わせられるよう自分も天文学関係の本を読んで勉強したことを思いだした。ダニエルのときも、この子の話が理解できるよう、池に棲む生物に関する本を買ったものだった。しかし、化学肥料と殺虫剤のせいで、イングランドの池には生物がほとんど残っていなかったし、ウェスト・ハムステッドの家の庭から星を見ることはもうできなくなっていた。

最後に目にした三人の顔はいつでも思い浮かべることができるが、いまもそうやって心に浮かべた瞬間、現在という氷のなかに自分が三人の顔を閉じこめてきたのだと思った。三人が生きていたら、もう昔の顔ではないだろう。サリーだけは同じかもしれないが、エリザベスはもうじき十七歳、一人前の若い女性だ。ダニエルのほうは――子供の顔が幼児期を過ぎてからもっとも大きく変化するのは八歳から十歳のあいだと言われていて、ダニエルが生きていればもう十歳。だから、二人の父親である自分が目にしているのは幻、時代遅れの写真、けっしてよみがえることのない失われた命なのだ。

路上暮らしのなかでいま初めて、ローマンは将来に思いを向けた。これまでは過去と現在しか存在していなかった。言葉にしたことや、心でつぶやいたことはなかったが、自分の人生はもうそんなに長くない、これだけの苦しみに耐えて生きていけるはずがない、と思っていたのだ。〝男は次から次へと死んでいき〟――心のなかでシェイクスピアの『お気に召すまま』の一節をつぶやいた――〝蛆虫の餌食となっているが、恋のために死んだ者は一人としていないのです〟。悲しみのために死んだ者もいないようだ。前方に将来があり、そこへ通じるドアがついに開いてその向こうに彼が見たのは、白いなだらかな坂の彼方まで果てしなく続く通りで、そこでホームレスの連中が眠り、そのなかに彼も交じっていた。

カールが一回言えば百回言ったのも同じで、ホブは上の階にはくるなと言われていた。遊びにくるのならかまわないそうだが、人の家へ遊びに行くなど、ホブには無縁のことだった。彼がほしいものは一つだけ、カールがいつでもそれを渡してくれる。ただし、自宅ではだめ、レオの前ではだめだった。

それはホブもよく承知しているが、いまは切羽詰まっていた。禁断症状を起こしているだけではない。ほかにもあらゆる症状が出ている。ここまでひどいのは、ひと晩留置場に放りこまれて何ももらえなかったとき以来だ。新タイプの抗ヒスタミン薬すらもらえなかった。みんながホブをバカにして大笑いしていた。こんな愉快な光景は何ヵ月ぶりかだと言っていた。

ネズミの音が聞こえたら症状が悪化した証拠だと、ホブにはわかっていた。カールが言っていたが、英国では人間一人につきネズミが一匹いるそうだ。つまり五千八百万匹のネズミがいて、そのほとんどがレッドフェリー・ハウスの壁の奥で生きている。まあ、それはホブの意見なのだが。ネズミにまつわる話はほかにも聞いたことがある。都会にいようと、田舎にいようと、人がドブネズミから二メートル以上離れることはけっしてできないそうだ。上流階級向けの場所に、たとえば高級ホテルのバーにいたとしても、背後の壁の奥に、あるいは、ベルベットのカーテンに覆われた窓の外に、ドブネズミが潜んでいる——ホブの姉がそう言っていた。しかし、彼が耳にするのはハツカネズミの足音で、幅木の奥で走りまわったり、壁をひっかいたりしている。というより、禁断症状が始まるとネズミの足音が聞こえてくる。それ以外のときは聞こえない。また、聞こえても気にならない。震えが始まり、もうろくジジイになったような気がして、筋肉が痙攣すると、ひっかく音が聞こえてくる。

どちらが先に始まるのか、よくわからない。パニックに襲われて、空気そのもの、光、目をあけること、さまざまな動きなど、あらゆるものに怯えるのが先なのか、それとも、ネズミのひっかく音が先なのか。二階の彼のフラットには家具がほとんどなくて、茶色いビニールのカウチ、ミッキーマウス柄のクッション数個、寝るのに使っているマットレスがあるだけだ。あ、もちろん、テレビもある。食料はあまりない。健康のために常備しているのが、ウィータビックスというシリアル食品とクラッカー。ゆうべ、クスリが何もなかったのでウォッカを大量に飲み、胃に何か入れなくてはと思ってウィータビックスを食べていたら、途中で寝てしまった。

あたりが白みはじめたころに目をさますと、足もとにネズミが集まってウィータビックスの屑をかじっていた。悲鳴を上げると、ネズミたちは逃げだしたが、禁断症状がひどかったため、あとで考えると、本物のネズミだったのかどうかわからなかった。本物だとしたら、五十四ほど見たのだろうか。そんな気がしただけだろうか。

ネズミに悩まされ、フラットには、ウォッカのわずかな残りと、継父の前妻の癌に対して処方されたモルヒネ錠が六粒しかなかったので、カールに会いに上の階へ行くしかなくなった。ほかに方法はなかった。エレベーターが珍しくも動いていた。動いていなかったら、床に倒れて死ぬしかなかっただろう。九十五歳になる母方の祖母がこんな歌をうたっていたものだ。

いまはもう痛みはないよ、母さん
だけど、ああ、喉がカラカラだ
ビール工場へ連れてってくれ
そして、そこで死なせてくれ

ホブが行きたいのはビール工場よりむしろ化学薬品の研究所のほうだが、この作詞家はなかなかいいセンスをしている。歌を低く口ずさみながらエレベーターで上へ向かったが、金切り声になったため、途中でやめた。カールとレオの住まいは八階にある。玄関ドアがカールの手で明るい黄色に塗られているが、前に何者かが押し入ろうとしたため、成功はしなかったものの、鍵穴から郵便受けまで木肌に大きな裂け目ができてしまった。

応答があるまでにずいぶん長くかかった。ようやくカールが出てきた。ホブを上から下まで見まわした。

「ここにはくるなと言ったはずだ」

「いま、禁断症状でさ」ホブは言った。

「おれのホームベースは立入禁止だ、ホブ。わかってるな」

「禁断症状なんだ。ロック一個でいいからさ。週末を切り抜ける《シー・スルー》のに」カールを押しのけるようにしてフラットに入った。「どうしてもほしいんだ。わかるだろ」

「ロック一個じゃ、回転ドアも通り抜け《シー・スルー》られないぞ」カールは悲しげに言った。「レオに挨拶しろ。こいつ、体調がいまいちなんだ」

「おれとおんなじだな。こんちは。なあ、分けてくれよ、カール、焦らさずにさ」

レオはソファに横になっていた。いつもと比べて、とくに体調が悪いとも思えないけどな。ホブはそんなふうに思った。禁断症状に陥ると、ほかの人間の病状を気にかける余裕がなくなる。レオは手紙を読んでいた。笑った瞬間、ぞっとする表情になった。いつも以上に骸骨じみた顔だった。

「せっかくきたんだから、すわってくれ。遊びにきたつもりでさ。いいね？　紅茶でも飲むかい？」

ホブは弱々しく首をふった。カールのフラットに腰を下ろすと、ときどき、親切なリハビリセンターに入れられたような気分になる。カーペットが床に敷かれ、アームチェアが置かれ、家具はどれもキルバーン・ハイロードの歩道で売られている安物よりさらに粗末だが、こうした家具のおかげで、部屋に家庭的な雰囲気が生まれている。カールがレオのために、ここを暖かな部屋にしている。去年、レオが退院してくる少し前に、この部屋のペンキを塗りなおそうとしたが、途中でやめてしまったため、壁のうち二面は緑、一面は白、一面は緑と白が半々ずつという状態だ。

レオのことを生まれたときから知っているホブの母親は、カールはレオの兄というより父親のような存在で、つねにレオのことを考え、レオが歩いた地面まで崇拝していると言っていた――ホブの知っている父親像とはあまり似ていない。それに、カールは他人に対してはあまり優しい心を持っていない。彼はいま、ホブを椅子にすわらせて紅茶のマグを彼の前に置いてから、レオとの会話に戻っていた。自分たち以外に誰もいないかのように。

二人が話題にしている女が誰なのか、ホブは知らなかったし、知りたいとも思わなかった。紅茶はネズミの小便みたいな味だった。会話の様子からすると、その女がレオに手紙をよこしたようだ。レオの恋人候補のようにも思えるが、そんなバカなことはありえない。レオがもう長くないことは誰だって知っている。カールがホブの前でこの話を続けるつもりはないようだ――禁断症状に陥っていても、カールがレオに小さくうなずいてみせたのを、ホブは見逃さなかった。壁に耳があるとかなんとか、カールが小声で言ったような気がした。ただ、ホブにはその耳が見えないけれど。ホブの口から情けない声が洩れた。

「何かくれよ、カール」

「なら、噴水のとこにこい。噴水式の水飲み器。十時に。暗くなってから。おれが行けなかったら、グプタを行かせる」

「いまここには何もないのかい？　マジで？」

カールはそっけなく答えた。「マジだ、ホブ。何もない」

「エクスタシーも？　サイクルも？」

「専門家だな、ホブ。サイクルが何なのかもおれは知らんが、規制薬物のリストに出てるのは間違いなさそうだ」

「ジェリーは？」ホブは期待をこめて言った。

「注射針は苦手なんだろ。わかってるくせに。そろそろ現物で払ってもらうときがきたかな」カールはレオの手から手紙をとった。「すてきな字を書く女だな」

「書いてあることもすてきだ」

カールは笑った。手紙をポケットに入れた。「おれは暴力をふるったことが一度もない」会話に戻った。「一滴の血を流したことも、一瞬の苦痛を与えたこともない。おれが与えた苦痛は無限の喜びをもたらしてきた。ホブ、おまえはどう思ってる？　自分のやってることを」

「知らねえよ。禁断症状なんだ。もうだめだ」

「近々、おまえに仕事をやろう。どうだい？　ロックやエレファント・ドープに一生涯不自由しないぐらいのでかい仕事」

ホブはかき集められるかぎりの熱意をこめて答えた。

「仕事をくれるのかい、カール。仕事はちっともいやじゃない。神さまにもらった時間を全部仕事にまわしてもいいぐらいだ」

カールは笑いだした。「おまえならそうだろう。愉快なやつだ。そうだよな？　犬を連れたあの年寄り、知ってるだろ？　野球帽をかぶって犬を散歩させてる男」

「知らん。なんでおれが知ってなきゃならん？」

「理由は言えない。その貧乏ゆすり、やめてくれないか。部屋じゅう震動させる気か。レオの具合が悪いってのに。午後の四時半ごろ公園へ行ったら、犬を連れたあの年寄りがおまえに何かくれるかもしれん。ただし、おれの推測に過ぎないが、たぶん何か持ってると思う。そんな噂を聞いたんだ。さてと、そろそろ帰ってくれ。あとで会おう。おれがだめなら、かわりにグプタが行く」

骸骨じみた顔をしたレオが大きなガラスのような目でホブを見ていた。ホブはひどい吐き気に襲われた。何も食べていないから、吐くはずがないのはわかっていたが、早く新鮮な空気のあるところへ出たくなった。

カールはレオのためにフラットの暖房をやたらと強くしている。

「レオにそっと暇を告げてくれ」カールが言った。「あまり気分がよくないようだ」

階下にもどったホブは新鮮な空気のことを忘れてしまった。ふと思いついたことがあった。ひょっとしたら、あくまでもひょっとしたらだが、服のポケットに、煙草か、運がよければわずかなコカインが残っているかもしれない。

服はすべて寝室の床に山のように放りだしてある。何枚かは冷えこむ夜の防寒用に、マットレスの端に置いた毛布の上に積んである。いちばん上等な衣類はチャリティーショップで買ったもの。日常着にしているいちばん粗末なのは、ゴミ箱から拾ってきたもの。悪臭ふんぷんたる衣類の山を探りはじめた。汚れと食べもののしみでごわごわになった古い赤のカーディガンのポケット。膝が抜け、裾がぼろぼろになったジーンズ。何十年も前に祖父が着ていたすり傷だらけの革ジャケット。ポケットから出てきたのは、使いものにならないマッチと、昔のスクラッチカードだけだった。

彼の探索が狂気じみてきて、やがて、いらいらしながら、衣類を部屋じゅうに投げ散らかした。灰色がかった、もしくは、どす黒くなった古いTシャツの数々。型崩れしたベスト。ストライプ模様のパジャマのズボン。動きまわったせいでネズミどもを起こしてしまったらしく、ふたたび、壁をひっかく音と、走りまわる音と、甲高いかすかな鳴き声が聞こえはじめた。

パニック発作に襲われてマットレスに倒れこみ、聞こえてくる物音がネズミのものなのか、自分自身のものなのかわからないまま、古い衣類に顔を埋めた。大きな虚しい孤独に包まれて、哀れな泣き声を上げた。床板にこぶしを打ちつけると、ネズミの群れは全速力で撤退する軍のごとく逃げていった。

13

パーク・スクエアとパーク・クレセントを結ぶ信号のところで、ボリスとルビーがビーンをひっぱるようにしてメリルボーン・ロードを渡った。青信号の時間がいつも短いのがビーンは不満で、いらいらと信号待ちをするドライバー連中に向かって歯をむきだし、こぶしをふりあげた。だが、〈鍵男〉が野放しになっているかぎり、トンネルを使うのはもうごめんだった。

警察にくわしい人相を伝えておいた——伸び放題の黒髪、強烈なコバルトブルーに染めた顎鬚、破れて汚れた革のブーツ。鍵は安全ピンで服に留めてあるに違いない。見た目はまるで鎧のよう、身を守るために鎖かたびらを着けているといった感じだ。〈鍵男〉がいっこうに逮捕されず、捜査が進んでいる様子もないので、ビーンはその後も何回か警察に押しかけてうるさくせっついた。面通しを要求した。そうすれば、〈鍵男〉が犯人だとビーンの口から証言できる。警察からは、いまも捜査が続行中なので、何か進展があったら連絡する、と言われただけだった。警察の言葉などビーンはまったく信じていない。

ビーンには知りあいは多いが、友達はごくわずかで、そのわずかな友達というのも、週に一度、金曜の夜に出かける〈グローブ〉で知りあった連中だった。〈クラウン・エステート〉で便利屋をやっているフレディ・ローソン、リージェンツ・パークの管理員をしているピーター・キャロウ。キャロウの人生は、ブロード・ウォークと休憩所周辺のゴミを吸いとる真空掃除機を支給されたおかげで、いい方向へ大きく変わった。ローソンは男やもめ、キャロウは遠い昔に妻に家出された男で、二人とも、ビーンなど足もとにも及ばぬ大酒飲みだ。給料はすべて、毎晩入り浸っている〈グローブ〉か〈オールソップ・アームズ〉で酒に消えてしまうが、金曜の夜はかならず〈グローブ〉でビーンと顔を合わせるので、〈鍵男〉の一件を彼が二人にくわしく語ったのも、この店で飲んだときだった。キャロウはほとんどのホームレスの少なくとも顔だけはよく知っていて、ビーンの説明ですぐさま見当をつけ、〈鍵男〉の本名まで教えてくれた。

ビーンは、いまではもう、ひったくりにあった瞬間にクランシーの顔を見たとまで思いこんでいた。信じていた。クランシーとの二度の出会いの区別がつかなくなり、トンネルですれちがったとたん、壁ぎわから踏みだした相手に後頭部を殴りつけられたのだと、ローソンとキャロウに語った。ほかの多くの客も、この街につきものの観光客まで含めて、ビーンの話に聴き入った。

「で、サツは何もしてくれないのかい?」ローソンが言った。

ローソンは警察をつねに〝サツ〟と呼ぶ。キャロウは〝ポリ公〟と呼ぶ。

「やつをかばってるのさ」ビーンは言った。「警察なりの理由があるんだろうよ」

ビーンはヴァレリー・コンウェイにも協力を求めようとした。ヴァレリーという呼び方をめぐって二人が衝突して以来、ビーンは呼びかけの言葉をいっさい使わなくなった。彼の語彙にはありとあらゆる種類の呼び方と肩書きが含まれている――ミス、ミズ、マダム、マーム。もちろん、ミスやミズのあとに名字をつけることもある。だが、彼女に対しては名前も名字も呼ばないことにし、ヴァレリーもこの件に関しては彼の勝ちを認めるようになった。その彼から、「わたしがクランシーと遭遇したことをあんたに話して、やつを〝異星人〟と呼んだことがあっただろう?」と尋ねられて、ヴァレリーは慎重に返事をした。

「それって、ひったくりにあったのとはべつの日だったじゃない」

「おいおい、そんなでたらめは言わんでくれ。わたしが犬を返しにきたら、あんたは珍しくも玄関ドアをあけてくれた。なにしろ、わたしがひどい有様だったからな。膝をがっくり突いて、目もよく見えなかった」

「かもしれないけど、誰にやられたかは、あんた、ひとことも言わなかったよ。わたしの意見を聞きたいなら、あんたの記憶がごた混ぜになってんだ。そんな妄想から生まれた話を持って警察へ行くなんてバカなまねを、このわたしに期待しても無理だからね」

「犬を連れてきてくれ」ビーンは言った。

こっちの勝ち――地下勝手口のドアを閉めながら、家政婦は思った。ビーンは道路を渡って、セント・アンドリューズ・プレースに住むゴールデン・レトリヴァーのチャーリーを迎えに行った。火の消えた葉巻を口の左端にくわえたジェームズ・バーカー＝プライスが、犬を連れて玄関に出てきた。ビーンは彼に、外出の予定があるなら気をつけたほうがいいとアドバイスした。バーカー＝プライスは、きみ、酒を飲んでいるのではあるまいな、と言った。労働者階級の意見はいっさい信用しない男だ。これまでずっとそうだったし、これからもそうだろう。労働者階級は知性の面で昔から劣っていたし、いまではテレビと麻薬のせいでさらに堕落している――そう信じこんでいる。

ビーンはそのあと、ミセス・ゴールズワージーに話をし、リール・プリングにも話をした。

「マリエッタに何かあったら大変」リールが言ったのはそれだけだった。

ビーンはムッとして、いつもの恭しい態度を忘れてしまった。「ご親切にどうも。わたしのことは気にしなくていいですよ」一拍置いて、嘲るようにつけくわえた。「ミス」

リール・プリングが笑いだした。笑うと横隔膜がひっこむため、肋骨の本数までわかる。プードルの散歩を頼めるかぎり、ビーンに何を言われようと、リールは気にしないだろう。

「八月の第一週は、休暇をとってブライトンの姉のところへ行く予定でして」ビーンはそう言って、彼女の顔が曇るのを見守った。「事前に申しあげておきます。おたくもどこかよそへ頼まなきゃいかんでしょうから」

パーク・ヴィレッジのミス・ジェイゴだけは、ほかの連中と違って同情してくれた。怪我はすっかりよくなったのか、犯人は見つかったのか、とビーンに尋ねた。何が狙いだろう、とビーンは首をひねった。他人への思いやりなどというものは頭から信じていない。この女、ブラックバーン＝ノリス夫妻の留守のあいだに現金が乏しくなったものだから、猫なで声で料金を負けてもらおうとしてるのかもしれん。

「犯人ははっきりしてるんです」人が憤慨と落胆を表現したいときによくやるように、首をふりながら、ビーンは暗い声で言った。「異星人のような男でしてね、あなたみたいなレディがそういう男を目にすることはないでしょう。歩道に落ちてる馬糞と同じだ。そいつを見かけたことがないか、あなたにお尋ねするつもりもないですよ」

ミス・ジェイゴは犬を抱いて戻ってきた。赤ん坊みたいに大事にしている。

「所持金をすべて奪われました。それから、カメラも。幸い、愛らしい犬たちが写っているフィルムは巻きとってありました。小さなシーズーの写真を一枚いかがですか」

ミス・ジェイゴは、自分の犬ではないので、ブラックバーン＝ノリス夫妻に決めてもらうしかない、と答えた。ビーンもそういう返事を予期していたので、さほど気にしなかった。ミセス・ゴールズワージーのところでは、ぜひマクブライドの写真がほしい、アルバムも大歓迎だ、と言われた。

彼が毎日午前八時半と午後四時半ぐらいに、前後十五分ほどの開きがあってもかならず公園にくることは、誰もが知っている。ビーンはあとで考えてみて、ひったくりにあったのもそのせいに違いないと思った。犬たちを放してやり、長く延びる人目の多い小道を、ハノーヴァー・ゲートのそばの橋と新しくできた池に向かって歩いていった。暖かな日でボマージャケットは不要だったので、若い連中がよくやるように、腰にまわして袖を結んでおいた。野球帽は髪のない頭を太陽熱から保護するのにうってつけで、ビーンはいかなる人間にも感じたことのない愛情を帽子に対して抱くようになっていた。クランシーに襲われたとき、命拾いをしたのはたぶん、この帽子のおかげだろう。

湖のほとりに建つ大邸宅〈ザ・ホームズ〉の敷地をとりかこむ柵に沿って、女性が一ダースの犬を散歩させていた。リードにつながれた犬は一匹もいなくて、みんな落ち着いて歩いている。小型犬は女性のすぐうしろにつき、大型犬は行儀よく並び、どの犬も訓練を受けたことがあるかに見える。たぶん、そうなのだろう。女性は乗馬ズボンにチェックのシャツ、濃い色の長い髪を背中に垂らしている。人間の耳には聞こえない音を出す犬笛を持っているらしく、少し遅れてビーンのうしろを歩いていたラブラドールが、口に何かを当てる彼女を見たとたん従順にそちらへ走っていった。

湖がループを描いて小島を包みこむあたりに橋がかかっていて、ビーンがその橋を渡りはじめたとき、彼が連れている犬のうち三匹はすぐうしろを歩き、残り三匹は湖の岸にいた。マリエッタが赤い頭のアヒルに向かって吠えたけり、シーズーとスコティッシュ・テリアはごみの浮いた茶色い水を飲んでいた。あたりは日陰が多くて薄暗く、土埃がひどく、背の高い木々が影を落としていた。よどんだ湖面に水鳥が群れていた。ホシハジロ、オシドリ、白鳥、マガモ、オナガガモ、オオバン、アビ。冬でも水面から饐えた臭いが立ちのぼるほどで、いまは六月のじっとりした大気のなかに腐った植物の強烈な悪臭が漂っていた。橋を半分ほど渡ったとき、反対側から一人の男がやってきてビーンの前で立ち止まり、煙草の火を貸してくれないかと言った。

ビーンはできることなら、「あいにくだが……」とか「ライターは持ってないので」と言いたかったが、現実には「煙草は吸わないんだ」と、喫煙がコカインに劣らぬ悪徳であるかのような返事をした。

男はそのまま通りすぎるかわりに、ビーンの目をじっと見た。若い男で、痩せてはいるが、下顎の張った顔をしていて、頭が丸みを帯び、髪はクルーカットにしている。こんなに若くて強靭な男を押しのけて進むのは、ビーンには無理だった。その目はビーンが噂に聞いたことのあるヤク中の目で、焦点が定まらず、瞳孔がピンホールのように縮小していた。恐怖に胸をわしづかみにされた。だが、ビーンも一人きりではない。ハノーヴァー池のほとりに広がる太陽に照らされた芝生は、日曜の人出で混雑している。背後から足音が近づいてくるし、前方の橋には腕を組んだ二人の少女が現われた。

「あんたがクソみたいな話をするのを、おれのダチが聞いたそうだ」男が言った。「というか、人づてに聞いたらしい」

「クソみたいな話だと？」

男は知らん顔で続けた。「殺してやろうとは言ってねえよ。そいつの面倒を見てほしけりゃ、それにかかる費用は〝ハワイ〟だ」

ビーンは男の言葉を頭のなかで翻訳したが、最後の部分が理解不能だった。

「五十ポンドって意味だよ」

「ありがたい申し出だが」ビーンは言った。「そんな金はない。やつに奪われた金の三倍だ。カメラまで盗まれたんだぞ。髯を青く染めて鍵をじゃらじゃらつけた男に」思考力をとりもどそうとした。「五十か――大金だな」

「好きにすればいい。気が変わったら、おれは来週の日曜もここにいる。同じ時間、同じ場所」

そんな金はないというのは嘘だったが、おいそれと手放せる金ではなかった。収入を増やす道を見つけるのが緊急の課題だと、あらためて思った。丸い頭の男がいまきた道をひきかえしてハノーヴァー・ゲートのほうへ向かうのを、ビーンはじっと見送った。

若く強靭な男に〈鍵男〉の面倒をみてもらう、つまり〝ぶちのめしてもらう〟という考えには、ひどく心をそそられた。モーリス・クリゼローに仕えていた当時のことが思いだされ――一度など、ソールズベリー・ストリートで若い大男と出会った結果、クリゼローは三日もベッドで過ごすことになった――同じような状態のクランシーをぜひ見てみたいものだと思った。

しかも、クリゼローの場合は〝遊び〟だった。ビーンが丸い頭の男を追いかけようとしなかったのは、ひとえに料金の問題だった。もちろん、その値段なら安いものだが、あくまでも金を手放すのが苦痛でなければの話だ。

モスクの金色の丸屋根が視界に入ってきて、なんだかホッとした。来週の日曜日もあの男はやってくるだろう。

メアリが手紙を出してから一週間たったが、レオからは電話もなかった。初めて手紙を出してこちらの本名を明かし、住所を教えたときと同じことがふたたび起きている。ドロシーアに少しだけ打ち明けると、高嶺の花にしか興味がない男の一人なのだろうと言われた。女のほうから積極的に言い寄ったりしたら、そういう男は怯えて逃げてしまう。手紙のなかで色っぽい言葉を使い、二人のあいだの特別な友情に注意を向けてもらおうとしたことを、気恥ずかしさとともに思いだしていたメアリにとって、ドロシーアの意見はあまり慰めにならなかった。あの手紙には、レオの気を惹きたいという思いがこもり、メアリ自身の孤独と祖母を亡くした悲しみがあふれていた。

土曜日がきたときには、メアリはすでにあきらめていた。捨てられたのだ。わたしがレオに嫌われるようなことを何か言ったのか、あるいは、したのか。それとも、彼が心変わりしたのか。アリステアから電話があって夕食に誘われた。断わり、急いで電話を切ったが、つぎに誘われたら応じてしまうのではないか、小さな暴力をふるい、つまらないことで攻撃的になり、横柄にふるまうアリステアでも、誰もいないよりましではないか、と考えこんだ。小さな暴力のことを思ったとき、顔に血がのぼり、アリステアにぶたれた頬が熱くなった。

鏡の前に立って、頬が赤くなる現象を見つめ、その色が消えていくのを見守っていたとき、玄関のベルが鳴った。誰がきたのかと不審に思いもせずに、玄関をあけたとき、タクシーの走り去る音が聞こえた。

ドアの前にレオが立っていた。前に会ったときより顔色が悪く、唇にも色がなかった。

「入院してたんだ。きみには知られたくなかった」

その可能性も考えるべきだったのに、頭に浮かびもしなかった。「でも、どうして？」

レオは口ごもった。「入ってもいい？」

「もちろん。もちろんよ」ドロシーアに言われたことを思いだしたが、自分を抑えることができなかった。「会えてすごくうれしい」

レオは遠慮がちに入ってきた。メアリは玄関を閉めた。早くも、なぜドロシーアの意見に耳を傾けたりしたのだろう、どうして自分の判断力を疑ったのだろう、と思っていた。

「きみの信頼を裏切ったような気がしたんだ。きみを落胆させてしまった。さんざん力になってもらったのに、約束を破ってしまった。ぼくが必死になりすぎたんだね、たぶん。そうなんだ。自分でもよくわかってる。だけど、ぼくがなぜ必死だったのか、きみにならわかってもらえると思う」

メアリは首を横にふった。

「どう説明すればいいんだろう。きみを動揺させたくないんだ、メアリ」レオは言葉を切り、彼女を傷つけずにすむにはどう言えばいいかと考えこんでいる様子だった。「無理しすぎたんだと思う。きみに会えたから。ごめん、言っちゃいけないことを言ってしまった。きみのために、あの――あの――ふつうの男になりたくてたまらなかった」

「レオ……」メアリは彼の両手を握りしめた。

レオは力なく手を預けたままだった。目がきらめいていた。異様なほどに。熱のせいだろう。「ぼくとしては――そのう、二人のことを自然に終わらせるつもりだった。きみの人生からそっと消えようと思っていた。わかってもらえるかな。恩知らずだ、冷淡な男だなんて、きみにはぜったい思われたくなかったけど、そのいっぽうで、骨髄提供が無駄になったと思われるよりは、そのほうがましだって気がしてた」

「でも、元気になったって言ったじゃない。たしか――こう言ったでしょ――白血病は再発していないって」

「入院したときは、再発かどうかわからなかった」レオは顔を背けた。「怖くてたまらなかった」

メアリはぐったりした彼の手を強く握りしめた。今回はわずかに握りかえしてくれた。「やがて、きみの手紙が届いた。とても控えめな手紙だったけど、お祖母さんがきみにとってどんなに大切な人だったか、ぼくにもわかったような気がする。駆けつけずにはいられなかった」

二人の顔が至近距離にあった。レオがさらに顔を寄せて唇を重ねてきた。もし、メアリのほうから行動を起こすという、現実にはありえない状況になっていても、きっと同じようなキスをしたことだろう。軽く、優しく、ゆっくり時間をかけて。レオが彼女に腕をまわし、兄のようなしぐさで抱きよせた。わずかについた肉を通して彼の骨格が感じられた。小鳥のように華奢な骨格。彼の首筋で脈が速く打っていた。メアリの肩に手を置いたまま、亡霊のごときレオがその肩を羽根のように軽くつかんで、彼女の顔を見つめた。

「言いすぎないよう気をつけるよ、メアリ。ぼくみたいに病気と闘ってきて、死の寸前まで行き、またしても死が近づいているのを感じた人間は、感情が——熱に浮かされたようになり、荒々しく激しいものになっていく。思索と妄想にふけるようになる。だけど、それを焦って口にするのは禁物だ。ぼくも自分に言い聞かせなくては——。時間はたっぷりある、この先何十年もあるんだ、と」

レオは居間へ行き、ソファにすわった。身じろぎもしないその様子は、トランス状態に陥ったかのようだった。珍しいことに、小さな犬が彼の足に身をすり寄せても、手を伸ばしてなでようとはしなかった。奇妙なほど一途な声で言った。

「お祖母さんのことを話してほしい。お祖母さんのことや、きみの子供時代のことなど、すべてを話してほしい」

まさにメアリの望んでいたことだ。これまで一度も口にしなかったことを彼に向かって語りはじめた。アリステアが相手なら、両親を亡くしたばかりのとき、それをまだ知らぬまま祖父母の家に連れていかれた日のことを話すなんて、メアリには考えられないことだった。だが、レオになら話ができた。レオはソファにすわったまま、ときおり彼女と視線を合わせ、ときおり軽く微笑を浮かべて、熱心に耳を傾けてくれた。メアリは祖父母のもとで暮らしはじめたころの話をした。

フレデリカのことを年寄りだと思っていたが、八つの子供の目には、大人はみんな年寄りに見えるものだ。子供というのは大人にすぐなつき、いったんなついたら、揺るぎない信頼を寄せるようになる。とても不思議だったのは、フレデリカが最初からメアリの実の母親より優しかったことだ。

「親不孝よね。里親のほうが実の親よりいいなんて言う人は、ふつうはいないもの。でも、わたしの場合はそうだったの。両親はすごく若かった。わたしが産まれたとき、母はまだ二十一だった。子供ができたから仕方なく結婚しただけ。出産後しばらくすると、両親は以前の暮らしに戻ろうとした。母はきっと、わたしのことが邪魔だったのね。いつも冷淡で、相手にしてくれなかった。どうしてこんな話をあなたにしてるのかしら」

「ぼくが頼んだからだよ」

「それだけでいいの？　ええ、たぶんそうね。両親が亡くなったのは、誰かの自家用機に同乗してエセックスの飛行場から飛び立ち、フランスへ向かっていたとき、英仏海峡で墜落したからなの。最初は悲しかったわ。そりゃそうよね。祖父母も悲しんだと思う。一人娘を亡くしたんですもの。でも、二人とも、わたしの前ではけっして悲しみを顔に出さなかった。母はヘレンという名前だったの。だから、あなたに手紙を書いたとき、その名前を使ったのよ。でも、それは罪悪感のせいでしょうね。母を愛していたからではなく。

わたしは祖父母が大好きだった。とくに、祖母はわたしの憧れの人だった。飛行機の墜落事故は祖父母にとって大きな衝撃だったし、本当ならわたしにとっても衝撃となるはずだった。あるとき、どこかの女の人が祖母にこう言ってるのが聞こえてきたわ。あの大きな悲劇がわたしの子供時代に暗い影を落としたことだろうって。でも、じつはロマンティックな出来事だったの。自慢してまわりたいぐらいだった。同級生の女の子たちと一緒にしないでって言いたかった。ランプの精か何かが現われて、両親をこの世に戻してほしいかって訊かれたら、ノーと答えていたでしょうね。でも、周囲の人にはそれを内緒にしておいたと思う。自分を恥じただろうから」

「でも、ぼくに話すのは恥ずかしくないの？」

「ええ。不思議ね」

「ぼくになら、何を話しても大丈夫だよ。きみがなんでも打ち明けられる相手になりたいと思ってる」レオは立ちあがった。軽くふらついたようにメアリには思われ、彼はそこで一瞬、自分の額に手を当てた。「そろそろ帰らないと。明日またきてもいい？」

「わたしが疲れさせてしまったのね」

「違うよ。きみがぼくを疲れさせるなんてありえない。きみと一緒にいると、生き返ったような心地がする」レオは幼い少年のような口調になった。「本物のキスをしてもいい？」

メアリはうなずいた。レオが彼女に腕をまわして唇を重ねたが、とても控えめで、とても優しいキスだった。彼の口は香り高いスパイスの味がした。シナモンかカルダモンといった感じだろうか。あとで考えてみて、これまでに経験したいかなるキスとも違っていたような気がした。どういう意味かと説明を求められたら、肉体を超越した精神的なキスというか、この世のものならぬ相手と、たとえば、亡霊か、妖精か、霊界の人とのキスというか、そんな印象だった、と答えていただろう。

「明日もきてくれるのね？」メアリは熱を帯びた声で言った。

「約束する」

翌日のレオは体調がややましなようだった。とは言え、痩せた身体が痛々しかった。玄関ホールから居間に入ってくる彼を見て、メアリはその身体が透き通っているような幻覚に襲われた。彼の身体の向こうに家具の形や布地の色が透けて見えそうだ。二人でワインを飲み、メアリがランチの支度をした。レオは兄に対する自分の気持ちを彼女に話した。

「ぼくは兄を愛してて、兄も愛してくれている。男がこんなこと言うと、変に思われるかなあ」

「ううん、ぜんぜん」

「兄はぼくのためにどんなことでもしてくれた。すべてを犠牲にしてくれた。演劇学校に通ってて、前途有望な役者だったのに、ぼくの具合がひどく悪くなったとき、ぼくをけっして一人にしないために、ずっとそばにいようと決めて、役者への道をあきらめた。ぼくにとって、兄は父親以上の存在だった」

「お兄さまにお目にかかりたいわ」

レオはそれには返事をせず、いきなり話題を変えた。

「家を出ようと思うんだ。一人暮らしをしようと思ってる」

「あら、どうして？　すごく兄弟仲がよさそうなのに」

「兄に申しわけなくて。ぼくが迷惑ばかりかけている。兄のプライバシーを侵害している。しかも、兄は自分の家だというのにぼくに寝室を譲って、自分はソファで寝てるんだ」

レオはすでに、プリムローズ・ヒルのイーディス・ストリートにフラットを見つけていた。ワンルームにキッチンとシャワーがついているだけだが、それで充分だという。メアリはどう話を切りだせばいいのかとしばらく考えこみ、ようやく言った。

「レオ、いままで黙ってたけど、わたし、大金持ちになるのよ。お祖母さまが莫大な財産を遺してくれたから。もし、わたしで何か役に立てることがあれば……」

レオはぶっきらぼうにさえぎった。あのイタリアン・レストランで、割り勘にしようというメアリの提案を強引に拒絶したときと同じだった。「冗談じゃない。

そんなことは考えるのもやめてほしい」

二人は食事のテーブルを離れ、ふたたびソファに並んですわった。二人の足もとにグーシーがいた。

「きみが金持ちになるなんて、考えたくもない」レオは言った。その声にはこれまでにない嫌悪がこもっていた。ただ、声を荒らげることはなく、むしろどんどん小さくなり、ささやき声に近くなった。「ぼくには関係ないと言われそうだけど——ぼくはきみのことを親身に気遣っていきたい」

レオは彼女の目をじっと見つめた。メアリは頬が染まるのを感じた。赤くなった頬を見て、レオが指を一本伸ばし、彼女の頬に触れた。反対の手もそれに続いた。両手でメアリの顔をはさんで、子供にキスをする母親のように優しく唇を重ねた。そして、メアリが抵抗しないとわかると、唇を合わせたまま柔らかく繊細なキスに移り、つぎに、頬を、鼻先を唇で軽くなで、それからまた唇に戻った。その優しい感触に、ゆったりした動きに、メアリは官能を刺激された。息も止まりそうな抱擁、力強い唇、彼女の口をこじあけて医療用の探針のごとく喉の奥まで強引に入りこんでくる舌を、いまかいまかと待ちつづけた。レオは彼女の唇にキスをして、彼女の頬をなでた。何週間も緊張でこわばり、筋肉ががちがちに凝っていた彼女の身体から、いまようやく力が抜け、こわばりがほぐれた。

「すごくやりたいことがあるんだ」レオがささやいた。「頼んでもいい？　きみの答えがノーなら、このまますわっていよう。だけど、イエスだったら……」

「なんなの、レオ？」

「横になってきみを抱いていたい。それだけでいい。黙って抱くだけ」

メアリはうなずいた。

「じっと抱くだけだ。あとは何もしない」レオは乾いた悲しげな笑い声を上げた。「それで我慢するしかないんだ」

二人は二階へ上がった。上に着ているものを脱ぎはじめたレオに、照れる様子はまったくなかった。骸骨のように痩せてはいるが、それでもなお美しい身体を、メアリは見つめた。姿勢がよくて、メアリ自身と同じく白いなめらかな肌をしている。パンツ一枚になった彼とブラとショーツになった彼女がベッドに入るのは、あらかじめ想像した場合も、あとから考えた場合も、滑稽に思えたことだろうが、いまこの瞬間は、そうするのが自然なことに思われた。移植手術の跡はどこだろうと思ったが、レオの身体にそれらしきものは見当たらなかった。

ベッドに入ると、レオは彼女を両腕で抱いた。この姿勢でアリステアと抱きあうのが、メアリはいつも苦手だった。二、三分以上そのままでいると、彼の下にまわした手が痺れてくるし、アリステアのほうもそれは同じだ。だが、もう一つの方法をとって、片方の腕で彼を抱き、反対の腕を自分の背後で折り曲げれば、肩に耐えがたい痛みが走る。しかし、レオはメアリを腕に抱いただけで、彼女には何も求めなかった。メアリは彼の胸に片方の腕を置き、反対の腕は自分の胸に置いて横になっていた。レオにしっかり抱かれていたが、窮屈ではなく、レオのほうは、彼女の下になった腕が痺れているとしても、そんな様子はいっさい見せなかった。ひとこともしゃべらなかった。メアリは彼のほうが六歳も若いのだと自分に言い聞かせなくてはならなかった。彼の腕に包まれていると、愛情あふれる父親に抱かれた子供のような気分になってくる。

メアリは彼女自身の子供時代が終わって以来、午後の昼寝の時間がきてベッドに入れられる日々が終わって以来（メアリを寝かしつけるのは母親で、じつのところ、子供に煩わされずにすむ一時間を大歓迎していた）、昼寝をしたことが一度もなかった。なのに、いまはレオと二人で眠りに落ちていた。まる二時間もの信じられないほど長い昼寝からさめたあと、熟睡している彼を見て、長いあいだ不眠症に悩まされていた男が百時間ぐらい埋めあわせをする気でいるみたいに見えると思った。片肘を突いて身を起こし、彼の顔を見つめた。眠りでかすかに開いた薄い唇、年齢には不似合いなしわがところどころに刻まれた青白い肌、静脈が透けて見えるまぶた。紫がかった木の葉のように見える。子供のころは髪が白に近かったにちがいない。いまもごく薄い色を帯びているだけだ。日にさらされた麦わらのような色。

メアリが身体を離したことを感じとったのか、レオが眠ったまま彼女のほうへ手を伸ばした。しかし、過去の男たちとは違っていた。これがアリステアなら、乱暴に彼女をつかんでひきよせ、息もできないほど抱きしめて、熱烈なキスをし、そのせいで彼女の唇は腫れあがり、歯茎から血がにじんでいただろう。レオは目を閉じたまま、メアリの手を探りあてて握り、彼の口もとへ持っていった。優しく唇をつけた。手首に。手首の裏側に。指の付け根の関節に。メアリは思った――わたしったらどうしたの？　恋をしてしまったの？　この人の風変わりなところがわたしを惹きつけるの？　それとも、この人を守ってあげたいという思いが高まっているの？

ええ、ぜひそうしたい。ここで一緒に暮らして、世話をしてあげたい。この人を癒すための道をたどりはじめたような気分。最後までやりとげなくては。すぐまたこの人を放さなくてはならない。家に帰さなくてはならない。でも、この人がここから出ていって姿を消し、わたしの世話を受けられなくなったら、衰弱して、ふたたび病気になってしまうかもしれない。ああ、ここにひきとめておければ、わたしの手で元気にしてあげられるのに。そして、いつの日か……。

ビーンがやってきた。玄関のベルがビーッと鳴り、それから続けざまに鳴りだした。メアリはガウンをはおり、グーシーを抱いて玄関に出た。ビーンがへつら

い の 笑みを浮かべたが、目は冷たく空虚だった。メアリの手に包みを押しつけた。
「ワンちゃんの写真です。見るだけでも見てください。無理に買う必要はありませんから」

14

モーリス・クリゼローに仕えていた当時、ビーンはずいぶん酒を飲んだものだった。たまに飲みすぎることもあった。家にはいつもふんだんに酒が置いてあり、それを勝手に頂戴していた。クリゼローが気づいていたとしても(きっと気づいていたはずだ)、ひとことも注意しなかった。興奮剤と鎮静剤がないことには、ビーンにいまの仕事は無理だろうと、クリゼローが思っていたのかもしれない。ビーンがよく心でつぶやいていたように、重症のマゾヒストのプレイメイトと、召使いと、ポン引きと、看護師を兼任するのは、生易しいことではない。

ヨーク・テラスの家にやってくる若者はほとんどが

金目当てだった。彼らがデブの老人を打ちすえるさいに感じる喜びは、買物をしたりステーキを焼いたりするときのビーンと似たようなものだった。しかし、一人か二人、例外がいた。この連中を家に入れるさいに、彼らの顔つきと、催眠状態のような目を前方に据えている様子から、ビーンはピンときた。こいつらは本物のサディストだ。いったん鞭や杖を手にしたら、こいつらの暴走を止めるすべはない。クリゼローの悲鳴を耳にしても苦痛と悦楽の区別がつかなかったころから——それとも、この二つは同じもの？——ビーンはブラウンエールをチェイサーにして、スペイン産の安ブランディを何杯もあおるようになった。ときにはひどく酔っぱらい、来訪者が帰るときに見送りのできないこともあったが、酔いつぶれるわけにはいかなかった。精一杯シャキッとしていなくてはならなかった。なぜなら、クリゼローがビーンの世話を必要とするのはそのあとだから。

あるときは、クリゼローが意識不明に陥っていた。またあるときは、この雇い主を救急へ運ぼうとしたこともあった。ところが、クリゼローは床に倒れてあえぎ、鞭で打たれて破れた背中の皮膚からトルコ絨毯に血を滴らせながら（幸い、赤を基調とする絨毯だった）、クビを覚悟で救急車を呼ぼうとするビーンを止めた。そのあと、ビーン自身もブランディとブラウンエールで意識をなくしてしまった。

とくに記憶に残っている若い男が一人いる。本名はわからないが、ビーンは〝打擲者〟と呼んでいた。かつてアンソニー・マドックスが言っていた〝目は心の窓という言葉〟が真実なら、その男には心がないのかもしれず、男の目をのぞきこむと、空虚な穴をのぞきこんでいるような気がしたものだった。目の奥には何もなかった。鼻の先と上唇がサンドペーパーでこすったかのように、うっすら赤く染まっていた。歩き方が優雅だった。背筋をすっと伸ばして身体の力を抜き、肩をそびやかし、膝を軽く曲げて歩くのだ。モーリス・クリゼローが鞭でぶたれ、お馬さんごっこをして階段をのぼり、身体の柔らかな部分を鋭利な物体に刺し貫かれるのは毎度のことだが、この男が帰ったあとのクリゼローはことに無惨な有様だった。

　クリゼローの年齢はビーンと同じ六十七歳。全身傷だらけだった。日常的に虐待されていた奴隷も、きっとこんなふうだったに違いない。ここまで無惨な傷を見たのはビーンも初めてだった。〝打擲者〟はもう呼ばないほうがいい。クリゼローにそう進言したが、雇い主は耳を貸してもくれなかった。ビーンは空想にふけるタイプの人間ではない――想像力が欠けていることを悪びれもせず認めている――なのに、自分でもどうかしていると呆れつつ、心のなかでひそかに、クリゼローは〝打擲者〟に恋をしているのではないかと思うようになった。〝打擲者〟に心を奪われ、死ぬほど恋焦がれているのだ。そして、ついには〝打擲者〟に殺されることとなった。

　というか、ビーンはそう解釈していた。クリゼローがその夜受けた打擲は、ビーンが見てきたなかでも最悪だった。いや、もちろん、その目で見たわけではない――見たことは一度もない――悲鳴が始まると、ブランディをラッパ飲みして、ベッドにもぐりこみ、布団で耳をふさぐことにしていた。〝打擲者〟は勝手に帰っていったので、ビーンは以後二度とその男の姿を見ていない。クリゼローは出血性ショック状態に陥っていた。

　通りの向こうのハーリー・ストリートで開業している主治医は、クリゼローの性癖をすべて承知していた。首から下はいっさい調べなかった。十日後にクリゼローが亡くなったときには、いちばんひどい傷跡もどうにか薄れていた。もっとも、葬儀屋がどう思ったことかと、ビーンはときどき気になったものだが。

　誰もわたしを非難しなけりゃ、それでいい――これがビーンの哲学で、彼を非難した者はいなかった。葬儀が終わると、深酒は徐々に慎むようになった。手遅れになる前に身体をきちんと鍛えておくことに関心を向けるようになり、いまでは、金曜の夜に〈グローブ〉でブラウンエールを二本飲むだけにしている。フレディ・ローソンは〈グローブ〉を評して、唾とおがくずとソーセージサンドのそろった本物のパブだと言っている。だが、ビーンが金曜の夜に食べるのはソーセージではなく、野菜ハンバーグサンドにブランストン・ピックルを添えたもの。たまに、フライドポテトを頼むこともある。

この前の日曜に橋の上で火を貸してくれと言った丸い頭の男の正体を、ビーンは突き止めようとしていた。フレディは、そんな男は知らないと言い、ピーター・キャロウは、ビーンの口から理由を聞くまでは何も教えられないと言った。〈グローブ〉の店内は煙草のけむりで青く染まっていた。おかげでビーンは喉がいがらっぽく、声を張りあげなくてはならなかった。数人の客が彼をじろじろ見た。

「何を見てるんだ?」ビーンは喧嘩腰で言った。

アメリカの観光客が視線をそらした。ビーンは凝視を続ける連中をにらみつけた。このなかに丸い頭の男の仲間がいるかもしれない。

「ここにくる前に、どっかで飲んできたのかい?」キャロウが言った。

「酔ってなんかいないよ。当てこすりはやめてくれ」ビーンはポテトにブランストン・ピックルをつけて口に放りこんだ。「見つけだしたい男がいるんだ。ムッソリーニみたいな頭をした男の仲間」

「誰のことだい?」キャロウが言った。この男はまだ四十五歳。返事も待たずに尋ねた。「そいつになんの用だ?」

ビーンは声をひそめもせずに、キャロウに説明した。

「わたしが前にここで話したことを、そいつが盗み聞きしてたらしいんだ」

フレディ・ローソンが笑いだした。

「ハワイ！　そんな言い方、どこから仕入れてきたのかね？　ハワイ！」

「わたしには大金すぎる」ビーンは言った。「残念だ。ムッソリーニならいい仕事をしてくれるだろうに」

「ひどい世の中になったもんだ」キャロウが言った。「ならず者がやってた汚れ仕事を、労働者がかわりにしなきゃならんとはなあ」

パブを出ていこうとしたアメリカ人観光客がビーンに小声で言った。「〈ハワイ5-0〉のことだろ？」

「よけいなくちばしをはさむんじゃない」ビーンは言った。

丸い頭の男の仲間は名乗りでてこなかったので、ビーンは満たされぬ思いで帰宅しなくてはならなかった。

翌朝の犬の散歩の途中で、ベイカー・ストリートにあるバークレーズ銀行のATMまで足を延ばそうかと考えた。もしかしたら、ムッソリーニは全額払えとは言わずに、クランシーを襲う前に二十五ポンド受けとり、襲撃のあとで残りを請求する気かもしれない。信号が変わる前にメリルボーン・ロードを渡ろうとしたが、遅すぎたので、ムッとしてひきかえしたところ、バンにはねられそうになった。ビーンがこぶしをふりあげると、ドライバーはお返しに指を二本立てた。

数年前、このあたりで誰かがバンに轢かれたことがあった。いや、あれはラクスバラ・ストリートだった。たいした違いではないが。クリーニング屋のバンだった。車の前に飛びだしたのが物乞いの一人だったので、そう問題にもならなかった。物乞いをはねたあと、バンはスリップして塀にぶつかり、ドライバーはシートベルトをしていなかったため車から投げだされて、フラットに改装された大邸宅のスパイクつきの柵にひっかかり、救急救命士たちに発見されることとなった。ビーンはその事故のことをよく覚えている。いつものようにクリゼローが新聞記事を読んでくれたのだ。クリゼローは記事を音読するのが好きだった。

物乞いは即死で、痛みひとつ感じなかったに違いないが、ドライバーのほうは肋骨を三本も折ったというのに、脇見運転に加えて過失致死罪にまで問われて実刑判決を受け、刑務所行きとなった。長期の刑ではなかったが、刑務所に入れられること自体があまりに理不尽だとビーンは思ったものだ。だが、このあたりの通りがいかに危険かを示すいい例だ。

クランシーが出歩けなくなれば、ふたたびトンネルが使えるようになるのに。

コーネル氏が玄関に出てきた。ビーンがボリスを散歩に連れて出たあとで、家政婦のヴァレリー・コンウェイは夏のバカンス旅行に出発した。コーネル氏は紳士なので、ビーンを地下勝手口のほうへまわらせようとはせず、玄関まで出てきてくれた。ビーンがボリスの写真のことを話すと、コーネル氏は興味を持ったようで、何枚か選んで届けてくれれば見てみると答えた。

嫌みを言いあうヴァレリーが旅行に出かけ、階段をのぼりおりする必要がなくなったので、デヴォンシャー・ストリートにはいつもより五分早く到着した。階下の窓の奥に、男とキスをしているアーナ・モロシーニの姿が見えた。二人ともガウンをはおっている。男が夫でないのはたしかだ。これを利用できるかもしれない。資金の増加につながるかもしれない。ところが困ったことに、ベルに応えて出てきたミセス・モロシーニは少しも悪びれていなかった。満面の笑みで、こんな幸せそうな夫人をビーンが見るのは初めてだった。

「ルビーの写真をぜひ見せてもらいたいわ。持ってきてくださる？　下品なのはだめよ、いいわね！」

これでビーンの心が決まった。なんとか払えそうだ。収入をふやして新しいカメラを買おう。ムッソリーニに払う五十ポンドを銀行でおろしてこよう。ベイカー・ストリートの〈スクリーン〉の近くまで行くと、ビーグルを連れたホームレスが表にすわり、そのそばに、彼と話をしているのか、立っているだけなのか、とにかく悪の象徴みたいな表情を浮かべた男がいた。〈鍵男〉のクランシーだ。顎髭が孔雀の羽根みたいなブルーのきらめきを放ち、太陽に照らされた鍵が鎧の胸当てみたいに見え、ビーンの目にはその姿が怪奇映画に出てくる悪霊のように映った。ビーンはシャーロック・ホームズの土産物が置いてある店のひとつに入って、前にショーウィンドーで見かけた、白い円のなかにホームズの絵がついている赤い野球帽を買った。夏向きの軽いもので、クラウンの部分がメッシュになっていた。

日曜がくると、興奮で胸が高鳴った。公園に入ってほどなく、雨が降りだした。分厚いほうの野球帽をかぶり、上着の上に透明ビニールのレインコートをはおっていたので、雨になっても平気だった。ただ、できれば木陰を歩きたかったが、それだと、クイーン・メアリーのバラ園や湖の周囲といった、犬を自由に走らせることができない場所ばかり通ることになる。肉球が草に触れたとたん、チャーリーとボリスが猛烈な勢いでリードをひっぱりはじめたので、ビーンはついていくのに苦労した。二匹を放してやるしかなくなり、ついでに、あとの犬も放すことにした。

霧雨と低く垂れこめた雲のせいで、動物園のマッピンテラス——茶色い人工の岩山——や、セント・ジョンズ・ウッドに林立するフラットの建物がぼうっとかすんで見えた。建物には赤や白の石材が使われ、壁面は六〇年代ふうの灰色の粗塗り仕上げになっている。靄のなかに高層建築がいくつかそびえ、南のほうには、細長い塔の上に宇宙船をのせたような形をしたポストオフィス・タワーのてっぺんがくっきりと見えていた。もっとも、晴れた日に比べると陰気で醜悪だ。ビーンはポケットに手を突っこんで、札束の感触をたしかめた。野球帽のつばから雨が滴り落ちたので、アメリカのテレビ番組で子供たちがやっていたのをまねて、つばをうしろへまわした。

仕事熱心が自慢のビーンだが、それにも限界があった。雨がひどくなり、マッピンテラスも、北のほうの木立も、陰気に煙って見えなくなった。どの犬も雨を気にする様子はなかった。ただ、グーシーだけはべつで、ビーンの足にくっつくように立って、ブルッと身を震わせ、哀れな声で鳴いていた。ビーンは犬を呼び集めることにした。犬のつねとして――女性ドッグウォーカーが連れている犬は例外だが――従順なのもいれば、そうでないのもいる。これまでの経験から、チャーリーは戻ってきそうにないのがわかっていた。グーシー、マリエッタ、マクブライドをリードにつなぎながら、甲高く口笛を吹いた。ルビーが駆けてきて、マクブライドの背中に前肢をかけ、性交じみた動きを始めた。犬にとって、性別はあまり関係がないようだ。

ビーンはルビーをどなりつけてから、ふたたび口笛を吹いた。どの犬もしきりと全身を震わせていた。ビーンはビニールのレインコートを買うついでに防水ズボンも買っておけばよかったと後悔した。チャーリーの姿はどこにもなかったが、ボリスが暗がりから不意に姿を見せた。シャーロック・ホームズの映画で見たバスカヴィル家の犬のように。頭を下げ、耳から雫を垂らしながら駆けてきて、ビーンに首輪をつかまれると不機嫌なうなり声を上げた。

時間の余裕は充分あるつもりだったが、腕時計を見ると、五時まであと二十分ほどしかなかった。犬五匹をリードにつないで、どちらへ行けばいいかわからないまま立ちあがった。チャーリーはどこだ？ 休憩所でゴミ箱をあさったり、食べものをねだったりしているのかもしれない。もっとも、この悪天候だから、戸外でものを食べている者がいるとは思えないが。

休憩所があるのは、ビーンが行きたいと思っている方角ではなかった。この瞬間まで、ムッソリーニに会ってゴーサインを出したいという思いと、彼を恐れる気持ちのあいだで、ビーンは揺れ動いていた。だが、いま、迷いは消え、もう一度会いたいと強く思った。橋まで行き、交渉し、実行してもらうのだ。犬の一団にひっぱられて小道をゆっくり歩くあいだに、ふたたび〈鍵男〉の姿が頭に浮かんできた。黒髪とブルーの顎髯、残忍そうな目、ジャラジャラ音を立てていた鎖かたびら。〈鍵男〉に教訓を叩きこむチャンスを逃してはならない……。

チャーリーはレストランの近くにはいなかった。ブロード・ウォークまで歩いて戻るしかないのだろうか。前方を見ると、小道がロング橋のほうへ延びていた。この橋がかかっているのは、ムッソリーニがもうじきやってくるはずの場所とはべつのところだ。いや、すでにきているかもしれない……ビーンが犬を見失ったことはこれまで一度もなかった。見失うとしてもせいぜい一分か二分だった。ところが、チャーリーは完全に姿を消してしまった。いなくなってからすでに十五分たっている。いまは五時五分前。

湖の北側まで行くと、アヒルの群れが濡れた草むらで遊んだり、小波に乗って揺れたりしていて、ビーンはそこに立って罵りの言葉を吐いた。犬たちはこの休憩を利用して勢いよく身を震わせた。ビーンはふたたび口笛を吹いた。何が起きようと、何をあきらめることになろうと、葉巻をくわえて苛立たしげな目をしたバーカー゠プライス氏のもとへチャーリーを連れずに戻ることはできない。

何かがバタバタ動きまわって水しぶきを上げる音が聞こえ、ガーガー、クワックワッと鳴く声がしたと思ったら、コザクラバシガン三羽と白いアヒル一羽があわてふためいて羽根をまきちらしながら、水辺から飛び立った。そのうしろでチャーリーが楽しげに飛び跳ねていた。前肢が関節のところまで泥まみれで、全身ずぶ濡れのため、外見がすっかり変わってボルゾイの

ように細くなり、プードルのように濃い色になってい
る。ビーンがつかまえると、ゲームも自由の喜びも終わったことを理解して、いったん姿勢を正してから、続けざまに大きく身体を震わせた。ビーンも、ほかの犬も、水しぶきと飛んでくる泥を浴びることになった。ビーンは顔にまで泥を飛ばされ、手は濡れて赤くなり、水浸しの靴のなかで足がグジュグジュいっていた。

しかし、必死に走った。六匹の犬がハスキーのチームのように前を駆けていく――そりがあればいいのに――ビーンは湖にかかった橋をめざした。空が明るくなり、雨も上がってきた。橋へ続く木々の下の地面はほぼ乾いていた。ビーンは深く息を吸い、リードを握る手に力をこめた。しかし、もちろん、ムッソリーニの姿はなかった。たとえきていたとしても、いまは五時五分、約束の時間を三十分も過ぎているのだから、もうここにいるはずはない。

残りの道を走った。雨はほとんどやみ、太陽がのぞいていた。モスクへ続く小道に入った。金色のドームが日を浴びて古いコインのようにきらめいていた。貴金属で作られていた時代のコイン。この前、ムッソリーニはたしか、こちらの方向へ立ち去ったはず。しかし、彼の姿はどこにもなかった。ハノーヴァー池の小島でペダルボートを係留している男以外、人影はまったくなかった。

犬を返す時間に遅れたことは一度もないが、今日だけは遅くなりそうだった。飼い主たちが心配するだろう。チャーリーが逃げだしたと言い訳しても、誰も耳を貸してくれないだろう。アウター・サークルと並行に延びる小道まで急ぎ、クラレンス・ゲートへ向かいながら目を上げて、緑の芝生と湖の岸辺を見渡し、丸い頭の男を捜しつづけていると、虹が色鮮やかな弧を描いているのが目に入った。片方の端はマダム・タッソーに、反対端ははるか遠くのカムデン・タウンにかかっていた。

15

ある寒い冬の土曜日、ダニエルが五歳でエリザベスが十二歳のとき、ローマンは二人を連れてプラネタリウムへ出かけた。息子はまだ幼すぎたが、娘のほうは大喜びだった。ベイカー・ストリートの店でランチをとったあと、太陽が出ていたので、公園を抜けてセント・ジョンズ・ウッドの地下鉄駅まで歩くことにした。芝生の霜はまだ消えず、日陰になった場所はところどころ雪が残っていた。

湖は凍っていた。スケートが大好きで、クリスマスに新しいスケート靴をプレゼントしてもらったばかりのエリザベスが、どうして誰も氷の上に出ていないのかと訊いたので、ローマンは子供たちに説明した。ただし、ダニエルがまだ幼かったため、詳細な説明は省いた。一八六七年二月、凍った湖で悲劇が起きて、以来、ここでのスケートは禁止になった。数百人がスケートをしていたとき、氷にひびが入りはじめたが、動物愛護協会からきていた男性が「早く氷から離れろ。大惨事になるぞ！」と警告したにもかかわらず、みんな、そのまますべりつづけたのだった。

「その人たち、溺れちゃったの？」ダニエルが訊いた。

「何人かはね」ローマンは具体的な人数を言わなかった。四十人とは言わなかった。百五十人が水に落ちて四十人が亡くなったことは言わなかった。「そのころ、湖はいまよりも深かったんだ。島と島のあいだは四メートルぐらいの深さがあったし、湖が凍っても、氷はそんなに厚くならなかった。タイバーン川がこの湖を通ってて、水の流れが速いから、分厚い氷にならないんだ」

子供たちは湖の向こうへ目をやり、ザ・ホームズと呼ばれる大邸宅と、その手前に浮かぶ島々をながめた。湖の岸に白鳥とガチョウとアヒルの群れがいた。水に落ちた人々をどうやって助けたのかと、エリザベスが訊いた。

「潜水夫が派遣された。のちに湖の水をいったん排出して、造りなおしたから、いまは湖のどの場所も深さが一メートルぐらいしかない」

「幽霊は出るの？」ダニエルが訊いた。「夜になると溺れた人の幽霊が水から出てくるの？」

「幽霊なんていないよ、ダニエル」ローマンは言った。

しかし、いまでは迷いを持つようになっていた。氷の悲劇の犠牲になった人々が黒い水と氷塊のなかから姿を現わすのを、冬の夢のなかで見るようになったからだ。ちょうど、海から死者がよみがえる場面を描いたラファエル前派のあの絵のように。そして、人々の顔のなかに一度だけ、命なき青白い子供たちの顔と妻の顔を見たことがあった。

子供たちがまだ生きていたころ、あの悲劇について、ざっとではあったがダニエルに話して聞かせたことを、ローマンはしばしば後悔したものだった。ダニエルは寒い季節にそれを思いだし、おそらくは夢に見ていただろう。もうひとつの悲劇とされる野外音楽堂の爆破事件も、エリザベスの生前に起きたものだが、エリザベスは当時まだ三歳だったので、ＩＲＡの仕掛けた爆弾によって演奏中のイギリス陸軍の兵士に多数の死傷者が出たことは知らずにすんだ。少なくとも、ローマンが子供たちに話したことは一度もなかった。公園を散歩するときも、かつて音楽堂が建っていて、現在は追悼の柳が植えられている湖の北側の場所だけは通らないことにしていた。

現在起きている事件もまた、公園の悲劇と言うべきだろうか。ただ、ローマンが気づいたように、関連性の明らかな二件の殺人は、どちらも公園のすぐそばではあるが、その外で起きている。みんな、それに気づいていないのだろうか。

二件目の殺人のことをローマンが初めて知ったのは、ベイカー・ストリート駅の向かいにあるパブ〈グローブ〉の前でニュースボードを見たときだった。いつものことだが、そこに出ているニュースは言葉遣いが曖昧だ。くわしい事実を知りたければ新聞を買うしかない。〝二人目のホームレスの惨事〟、ニュースボードにはそう出ていた。〝惨事〟といってもいろいろある。氷の悲劇も、野外音楽堂の爆破も、どちらも惨事だ。

新聞を買いたかったが、そのときはやめておいた。衣類を洗濯するため、パディントン・ストリートのコインランドリーへ向かう途中だったからだ。あとでブロード・ウォークから少し脇へ入ったところにある男子トイレに戻って全身を洗い、清潔なTシャツ、ジーンズ、セーターに着替えるつもりだった。回転する洗濯機の前で四十分、古本屋で『死せる魂』を売って『キム』を買うのにさらに十分。帰り道で《イブニング・スタンダード》を買おうと決めた。

駅の外で新聞を売っていた。それを買い、低い塀に腰かけて目を通した。殺された男の名前は出ていなかった。ジョン・ドミニク・カーヒルのときと同じく、リージェンツ・パーク近くの柵の上で、スパイクに串刺しにされた姿で発見されたが、これまたカーヒルと同じく、殺害手段はこれではないようだった。最初に刃渡り十五センチのナイフで刺されていた。死体が見つかったのは早朝で、発見者は十八歳の誕生生パーティを終えてプリムローズ・ヒルから帰宅する途中の男性だった。この男性の名前も新聞には出ていなかった。

ローマンはこの死体がディルでないことを願った。新聞を折りたたんでポケットに入れ、足場が組まれたマダム・タッソー蠟人形館を通りすぎた。何カ月も前から改装と模様替えが続いている。自分が息を止めていたことに気づき、いま、安堵の思いで息を吐きだした。

ディルが歩道にすわりこんでいた。そばにビーグルがいて、紙袋に入ったドッグビスケットをせっせと食べている。ローマンは横にすわって《スタンダード》を見せた。ディルはテレビのニュースで見たと言った。彼がときどき寝泊まりする簡易宿泊所に、白黒の古いテレビがあるのだ。

「柵のことは言ってなかったぜ」ディルは言った。

「塀の上に割れたガラスがついてるとか言ってた」

「どこの話だった?」

「プリムローズ・ヒルのどこか。くわしいことは言わなかった。ぞっとしたよ」

ディルは痩せた青白い顔をし、腫れぼったいまぶたが蒙古ひだにひっぱられて垂れ下がっているが、肌の白さとわずかに残った髪の淡い金色からすると、東洋系ではなさそうだ。この男が酒を飲むところは一度も見たことがない。怯えた表情を浮かべることが多く、いまも恐怖のあまり顔の皮膚がひきつっていた。年齢はローマンが推測するに、せいぜい二十五歳ぐらいだろう。

「あのガラスの音は好きじゃない」ディルが言った。「ガラスが身体に、か――かん――貫通するんだ。ニュースでそう言ってた」

歩道に置かれた帽子に、女性が五十ペンス硬貨を入れた。「ありがとうございます」ディルは言った。犬が硬貨の匂いを嗅ぎ、しっぽをふった。「やつが狙ってるのはおれたちだ。おれたちみたいな人間」

なんの説明もなく、いくらでもあるはずの描写の言葉もいっさいなかったが、ローマンには理解できた。新聞にも似たようなことが書いてあった。慎重な言いまわしで。一カ月もあいだをおかずに殺害された二人の男性は、いずれもホームレスで……。

「セント・アンソニーへ行け。いいな?」セント・アンソニーというのはリッソン・グローヴにある簡易宿泊所のこと。「毎晩そっちで寝たほうがいい。そのほうが安全だ。犯人がつかまるまで」

ディルの悲しげな表情に、夏は戸外で寝るのが好きなのに、という思いが出ていた。雨の日やひどく寒い日以外は、星の下で眠るのが好きな男だった。まあ、本来の星にはほど遠く、天の川などは街の明かりを反射して赤く煙っているだけだが。しかし、ディルはいくらか安心した顔でうなずき、腕を伸ばして犬を膝に抱いた。

ヨーク・ゲートから公園に入ったローマンは左へ曲がり、湖の南側を歩いていった。トラックスーツ姿の老婦人が黒鳥とひなたちにビスケットのかけらをやっていた。小島の木からサギが飛び立ち、翼を大きく広げ、首をS字形にして西のほうへ飛んでいった。太陽に誘われて人々が出てきていた。湖岸をゆっくり散策する者もいれば、ベンチにすわっている者もいる。人々の顔に恐怖はなかった。ゆうべここから一キロ足らずのところで人が殺されたことを示すものは何ひとつない。

一年ぶりの暖かさ、いや、暑さと言ってもいいほどだった。本格的な夏になった――よその土地からきた者や観光客ならそう言うだろう。ロンドンに本格的な夏がくることはけっしてなく、ついでに言うなら、本格的な冬がくることもなく、天候は気まぐれで変わりやすく、今日は暑くても明日は寒くなり、いま日が照っていたと思ったら、しばらくすると雨になることを、そうした連中はまったく知らない。公園は緑の光と影に彩られていて、ほかの色彩はあまりなかった。暑い季節には男も女も派手な色を着るものだが、このあたりは、ブルーとグレイ、茶色と黒とベージュだけだ。湖の水はきらめくグレイの色を帯び、ガラスのように静かな湖面が広がっていた。

ローマンは自分もディルと同じように怯えているだろうかと心に問いかけた。ディルと（あるいは、ファラオと、エフィーと、その他のホームレスと）同じ弱者として、心臓と肺と心臓の周囲の太い血管をナイフで刺されて殺され、それから柵の上で串刺しにされるのを、自分は恐れているだろうか。答えられない自分に気がついた。かつての彼なら答えられただろう。ほかの誰かから与えられる死を歓迎したことだろう。自分は死を恐れているのだろうか。自分が変わってしまったことに、無条件でノーと答えられなくなったことに、半分イエスと答えるしかないことに、怖さを感じた。

なぜなら、ノーの逆は〝生きていたい……〟ということだから。

男子トイレで全身を洗った。太陽が沈んで人がほとんどいなくなるまで待ってから、洗面台で身体を洗った。まず上半身を、つぎにコインランドリーできれいに洗濯したタオルを腰に巻いて、目立たないように下半身を洗った。途中で男が二人入ってきたが、これまでの経験から、向こうが知らん顔をすることはわかっていた。あちらにしてみれば、怖いに決まっている。彼は浮浪者、金をねだり、わけのわからないことを言って腕をふりまわし、悪態をつくかもしれない。男たちが出ていってから、ローマンは髪を洗い、ハンドドライヤーでざっと乾かした。

清潔になると、いつになく満ち足りた気分に包まれた。汚れた服を丸めて手押し車に入れ、外に出て、ブロード・ウォークの北端で噴水式水飲み器のそばに置かれたベンチにすわり、風雪に耐えてきた小鳥や動物の彫刻と、古びたピンクの大理石の柱をながめた。買ってきたミルクを飲み、これがワインならいいのにと思い、『キム』を読んだ。

警官が巡回してきて、九時半に彼を追い払った。その時刻には暗くなっていて、読書はもう無理だった。今夜の寝場所がまだ決まっていない。アイリーン・アドラー博物館のポーチは最初の殺人現場に近すぎるし、リージェンツ・パーク・ロードは二番目の殺人現場に

（たぶん）近すぎるので、いったんは考えたものの、どちらも却下した。グロスター・ゲートを通り、人気《ひとけ》のなくなった児童遊園地を抜けて公園を出た彼は、そこでいつものように足を止めて、彫刻家ジョゼフ・ダラムのブロンズ作品に目を向けた。可愛い娘の像で、快活な愛くるしい顔をした娘が人工的に石を組み合わせた土台の上に建っている。片手を額にかざし、グロスター・テラスをながめているかに見える。その顔はローマンがかつてつきあった女の子の顔にそっくりだった。サリーと出会うはるか以前のことだ。百二十年も前に石の土台にのせられたこの娘を見ると、かつてのガールフレンドに再会したような気がして、かすかな郷愁を覚える。一度か二度、像をながめていたときに、これがサリーの顔かエリザベスの顔だったら自分はどう反応するだろうと思ったことがあった。像の前に立ちつづけるだろうか。それとも、真正面から目を見るのが怖くて、避けて通るだろうか。

通りを渡って、葉の生い茂る一帯を見おろした。かつてはたぶん、立派な庭園だったのだろうが、いまは〈グロット〉と呼ばれている。使われなくなった運河の支流部分に橋がかかっていて、その低い手すりのところに、聖パンクラスの殉教を記念するブロンズの薄浮彫りがついている。輝くばかりの顔を昂然と上げた聖人がライオンに襲われている光景だが、ライオンはおとなしくて人なつっこく、まるで犬のように聖人に飛びついている。

下を見ると、岩がごろごろしていて、石材で縁どられた8の字形の池があり、池の水は茶色く濁り、浮きカスに覆われていた。月桂樹やシャクナゲの落ち葉のあいだには、プラスチックの破片、濡れて乾いてふたたび濡れた新聞紙、ビールの空き瓶、黒ずんだぼろ布などが散乱したり、枝にひっかかったりしている。からみあった有刺鉄線や金網フェンスはなんの役にも立っていないようだ。

どこから入ればいいかと、あたりを見まわした。薄浮彫りのそばを通りすぎ、パーク・ヴィレッジ・イーストのほうへ入っていくと、ヴィクトリア様式の大邸宅が改装工事の最中だった。廃材運搬用の金属容器、梯子、コンクリートミキサー、木材などが置いてある。塀のゲートを押しひらき、〈グロット〉を見おろす荒廃した庭園に入った。

この方角から入ると、からみあった有刺鉄線はほとんど避けて通ることができた。ずっと前に悟ったことだが、服が破れることを侵入者が気にしなければ、有刺鉄線で侵入を防ぐことはほとんどできない。ローマンが入りこんだのは、手入れもされずに荒廃してしまった私有地だった。茂みの葉のあいだから、ストローを二本、いや、一本を不可解にも半分にカットしたものをつまみとった。腐葉土の上にシートを広げて寝場所を作った。ここなら、シャクナゲの茂みが橋とのあいだの目隠しになり、背の高い木々の枝が夜空を隠してくれる。じっとり湿った葉陰は冷えこむので、セーターを着てから寝袋にもぐりこんだ。

この季節になると、四時半にもならないうちに夜明けが訪れる。木の葉のあいだから日の出の輝きが見え、黒い網目模様の向こうにまばゆい白さが広がったが、ローマンの頭にまず浮かんだのは〝仲間〟の一人の死で、ぐっすり眠れたことを自分でも意外に思った。ついさっき横になって目を閉じたばかりで、一夜が数秒のうちに過ぎてしまったような、そんな感じだった。

朝は何も食べないことが多いが、今日はカムデン・タウンで早朝からやっているカフェの一軒へ行き、死刑執行を目前にした男のように、ベーコンエッグ、ソーセージ、フライドブレッドというボリュームたっぷりの朝食をたいらげた。それと一緒に、グラスに入った苦くて薄いもの（これをオレンジジュースと呼ぶことはローマンもすでに学習ずみだ）と、ヘナの染料みたいな色をした濃い紅茶が運ばれてきた。以前の彼なら、こういう店に入ると人目を気にしただろうが、いまは平気になった。客のほとんどが彼と同じような連中だ。それに、きのうの午後、身体を洗って服を着替えたばかりだ。

〈タリスマン出版〉にいたころ、ロンドン北部の古い農地をテーマにした本を出したことがあった。ローマンはいま、アルバート・ロードを歩きながら、チョーク・ファームとプリムローズ・ヒルを描いた銅版画を思いだしていた。多少なりともそれらしき面影が残っているのは丘だけで、自然の地形というより、人間が手を加えて盛りあげたような感じで平地より小高くなっている。前に一度、そちらを見あげたら、てっぺんに誰かが立ち、両手を空へ向かって伸ばしているのが目に入った。不意に、その人物が倒れ伏して両手をふりまわし、脚をばたつかせ、やがてまた起きあがって、ふたたび天に助けを求めるような姿勢になった。たぶんファラオだろうと思ったが、遠すぎるため、髯のブルーも鍵のきらめきも見えなかった。

かつて農地に生い茂っていた木々は、十九世紀のどこかで消えてしまったに違いない。いまは平地だけになり、わずかなシデの木が飾りのように残っているだけで、ローマンには、幹のすぐそばに茂っている丈の高い草とまったく調和してないように思われた。東側の小道を歩きながら、その同じ本に出ていた殺人の話を思いだした。十七世紀の終わりごろ、ある日、プリムローズ・ヒルの南側の溝でサー・エドマンド・ゴドフリーの死体が発見された。彼の剣で身体を刺し貫かれていたが、死因は絞殺だった。盗まれたものは何もなく、金もポケットに残っていたが、全身傷だらけで、おまけに首の骨が折れていた。追悼のためにメダルが鋳造され、その片面には、首が折れ、剣を突き刺された姿で歩く姿が描かれた。

　ローマンの記憶によると、たしか、殺人の罪で数人が処刑されたはずだ。本にはまた、丘の上で決闘がおこなわれたことも書かれていた。今日ここにきたのは、居心地のいい静かな場所を見つけてキプリングの続きを読むためだ、と自分に言い聞かせたが、理由はほかにあることがわかっていた。過去の非業の死が心に浮かんできたのもそのせいだ。

今日は、丘のてっぺんには誰もいなかった。風の強い日で、プラタナスの葉がそよぎ、クマシデの木がざわめいていた。北側のへりを歩いていくと、はるか前方の柵にブルーと白の現場保存用テープが見えた。そちらへ向かうと、現場に到着するかなり手前でプリムローズ・ヒル・ロードに出た。車が何台か止まっていた。警察のものであることが明らかな車と、警察のものだろうと思われる車。道路の向かいに小さな人だかりができて、じっと待ち、見守っていた。見るべきものは何もないのだが。

テープが張られ、歩道が数メートルにわたって立入禁止になっていたが、柵そのものはシートで隠されていた。テープの外側に、透明のセロファンに包まれた花束が置かれていた。その浮浪者を気にかけてくれた者がいたわけだ。誰だろうとローマンは首をひねった。あたりを見ると、至るところに柵があった。リージェンツ・パーク周辺の柵をすべてつないだら、何キロにもなるに違いない。こういうスパイクつきのものもあれば、スパイクの先が丸みを帯びたのもある。このあたりでは、柵が庭園と歩道を隔て、庭園どうしを隔て、教会を囲み、小道の防壁となっている。ほかの場所では生垣や塀が使われているが、ここでは鉄の柵ばかり。まっすぐ伸びていて、装飾はなく、たいてい黒く塗装され、下のほうに水平の桟が二本延びている。てっぺんにはスパイク。

今回の殺人者は犯行現場を見つけるのになんの苦労もなかっただろう。うってつけの場所がいくらでもある。必要なのはホームレス一人と柵だけとなれば、犯行の可能性は無限に広がる。ローマンは野次馬に交じって立ち、人々の顔を観察したが、何もわからなかった。無表情で、冷淡で、忍耐強い顔ばかり。テープを調節していたのか、短くしていたのか、方向を変えていたのかわからないが、とにかくいままでテープをいじっていた警官が車に乗りこみ、走り去った。〈エクスプレス・ティッカ・アンド・ピッツァ〉の赤と白のバンが現場を通りかかり、一時的にスピードを落としたが、そのままさっと通りすぎた。野次馬のなかの女が煙草をつけた。

ローマンは丘へ戻り、風の当たらないところに置かれた日当たりのいいベンチに腰かけた。本を読もうとしたが集中できず、いつしかサー・エドマンド・ゴドフリーのことを考えていた。今回の殺人と同じく、サー・ゴドフリー殺しも不可解な事件で、犯人とされた者たちは最期を迎えるまで無実を叫びつづけ、その後、彼らの幽霊がプリムローズ・ヒルに出ると信じられている。幽霊のことを考えたとたん、息子のダニエルの姿が目の前に浮かんだ。割れた氷のあいだから溺れ死んだ者たちの幽霊が現われる、と薄々信じていたダニエル。

しばらくしてから、きのうと同じく新聞を買おうと思い、ふたたび歩きだした。十時を少しまわったばかりなのに、《スタンダード》がすでに販売されていた。それを買い求め、長く続く柵にもたれて、〈串刺し公〉と呼ばれる男に殺された二人目の被害者の身元がわかったという記事を読んだ。

被害者はジェームズ・ヴィクター・クランシー、三十六歳、住所不定。〈鍵男〉、もしくは、ファラオというあだ名で呼ばれていた。

「そういえば、もう五時を過ぎたのね」

「名前は？　その人、名前を言わなかった？」

「訊いてない」

きっとレオだ。新しいフラットへ越すために二日休みをとっている。爽やかな夕方なら、イーディス・ストリートからチャールズ・レーンまで歩いてきても、さほど疲れずにすむだろう。メアリの頬が赤く染まり、アメリカ人観光客が笑みを浮かべた様子から、それに気づいて彼なりの結論を出したのだとメアリは思った。

「ここが終わったらすぐ行くわ」

メアリはオーダーブックに品名を書きこんだ。シンシナティの男性が名刺をくれた。男性は帰ろうとしてドアのほうへ二、三歩行ってから、つぎの殺人はどこで起きると思うかとメアリに尋ねた。ツアーグループの誰かが動物園だと予想し、みんなで賭けをしているとのこと。

「わたしは劇場の裏のような気がするが、妻はローズ

16

アメリカ人観光客が、彼と妻のためにシンシナティへ送る品物のリストを作ってほしいと頼んできた。アイリーン・アドラー好みの最高級ティーセット、額に入ったクリムトふうの絵、アイリーンがホームズに渡した写真、レースのテーブルクロス二枚、ドーム形のガラスケースに入った蠟細工の果物。すべてレプリカで、本物のアンティークではなく、アイリーンのような女性が一八八五年に持っていただろうと思われる品々であることを、メアリが観光客にあらためて説明していたとき、ステイシーが入ってきて、男性が彼女を迎えにきていると言った。

「家まで送っていくそうよ」ステイシーは言った。

ガーデンのそばの大きなゲートに決まってると言うんだ」

メアリはどう答えていいのかわからず、微笑しただけだった。というか、微笑しようとした。ドロシーアはすでに帰ったあとだった。メアリはミュージアムショップのドアのボードを〝閉店〟にして、ステイシーが博物館の玄関で同じことをしてくれているよう願った。今夜はレオと二人で食事に出かけよう。彼はたぶん泊まっていくだろう。まだ一度も泊まったことがなく、愛を交わしたこともないが、いつかその日がやってくる。進展がのろくてじれったいが、もっとひきのばしたいという思いもあった。性的な興奮が高まっていくのは魅力的なことだ。これまでに三回、シャーロット・コテージのベッドで並んで横になり、彼もようやく、優しく控えめな愛撫を始めるようになっていた。欲望を押さえているのではなく、楽しんでいる様子だった。そんな彼に、メアリはささやいた。やめないで。きっとうまくいくわ。何も心配しなくていいのよ。

「今度ね」レオは言った。

今度というのが今夜だ。自分が年上なのが少し気がかりだし、彼が恩を感じていることもかなり気になるが、少なくともいまはその心配を払いのけることができた。金メッキのフレームに天使と渦巻模様の飾りがついた、アイリーン・アドラーの好みそうな鏡に顔を映してみて、こんなに溌剌として若く美しく見えるのは、祖母の死の知らせを受けて以来だと思った。太陽がメアリの髪を麦わら色から黄金色に変えていた。レオを出迎えようと思い、笑顔で手を差しのべて玄関ホールに出た。

そこで待っていた男はアリステアだった。

彼のために浮かべたのではない微笑を誤解して、アリステアがメアリに腕をまわした。メアリがあわてて顔を背けて頬を差しだしていなかったら、唇にキスされてしまっただろう。ステイシーが目を丸くしていた。

「驚いたかい?」アリステアが言った。

「あなたがくるなんて思いもしなかったわ、アリステア」

「例の犯人がつかまるまで、一人で歩いて通勤するのはやめてほしいんだ」

メアリは肩をすくめたが、反論しようとしても、これまで口にしたセリフぐらいしか浮かんでこなかった。

「きみのためを思って言ってるんだぞ。きみの安全のために。ぼくが迎えにこられないときはタクシーを使ってくれ。いいね?」

こういう威圧的な態度をとられ、何をすべきかを命令され、つぎに、その単純な命令が理解できたかどうかを尋ねられてうれしがる女も、おそらく一部にはいるだろう。祖父も、また、記憶にあるかぎりでは父親も、メアリにこんな言い方をしたことはなかった。レオがこんな言葉や口調を使うところも想像できない。レオならきっと、そう言ったとたん、自分で噴きだしてしまうだろう。

「悪いけど、アリステア」軽い口調を崩さないよう気をつけて、メアリは言った。「自分のことは自分でちゃんとできるわ」

「悲惨な運命を迎える前に、いったい何人の無鉄砲な女がそう言ったことだろう。ところで、先週どうして食事をつきあってくれなかったんだい? 説明してもらいたいね」

「ごめんなさい。理由はないわ。説明できない」

メアリは彼の先に立って博物館を出ながら、すばやく考えをめぐらせ、アリステアをどう扱うべきか、今夜のために彼が立てているに違いない計画にどう対処すべきか、心を決めようとした。彼と出かけて食事をする気はないし、シャーロット・コテージに連れていく気もない。どうにかして追い払わなくては。

アリステアは急ぎ足でセント・ジョンズ・ウッド・テラスの角へ向かい、早くも片手を上げてタクシーを止めようとしていた。

ふりむいて言った。「じっくり話しあわなきゃいけないが、もちろん、仕事はやめるんだろう?」彼はあたりさわりのない言葉を探していた。「——ショップというか、博物館というか、とにかくその仕事を。働く必要なんかないものな」

「アリステア」

メアリの口調に、アリステアはこれまで聞いたことのないものを感じとったに違いない。まさにそれがメアリの狙いで、どうやらうまくいったようだ。

「え、なんだい?」

「あなたとタクシーに乗るつもりはないわ。パーク・ヴィレッジに戻るつもりもない。友達と会う約束なの」

「誰のことだ?」走り去るタクシーを憮然として見送りながら、アリステアはうわの空で言った。

メアリは深く息を吸った。「わたしの骨髄を移植された男性」彼のほうを見ずに、もう一度言った。「わたしが提供した骨髄を受けとった男性」

「本気じゃないよな」彼の声は水のように冷たく静かだった。分厚い唇から、カッと紅潮した顔から、そんな声が出てくるのは不似合いだった。

ここならアリステアもわたしを揺すぶることはできない。通りで殴りつけることはできない。「本気よ。彼に会って——好意を持って、それ以来——」どう言えばいいの? どんな言葉を選べばいいの? 「——わたしたち、会うようになったの」

アリステアが近づいてきた。メアリは彼の両手が動いて彼女をつかもうとし、ふたたび下ろされるのを見た。世間体を気にして思いとどまったのだろう。アリステアはくやしさに震えていた。

「一人になったとたん、そんなことをするのなら、一人で置いておくわけにはいかん」

「あなた、わたしの保護者じゃないのよ」メアリは勇気を出して言ったが、その声は細かった。「何をするのか、誰に会うのか、いちいち指図されたくないわ」

アリステアの声が怒りでうわずった。「誰かが指図しなきゃならん。一人でそれができる女じゃないからな」

メアリは首をふり、強い態度に出ようとした。「二度と会いたくないわ、アリステア」

「バカ言うんじゃない」

「わたしが家を出る前に、おたがいに別れを告げたでしょ。いろんなゴタゴタがあって、別れるのがいちばんいいって決めたのよ——二人で決めたじゃない。すべて終わった。覚えてないの？　出ていってくれてせいせいする。あなたはそう言った。なのに、また押しかけてきた。そんなのわたしの望みじゃなかったし、いまだってそれは同じ。いずれ友達になれればいいけど、いまはいや。あなたに会うのがいやなの。それがわからないの？」

「自分がどうしたいのか、きみにはそもそもわかってないんだ、メアリ」

「こんな——こんな口論を人前でするなんてよくないわ」

「だったら、なぜ口論する？　そっちから始めたくせに」

メアリは返事をためらった。「家のなかで口論するのが怖いの。それが理由よ。わかる？　あなたのことが怖いの」

アリステアはいらだたしげなしぐさを見せた。「そいつ、どこに住んでるんだ？」

メアリはふたたび、首を横にふった。

「そいつに会いに行くって、さっき言っただろ。だから訊いてるんだ。住まいはどこだ？」

昔からこんなふうに恫喝する人だったの？　彼の好きにさせておけば、そうはならない。もちろん、昔はそんなことはなかった。二人で暮らしていたころは、たいてい彼の思いどおりになっていたからだ。暴力をふるわれることがなければ、いまごろはおとなしく彼の妻になっていただろう。

恐怖を感じた。アリステアにつかまれてタクシーに強引に押しこめられ、家に連れていかれ、どなりつけられ、殴られそうな気がした。メアリは顔を背けて歩きだし、目的もないまま、チャールバート・ストリートを公園のほうへ向かった。アリステアが逃がすものかと大股で追いかけてきた。メアリの腕をきつくつかむと、強引にひっぱっていこうとした。言うことを聞かない八歳ぐらいの子供を親がこんなふうに扱うのを、メアリはショッピングセンターでときたま目にして、ひどくいやな気がしていたが、現在の光景もそれと同じだった。アリステアもその親と同じく、メアリの腕を彼女の脇に押しつけて、強引にひきずっていこうとしている。彼の口調がそっけない早口になっていた。

「どこに住んでるのか言えよ。そのペテン師が」

「どうしてそんな呼び方をするの？」

「おいおい。大人になってくれよ。こっちに越してどれぐらいになる？　そのオリヴァーってやつにきみの身元を知らせてもかまわないと、〈ハーヴェスト・トラスト〉のほうへ連絡してからどれぐらいになる？　六週間？　七週間？　そのあいだに、やつはきみの前に姿を現わしただけでなく――ええと、さっき、なんて言ったっけ？――きみと〝会うように〟なった。寝てるって意味かい？　そうでないよう心から願いたいね、メアリ。きみのために、そして、やつのために。その何週間かのあいだに、お祖母さんが亡くなって、きみは金持ちになった。やつが何を狙ってるのか、まだわからないのか？」

「あなたが何を狙ってるかならわかるわ、アリステア」メアリは静かに言った。「たぶん、以前からずっと狙ってたんでしょうね。オリヴァーは――あなたに本名は教えたくない――貧しいわたしのほうが好きだと言うけど、いまのわたしは貧しくないから、彼にはそれで妥協してもらうしかないのよ。さあ、腕を放してくれない？」

メアリは一瞬、凍ったように足を止め、つぎの瞬間、アリステアの手をふりほどいて駆けだした。突然の行動にアリステアは仰天し、しばし動くこともできないまま、メアリのいつにない決断力と拒絶に呆然とするだけだった。メアリは小走りで通りを渡ったが、公園のほうから車が三台、車間距離をほとんど置かずに走ってきたため、アリステアはあとを追うことができなかった。なかの一台が二重駐車をしようとして、車の流れを堰き止めていた。

メアリはアリットセン・ロードを西へ向かってやみくもに走った。レオに会いに行くとアリステアに言ったのは、逃げるための口実に過ぎず、いま考えてみると利口なことではなかった。レオが越したフラットを訪ねるつもりはまったくなかったし、いまもそれは同じだった。アリステアから逃れ、彼が疲れて家に帰っていくまで、どこかに身を隠していられればそれでよかった。しかし、アヴェニュー・ロードを走って渡りながら、〝レオを頼って何がいけないの？〟と、自分に問いかけた。アリステアをひきはなして、レオのところへ行けばいいのよ。アリステアが追ってきたが、彼はまたしても車に邪魔されて渡れなくなり、しかも今度はリージェンツ・パークとマクレスフィールド橋のほうへ向かうラッシュアワーの混雑だった。

祖母に連れられてプリムローズ・ヒルに住む友達を訪ねたのはずいぶん昔のことなので、イーディス・ストリートへはどう行けばいいのかよくわからなかった。ただ、グロスター・アヴェニューから枝分かれした道だったような気がする。第二の殺人以来、プリムローズ・ヒルの広々とした芝生を想像しただけで怖くなるメアリだったが、あたりはまだまだ明るくて真昼のようだし、よく晴れている。ヒルの芝生に足を踏み入れたことがあったとしても、たぶん二十年も前のことで、どんな場所だったかはもう覚えていない。『死せる魂』を読んでいる姿をメアリが前に見かけたことのある顎鬚の男が、芝生を横切ってオーモンド・テラス・ゲートのほうへ向かおうとしていた。メアリを見て笑顔になった。メアリは息を切らしながら「こんにちは」と言った。アリステアを見かけたら反対方向へ追いやってくれるよう、男に頼みたかった。でも、もちろん頼めるわけがない。ゲートのところで足を止めて地図を見ている時間はなかった。一度だけ背後を窺ってから、全速力でプリムローズ・ヒルに駆けこみ、周囲に丈の高い草が生えているプラタナスの木立に身を隠した。

ここはリージェンツ・パークとはずいぶん雰囲気が違い、どちらかと言えばハムステッド・ヒースに似ていた。緑のなだらかな斜面と平地の一部が盛りあがり、小高い緑の丘になっている。丘の周囲には、背の高い木々や草、種をつけたチャービルなどが茂っている。メアリがしゃがみこんだ草むらは田舎のような匂いがした。タンポポの葉にコオロギがのっているのが見えた。

アリステアがプリムローズ・ヒルにくるとしても、さっきのゲートは使わないだろう。十分間じっと待ったが、アリステアは現われなかったので、アルバート・ロードと並行に延びる小道を歩きはじめた。淡いクリーム色の靴に緑色の汚れがつき、スカートの裾の生地がキイチゴにひっかかれていた。気にもならなかった。

アリステアと鉢合わせすることだけは避けたいので、リージェンツ・パークは通れなかった。それほどスピードは出せないが、ふたたび軽く走りはじめた。走れば開放的な気分になれる。二度と会いたくないとアリステアにはっきり言ったことを思いだした。彼とはもう終わったのだと告げ、その理由も説明した。気分がすっきりした。自分が勇敢になった気がする。消極的でおとなしく、ノーと言えず、行儀がよく、人の言葉に黙って従うだけだった自分の性格について、最近しきりと考えはじめ、自分はいわゆる〝生まれつきの被害者〟なのだろうかと悩むようになってきた。このタイプは攻撃的な強い人間に惹かれ、向こうは被害者タイプに惹かれるという。でも、わたしはたぶん、レオとの出会いをきっかけに変わりはじめ、自分を主張できるようになり、被害者的な生き方を脱しつつあるのだろう。自分は他人に利用され虐待されるよう運命づけられた人間、自由に生きることも自分で運命を切りひらくこともできない人間――そんなふうに考えるのはあまりにも情けない。

リージェンツ・パーク・ロードを避けて通ることはできないので、急いでそこを渡り、フィッツロイ・ロードに入った。アリステアがどこにいるか知らないが、このあたりの通りに入りこむことはないだろう――リージェンツ・パーク界隈の地理には、わたし以上に疎い人だから――そう思って歩調をゆるめ、ゆっくり歩いているうちに、チャルコット・ロードに出た。プリムローズ・ヒルの背骨に当たる道路だ。何かで読んだことがあるが、チャルコットにはかつて古い荘園館があり、チョーク・ファームという地名はそれが訛ったものだという。アリステアがこのあたりに入りこめば、道に迷うに決まっている。いまごろはもう、ひきかえしたあとだろう。

薄汚れたむさくるしい通りを歩くうちに、予告なしにレオを訪ねるのは軽率かもしれないという思いが心に浮かんだ。いきなり訪ねていけるほど親しい仲にはなっていない。アリステアから偏見に満ちた意地悪なことをあれこれ言われたせいで、迷いがさらに強くなった。アリステアの言葉なんて捨てなきゃ。忘れてしまわなきゃ。ああいう意地悪は彼の嫉妬と〝オリヴァー〟への理不尽な憎悪から生まれたもの。わたしがレオに会うずっと前から始まっていたことだ。でも、たとえそうだとしても、いきなり訪ねていくのはやっぱりまずいんじゃない？

レオが一人きりではない場面を想像した。ほかの女と一緒という意味ではなく、仲のいいお兄さんか、ひょっとしたらお母さんか、もしくは友達がきていて、レオが紹介をためらうかもしれない。あるいは――きのう越したばかりだから――家のなかが散らかり放題で、ろくなもてなしもできないためにレオがあわてふためくかもしれない。

ここでひきかえし、シャーロット・コテージに帰って、グーシーを相手に孤独な夜を過ごすことを思うと憂鬱で、メアリはそのまま歩きつづけた。突然、イーディス・ストリートに入っていた。左手の角に中期ヴィクトリア様式のテラスハウスがあった。漆喰の壁、漆喰の渦巻装飾、花の咲いている雑然とした前庭、フェンスにチェーンで固定してある自転車。石段を三段のぼったところに、深緑色の玄関ドアがある。しかし、最初に目についたのは、狭い前庭と歩道を隔てるスパイクつきの黒い塗装の鉄柵だった。体内に震えが走った。NW1の地区に住む者はみな、これまで見落としていた柵を意識するようになっているのだろうか。

ひきかえす時間はまだあった。だが、無意識のうちにこんな光景が浮かんでいた――彼の部屋に入ると、自分と同年代の女が靴を脱ぎ捨て、ワイングラスを手にしてすわっている。浅黒い肌をした、自分とはまったく違うタイプの女。もつれた豊かな髪、明るく輝く顔。この想像に胸が痛んだ。しかし、印刷されたばかりの〝L・ナッシュ〟というカードのついているベルを押した。インターホンの応答はまったくなかった。レオはきっと窓からこちらの姿に気づいたのだろう。ドアが震えてギーッときしみ、押してみると開いた。階段をのぼっていった。上からレオの呼ぶ声がしたので、足を速めた。

「上がっておいでよ。きてくれたなんて夢みたいだ！」

開いたドアのところにレオが立っていた。会ったとたんにキスしたり肌に触れたりするのを彼が望んでいないことは、メアリも理解しつつあった。しばし立ったまま身を寄せあい、おたがいの顔を見つめるだけでいい。いまも二人はそうしていて、メアリは自分の顔にも彼と同じく、共謀者の小さな笑みが浮かんでいるのを感じた。

レオが借りたのは平凡な狭い部屋で、開いた二つのドアから、彼の小さな領土のすべてが見えた。やたらときれい好きな男がここで半年暮らしていたような雰囲気だった。あらゆるものの置き場所を定め、あらゆるものをその場所にきちんと置くタイプの男。花屋で買ったのではなく庭で切ってきたバラが、窓敷居に置かれたブルーの花瓶にあふれんばかりに入っていた。レオはカーテンを吊っている最中だった。一枚はすでに吊りおえ、もう一枚は半分までリングをはめこんで、一つしかないアームチェアの背にかけてあった。

「きみに電話して、こっちにくるよう誘うつもりだったけど、もう必要ないね。きみに心を読まれてしまった」

メアリはあたりに目を向けた。ほのぼのとした喜びがあふれて身体と心を満たし、ついには幸せな笑いとなって弾けるしかないように思われた。「ずいぶん迷ったのよ——ここにくるのがちょっと不安だったの。ご迷惑かもしれないと思って」

レオは彼女に腕をまわし、頬と頬を寄せた。メアリは彼に抱かれたまま、二人でいるときに湧いてくるあの特別な思いを意識した。双子のようだという思い、薄気味悪いほどよく似ているという思い。もちろん、メアリのほうが年上だが、身体的な特徴がそっくりだし、ためらいがち、慎重、内気、穏やか、とても繊細という点も似ている。

「いつだって大歓迎だよ」レオは言った。「うれしすぎて言葉にできないぐらいだ」メアリの腕に目をやり、生々しい赤い斑点を見て眉をひそめた。「誰がこんなことを?」

「いいの。もうどうでもいいことだわ、レオ」

17

それまでの習慣から、ビーンはモーリス・クリゼローの死後もしばらく新聞の購読を続けていて、ある日、こんな記事を見つけた。過激なSMプレイに興じていたホモセクシュアルの男性十六名が、傷害罪で有罪判決を受けたという。合意の上でのプレイだったことを参加者たちが認めたにもかかわらず、全員が刑務所送りとなった。

ビーンはこの判決に大賛成だった。彼に言わせれば、合意があろうとなかろうと、人は他人の倒錯趣味から保護されるべきだ。このわたしがよく知っている——心でつぶやいた。しかし、新聞でこうしたことを知るのは、永遠に置き去りにしたい過去を思いだすことになり、気分の悪いものだった。こういう記事を読んで、本来なら心をよぎりもしなかったであろうことを思いつく者がいるかもしれない。これを最後に、この新聞を、いや、どの新聞であろうと読まないことにした。テレビというものがあって、《タイムズ》や《デイリー》が伝えるあれこれの記事にかわって、もっと楽しい、目に心地よい映像を届けてくれるではないか。

　新聞を読むときのような集中力は必要ない。朝起きて紅茶を淹れるときも、クレソンとマーマイトのサンドイッチを買いに行って戻ってきたときも、テレビは楽しげにニュースを伝えていて、同じ顔を映しだし、同じ音楽を流している。映像が切り替わっても、視聴者はほとんど気づかない。その前に何をやっていたかも思いだせない。だから、ビーンもプリムローズ・ヒルの殺人のニュースをテレビで見て、今度の被害者もやはりホームレスで柵のスパイクに串刺しになっていたことを知ったものの、被害者の名前が伝えられたときには、キッチンでアールグレイを淹れている最中だった。さほど関心はなかった。事件について考えるとしても、カーヒル殺しの犯人はまだつかまっていない、警察も捜査にさほど熱を入れていない、被害者が物乞い連中の一人だからあまり気にかけていないのだろう、という程度だった。

　朝食のあいだ、テレビはつけっぱなしにしてある。朝食のメニューはオレンジジュース、ミューズリー、デニッシュペストリー、紅茶。そして、朝のニュースはＢＢＣ。ティーンエイジャーや、漫画のクマと恐竜を見せられるのは、朝の七時十五分の胃には辛すぎる。柵の上で死んでいた二人目の男に関するニュースはなかった。すでに過去の話題のようだし、ビーンがテレビをつけておいたのは、紅茶を飲みおえていないからに過ぎなかった。買ったばかりの野球帽をかぶり、早朝の戸外はまだ肌寒いので、〈マークス＆スペンサー〉の濃い緑色のカーディガンをはおっていた。そろそろテレビを切って最初の立ち寄り先であるミセス・モロシーニのところへ出かけようかと思っていたら、玄関のベルが鳴った。

こんな時間に人が訪ねてきたことは一度もない。首をひねりながら、鍵をポケットに入れて玄関まで行った。男が二人立っていた。どちらも若い。片方はまだ十七ぐらいのようにビーンには思われた。年上のほうは細くとがった顔で、頬がこけている。ポップスターかカウボーイ映画の登場人物なら、すばらしくファッショナブルに見えるだろう。二人とも警官というイメージではなかったが、二人は警部と部長刑事だと自己紹介をし、身分証を呈示して名前を名乗った。もっとも、ビーンには聞きとれなかったが。

年月がたっても、SM行為のことはけっしてビーンの頭を離れず、いまもとっさに考えたのはそれだった。警察が逮捕にきたのだ。自分は命じられたこと以外何もしていないのに。

「なんのご用です?」ビーンは訊いた。声がうわずっていた。

「お邪魔していいですか」

「いまから仕事に出かけるんだが」

二人は彼の仕事のこともすべて知っていて、なぜだかおもしろがっている様子だった。年上のほうが、午前中の仕事は休んでもらいたい、よく考えたら、家に入らせてもらうより署までご同行願ったほうがよさそうだ、と言った。つぎに、若いほうが、顧客に電話して午前中の散歩をキャンセルすると言ってくれてもかまわない、と言った。ただし、電話は一回だけ。

誰に電話すればいいのか、誰が最適の相手なのか、ビーンには判断がつきかねた。急いで決めなくてはならなかったので、ヴァレリー・コンウェイを選んだ。たしか、きのうバカンスから戻ったはずだし、階級と職業からすれば彼にいちばん近い相手だ。警官二人はその場に立ち、くつろいだ態度でビーンを見守っていた。

「体調がよくなくて」電話に出たヴァレリーに、ビーンは言った。コーネル夫妻のどちらかが出たら、おろおろしてしまっただろう。「ほかの家にも電話して、連絡してもらえないかね」

「えっ、五軒全部に？」

「一分もかからないだろ。まず、ミセス・モロシーニ、電話番号は……」

「じゃ、そこに電話しとく」ヴァレリーは言った。

「あとの人にはそっちから電話してもらうわ。でも、どうしたっていうの？　喉の炎症？　声が出にくいみたいね」

警官たちがビーンをパトカーまで連れていった。ビーンは二人に、あの変態どもと自分はなんの関係もない、彼らのために玄関ドアをあけ、クリゼロー氏が怪我をしたときに介抱し、意識を失ったときには自分が代わりに支払いをしただけだと告げた。二人は興味を示したが、なんの話かわからない様子だった。署に到着し、取調室に入れられたところで、ビーンはようやくうっすらと状況をつかみ、それから徐々に理解していった。

「この前の週末に、銀行口座から五十ポンドおろしましたね」警部が言った。マーノックという名前であることが、ビーンにもすでにわかっていた。

どうしてばれたんだ？　なんで警察が知ってる？

ビーンはうなずき、車のリアウィンドーによく置いてある犬のおもちゃのように、何度もうなずきつづけた。

「では、金をおろした目的は？」

どこからともなく言葉が浮かんできた。「日々の生活費です」と答え、咳払いをしようとした。

「咳が出るようですね」若いほうが言った。

「きっと、雨の日も犬をたくさん散歩させておられるせいでしょう」マーノックが言った。「妙ですな。その生活費とやらを銀行からおろすことはめったにないのに。前回は、ええと――」マーノックはテーブルの手帳に目をやった。「――七カ月前だ。そう、口座の金を最後にひきだしてから、七カ月もたっている」

クリゼローとその趣味は無関係だったことを、ビーンはいまようやく確信した。勇気が出てきた。最後の咳払いをした。「なんの権利があってわたし個人の銀行口座をお調べになったのか、理解できませんな。いったいどういうことです？」

「ほう、今度は質問ですか」若いほうが言った。「ムッソリーニとは誰です、レスリー？　あ、レスリーと呼んでもかまいませんね？　それとも、レスのほうがいいかな」

ムッソリーニの名前に愕然としていなければ、親からもらった名前で呼ばれることに激しく抵抗していただろう。ハンプシャーの村で学校生活を送ったころから、ビーンはレスリーという名前が大嫌いで、以来、彼をそう呼んだ者は一人もいなかった。彼はつねにビーンだった。ひょっとすると、洗礼もビーンという名で受けたのかもしれない。しかし、レスリーと呼ばれたところで、ハノーヴァー・ゲート橋で一度だけ出会った謎の人物に彼がひそかにつけたあだ名を聞かされるのに比べれば、なんでもなかった。

とぼけることにした。「イタリア人で、戦時中にイタリアの指導者だった人物だ。ヒトラーと同じように」

マーノックの態度の変化は衝撃的だった。電流を通されたかのようだった。いきなり飛びあがって、ビーンにのしかかるように立ち、どなりつけた。「はぐらかすな。ふざけんじゃない。〈グローブ〉であんたの与太話に出てきたムッソリーニってのは、いったい誰なんだ？」

「名前は知らん」ビーンの声はいまも強気だったが、身体が震えはじめた。膝がぶつかりあうのを止めようとした。「なんて呼ばれてたのか知らん。わたしがムッソリーニと呼んだのは、外見が似てたからだ。そっくりだった。もう少し若かったけどな」

警官というのは、なんとかなりそうだとこちらが安心した瞬間、話題を変えるという陰険なやり方をするものだ。「あんた、ホームレスの連中が嫌いなんだろ、レス」

ビーンは政治的に正しいと思われる意見を述べることにした。「わが国のような偉大な国家が物乞い連中を野放しにしておくのは、いいことではない」

マーノックは笑った。笑いをこらえきれない様子だった。できれば、こらえたかったただろうが。「だったら、ヒトラーのやり方で問題を解決するかい？　民族浄化という呼び方はできなかったから——たしか、〝最終的解決〟と呼んでいたはずだ。そうだろ？」

ビーンがマーノックの話の意味をまったく理解していないことを、若い刑事が察したのだろう。刑事は前の質問に戻った。

「なんのために金をひきだしたんだ、レス？」

「ムッソリーニのためだ。違うかね？」マーノックが言った。「ムッソリーニはその金で何をすることになってたんだ？」

「さあ。知らん。やつには会ってないから」

「なんだと？」マーノックがまたしてもビーンにのしかかるように立った。

「い、いや、一度は会ったが——二度目はなかった。二度と会わなかった。その場所にまた行ってみたが、やつは現われなかった。誓ってもいい」

「そいつ、何をする気だったんだ？」マーノックが言った。「そのけっこうな額の金で」

「言っただろう。わたしは二度と会っていない」

「クランシーを殺すための金。そうだろう？」

「殺すのではない」ビーンは反論した。「それは違う。そこまでは望まなかった。軽くいたぶってもらうつもりだった。それのどこが悪い？　わたしは金をひったくられたんだぞ。しかも、五十ポンドどころではなかった。それは間違いない。ムッソリーニには——本名は知らんが——同じことをやってもらうつもりだった。わたしが頼もうとしたのはそれだけで……」ビーンは恐ろしい現実に少しずつ気づきはじめた。柵、二人目のホームレス、紅茶を淹れていて聞きそびれてしまったニュースの肝心な部分。「弁護士を呼んでくれ。つけてもらえるんだろう?」

「もちろんだ、レスリー」マーノックは言った。「じつにいい考えだ」

二人の性格も行動も薄気味悪いほどよく似ていた。それを知って心が躍った。感情も、反応も、何かにとりくむ方法も同じ。共通点がいくつもあってうれしくなった。彼も彼女と同じように家をきれいに掃除し、きちんと片づけ、風通しをよくしているし、服装はシンプルで、早起きで、目ざめたときも就寝前に電気を消すときも機嫌がよくて思いやりがあるが、それだけでなく、好きなものも、必要とするものも、ほしいものも、すべてよく似ている。メアリが自分の好みを口にするだけで、彼も同じ好みを持っていることがわかる。彼の冷蔵庫に入っている食料までが、彼女のところと同じだった。シャワーを浴びるためにバスルームに入れば、そこにも彼女が使っているのと同じブランドの石鹸が置いてあった。

あたかも、彼女とそっくりな人間になろうと、彼が前々から練習していたかのようだった。電話が鳴れば、彼女と同じようにまず自分の番号を告げ、電話を切るときは〝バイバイ〟ではなく〝グッバイ〟と言い、階下の誰かが玄関ドアを乱暴に閉めるとすくみあがり、すくみあがった自分を笑う。彼女自身の反応とまったく同じだ。

二人がついに愛を交わしたときには、彼女が憧れのなかで思い描きつつも一度も体験できなかったことが、ようやく現実のものとなった。アリステアのときも、その前につきあった一人か二人のときも、メアリは自分が考えていた理想の行為を追い求めようとした。しかし、残念ながら、普遍的真実と思われるものに直面し、自分の望みも欲求も男には受け入れてもらえないことを思い知らされた。男たちは暴力的でも攻撃的でもなかったが、せっかちで、要求が多くて、ルールを作るのは自分だ、何が正しいかは自分がちゃんと知っている、という態度だった。ときたま、メアリの願いを聞き入れてくれることがあっても、メアリにしてみれば、それは彼女をおとなしくさせておくため、〝辛抱強い〟女にしておくため、いったん譲歩しておいて次回は男の好きにするため、と思われてならなかった。男が頭にきたときは、どの男もメアリを不感症と罵ったものだった。

レオと出会うまでのメアリは、悪いのは自分で、この世のアリステアたちは正しいのだと思いこむまでになっていた。つぎに機会があれば、誰といつそうなるかはわからないが、男性のやり方を受け入れて、それを好きになるよう自分に言って聞かせようと決心していた。ほかのあらゆることと同じく、学習できるはずだと思っていた。しかし、相手がレオなら、学習する必要も、学びなおす必要も、決断を下す必要もなかった。彼に何かを求める必要も、彼の手を導く必要も、性急な態度に抗う必要も、唇と歯の荒々しさから逃れようとする必要もなかった。レオも彼女と同じように穏やかで、物憂げで、珍しくも彼女がリードし要求する立場となった行為が最後の瞬間を迎えるまで、ゆっくりと繊細な愛撫を続けてくれた。その最後の瞬間、メアリは過去の男たちがつねに期待していたような叫びを上げて彼にすがりついた。そして、自分の力のほうが彼より強かったのではないかと、あとで心配になった。

それが三日前の夜のことだった。アリステアから逃げだしたあの日だ。翌日の夜はレオがメアリを訪ねてきて、メアリはアリステアがくるのではないか、いまにも玄関に現われるのではないかと不安に思いつつも、しばらくするとアリステアのことを忘れ去った。レオの腕に抱かれて横たわり、彼と話をし、彼を気遣ううちに、すべてを忘れていた。彼の世話をしなくてはならない、彼がわたしに求めているのは、恋人であると同時に、彼の健康と弱い身体を気遣うことだから、という思いで頭がいっぱいだった。

暖かな夕暮れに並んで横になった二人は、どちらも大理石の彫像のように白く、ミルクのような肌にはしみひとつなく、傷もなく、うっすらした赤みすらなかった。どこまでが彼の腿の肌なのか、どこからが彼女の腿の肌なのか、黄昏の光のなかでは見分けがつかなかった。ただ、青みを帯びたまぶたを閉じて眠りについた彼の顔だけが、彼女よりも疲れた様子で、なんだか年上の男のように見えた。でも、それはたぶん、若い恋人の年齢に近づきたいと願う三十路女の幻想だったのだろう。

二人の髪もほぼ同じ色合いだった。彼女の髪のほうがやや細く、金色の透明度が高い。腕の産毛は彼と同じくアザミの冠毛のように繊細だ。どちらの鼻梁にも淡い金色のそばかすが点々と散っている。顔立ちはまったく違うが、それは姉と弟が父親と母親から別々の遺伝子を受け継いだようなものだ。肌は二人ともマットな質感の繊細な白で、若いうちからしわが刻まれるタイプだ。ただ、メアリが年上なのにもかかわらず、いまのところ、レオのしわのほうが多い。メアリはそのしわを愛しげに見つめ、温かな指先でそっとなでた。

こんなによく似ていることについて、さっき二人で話をしたとき、メアリ自身も気づいて当然だったのになぜか考えもしなかったことを、レオが口にした。血液型も組織の遺伝特性も完璧に一致する二人なら、外見がそっくりなのも当然だというのだ。一人が浅黒くてもう一人が色白、あるいは、一人が骨太でもう一人が華奢だったら、そのほうがはるかに変だと思わないかい？　メアリは〈ハーヴェスト・トラスト〉から送られてきた印刷物を調べ、一枚のちらしを見つけだした。若者が二人、楽しげな笑顔で写っていた。ドナーとレシピエントで、たしかにレオの言うとおり、身長も、目と髪の色も、微笑もそっくりだった。

「わたしたち、遠い親戚っていう可能性もあるわね」

「ぼくはきみの恋人だよ。親戚にはなりたくない」

その晩、レオは泊まっていった。シャーロット・コテージで暮らすようになって以来、メアリがこんなに熟睡できたのは初めてだった。真夜中過ぎにグーシーが二階に上がってきて、二人の足のあいだのスペースにもぐりこんだ。レオは気にしなかった。翌朝は彼が先に起きて紅茶を淹れてくれた。時刻が八時をまわり、メアリがまだベッドにいたときに、電話が鳴った。レオが受話器をとって彼女に渡した。電話の声はエドウィナ・ゴールズワージーと名乗った。今日はビーンが犬の散歩に行けないんですって。二、三日は無理みたい。病気だそうよ。喉の炎症か何かだって、リール・プリングが言ってたわ。

そこで、メアリはレオと二人でグーシーを公園へ連れていき、ある意味では、ビーンが喉を痛めたことを喜んだ。グーシーを連れてレオのところへ泊まりに行けるからだ。いま初めて、留守番をひきうけたがゆえの窮屈さを感じはじめていた。九月までシャーロット・コテージにいなくてはならないし、ビーンが犬の散歩を再開したら、グーシーのために毎晩こちらで寝泊まりしなくてはならない。アリステアがもしレオの立場だったら、ブラックバーン＝ノリス夫妻に義理立てする必要はない、正式な契約を結んだわけでもないんだから、と言うだろうが、レオは違う。彼から見れば、たとえ口約束であっても、弁護士が契約書を作成し、証人として署名したのと同じ拘束力がある。要するに、彼もメアリと同じ感覚を備えているわけだ。

「それに、ぼくがここに越してくるわけにもいかないと思う」レオは言った。メアリが提案したわけではない。知りあってまだ二、三週間にしかならないのだから。しかし、心ひそかに望んでいたことでもあった。

「夫妻が帰国したときに——そのう、ぼくたちが一緒にいるのを見られたら、ちょっとまずいだろ。大騒動にはならないとしても、できればそういう事態は避けたいしね。九月まで我慢したほうがいいと思う」レオの口調はひどく真剣だった。「すべてを正々堂々とやりたいんだ」

メアリは柔らかな声で言った。「あなたがわたしたちのために望んでいるのは何なの？」

「ぼくはいまも、これまでに起きたことを信じるよう、自分に言い聞かせてるところなんだ。きみはぼくの命を救ってくれた人、ぼくはきみに出会い、そして、きみは——」レオは口ごもり、頬を赤く染めた。メアリもよくこんなふうに赤くなる。「——ぼくの分身だ」

「ええ」メアリは言った。「ええ」

「ぼくはきみに恋をしている。それは当然のことだけど、でも、会う前から恋をしてたような気がする。理想的なきみの姿を夢に見ていたら、奇跡が起きて、夢のなかのきみが現実になったんだ」レオは笑みを浮かべ、メアリを腕に抱いた。「でも、なかなかそれに慣れることができなくてね。二人のあいだに秘密は持ちたくない。おたがいに自分のことを残らず話して、これまでの人生をすべて語ってはどうだろう？」

そこで、二人はそれにとりかかった。レオは野心をくじかれた両親のもとで送った子供時代のことをメアリに話した。ランナーだった父親はオリンピック候補に選ばれたが、トレーニング中にアキレス腱を切断したため、アスリート人生を断念し、母親は通信講座と夜間クラスでずっと夢だった学位を取得しようとしたが、二回も失敗した。

その結果、両親は自分たちが果たせなかった夢の実現を彼と彼の兄に託すようになった。兄弟は偉大なアスリートか偉大な学者に、もしくは、できればその両方になるよう期待された。兄のカールは演劇学校に入って、父親の怒りと軽蔑を招くこととなった。芝居など男の仕事ではないというわけだ。カールが長いあいだ続けられた唯一の仕事が男性モデルで、これが父親をよけいに激怒させた。その父親もすでに亡くなった。レオはそのとき初めて、母親に昔から愛人がいたことを知った。夫が亡くなったとたん、母親は息子たちにろくに別れも告げず、愛人と暮らすためにスコットランドへ去ってしまった。レオの病気を心配する気もないようで、組織の適合性を調べるための検査を母親が即座に拒絶したことがレオを傷つけた。カールの献身的な世話がなかったら、いったいどうなっていたことやら……。

「そして、あとはご存じのとおり。そこできみが登場した」

「ええ、そこでわたしの登場だったのね」

「一マイルを三分で走ることも、二科目で最優等生になることもできなかったぼくを、母はけっして許してくれなかった。白血病はご存じのとおり、遺伝性のものではない。いまではよく知られた事実だ」

メアリは彼を見た。「話の意味がよくわからないんだけど」

「遺伝性のものだったら、母親は自分自身と父親を責めることができる。親のどちらかが欠陥のある遺伝子を持っていても、べつに親が悪いわけじゃない。もちろんそうなんだけど、わが子に劣悪な遺伝子を与えたとなれば、人は自分を責めるものだ。逆に言えば、自分たちを責める必要のないことが、責める根拠を持たないことが、両親は気に入らなかったんだ」レオの口調に苦々しさはなく、おもしろがっているようなあきらめの色があるだけだった。「いつもそれとなく言われていたような気がする――露骨にではないけど、言われていたのはたしかだ――ぼくが勝手に病気になったんだ、何か悪いことをしたからだって。一度、母に言われたことがある。そんな病気、カールはかかったこともないのにって」悲しげな笑いが言葉のトゲを消し去った。「ま、それはともかく、一人前になった人間が親の家で暮らしつづけるのはよくないと思う。そうだろ？」

「わたし、そういうことにはくわしくないのよ。でも、そうね、あなたの言うとおりね」

彼に聞かされた話に、メアリは愕然としていた。メアリを母親に紹介するのを、彼は渋っていた――でも、会わせる気がないわけでもなさそうだ――だったら、時期がくるまで距離を置くことにしよう。その時期とは、レオとわたしが……。

「シャーロット・コテージの約束の期限が切れたら」レオが言った。「ぼくのところで一緒に暮らそうよ。いまから頼んでおくね。かまわないかな、あんな狭いところでも」

「でも、レオ、べつにあそこで暮らさなくても……。わたし、お金には不自由してないのよ――忘れたの？」

熱っぽく輝いていた彼の顔が変わった。「忘れてた」と言った。「忘れていたかった」

翌朝、郵便受けに手紙が二通入っていた。一通は封筒の手書き文字でわかったのだが、アリステアからだった。もう一通のほうを先に開いた。弁護士のエドワーズ氏からで、〝資金〟の必要がないかどうか尋ねるものだった。祖母の遺産から適切な額を前渡しすることにはなんの問題もないとのこと。手紙を読んでいるあいだにビーンがやってきた。疲れた表情だった。具合が悪かったというのも納得だ。いま初めて――たぶん、これまではあまり注意して見たことがなかったのだろうが――ビーンは老人なのだと実感した。精力的だし、年のわりに若々しいが、それでもやはり年老いている。

ビーンはくどくどと詫びはじめた。自分の力ではどうにもできない状況だったんです。二度とこんなことのないよう気をつけます。二度と喉の炎症を起こさないという保証がどこにあるのか、メアリには理解できなかったが、ビーンの口から喉のことはひとことも出なかった。サー・ステュアートとレディ・ブラックバーン＝ノリスには〝どうかご内密に〟と言われて、メアリはびっくりした。

「えっ、あなたの具合が悪かったことを?」

「ワンちゃんを散歩に連れていけなかったことです、お嬢さん。ご夫妻に知られずにすむほうが、わたしも気が楽なので」

気の毒に。年をとるのは悲しいことだ。「言いませんとも」メアリは優しく言った。「ご夫妻が帰国なさるころには、わたしも忘れているでしょうし」

レオにこの話をして二人で笑った。レオはゆうべここに泊まったが、ビーンがいなくなったあとで階下に下りてきたのだった。以前のメアリなら、アリステアの手紙を開封するのは一人になるまで待っただろうが、レオとここまで親密になった以上、もうその必要もなかった。「ほら」と言って手紙をかざしてみせた。レオはメアリに腕をまわし、彼女の肩越しに手紙を読んだ。

アリステアは手紙のなかで、先週メアリが彼から逃げだした理由を知りたがっていた。何を怯えてたんだ? セラピーを受けたほうがいいんじゃないか。言動が異常だし、精神的に不安定だぞ。ヒステリーの発作の最中に、おれに二度と会いたくないと言ったのを覚えてるかい? いまはきっと許してほしいと思ってるだろうから、許してやるよ。この件はもう忘れることにする。

おれのほうでセラピストの予約をとろうか。喜んでやらせてもらう。それから、二人で会って金の話をしなくては。どこに住みたい？　境遇が大きく変わったのだから、フラットか一軒家にどれぐらい金をかけるのが妥当だと思う？

「こんな手紙、破り捨てて、返事なんか出さずにすませたいわ」

「だけど、きみはそんなことをする人じゃない。ぼくにそっくりだもの。とても礼儀正しくて理性的だ。返事を書き、きっぱりしてはいるが丁寧な言葉遣いで、〝二度と会いたくない〟ことを伝えるだろう」レオは強い口調になった。「二度と会う気はないよね、メアリ」

「ぜったい会わない」

レオは彼女を抱きしめた。「そうしてほしい、メアリ。ぼくのために」

警察は弁護士を要求するビーンに電話帳を貸してくれた。ビーンはアンソニー・マドックスの顧問弁護士とモーリス・クリゼローの顧問弁護士を知っているが、以前の雇い主たちのことをマーノックに知られるのだけはぜったいに避けたかった。メルカム・ストリートの法律事務所を見つけて電話すると、しばらくして、若い女性がやってきた。逮捕されていない人間を二十四時間以上勾留することはできないと、女性弁護士が刑事たちに言ってくれたおかげで、ビーンの気分はずいぶん楽になった。警察は逮捕まで考えているのだろうか。逮捕するに足る証拠が何もありません――女性はきっぱり言った。

しかし、証拠があることは、ビーンの目にすら歴然としていた。弁護士がやってくるまでに、警察が知りたがることをビーンの口から残らず話した――ひったくりのこと、ムッソリーニと彼が持ちかけてきた話のこと、金のこと、ムッソリーニにもう一度会おうとしたがだめだったこと。クランシーを痛めつけてやりたかったことを認め、さらに問い詰められて、大怪我を負わせようが、それが命にかかわるものになろうが、かまわないと思っていたことを白状した。そこまで言うつもりはなかったが、きびしく問いつめられ、いったん話しはじめたあとは、一部分を隠したところで無駄だという気になったのだった。

あとで気づいたことだが、たぶん、おろした金をそのまま持っていたおかげで、逮捕されずにすんだのだろう。全額残っていた。もちろん、銀行でおろしたのと同じ金かどうか、警察にわかるはずはないが、金を持っていることがビーンに有利に働いた。警察に留め置かれたのは合計十四時間で、翌朝は犬を散歩させることができた。午後も散歩に出るつもりでいたところ、またしても警察に連れていかれた。警察がムッソリーニを見つけたのだった。

さらに一日が過ぎた。質問、嘲り、からかい、侮辱、マーノックの怒りの爆発。ムッソリーニがビーンのことを洗いざらい白状したと警察に言われたが、すべてでたらめだとビーンにはわかっていた。ムッソリーニ、本名ハーヴィー・ベネットがそこまで知っているはずがない。口から出まかせに決まっている。たとえば、クランシーを殺してほしいなどと、ビーンのほうからはひとことも言っていない。言うわけがない。かつて人を殺したこともあるが、年をとってもう無理になった、などと得意そうに言ったこともない。刑事からそれを告げられたとき、アンソニー・マドックスの臨終の様子が頭に浮かんでギクッとしたが、この話を人にしたことは一度もない。誰にもひとことも言っていない。すべてベネットのでっちあげだ。

クランシー殺しの前金として五十ポンド払い、殺害後にさらに五十ポンド払うことをベネットに約束しただろうと、刑事に嫌みっぽく言われたが、そんなことはぜったいにしていない。あるいは、自分のかわりに仕事をやってくれる人間はいないかと、軽率にも〈グローブ〉で尋ねてまわって、ベネットを見つけだしたわけでもない。ふたたび弁護士がやってきて、警察・刑事証拠法一九八四を忘れないようにとマーノックに警告した。

留置場に数時間入れられたあとで、帰ってもいいと言われた。理由は結局わからなかった。尋ねもしなかった。自由の身になれた安堵だけで充分だった。ただ、受けたショックは大きかった。五十ポンドがそっくり残っていたので、何に使うかを決めた。新しいカメラを買うことにした。

最初のカメラは十年ほど前にモーリス・クリゼローが買ったもので、店はパディントンのスプリング・ストリートにあった。いまも営業を続けていた。新しい電話帳でその店を見つけ、電話をして、どんなカメラがあるか、値段はどれぐらいかを尋ねた。店は観光スポットのど真ん中にあるため、真夜中までやっているという。そこで、犬の散歩を終えてから地下鉄で出かけた。わずか二駅だった。

カメラは中古品なので、思ったより安く買えた。店長がサービスでフィルムを入れてくれ、ビーンはそのあと、ふだんの彼ならありえないことだが、ウィスキーのボトルと夕刊を買った。〝警察の捜査に協力していた〟男が解放されたことを伝える短い記事しか出ていなくても、自分のことを新聞で読みたかった。パディントンはメリルボーン・ロードに比べると、ずっとみすぼらしく、薄汚く、落ちているゴミも多かったので、自分の住まいがそこではないことをうれしく思った。

ワインショップから出てきたとき、またもやあの女を見かけた。モーリス・クリゼローの生前、よく家にきていて、ビーンがベイカー・ストリートでにらみつけてやった女。さびれたビデオショップの入口に立っていた。そこで起きたことをビーンは危うく見逃すところだった。年配女性がリードをつけて散歩させているハイランドコリー——惚れ惚れするほど美しい犬—

ーの写真を撮ろうとして、そちらへ顔を向けなかったら、おそらく見逃していただろう。

赤いメルセデスが歩道の縁で止まり、女が身をかがめて運転席の男に話しかけた。女の服装はビーンがこの前見かけたときよりはるかに上等だった。スパンコールのきらめく赤いトップ、白いタイトなミニスカート、白いスパイクヒール。典型的な娼婦の格好だが、安物ではない。そのとき、運転席の男が見えた。国会議員のジェームズ・バーカー＝プライスで、ウィスキー焼けした赤ら顔が葉巻抜きで窓からのぞいた。ビーンは写真を撮った。二枚撮った。車のドアが内側から開き、女が乗りこんだ。

ビーンは家に帰って新聞に目を通した。ビーンの記事はどこにもなく、ある精神科医のコメントが長々と出ているだけだった。聞いたこともない医者だが、記事によれば有名人らしく、常軌を逸した路上生活者たちについて、とくにクランシーについて述べていた。殺されたホームレスがなぜ鍵をコレクションしていたかについて、さまざまな説が出ているらしく、空き巣に入るのが目的だと言う者もいれば、攻撃に備えて鎧を作っていたのだと言う者もいる。じつを言うと、クランシーの混乱した頭のなかでは、これらは夢の家庭の鍵だったのだ。自分の家がないため、他人の家の鍵を集めていたのだ。鍵は彼にとって、自宅と、財産と、自分ではもう持つことのできないプライバシーを象徴するものだった。

こんなくだらない記事を読んだのは初めてだった。大量の犬の写真に目を通し、ひきのばすためのネガを選んでいるあいだに、ウィスキーを飲みすぎてしまったため、翌朝目をさましたときは二日酔いだった。野球帽をかぶり、絶滅危惧種の写真が一面にプリントされたTシャツを着たあと、警察がまた押しかけてくるのではないかという不安に襲われた。なにしろ二日続けてやってきたのだ。今日はこないという保証がどこにある？　しかし、誰も現われなかったので、定刻の五分前にアーナ・モロシーニの家に着いた。

アーナ・モロシーニはなんだか無愛想で、ビーンの体調を尋ねもせずに、ルビーを自分で散歩させなくてはならなかったから疲れてくたくただと文句を言った。ビーグル犬のエネルギーが使いはたされていないのは一目瞭然だった。威勢のいい馬車馬のごとく、ハアハアあえぎながら、ビーンをひっぱってパーク・クレセントまで突進した。ビーンはケント公の像と視線を交わし、この公爵なら警官に怯えることはなさそうだと思いつつ、ルビーにひっぱられて歩きつづけた。ヴァレリー・コンウェイがボリスを連れて地下勝手口に出てきた。

「きのう、バーカーなんとかって人から電話があって、あんたのこと、何をふざけてるんだろうって訊かれたわ。あんたからなんの連絡もないし、もうこなくていいって言ってたわよ。よそへ頼むつもりみたい」

「どういう意味だ？」

「学校を中退した子が近所にいて、犬の散歩をぜひやらせてくれって言ってるそうなの。あんたよりずっと安い値段で。それから、チャーリーがすごく可愛いから無料で散歩させてもいいと言ってる女の子もいるそうよ」

雹が降るような爪音を金属の段に響かせながら、ボリスが階段を上がってきた。柵につながれて上で待っていたルビーが、ボリスの低いうなり声にも、唇をめくりあげて黄色い歯をむきだしにした顔にも怖気づくことなく、淫らにのしかかった。犬のポルノの需要がないのが残念だとビーンは思った。二匹を連れて庭園に入り、メリルボーン・ロードの地下のトンネルを通り抜けた。ファラオが死んだおかげでトンネルが使えるようになった。あの恐怖や、筋肉のこわばりや、神経の緊張は、もう二度と経験しなくてすむ。

リージェンツ・パークに入ると、チャーリーがいないためにマリエッタがそわそわしていて、一匹で走りまわろうとせず、あたりをうろついてはときどき足を止めて地面を掘っていた。噴水式水飲み器を囲んだ円形の石畳の上に立つ悲しげな表情のマリエッタを、ビーンは写真に撮った。いい写真になりそうで、彼の心も少し落ち着いた。ヴァレリー・コンウェイからバーカー＝プライスの心変わりを聞かされて以来、その理不尽さに怒りをたぎらせていた。図々しい男だ。パディントンであんなことをしておきながら！

よし、こっちにも考えがある——ビーンは思った。

18

警察がやってきたので、ホブは仰天した。警察がきたことにではない——それは予想していた——驚いたのはその理由だった。こっちが年をとってやわになったのかもしれない。きのうが三十二歳の誕生日だった。というか、自分では三十二歳のつもりだが、自信はない。もしかしたら三十三歳かもしれない。母親に訊いてみたが、母親も知らなかった。あたしよりは若いけど、そんなに違わないはずだよ。おまえを産んだとき、あたしはまだほんの子供だったから——そう言っただけだった。

しかし、年をとって勘が鈍ったのはたしかだ。暴動の件で警察がやってきたのだと思ったからだ。ゆうべ小規模な暴動が起きてホブのところの窓がすべて割られたので、それを謝罪しにきたものと思いこんだ。住まいが二階だと、そういう目にあう——もっと上の階なら安全に暮らせるのに。暴動の原因はいまだにわからないが、とにかく、十三か十四ぐらいのガキどもが集まり、ジャッキや牛乳瓶を武器にして歩道を走りまわっているうちに騒ぎが大きくなり、父親の一人がクロスボウを、べつの一人がショットガンらしきものを持って飛びだしてきたのだった。

ホブはこれを窓からながめていた。ルーから買ったエクスタシーの黄色い錠剤が少しあったが、ここで一錠呑めば、異様に興奮して外へ飛びだし、暴動に加わってしまうだろうとわかっていた。外では、少年が留置場で警官にぶちのめされたとか、ビルの最上階から老人の頭めがけてコンクリートブロックを投げ落としたといって仲間が告訴された、といった声がしていた。関わりあいになるのはごめんだった。

窓が最初に割られたのは、夕食のメインコースとして週末に買ったコカインを吸う前に、オードブルのウォッカをキッチンで用意していたときだった。ガキどもが投げつけてきたのはレンガだった。ホブは床のレンガを拾い、投げかえしてやろうかとも思ったが、結局やめにした。公共工事の連中が駐車場の入口のところに花壇を作り、そのまわりをレンガで囲んだときに余った分を置いていったのだが、このレンガはそこから拾ったものに違いない。花壇など作っても無駄だった。花はその夜のうちにひっこ抜かれ、誰かがまわりのレンガを盗みはじめたのだから。ホブはウォッカを呷ってから、よたよたとソファまで行った。

腰を下ろしもしないうちに、レンガかボトルが寝室の窓を破って飛びこんでくる音が聞こえた。誰かが九九九に電話したらしく、ホブが割れたガラスを足先で押しながら部屋の片隅に集めているあいだに、サイレンを鳴らしてパトカー二台がやってきた。警察は暴徒鎮圧用の盾を持っていた。ホブには信じられなかった。クロスボウとわずかなレンガに対して暴徒鎮圧用の盾を使うとは！　ホブはハイ状態ではなかったものの、ウォッカでほろ酔い気分だった《ロッキー》。石《ロック》が飛んできて、おれはほろ酔い《ロッキー》。自分の駄洒落に笑みを浮かべ、赤いベルベットの巾着袋を出そうとして上着のポケットに手を伸ばした。

外はすさまじい騒ぎになっていた。表側の窓が残らず割られてしまった。暖かい季節になっていて助かった。窓のことはさほど気にならなかった。いつもの儀式にとりかかった。ストローを半分にカットし、コカインの結晶をつぶし、帝政ロシア宮廷御用達のウォッカのねじ蓋をはめこんで、ようやく、命を与えてくれる煙を吸いこむことができた。

警察がやってきたのはその一時間後だったかもしれないし、もっとあとだったかもしれない。どちらなのか、ホブにはわからない。部屋のなかを踊ってまわり、テレビの〈パワーレンジャー〉をまねてパンチをくりだしたり、カラテの足蹴りをやったりしたあと、窓から飛びこんできたレンガ三個と割れたガラスでピラミッドを作った。その途中で手を切ったが、人目につくような大きな傷ではなかった。いつのまにか寝てしまったらしく、カリカリひっかく音で目がさめた。ハツカネズミだ。可愛い音だ、ドブネズミと違って可愛くて癒される、ハツカネズミから病気がうつったという話は聞いたことがない――横になったまま、そんなことを考えていたら、まるっきり可愛くない音が聞こえてきた。玄関ドアをガンガン叩く音。

割れた窓から外をのぞくと、警察の車が見えた。もちろん、警察のマークは入っていないが、それでもホブにはひと目でわかる。ふたたびガンガン叩く音がしたので、通常の巡回だと思い、愛想のいい笑顔で警官を玄関に入れた。

〝もう心配いりませんよ。騒ぎは収まりました。ご迷惑をかけて申しわけありませんでした〟

そう言ってくれるものと思ったのに、警官たちは何も言わずにホブを押しのけてフラットに入り、下水に迷いこんだかのように鼻をつまんで室内を見まわした。ハーヴィー・オーウェン・ベネットかと尋ね、六月のこれこれの日、つまり、カーヒルが殺害された夜はどこにいたのかとホブに尋ねた。

「ここ」ホブは答えた。「一人で。ほかにどこがある?」

もっとくわしく答えるように言われて、ホブは必死に考えた。あれは木曜日だった。何年か前から記憶力が減退している。レオのところからおふくろに電話して、おれが何歳なのか訊いた日かもしれない。おふくろは、あたしより年下だねと答え、もう切るよと言った。パブで銀婚式のパーティをしてくれるので、義理の父親と二人で出かけなくてはならないという。銀婚式ってどういうことだよ、その男と五分前に結婚したばっかりだろ、とホブが言うと、母親は、それがなんなの、あたしが離婚せずにいればそのうち銀婚式になるだろ、と答えた。ホブの父親も含めて家族全員が集まるという。

「あ、さっきのは間違い」ホブは言った。「おふくろとおやじの銀婚式に出てたんだ」

そんなものがアリバイになるとは思えなかったが、とにかく何か言うしかなかった。電話のところへ行こうとしても、警官たちはホブを一人にしてくれなかった。彼を連れて外に出た。出ていく途中で花壇のほうを見ると、跡形もなく消えていた。レンガも土もまったく残っていなかった。これで役所の連中もあきらめるだろう。

そのあとで起きたことはまさに奇跡だった。家族を攻撃しようとする者は、その前によくよく考えるべきだ。ホブの家族は百万に一つのすばらしい家族で、岩のように団結力が固く、彼の願いどおり味方になってくれた。頼む必要も、何か言う必要もなかった——まあ、何も言えなかったのだが。警察の車に押しこめられ、運転席の警官ににらみつけられていたのだから。家族みんなで躊躇なくホブのアリバイを証言したことを、あとになって義理の父親が電話で教えてくれた。もちろん、ホブもパーティにきてたよ。九時にきて、パブが閉店する一時半までずっと。で、その夜はうちに泊まってった。父親違いの兄弟二人も、義理の妹の別れた夫も、別れた夫の恋人も、全員がそのとおりだと言い、義理の妹の別れた夫は想像力豊かな男だったので、ケーキカットのあいだ、〈アイル・ビー・ユア・スイートハート〉を自分が美声で歌いあげたなどと証言した。

「いつでもいいぜ、ホブ、まかしとけ」義理の父親は言った。「頼む必要もないぐらいだ」

たしかに、その必要はなさそうだ。

エフィーはプリムローズ・ヒルにいて、修道女が配る紅茶を飲んでいた。ディルと、テディと、ネッロと呼ばれている男も一緒だった。この前ローマンがここにきたときは、ファラオの無惨な最期と、ファラオとデッカーのことばかりが話題になっていた。つぎは誰だ？ 仲間の一人か？ 今日はもう誰からもそんな話は出なかった。以前の彼らに戻っていた。いや、ほぼ戻ったというべきか。ローマンの印象では、誰もがいつもより沈みこみ、警戒している様子だった。通りや暗闇といった、屋根の下で暮らす人々が恐れるものには恐怖を持たない彼らが、いまは怯えている。

ローマンは手押し車を〈グロット〉のアーチ橋の下に置いてくるようになった。いずれ盗まれることはわかっていたが、気にもならなかった。手押し車を押してまわる必要がなくなって、せいせいしていた。ところが、ネッロと顔を合わせるたびに、どこから見ても生まれつきうすのろで大バカ者のこの男から、その危険性を指摘された。

「盗まれちまうぜ、ローマン。盗まれちまう。置いてっちゃだめだってこと、知らないのかい？　鎖で縛りつけといても盗まれるんだぜ。そばに置いとかなきゃだめだって、知らないのかい？」

そこでエフィーがニッと笑ってうなずき、何もないスペースを指さした。ローマンの前方一メートルぐらいのところ。そこに手押し車があるべきだと言いたいのだ。

「戻って手押し車をとってきなよ、ローマン」ネッロが言った。「無事に残ってたらラッキーってもんだ。あの手押し車に大金払おうって者がいくらでもいるんだぜ」

何者かがホームレスを殺してまわっているのに、この男は安物の手押し車が盗まれるのを心配している。心理学者ならこれを置き換えと呼ぶのだろう――ローマンはそう思った。みんなで一緒に丘を下りた。エフィー、ローマン、ネッロ、ディルとビーグル犬。ディルから前に聞いた話だが、新しい伯父ができたとき――前の伯父が出ていって伯母がかわりの男を見つけたのだが――ディルは家を追いだされた。まあ、厳密に言うと、ウッドベリー・ダウンのフラットだが、どちらにしても同じことだ。二十四時間の猶予を与えられ、犬も連れていくようにと言われた。伯母が飼っていた犬だが、さっさと犬を追いだしたい様子だったので、ディルはビーグルと一緒に出ていった。

「『ディック・ホイッティントンと猫』の話みたいだね」東洋系の目の端にしわを刻んで、ディルが思いがけないことを言った。

しかし、本と違って、黄金を敷きつめた通りはどこにもないし、ビーグル犬には名前もついていない。〝ビーグル〟と呼んでいるだけ。リードのかわりにロープでつないであるが、公園に入るとディルは犬を放してやる。ローマンは遠くに金髪の女の姿をとらえた。

女はブロード・ウォークのほうへ歩いているところで、一緒にいる男は彼女とよく似た金髪で華奢なタイプだった。ローマンが逆方向へ追い払った浅黒いがっしりした男ではなかった。

あの男のことを思いだして、思わず笑みが洩れた。あれは二週間ほど前で、ちょうどいまぐらいの時刻だった。そのときもローマンはプリムローズ・ヒルで修道女の紅茶を飲んでいて、この慈悲深いシスターたちは自分がよく通りかかる教会と何かつながりがあるのだろうかと考えていた。教会の母体は聖心侍女修道会で、その名前をローマンは愛し、記憶に刻みつけている。修道会のことと、希望をなくした貧しき人々の侍女ともいうべき修道女たちのことを考えていたとき、金髪の女が誰かに追われているような様子で走ってきて、息を切らしながら「こんにちは」と言った。

そこからまた、べつのことが頭に浮かんだ。それはバートランド・ラッセルの意見で――もしくは、ラッセルがほかの哲学者の意見を引用したのかもしれないが――ときと場合によっては、嘘をつくのも道徳的に正しいことである、というものだった。たとえば、殺されそうな形相で走ってきた男を見かけ、それからほどなく、誰かがあとを追ってきて、男はどちらへ行ったかと尋ねたなら、本当は右へ行ったのに、左の脇道のほうだと答えるのは許される。そんなことを考えながらオーモンド・テラスに出たとき、浅黒いがっしりした男が走ってきた。顔を真っ赤にし、激怒していることがひと目で見てとれた。

この偶然の一致に、ローマンは思わず噴きだしそうになった。女はどちらへ行ったかと尋ねられるだろうか。いや、たぶんそれはないだろう。

プリムローズ・ヒルと公園のほうを指さした。「あっちだ」

「なんだと？」

「あんたが追っかけてるレディはあっちへ向かい、公園に入ってった」

男は足を止めた。迷っている様子だった。顔がいっそう赤くなった。「くそったれ」ローマンに言った。「よけいなお世話だ」

そう言いながらも、向きを変えてオーモンド・テラスを走っていった。ローマンは笑いながら見送った。

笑ったのは久しぶりだった。家族を失ってから一度も笑ったことがなかった。しばらくのあいだ、さらに何かが起きるのを待ち受けた——男がふたたび現われるとか、金髪の女がこっそり戻ってくるとか——しかし、何も起きなかった。その午後以降、彼女が新しい男と一緒にいるのを二回見かけた。金色の髪と淡い色の目をした男で、とても優しそうで、彼女の手を握り、あるときは彼女の肩にそっと腕をかけていたこともあった。

これでローマンの肩の荷が下りた。あの日、ひとしきり笑ったあとでじっくり考えてみて、彼女が怯えていたのは間違いないからこの自分が庇護者になろう、と思っていたところだった。行く先々でよく出会うので、彼女を見守り、危険から遠ざけるぐらいのことは楽にできると思っていた。しかし、どういう危険から？ 新聞で〈串刺し公〉と呼ばれている犯人が若い女ばかりを狙っているのなら、即座に彼女の番犬役を務めるところだが、これまでの被害者を見るかぎりでは、彼女が狙われる危険はほとんどなさそうだ。住む家があり、それもたぶん立派な家だろうし、しかも女だ。女なら安全だろうか。エフィーにちらっと視線を向けた。脚に包帯を巻き、男物のスーツのズボンをはき、緑のゴミ袋を持ち歩くエフィーを見て考えこんだ。

インナー・サークルまできたとき、ローマンはみんなに話して聞かせた。円形の道路に囲まれた数エーカーほどのこの一帯は、かつて、摂政皇太子のお気に入りの建築家だったジョン・ナッシュが夏の宮殿の候補地に選んだ場所だったことを。教師ぶる気はなかったので、そこでやめるつもりだったが、ネッロから続けてくれと言われ、ディルからはベンチにすわってみんなに話してくれとせがまれた。エフィーは絶望を湛えたいつもの虚ろな目でじっと見ているだけだった。

ローマンはそこで、摂政皇太子（のちのジョージ四世）が、というより皇太子の命を受けたナッシュがこの公園を造ったことと、ナッシュとデシマス・バートンが家臣たちのためにヴィラやテラスハウスを建てたことを、みんなに話した。このインナー・サークルからトラファルガー・スクエアまで広い通りが造られることになり、ポートランド・プレースを起点として工事が始まったが、資金不足により計画を断念せざるをえなくなった。この点はみんなにも理解できた。政府の無駄遣いと計画放棄はよく知られているからだ。ディルがビーグルにリードをつけ、というか、ロープを結び、花盛りのバラ園をみんなで歩きはじめた。バラが豪華な満開の季節を迎えていた。暖かな太陽とかぐわしい大気。東洋の有名な庭園のようだとローマンは思った。たとえば、シャーラマール庭園とか。

ぼろを着たみすぼらしい一団がちりひとつ落ちていない小道をのろい足どりで歩いていくと、人々がちらちら視線をよこしたが、露骨に見たりはしなかった。じろじろ見たら言いがかりや罵りが飛んでくるのではないかと、お上品な人々は怯えているのだ。この区域では、犬は立入禁止だが、ビーグルがセクシー・レクシーという名のバラの根元で片肢を上げても、誰も何も言わなかった。エフィーがいちばん立派な花壇のそばで膝を突き、ロイヤル・ウィリアムというみごとに咲き誇るバラに顔を埋めて、息を吸いこみ、顔を上げ、ふたたび濃厚な香りの花びらに顔を埋めた。

ローマンはみんなからさらに話をせがまれたが、何を語ればいいのか、それ以上思いつけなかった。夏の宮殿は建てられずに終わってしまった。実現したらどのような宮殿になっていただろう？　ブライトンのロイヤル・パビリオンのような感じ？　広い通りの建設計画はだめになり、のちにリージェント・ストリートが造られたが、ここもやがて壊されて大規模な再開発が進められることとなった。インナー・サークルはしばらくのあいだ王立園芸協会の所有地となっていたが、やがて、クイーン・メアリーのバラ園が造られた。こここまで話して、ローマンはみんなと別れた。エフィーとネッロは野外音楽堂のそばのベンチに並んですわり、ディルとビーグルは蠟人形館の外のいつもの場所へ去っていった。そろそろ夕食を買いこんで〈グロット〉に戻る時間だ。

夕日に誘われて、暖かなロンドンの夜の記憶がよみがえった。暖かな夜はめったになく、たいてい冷えこむものだが、ときたまベビーシッターが見つかった夜には、サリーと二人でベイズウォーターかノッティング・ヒルのレストランへ出かけ、戸外のテーブルで食事をしたものだった。そんな場面を思い浮かべるとき、いまはもう、サリーの顔を鮮明に描くことができなくなっていた。曲線や目鼻立ちなどを作りあげているパーツが心のなかにあるのだが、それを正確に組み立てることができない。サリーや子供たちが彼から遠くなったというより、霧かベールが舞いおりてきて妻子と彼を隔ててしまったような感じだった。

不思議なことが起きつつあった。過去を思いだしても以前ほど苦痛ではなくなり、甘い郷愁めいたものを感じるようになっていた。自分には無縁と思いこんでいたものがそばまできていた。一種の諦念のようなもの。彼の心に芽生えたものは希望とは少し違うし、もちろん再生でもなかったが、苦悩の日々を経てきたいま、ウィンストン・チャーチルの金言を自分自身に対してくりかえすことができた。これは終わりではなく、終わりの始まりでもなく、始まりの終わりである。

では、自分が巡礼の旅に出たのは癒しを求めてのことだったのだろうか。いや、そうではない。あれは逃避であって、癒しではなかった。だが、それでもやはり癒しになっていたのだろう。いつしか、自分の運命を、怒りと苦悩のなかで（なぜわたしなんだ？　なぜわたしなんだ？）戦うべきものではなく、家族全員を一撃で奪われてしまった珍しい一団（それがさほど珍しくない場所も世界には数多くあるが）に属しているという、単なるしるしだと思うようになっていた。いまなら、自分もその一人であり、受難にあった人々と同じく世間一般の人々とは違っていて、その違いを受け入れて生きていく運命なのだと、冷静に考えることができる。

カムデン・ハイストリートの店に入って、サンドイッチとリンゴ一個とバナナ一本を買い、先日ミルクしかなかったときに無性に飲みたくなったのを思いだして、ワインも一本買った。手押し車もその中身もまだ盗まれていなければ、荷物のなかにコルクスクリューが入っている。

いつものように、ダラムが彫刻したブロンズ像の乙女の前で足を止めてじっくりながめた。乙女が彼の昔のガールフレンドとそっくりな目でグロスター・テラスのほうを見つめているので、ローマンは自分の心に問いかけた。彼女はいまどこにいるのだろう？　どうしているのだろう？　出会ったら彼女だとわかるだろうか。いまもまだ、泉の水を汲もうとするこの乙女に似ているだろうか。守ってやる必要があるのではとローマンが想像した、あの金髪の女とはまったく似ていない。女たちにしつこくつきまとい、あとをつけ、行動を監視しようなどという気はないが、それでも、〈グロット〉へ下りていきながら、遠くから金髪の女を見守ることにしようと考えた。

とは言え、彼女になぜ守護天使が必要なのか、自分自身に対して納得のいく説明はできなかった。薄気味悪いほどよく似た男がそばについている。たぶん、彼女の兄？　がっしりした浅黒い男は単なるバカで、たいした危険はなさそうだ。ワインの栓を抜きながら、短いシナリオを作りはじめた。兄が海外から帰国し、妹の家で同居しようとしたら、浅黒い男がすでに入りこんでいた。妹は男と別れることにして……物語を完成させることはできなかった。そのあとの展開が予測できず、彼女が男に追われてプリムローズ・ヒルのゲートまで逃げてきた理由も説明できなかった。それでも、彼女を〝見守ろう〟と決め、翌朝から始めることにした。彼女がいつもこのそばのグロスター・ゲートから公園に入り、沈黙の塔の彫刻のそばを通ることは、ローマンも知っていた。

かつてクリゼローと交わした言葉がビーンの記憶によみがえった。クリゼローがことのほか無惨にぶちのめされて、ベッドで傷の手当てを受けていたときだった。ビーンはクリゼローの背中に薬を塗りながら、アンソニー・マドックスのもとで働いていたころに見た映画〈パフォーマンス青春の罠〉のジェームズ・フォックスを思いだした。ただ、フォックスは俳優で、背中のミミズ腫れと切り傷は特殊メークだったが、クリゼローのほうは本物だった。ビーンが映画を話題にし、フォックスが演じたチャスという役柄についてコメントすると、クリゼローは、演技と言えば、あの男もなかなかの役者だと言った。

役者とはなんのことですかとビーンは尋ねた。すると、クリゼローが〈打擲者〉の名前を出し（なんという名前だったか、ビーンは記憶していないが）、つぎにこう言った。あの男はわたしの望みを理解し、それに沿って自分で自分を作りあげた。それでいいのだ、やつがそうなるのをわたしは望んでいる。わたしは残忍な男がほしい、ビーン。ほかの人間を鞭打つことをこの世の何よりも楽しめる男、そこからすべての喜びを得る男、セックスや麻薬や金よりもそれを望む男。なぜなら、やつにとっては、それこそがセックス、麻薬、金なのだから。わかるかね？

「もちろんです」ビーンは言った。「わかりますと も」わかるからこそ、吐きたくなるが、それは言わずにおいた。

「わたしはやつの興奮を愛している、ビーン。たぶん、やつを愛しているのだと思う。それのどこが悪い？ たぶん、わたしのような狂った変質者がやりそうなことだ。やつのために何かしてやりたい。一生暮らしに困らないようにしてやりたい。わたしが逝ったあとで、やつを心から大切に思っていたことを伝えたいのだ」

「あっちを向いて」ビーンは言った。「ちょっと見せてください」〈打擲者〉が出入りするようになったころから、ビーンはクリゼローを〝サー〟と呼ぶのをやめていた。「うう、ひどい。敗血症を起こさないよう祈るしかない」

「早く治るといいのだが。土曜日に、××が（ここでふたたび名前が出た）一杯やりにきて、鞭打ち五十回の約束になっているから」

「殺されてしまいますよ」ビーンは言った。いかに真実に近づいているかを知らないままで。

「演技に過ぎないことは、あの目を見ればわかる」そう言いながら、クリゼローは身をよじった――原因は痛み？ 喜び？ それとも、二つは同じもの？ 「やつの目は死んでいる。わたしはそれでホッとしているのだ、ビーン。やつの行為が本物だったら、わたしには苛酷すぎる。あまりの美しさに、もう耐えきれなくなるだろう」クリゼローが身震いすると、傷と傷のあいだに鳥肌が立った。「あの男はどんな演技でもできる。できないわけがない。それで生計を立てているのだから。チャンスに恵まれなかったのかもしれん。あるいは、舞台の上ではなく、現実のなかで演技することしか望んでいないのかもしれん。誰かを演じるのではなく、その人物になりたがっていると言ってもいいだろう」

あまりに深遠でビーンには理解しきれなかった。こういう大仰で無意味な思索がビーンは大嫌いだった。つぎの土曜日、〈打擲者〉が一杯やりに立ち寄り、その後何があったか知らないが、彼が帰ったあとでモーリス・クリゼローはショック状態に陥った。ビーンはときどき、クリゼローの遺言によってフラットを手に入れた自分を強運の持ち主だと思っている。〈打擲者〉に遺贈されていた可能性も大いにあるのだから。

記憶をたどって満ち足りた気分になれたが、現実を忘れる役には立たなかった。警察へひっぱっていかれて二度目の尋問を受けてからもう一週間以上たつのに、毎朝いまぐらいの時間になると、警察が押しかけてきそうな気がしてならなかった。着替えと朝食のあいだ、何度も表側の窓辺へ走って外の様子を確認するようになっていた。

「人物証明書？　そんなもの、聞いたこともないが」

ヴァレリー・コンウェイから、ミセス・セラーズがダルメシアンの散歩をビーンに正式に依頼する前に、ヴァレリー自身の推薦状に加えて他に二名からの人物証明書を欲しがっている、と言われて、ビーンは困惑した。

「好きにして」ヴァレリーは言った。「けど、いやだと言うなら、仕事の口なんか二度と世話してあげないからね」

ビーンはミセス・ゴールズワージーとミス・プリングに人物証明書のことを頼んでみるが、何も約束できないと答えた。そのミセス・セラーズって女も、こっちがへこへこありがたがるなんて思わないほうがいい。信頼できる散歩係は砂金のように貴重なんだからな。バーカー＝プライスと学校を中退したガキなんか関係ない。

「勝手になさい！」ヴァレリーは地下勝手口のドアを乱暴に閉めた。

リール・プリングはロケでどこかへ出かけていたので、ビーンは自分の鍵で玄関をあけてマリエッタを連れださなくてはならなかった。ミセス・ゴールズワージーのところで人物証明書のことを頼むと、いいですとも、喜んで、あとで書いておくわ、忘れてたら催促してね、と言ってくれた。だが、けっして書いてくれないことがビーンにはわかっていた。金が腐るほどあるため、何もする気になれない女なのだ。シャーロット・コテージに着くと、犬たちを門柱につなぎ、ルビーがマクブライドにしようとしていることは見ないふりをした。勝手にやらせておけばいい。ミス・ジェイゴに人物証明書を書いてほしいと頼んだ。本当はサー・ステュアート・ブラックバーン＝ノリスに書いてもらいたいところだが、このさい仕方がない。ミス・ジェイゴは、ええ、いいですよ、明日の朝お渡ししましょう、と答え、ビーンはなぜだか、この女性なら約束を守ってくれそうだと思った。

蒸し暑い朝で、嵐になりそうな気配がする六月の一日だった。羽虫の群れが飛び立ち、湖面に舞いおり、小島にかかる橋のあたりには水の腐臭が漂っていた。広々としたエリアの芝生は踏みしだかれ、太陽に漂白されていた。ビーンは犬たちを連れて橋を渡り、ハノーヴァー・ゲートの手前まできた。けさのモスクの屋根は銅製の古い鍋みたいな鈍い色だった。ボリスとマリエッタがじゃれあうのをながめながら、ここに大型犬のダルメシアンを加える気が本当にあるのかどうか、自分の心に問いかけた。大型犬は言うことを聞かず、手に負えなくなりがちだ。犬がみんな、あの小さなグーシーみたいでないのが残念だ。グーシーはいつも彼のすぐうしろにつき、ときたま、マクブライドにくっついて小型犬らしい冒険に出かけるだけだ。

一人の男が動物園のほうからブロード・ウォークを歩いてきた。ビーンのところからはずいぶん距離があった。花壇と、美しい並木と、噴水と、さらに多くの花が咲きこぼれる台座つきの壺が、二人を隔てていた。だが、どこで出会ったとしても、前かがみの歩き方や、つんと上げた顎や、黒人のようにしなやかな動きや、脇にだらりと腕を下げた様子から、すぐさま〈打擲者〉だとわかっただろう。このときはもうすべての犬にリードをつけていて、男との距離が縮まっていった。〈打擲者〉に姿を見られても平気だったし、昼間の光と温もりのなかにいるおかげで、夜の恐怖は消えていた。

目が合ったとき、〈打擲者〉は気づいた様子も見せなかった。だが、もともとは俳優だ。そうだろう？ ビーンは男をじっと見て、それから急に顔を背けた。何歳ぐらいだろう？ それが前々から謎だったが、もう三十五歳にはなっているはずだ。〈打擲者〉に見られていないことを確信した瞬間、視線を戻して、ジーンズ、デニムの上着、長めの髪を見てとった。まさか……？ 見た目は清潔そうだが、清潔な連中もけっこういる。最近はシャワーを浴びてシャンプーできる簡易宿泊所もある。〈打擲者〉が落ちぶれて路上で暮らしている、などということがありうるだろうか。

そう考えるべき具体的な理由は何もなかったが、連中が公園のなかをうろついていることは、ビーンもよく知っているし、〈打擲者〉は目的もなく歩きまわっている様子だった。いったいどこからきて、どこへ行くつもりだろう？ この男が本当に連中の一人だったら、〈串刺し公〉に目をつけられて殺され、どこかの柵の上で串刺しという最期を迎えるかもしれない。この男がクリゼローを鞭打つときにもう少し手加減していれば、クリゼローはあとしばらく長生きをして、遺言書を書き換え、〈打擲者〉の人生は大きく変わっていたかもしれない……。

ヨーク・テラスに戻ると、黄色い二重線の駐車禁止ゾーンに止めた車のなかで、マーノック警部と部長刑事がビーンを待っていた。前の二回に比べてやけに丁重な態度だったので、ビーンは強気になり、ぶっきらぼうに言った。

「今度はなんだね？」

二人はナースメイド・トンネルで彼の金を奪った男について、知っていることを残らず話してほしいと言った。家に入れてくれれば、署まで同行してもらわなくてもすむのだが。あんた、クランシーが犯人だと確信しているかね？　誰がひったくり犯なのか、少しでも疑問を抱く余地はないだろうか。

ビーンはもう一度じっくり考えなおさなくてはならなかった。もしかしたら、クランシーではなかったのかもしれない。〈打擲者〉の人相を教えてはどうだろうと思ったが、危険すぎるので考えなおし、何も思いだせないと答えた。刑事たちは二時間近く粘ったが、丁重な態度を崩さず、帰るときには、また会おうという挨拶はいっさいなかった。

バーズアイ社の冷凍食品〝リーン・キュイジーヌ〟のランチをとりながら、テレビの連続ドラマ〈エマーデイル〉を見た。食事がすむと、浮き浮きしながら、虎穴に入らずんば虎児を得ずと自分に言い聞かせた。顧客の電話番号はすべて帳簿に書きこんである。バーカー＝プライス家の番号をダイヤルしながら、女か秘書か誰かが電話をとったときは黙って切ろうと思っていた。バーカー＝プライスの声が聞こえた瞬間、喉がカラカラになった。

「もしもし。どちらさま？」

ビーンはしどろもどろで言った。「ビーンです。犬の散歩をやらせてもらってる者です」

「なんの用だ？　さっさと言いたまえ」

「ちょっと考えてたんですが」ビーンは言った。怒りがこみあげてきたおかげで、声に力がこもった。「わたしが撮ったチャーリーの美しい写真を見てもらえないでしょうか。いい出来なので、きっとお気に召していただけると思います」

　バーカーには〝どなる人〟という意味があるが、まさにぴったりの名前だ。バーカー＝プライスの口から洩れた騒音は、たぶん笑い声だろうが、オシドリを追いかけるときにマクブライドが上げる声にそっくりだった。

「図々しいやつだな。そんなことを言うとは。きみの仕事は犬を散歩させることだ。そうだろう？　わたしがいつ、犬をモデルにする許可を出した？」

　ビーンは深く息を吸い、吐きだしてから言った。

「モデルと言えば、サー、先日の夕方、パディントンで若いレディと一緒におられるお姿を見かけたときに、この写真のことを申しあげようかと思ったのですが」

　沈黙。葉巻の匂いが流れてくるような気がした。

「わたしはあのとき、新聞を買おうとしておりましてね、ミスター・バーカー＝プライス。新聞です。政界の紳士とレディがホテルで密会しているという記事を読むために。たぶん、あなたもご存じの紳士でしょうな、サー」

　バーカー＝プライスの声が前より静かになり、口調も丁寧になった。「何が望みだ？」

「できましたら、人物証明書をいただきたいと……。ダルメシアンを飼っているご婦人に渡さなくてはならないのです。ほかの犬たちの散歩を終えたあとで、寄らせていただいてもよろしいでしょうか。五時半ではいかがでしょう？」

19

ローマンが彼女の住まいを見つけるまでにしばらくかかった。彼女をスパイすることには当然ためらいがあった。しかし、ある土曜日にプリムローズ・ヒルで彼女の姿を見かけ、気づかれないよう細心の注意を払って家まであとをつけた。

ローマンはそのとき、リージェンツ・パーク・ロードの古本屋にいて、一八四〇年に出版された『コルバーンの娯楽カレンダー』という古い本を見つけたところだった。読み古されてぼろぼろなので、二ポンドでいいと店主が言ってくれた。ローマンは店先に立ち、興味を覚えた箇所を読んでいた。彼自身の境遇と悲しくなるほど滑稽な類似点があるように思われた。

その動物園で飼育されている雄ライオンは、つがいの雌とともにチュニスから運ばれてきたもので、飼育係の説明によると、深い愛情で結ばれて暮らしていたそうだ。二つの檻を隔てているのは鉄柵だけ。しかも、とても低い柵なので、どちらからも自由に飛び越えることができた。雌ライオンのはしゃぎようを雄ライオンがとてもうれしそうに見守っていたとき、不運にも雌ライオンが柵のてっぺんに片肢をひっかけて、うしろへ仰向けに投げだされた。それが命とりとなった。検査の結果、脊椎骨折と判明した。雄ライオンの悲しみはあまりにも深く、雌ライオンのときのような暴力的な形ではなかったものの、その悲しみが命とりとなった。深い鬱状態に陥り、衰弱した末に数週間で死んでしまった。

深い鬱状態がライオンの命を奪うことはあるかもしれないが、人間の場合は違う。このうえなく深い悲しみですら、人間の命を奪うには至らない。命を落とした男はいくらでもいるが、それは愛のためではなかった……ローマンはやがて、まったく関係のないことを思いだしていた。子供のころ、動物園の電話交換台はプリムローズと呼ばれていた。プリムローズ一二三四番にかけてライオンさんを電話口に出してもらおう、とよく冗談に言っていたものだ。そんなことを考えながら、ふと顔を上げると、向かいの歩道を通りすぎる彼女の姿が目に入った。

歩いて帰宅する途中とはかぎらないのに、ローマンはなぜかそうだと思いこんだ。本をポケットに入れて、同じ方向へ歩きはじめた。彼女がふりむいたら追跡をあきらめようと思っていた。すぐに中止するつもりだった。ぜったいに怯えさせてはならない。哀れなライオンの運命を描いたあの話をサリーに読んで聞かせたくてたまらなくなった。読んで聞かせるか、話して聞かせるかしたときに、自分と同じ優しい同情を示してくれるのは、この世にサリーしかいないような気がした。しかし、サリーはもういない。どこにも存在せず、年をとることもなく、死んだ子供たちと一緒に姿を消してしまった。

金髪の女、アイリーン・アドラー博物館の女は彼の前方で道路を渡り、つぎにアルバート・ロードを渡ると、セント・マークス橋のところから公園に入り、アウター・サークルを越えてブロード・ウォークを歩きはじめた。一度もふりかえらなかった。だが、ふりかえる必要がどこにある？　ソドムとゴモラの町から逃げようとするロトの妻でもなければ、エウリュディケがついてくることを願うオルフェウスでもないのだから。ブロード・ウォークのこのあたりは木々が枝を垂らし、栗の木やプラタナスが豊かに葉を茂らせているため、日陰が多い。二重のワイヤフェンスの向こうに閉じこめられたオオカミが二頭、テリトリーを歩きまわり、犬のように鼻をクンクンやっていた。女がそちらへ目を向けるのが見えたが、立ち止まりはしなかった。左手にグロスター・ゲートへ続く小道が二つあり、女は最初のほうの小道に入った。

ローマンが〈グロット〉を夜のねぐらにしてから三週間近くたっていた。ひとつの場所にとどまった日数としては最長記録だ。そのあいだずっと、金髪の女がすぐ身近にいたわけだ。アウター・サークルを横断し、アルバニー・ストリートを歩いていったのだから。パーク・ヴィレッジ・ウェスト。この道に入っていけば、そこに自宅があるに違いない。半円形の道路で、どこへも続いておらず、ぐるっとまわってこの北行きの大きな通りに戻ってくるだけだ。静かで、あたり一帯が木々と花々でできた東屋のようで、緑といい香りに満ちているが、木の葉は土埃で少々汚れている。ロンドン中心部に近いから仕方がない。

女は一度もふりかえらなかったが、イタリアふうの愛らしい家の門のところでちらっとうしろを見て彼に気づき、プリムローズ・ヒルからあとをつけられていたことなど知らずに、片手をふった。

わたしに挨拶し、笑顔を見せ、挨拶と笑顔を何度か交わし、つぎに手をふってみせる女性は、百万人に一人しかいないだろう、とローマンは思った。彼女の兄が帰ってくるまで、しばらくここにとどまったほうがいいだろうか。だが、帰宅は何時間もあとかもしれないし、あるいは、すでに帰宅しているかもしれない。ローマンは向きを変え、本を開いて、歩きながら読みはじめた。

誰かがやってきて窓に板を打ちつけていった。誰なのか、ホブにはわからなかった。一日じゅう外に出て、冷酷な知人や親戚から望みの品をもらおうとしていたからだ。家に帰ったのは夜遅くで、小児用のベイリウム・シロップを飲んだためにぼうっとして、気分が落ちこんでいた。父親違いの妹からもらうことができたのはこれだけだった。飲んでも眠くなるだけだったが、少なくとも禁断症状の辛さだけは味わわずにすんだ。

最初に助けを求めた相手は、父親違いの妹の同棲相手だった。妹の末っ子の父親がこの男で、コカインと重炭酸ナトリウムを混ぜあわせ、できあがったペースト状のものを電子レンジにかけるというやり方で、自家製クラックを作っている。それを市価の一割引きで売ってやろうとホブに持ちかけた。まあ、当人が一割引きだと言っただけで、ホブには計算は無理だった。しかし、ホブは生活保護手当を中国原産の木の下でルーに残らず渡してしまったため、一文無しだった。男は肩をすくめて、そりゃ気の毒にと言った。父親違いの妹がホブに同情して、いや、むしろ、さっさと追い払いたかったのだろうが、瓶入りの小児用ベイリリウムがあるからそれをあげると言った。哺乳瓶のミルクに混ぜて飲ませるのが本当だが、妹と男はウィスキーのほうが効き目があることを発見していた。

ホブはそのあと、リッソン・グローヴから脇へ入ったところに住むいとこを訪ねた。いとこと仲間二人がテレビの前にすわり、マリワナ煙草を吸いながらポルノのビデオを見ていた。もちろん、ホブにもまわしてくれたが、金は誰もめぐんでくれず、貸してさえくれなかった。いとこは「パブで知りあった男がいる。そいつが仕事をしてくれる人間を探してるんだ」と言い、どこへ行けば男に会えるかをホブに教え、子供用の薬瓶から何やら飲んでいる彼を見て妙な顔をした。

小児用ベイリリウムは甘ったるくて、子供時代を思わせる何かの味がした。なんの味なのか、考えてもわからず、どちらにしても、眠すぎてあまり考えられなかった。男がよく顔を出すという新聞売店のあたりを長いあいだうろつき、スクラッチカードを二枚買って削ってみたが、もちろん、どちらもはずれで、ウォーカーズのポテトチップスもダイエットコークももらえなかった。それから歩道のベンチにすわったが、いとこから聞いた人相にわずかでも似た感じの人物は一人も通らなかった。フルーツドロップ、うん、それだ。とぼとぼと家に向かっていたとき、不意に思いだした——あのシロップはフルーツドロップの味だ。母方のおばあちゃんはドロップのことを〝煮詰めた砂糖〟と呼んでいた。最初の継父がホブをいつもよりひどく折檻したあとで、よく買ってくれたものだった。

ホブははるかな高みを見あげていた。となりに建つブラックウォーター・ハウスのてっぺんを。少年が老人めがけて石を投げ落としたときに立っていたという場所を見たかったからで、自分のところの玄関に近づくまで窓のことに気づかなかったのはそのせいだった。正面の窓のすべてに板が打ちつけられていた。二つは居間、一つは寝室の窓。暖かな夜で、フラットのなかにはオーブンみたいな熱気がこもっていた。ソファにすわりこみ、ミッキーマウス柄のクッションに頭をもたせかけた。

向かいのフラットの明かりと駐車場の照明が消えたら、この部屋は真っ暗闇になってしまう。いまは、窓に打ちつけられた板の隙間から、オレンジ色の細い光が射しこむだけだった。寝室のほうも似たり寄ったりの暗さだろう。ハイ状態になりたくてベイリウムのシロップをさらに飲んだが、途中で床にこぼしてしまったらしく、うつらうつらするうちにふと気づくと、足もとにネズミがいてそれをなめていた。

「ここで暮らせばいいんだわ」メアリは言った。「わたしがシャーロット・コテージを出るときがきたら」

メアリとレオはフレデリカ・ジェイゴの屋敷にきていた。後期ヴィクトリア様式の赤レンガ造りの豪邸で、小塔に飾られ、木々が鬱蒼と茂る薄暗い庭園に囲まれている。メアリが屋敷にくるのは、祖母の葬儀の日、ここでアリステアとエドワーズ弁護士に会って以来だった。風通しが悪く、空気がよどんでいた。窓をあけてまわらなくてはと思ったが、玄関から入ったとたん、無気力状態に陥って何もしたくなくなった。邸内のどこにいても祖母の存在が感じられた。これは珍しい心理ではなく、メアリの立場に置かれた者なら誰もが経験することだが、とにかく、亡くなった祖母が入ってきて、笑みを浮かべ、話をし、腕を差しのべてくれるように思えてならなかった。

「わたしはここで育ったの。いまは不気味な雰囲気だけど、昔はそうじゃなかったわ。こんな立派な家に住んでることが誇らしかったのを覚えてる。学校でもよく自慢してたように思う。きっと、すごくいやな子供だったでしょうね」

玄関を通って屋敷に入ったあと、レオは黙りこくっていた。いつもの彼なら、メアリの最後の言葉に反応して、すぐさま否定してくれただろう。それが目的でそう言ったような気もする。〝きみがいやな子供だったなんてありえない〟と彼が言ってくれるのを聞きたくて。最近はレオに褒めてもらいたくてたまらない。ところが、レオは何も言わず、軽く肩をすくめただけだった。メアリは彼を二階へ案内し、部屋部屋を見せてまわった。ある部屋では化粧テーブルの引出しをあけてみたが、そこから立ちのぼったバニラとバラの香りが祖母そのもののイメージだったので、思わずかすかな叫びを上げてあとずさった。

主寝室の大きな出窓のところで、レオのほうを向き、彼の肩に頭をのせた。「レオ、どうかしたの？　何か気に入らないことでも？」

「いや。気に入らないことなんて何もない」

「ぜったいありそう。この家が嫌いなの？　無理に住む必要はないのよ。わたし自身、住みたいかどうかわからないの。子供時代を送った家で暮らしたりしたら、なんだか退化してしまいそう」

レオは目を細めた。無理やり言葉を吐きだすように言った。「きみの財産。きみがどんなに金持ちか、いまようやくわかった気がする。この家を見て思い知らされた」

「前に話したでしょ」

「わかってる。いま、それを自分の目で確認したんだ」

メアリは屋敷の残りの部分を見せてまわる気になれなくて、レオを連れて一階に下り、フレデリカが使っていた客間に戻った。そのあいだじゅう、レオは警戒の目であたりを見ていた。彼の目が絵画に、グラスに、磁器に向き、真鍮とガラスのケースに入ったフランス製の背の高い時計の上にしばしとどまり、その瞬間、時計が四時を打ちはじめた。

メアリはおそるおそる言った。「初めて会ったときにこういうことがわかったとしても、わたしと親しくなりたいと思ってくれた？　つきあう気になってくれた？　それとも、あなたがお礼を言うだけで終わったのかしら。いずれまた偶然に顔を合わせることはあるかもしれないけど」

レオは黙りこんだ。長い沈黙だった。「わからない。ぼくには答えられない」

心臓が落下して身体を通り抜け、冷たい水路に流れこむような気がした。「でも、最初はシャーロット・コテージがわたしのものだと思ったわけでしょ？　初めて手紙を出したとき、住所がシャーロット・コテージになっているのを見て」

「うん。そして、きみのものではないとわかって、心の底からホッとした」

「でも、わたしに何ができて？　すべて放棄するわけにはいかないのよ。それに、レオ、わたしは放棄したくない。どこか居心地のいい家で一緒に暮らしたい。二人で望みどおりの暮らしを送り、あなたがお兄さんのところで働かなくてもいいようにしてあげたい。もちろん、働きたければ、それはそれでいいのよ。車も買いたいわ。わたし、車を持ったことがないの。あなたもでしょ」メアリは熱に浮かされたようにしゃべりつづける自分に気がついた。「もっと小さな住まいを買ってもいいわね。フラットとか、こぢんまりした一戸建てとか」

片手を伸ばしてレオの手をとったが、彼の手は無反応だった。その瞬間、ある記憶がよみがえった。いつも頭のなかにあるのだが、ふだんは抑えこまれ、幾重にもかさなった楽しい出来事の下に埋もれていた。

「あの日、どうしてコヴェント・ガーデンで消えてしまったの？」

レオは困惑の視線をよこした。「なんのこと？」

「二人で出かけたでしょ。一緒に出かけたのはあれが二回目、いえ、三回目で、あなたが突然、帰らなきゃと言いだした。お兄さんに会わなくてはと言って、別れを告げて歩き去った」

「たぶん兄と約束があったんだと思う」

胸の奥の用心深い声が、追及はもうやめるようにと言った。メアリは立ちあがった。「帰りましょう」

外はひどく暗くなっていた。午後から雲が出てきて、いまはハムステッドとハイゲートの向こうから雷鳴が聞こえ、まるで遠くで爆発が起きているみたいだった。ここにきたときはレオが手をつないでくれたのに、いまはうなだれ、メアリが一度も見たことのない不機嫌な表情で離れて歩いていた。しばらくしてから、元気のない声で言った。後悔しているのかと思いたくなるほどだった。

「愛している」

レオがこんなことを言うのは初めてだった。

言葉自体は心地よいものだった。たぶん、誰が口にしようと、つねにそうだろう。メアリは不意に迷いに襲われた。この人を愛していると思っていた。一緒にいると満たされ、愛の行為にも満たされていた。でも、この人の望むような返事がわたしにできるだろうか。どうして急に迷いを感じたの？　この人が収入の格差に対処しきれなくて、子供みたいにすねてしまったから？

二人はタクシーに乗り、ふたたび沈黙が続き、レオが何も言わないうちにシャーロット・コテージに帰り着いた。すでに本格的な嵐になっていて、黒い雷雲に覆われた空に稲妻が走り、パーク・ヴィレッジの家々の庭に咲く花が雨に打たれていた。メアリは部屋の明かりをつけた。まるで冬の夕方のようだった。グーシーが怯えてソファの下に隠れ、冷たい鼻をメアリの足首に押しつけた。こんな悪天候では、ビーンもこられないだろう。レオが突然、彼らしからぬ激しい口調で言った。

「あの男には我慢できない。名前はええと……アリステアだっけ？　きみに手紙をよこして、一緒に暮らそうとか、一緒に家を買おうとか言ってるだろ」

「いいえ、そんなことはさせない。前にも言ったでしょ。もう終わったのよ」

「あいつはきみと結婚したがってる。そうだろ？」

「まあね。わたしはしたくないけど」

雷鳴が家を揺るがすかに思われた。グーシーがキューンと鳴いた。メアリは膝を突いてソファの下に手を伸ばし、菊の花のような頭をなでてやった。

「ぼくと結婚してくれる？」

メアリはふりむいた。膝を突いた自分の格好がまぬけに思えた。

「本気？」

「本気だ」レオは恥じ入っているような表情を見せた。その顔はまさに、気まずい思いをしたり、照れたりしたときの彼女の顔だった。

「レオ、わたしのほうが年上なのよ。知りあってまだ二カ月にもならない。それに——」言わずにはいられなかった。「わたしにはお金がある」彼がたじろぐのがわかった。「一緒に暮らすのはかまわないのよ。そうしましょう。おたがいをよく知るために」

「おたがいのことならよくわかってるじゃないか」レオはメアリのそばの床にすわりこみ、彼女の肩を抱いた。すぐ前に彼の目があった。「ぼくたちはおたがいの身体の一部なんだ。単に世間の恋人どうしが言うような意味ではなく、特別な形で。きみはぼくの骨だ、メアリ。ぼくの血だ。きみもぼくもほかの誰と結婚できる？　おたがいにこんなに大切な存在なんだから、ほかの誰かと結婚するのは間違ってる。それがきみにはわからないの？」

メアリは軽いめまいを感じた。首を横にふった。何度も。

「結婚してくれ、メアリ。あいつがきみを奪わないうちに。いますぐ結婚してくれ」

「レオ、たいていどんなことでもわたしたちの意見は一致するけど、それは——ちょっと軽率じゃない？　たしかに、あなたと一緒にいたい。ここを出るときがきたら、すぐにでも一緒に暮らしたい。でも、どうして結婚という形をとらなきゃいけないの？　いずれ結婚するのはかまわないのよ、ええ。二年か三年したら。二人が本当に望んでいるのは何なのかがわかったときに」

レオはひどく静かな声で言った。「二年か三年という月日はないかもしれない」

「どういう意味？」

「そんなに長く生きられるとは思えない」

それはちょうど、温もりを求めて手を伸ばしたら、かわりに氷に触れてしまったような、そんな感じだった。メアリは現実的で慎重なタイプなので、彼が真剣そのものなのを見てとった。

「どういう意味なの？」

いま、彼の声には恐怖がにじんでいた。「言ったとおりの意味さ」

氷がメアリの背筋に触れ、すべり落ちた。「そう言われたの？　病院でそう言われたの？」

「ぼくが訊いても向こうは答えてくれない。水曜日に検査だったんだ」

「何も言ってくれなかったわね」

「もし――いい結果が出てれば言ったと思う。しばらくは心配ないそうだ。もう少し生きられるそうだ」

メアリは息を呑んだ。「また移植を？」

「ぼくのためにもう一度やってくれる気はある？」

「必要なら。ええ、もちろん」

レオの目に、彼女がこれまで一度も見たことのなかった狂気じみた光が浮かんだ。

「そこまで言ってくれるとは思わなかった。考えてもみなかった」大きな苦悩に苛まれているように見えた。まるで、メアリの言ったことが彼の人生と計画を変えてしまったかのように――本当にそうなのかもしれない――ただし、喜んでいる様子はなく、望ましい方向へ進んだのではなさそうだ。「それがわかっていればくれる？」

……」半ばつぶやくように言った。「ほんとにやって

「いま、そう言ったでしょ。ドナーにとっては、べつにどうってこともないのよ。問題は麻酔だけだし、それも体力のある健康な人間ならなんの危険もないわ」

メアリはレオに腕をまわした。彼の首筋に脈動が感じられ、心臓は規則正しく、だが、早い鼓動を刻んでいた。メアリはまだ迷っていたが、迷いを捨てたかのようにふるまうしかないと決心した。

「移植手術がふたたび必要になった場合、骨髄提供者として、あなたの妻以上の適任者がどこにいるの？」

20

セント・アンドリューズ・プレースへ行く前に、ビーンはドラッグストアに寄って、引き伸ばしを頼んでおいた十枚の写真を受けとった。金はかかったが、それだけの価値はあった。マクブライドと鼻をくっつけてクンクンやっているチャーリー、鴨を追いかけるチャーリー、日に照らされた芝生で優雅に横たわるチャーリーなど、これまでに撮りためたスナップが厚紙のフォルダーにはさんであるので、引き伸ばし写真の一枚をそこに加えた。あとの九枚はモーリス・クリゼローの金庫にしまっておいた。

新たな力を得たビーンはジェームズ・バーカー＝プライスに向かって、話をするあいだは葉巻に火をつけるのを遠慮してもらえないかと頼んだ。二十年前に治ったと思っていた喘息がぶりかえしそうなので、と言って。小さなオフィスか書斎のような部屋に通された。縦長の窓から王立医科大学が見える部屋だった。筆記用紙の束がデスクに置いてあった。英国議会下院という文字が緑色で印刷され、焼き網に似た紋章がついているのを見て、ビーンは政府の所有物という意味だろうと推測した。葉巻は玄関ホールに置き去りにされ、灰皿のなかでくすぶっていた。

ビーンは厚紙のフォルダーを開いてチャーリーの写真を二枚見せ、それから引き伸ばし写真を見せた。バーカー＝プライスがそれを奪いとった。

「写真はほかにもあります、サー」ビーンは言った。

バーカー＝プライスはチャーリーの写真を見ようともしなかった。世の中には犬を飼う資格のない連中もいるわけだ。濃緑色のモンブランの万年筆をカーキ色に染まった指にはさんで、同じ紋章のついた筆記用紙に推薦の言葉を記した。その筆跡はビーンの予想と違って、小さくて、くっきりしていて、とても読みやすかった。彼の肩越しに、望ましい語句が読みとれた。〝信頼できる〟、〝本物の動物好き〟、〝時間をきちんと守る〟

「チャーリーの散歩はよそへ頼むことにした」隣人か下院の尊敬すべき友人に対して使うような口調で、バーカー＝プライスは言った。「そちらをキャンセルするのはどうも無理なようだ。わかってくれるね。だが、うちのレトリヴァーの写真はもらっておこう」

金はあらかじめ用意されていた。人物証明書が入った封筒と縁をそろえて、ビーンの手に札束が渡された。わざわざ数えるまでもなかった。たんまりあることはわかっていた。バーカー＝プライスがかなり無理をして共謀者めいた笑みを浮かべ、目をきつく閉じ、口髭に覆われた分厚い上唇を持ちあげて、マホガニーのデスクの縁飾りと同じ形と色をした歯を見せながら言った。

「新聞のかわりにビデオ装置でも買いたまえ」

そこでようやくビーンは答えた。「一週間後にまた伺います」〝サー〟はつけなかった。写真は置いていった。チャーリーと鴨の写真をいちばん上にして。バーカー＝プライスが見るも恐ろしい形相だったので、そちらは見ないようにした。女たちがどんな目にあわされていることやら！　商売女が客にキスを許さないのも不思議ではない。

奥の部屋のひとつからチャーリーが現われ、玄関ホールに立つビーンのところに騒々しく駆けてきた。何も知らない哀れな犬――ビーンは思った。レトリヴァーの頭をおざなりになでてやった。ケント公エドワードが幼い娘（のちのヴィクトリア女王）を連れてシドマスに数週間滞在したときも、たぶん、犬たちの一匹をこんなふうになでたのだろう。バーカー＝プライスはそれ以上何も言わずに、書斎のドアのところに立ち、ビーンを見ていた。ビーンは玄関ドアを閉めた。

ミセス・セラーズとダルメシアンの住まいはパーク・スクエアにあった。コーネル家からリール・プリングのところへ行く途中なので、ちょうど都合がいい。ダルメシアンは（名前はスポッツ。「スポットじゃないのよ。いいわね」と、ミセス・セラーズが言った）すなおでおとなしく、ビーンがフラットに入った瞬間から甘えてきた。面接は順調にいき、ビーンの犬の一団に近々新たな一匹が加わる見通しとなった。下院の紋章入りの紙に描かれた人物証明書に、ミセス・セラーズはいたく感銘を受けたようだが、二通目の証明書を要求するのを思いとどまってはくれなかった。

シャーロット・コテージに住むミス・ジェイゴは、約束したことはかならず守るタイプだ。ところが、まだ書いてくれていなかった。しかも、ビーンがすでに二回も催促しているのに。ビーンは顧客の身辺のことに何かと目を光らせている男で、ミス・ジェイゴが左手に婚約指輪をはめているのも見落とさなかった。たいした指輪ではない。K9とトルマリンのヴィクトリア朝ふうの安物で、カムデン・ロックの店へ行けば四十ポンドぐらいで買えるだろう。この女がつきあってきた無数の男の一人が、彼女を慎ましい女にしようとしているらしい。つねに金儲けの手段に目を光らせているビーンは、サー・ステュアートとレディ・ブラックバーン＝ノリスはこのことを知っているだろうか、こころよく思わないのではないだろうか、ミス・ジェイゴから報告を受けているのだろうか、と考えた。近々結婚するつもりだろうか。亭主をここに住まわせる気だろうか。こっちの利益になることが何かないだろうか。

だが、そんなことより人物証明書のほうが先だった。もう一匹ふやしても大丈夫だろうか、しかも大型犬なのに、とさんざん迷っていたビーンだが、いまではスポッツを加えたくてたまらなくなっていた。スポッツの散歩で入ってくるよぶんな収入が必要なのだと、自分に言い聞かせていた。しかも腹立たしいことに、ミス・セラーズのほうは、彼のために人物証明書を書いてくれる者はほかに誰もいないと思いこんでいるに違いない。

第一の殺人から第二の殺人までは二十三日の間隔があった。今日は第二の殺人から数えてちょうど二十三日目だ。ビーンは第三の殺人がいつ起きてもおかしくないと思っている。月の満ち欠けに支配されたサイコパスが野放しになっているに違いない。それは狂気のサイクル、七の倍数（多少の誤差はあるにしても）がもたらす殺人への欲求だ。だから、近いうちにつぎの殺人が起きるに決まっている。

警察もきっとそう信じているはずだ。だから、あんなに神経をとがらせ、あんなに丁重にもなったのだ。ビーンは新聞の購読をやめていたが、病的執着を示す殺人者、つまり、使命や強迫観念にとりつかれた殺人者についての特集をテレビでやっていて、精神科医が画面に登場し（たぶん、ファラオの狂気を分析したのと同じ人物だろう）、犯人像について語り、娼婦でも、修道女でも、とにかく、あるカテゴリーに入る相手であれば誰彼かまわず殺害するだろう、と述べた。

二十三日目が過ぎ、二十四日目も過ぎたが、ホームレスや物乞いが殺される事件は起きなかった。誰が犯人にせよ、おそらくほかの土地へ去ったのだろうとビーンは思った。北のほうへ行ったのかもしれない。犯罪者はなぜかかならず北へ行く。ビーンはしばしば〈打擲者〉のことを思いだし、今度警察がやってきたら何か言ったほうがいいだろうかと考えた。警察はトンネル内のひったくり事件について尋問したあとも、ビーンを二回訪ねてきていて、ビーンはいつしか警察のアドバイザーのような気分になり、正真正銘、捜査に協力しているのだと思いこんでいた。だが、〈打擲者〉に関して何を言えばいい？　どんな演技でもできるし、自分が望むどんな人物にでもなれる、と？　サディストにもなれるし、もちろん、立派な市民にもなれる、と？

嵐が過ぎたあとは、じめついた天候が続くかわりに、いきなり暑くなった。ようやく夏がきたのだ。雨のおかげで公園の草は青々と茂り、バラも勢いを得て濃い緑のつややかな葉を伸ばし、みずみずしく咲き誇った。太陽がベルベットのような芝生を照らして、露の雫をきらめかせた。正午までに気温は二十五度を超え、夜になると人々はノースリーブのワンピースやTシャツ姿で野外劇場の芝居を楽しんだ。

初めて本格的な暑さを迎えたその朝、空には雲ひとつなく、大気は澄みわたり、グーシーを迎えに行ったビーンは、人物証明書のことでミス・ジェイゴに三度目の催促をした。ミス・ジェイゴは心から申しわけなさそうな顔になった。それだけはビーンも認めるしかなかった。

「ごめんなさいね。ほんとにごめんなさい。今日の午後までに書いておくわ」

「午後はいつもお目にかかれないんですが、お嬢さん」最高に恭しい口調で、ビーンは言った。

「犬が戻ってくる時間までに帰るようにするわ。それとも、明日の朝いらしたときに、ここに置いておくことにしましょうか」

十四の犬を散歩させている女性と出会った。十四ぐらいなら楽に扱えるようだ。若くてせいぜい三十五歳といったところだから。女性は以前ビーンに挨拶したが、ビーンがすさまじい形相でにらみつけたため、その日以来、手をふるのをやめていた。だが、犬たちの親交を阻止することはできなかった。ルビーがキャバリア・キング・チャールズ・スパニエルを餌食にした。ルビーよりはるかに小型だし、この犬種はみな視力が弱い。マクブライドとボリスもルビーに続こうとしたので、ビーンの手でキャバリアを集団レイプから救いださなくてはならなかった。

女性は手を貸そうともせずに、ビーンの奮闘をながめていた。そのうち、マクブライドが馬糞の山を見つけて——馬がどうやって公園に入ったのだ？　騎馬警官？——水に濡れた肥満体でころげまわり、悪臭ふんぷんたる茶色の液体をビーンのズボンにまで跳ね飛ばした。いくら生活のためとはいえ、やってられん——ビーンは心でつぶやいた——九月には七十一歳になる。だが、金を稼がなくてはならない。年金だけでは暮らしていけない。とくに、年収五万ポンドの男性向け高級メゾネットに住む身ともなれば。

ヴァレリー・コンウェイが地下勝手口で待っていた。もちろん、茶色の液体を跳ね飛ばされる心配のない場所で。ボリスが自分で階段を下りていくことはけっしてない。ビーンが連れていかなくてはならない。でないと、階段のてっぺんで寝そべって、梃子でも動かなくなる。

「ダルメシアンのほうは話がまとまった？」階段を下りていくビーンにヴァレリーが尋ねた。

「なんでそんなこと訊くんだ？」

「心配してあげてるのよ。じつはね、あんたの商売繁盛を願ってんの。だって、ミスター・コーネルに伝言を頼まれたから」

「なんの伝言だ？」

「あと二週間で契約を終わりにしたいそうよ。二十八日からは、散歩はもういらないって」

ビーンはヴァレリーを凝視した。ボリスの首輪にかけていた片手をのろのろとはずすと、犬はヴァレリーの横を通るときに身体を触れずにすむよう片側へ寄って、ドアからすっと入っていった。

「どういうわけで？」

ヴァレリーは喜びと勝利感を抑えきれない様子で、ビーンにもそれが伝わってきた。「田舎のお屋敷へひっこむことになさったの。わたしは交際相手のところで暮らす予定よ」

「ほう、そりゃどうも。二週間も前に知らせてくれて、まことにありがたい」

「あなたにはずいぶん親切にしたつもりだけど、レスリー・ビーン。なんであたしがあんたのために新しい客を見つけてきたと思ってるの？　膝を突いてお礼を言ってもらいたいぐらいだわ」

ビーンはヴァレリーをにらみつけた。できることなら、〝契約解除は一カ月前に申しでるというルールを守ってほしかったね。あんな性格の悪い犬と関わりあうのはもうごめんだ〟と言ってやりたかった。冷淡で意地悪なロシアの犬。こっちがひったくりにあったときだって、守ってもくれなかった。しかし、ビーンは何も言えなかった。金が必要だった。

「ありがとう、ヴァレリー」そのあとに〝じゃ、またね〟と続けようとしたが、ヴァレリーはすでにドアを乱暴に閉めたあとだった。


三時半には不快なほど強い日射しになっていた。ビーンが暑さをぼやく気になったことはこれまで一度もなかったが、午後の散歩をせずにすめば大歓迎だっただろう。いつもいちばん扱いにくくて、いちばん陽気で、いちばん活発なマリエッタがヒナを連れた白鳥の一家に近づきすぎて、胸をつつかれた。ナイフで刺されたような悲鳴を上げたが、ビーンの見たかぎりでは、怪我はないようだった。小さなグーシーがもじゃもじゃの被毛のせいで暑さに耐えきれず、ハアハア言いながら哀れな声を上げるので、抱きあげてやり、そのまま歩くことにした。グーシーは小型犬のわりにずっしりと重く、舌を出してあえいでいた。

そんなこんなでシャーロット・コテージに着くのが遅くなった。朝の約束どおりミス・ジェイゴが帰っていることを期待して、ベルを鳴らした。しかし、応答がなかったので、預かっている鍵を使ってグーシーと一緒に家に入った。いつも思うことだが、家のなかは掃除が行き届いていた。できるものなら、マリエッタを連れてなかに入り、室内を好き勝手に走らせて、身を震わせた犬が淡い色の壁や椅子の絹地に泥水を飛び散らせるところを見たかった。しかし、人物証明書のことを考えてほかの犬は門のところにつないでおき、グーシーを抱いてキッチンに入り、ボウルに新しい水を入れてやった。

あれこれ考えあわせると、楽しい一日ではなかった。ビーンはあの日以来、〈グローブ〉にはご無沙汰だった。行くのが怖いからではなく、警察がそこで目を光らせていると思いこんでいるからでもなく、行くのをやめたのはパブへの罰のつもりだった。これまでのゴタゴタはすべて、〈グローブ〉と、勝手な噂に興じる〈グローブ〉の客のせいなのだ。繁盛しているパブにはそういう客はいないと思いこんでいたのだが。

というわけで、ここ三週間は、金曜ごとに〈クイーンズ・ヘッド〉か〈アーティチョーク〉へ行っていた。顔見知りの客は一人もいなかったが、さほど気にもならなかった。一杯やりに行っているのだし、とくに今夜は飲まずにいられなかった。

先週、〈クイーンズ・ヘッド〉にきていた誰かがビーンをつかまえて、店の歴史を延々と語りはじめた――かつてここにあった家はエリザベス一世の庭師の一人が建てたもので、そのため、店名に〝クイーン〟が入っているという。ビーンは興味もなかったので、その歴史好きな男を避けるために周囲を用心深く見まわしたが、今夜はきていないようだった。ウィスキーのダブル（銘柄はベル）とジンジャーエールをもらい、隅のテーブルへ持っていった。

ウィスキーを飲んでいなければ、パーク・ヴィレッジへ行ってみようなどとはたぶん思わなかっただろう。ダブルを二杯飲んで大胆になった。どうせアルバート・ロードまできているのだし、気持ちのいい夜だ。時刻は九時半をまわったばかりで、空は澄んで雲ひとつなく、スミレ色に染まり、西のほうはまだ赤みを帯びていた。公園がすぐそばにあるため、太陽に温められた草や葉やバラの花から立ちのぼる香りがあたりに漂っていた。

シャーロット・コテージに着くのは九時四十分ぐらいになるだろうが、夜の訪問をするのに遅すぎる時刻ではない。アンソニー・マドックスが守っていたルールを思いだした——彼が言っていたのは電話のことだったが、訪問にも当てはまるだろう——〝午前九時前と午後十時以降は避ける〟。それに、ミス・ジェイゴも文句は言えないはず。人物証明書を書いておくと何度も約束したのだから。今夜はそばに立って、書いてくれるのを待とう。そうだな、立っていれば、ミス・ジェイゴが証明書を書く合間に飲みものぐらい出してくれるかもしれない。

結婚するつもりだとメアリに言われたとき、ドロシーアは、相手はアリステアだと思いこんだ。

「わたしが結婚するのはレオなの」

誰のことなのか、ドロシーアは考えこまなくてはならなかった。「なんてロマンティックなのかしら」

「でしょ？　でも、そう思ってもらえてうれしいわ。反対されると思ってた。そんなに長い交際じゃないんですもの」

「長い交際なんて、かならずしも重要じゃないわ。自分にぴったりの人かどうかは、直感的にわかるものよ」

「たしかにそうね。わたしも直感したの。でも、祖母にわたしたちの姿を見てほしかった。彼に会ってもらいたかった」

「わたしの賛成は得られなくても、お祖母さまなら賛成してくれると思ったの？」

「う～ん、祖母の世代が結婚を当然のことと思ってるせいかもしれない。あの世代の人って、交際すなわち結婚って考え方でしょ。わたしたちの世代は違うけど。わたしが結婚する気になったのは、いわゆる〝世間の認知〟がほしいからでしょうね」そして――心で思っただけで、口には出さなかったが――彼の命が長くないかもしれないから。「わたしのほうが年上だし。ぐずぐずしてられないわ」

「ねえ、わたしの希望を言っていい？　アイリーンのドレスのどれかを選んで着てちょうだい。本物のウェディングドレスを着るのってすてきじゃない？」

二人はガラスケースに展示されているドレスを見た。アイリーン・アドラーは実在の人物ではないし、ゴドフリー・ノートンも実在しない。二人の結婚はなく、ウェディングドレスもない。このドレスは、とっくに故人となったエドワード七世時代のどこかの花嫁がまとったものだ。白いレースで仕立ててあり、高い立ち襟と、刺繡された長い裳裾がついている。メアリは笑った。

「わたしが式を挙げるのはカムデンの登記所なのよ。こんなドレスで行けると思う？　ウェディングドレスには何か新しいものが必要だけど、それも持ってないわ。わたしたち、そういうことは気にしてないの。彼も、わたしも。それから、ハネムーンもなし。無理だもの。あと五週間、シャーロット・コテージで留守番しなきゃいけないしね。彼は自分の家に帰り、わたしもシャーロット・コテージに帰ると思う、たぶん――そのあとどうするかはまだ決めてないの。でも、彼となら幸せになれると思うわ、ドリー」

「アリステアのことはどうするの？」ドロシーアが訊いた。

アリステアから逃げだしてプリムローズ・ヒルの木立に身を隠した日以来、彼には会っていないし、手紙のほかにはなんの連絡も受けていない。手紙の返事はいまだに書く気になれない。

「祖母の財産の投資を自分にやらせてほしいって言う

のよ。自分ほど仕事のできる慎重な人間はいないからって。でも、お金はまだもらってないし、後生大事に抱えこむつもりもないわ」

「お金なんかほしくないって口ぶりね」

「そんなこと言ったらバチが当たるわ。でしょ？　誰だってお金はほしいわ。レオと結婚したら、どこかにすてきな家を買おうと思ってるの」

メアリはドロシーアに別れを告げ、公園を横切る直線の小道に入ったが、ドロシーアと話しこんだために遅くなってしまい、シャーロット・コテージの門まで行ったときに初めて、今日は早めに帰る、ビーンがグーシーを返しにくる前に帰宅して人物証明書を渡す、と約束していたことを思いだした。ビーンはきっと、少し前までいたのだろう。ボウルに新しい水をたっぷり入れてもらったグーシーが、キッチンの床にぐったり寝そべっていた。

腰を下ろし、グーシーを膝にのせて、ビーンの人物証明書を書くことにした。こんなものを書くのは初めてだし、何が必要とされるのかわからなくて、ずいぶん時間がかかった。宛先は誰にすればいいのだろう？　〝関係当事者様〟と書き、〝ビーン氏は〟まで書いたとき（ファースト・ネームを調べたほうがいい？）、レオがやってきた。顔色が悪く、疲れた様子で、きつい一日だった、しばらく横にならせてほしい、と言った。

人物証明書を書きおえ、ついでにアリステアにも手紙を書くことにした。三週間後にレオと結婚することを知らせておこうと思い、書きはじめたが、〝わたしの親愛なるアリステア〟をやめて、ただの〝親愛なるアリステア〟にしたそのとき、二階からレオの呼ぶ声がした。寝室へ行くと、レオはちょっとすねた声で、ぼくの世話をする、ぼくを大事にすると約束してくれただろ、ぼくがぐったり疲れているのはきみもわかってるはずなのに、ぼくが帰ってきてからずっと知らん顔じゃないか、と言いだした……やがて、急に自分のことを笑い、メアリに謝り、ぼくはなんてバカなんだろうと言った。きみがほしくて、わがままを言っただけなんだ。

そこでメアリは彼の腕に抱かれ、しばらくすると、優しく繊細なレオの愛撫が始まった。彼の指は蝶の翅のように薄く柔らかな感触で、唇は花びらのようにひんやりと冷たいので、亡霊とベッドに入っているような気がした。目を閉じて思った——この目をあけたら、誰もいなくて、幻だけが残っているのかもしれない。やがて、レオの動きに力がこもって、肉体が現実のものとなり、不意に強烈な熱を帯びたかに思えた。彼の口から洩れた声は苦痛のうめきに似ていた。

二人で眠りに落ち、やがて目をさますと、ヴィレッジの木々とセント・キャサリン教会の二つの尖塔の向こうに真っ赤な夕焼けが見えた。その赤が徐々に薄れていき、青い空がピンクの羽毛みたいな小さな雲に覆われた。メアリは起きあがり、シャワーを浴びてからゆったりした綿パンとTシャツに着替えて、夕食の支度にとりかかった。しかし、サラダのレタスをちぎっていたとき、レオが下りてきて、メアリをその場から優しく遠ざけた——ぼくがやるよ。元気になったから。気分がよくなった。

レオはテーブルの用意をし、持ってきたワインの栓を抜いた。メアリはアリステアへの手紙を書きおえた。言いたかったことがすべて明瞭な文章になった。すらすらと書くことができ、克服できない問題のように思えていたことも、ありのままの事実を丁寧に、正確に、感情抜きですなおに伝えることで解決した。

テーブルについて食事を始めたときには、すでに九時になっていた。レオが作ったブラックオリーブ入りのパスタはずいぶん凝った料理だった。メアリはそれを食べ、レオも食欲旺盛なのを見てホッとした。彼はパスタをおかわりして、チャバタというパンもすでに二個目だ。前にアリステアから提案されたことを思いだし、この週末から家探しを始めてはどうかとレオに尋ねた。きっと二人とも同じ家が気に入ると思うわ。いつだってそうだもの。だから、楽しく家探しができそう。あなたが賛成してくれれば、ベルサイズ・パークの屋敷は売るつもりでいるのよ。

その考えはレオも気に入ったらしく、どんな家がいいかを考えはじめた。家を買う、不動産を買うといったことは、自分には関係のないことだと思っていた。そう白状した。大人のやることだから。それを聞いて、メアリは笑った。彼女もまさに同じように感じていたからだ。自分たちのやることではない。二人とも子供だから、大人向けのそんなビジネスライクなことは頭をよぎりもしなかった。でも、やはり考えておかなくては。真剣に。少しお金を出すだけで、ほしいものがなんでも手に入ることを自覚しなくては。レオが立ちあがってテーブルをまわり、メアリに両腕をまわして強く抱きしめたそのとき、玄関のベルが鳴った。

「アリステアだわ」

「うん、そうかもしれない」レオがためらったのはほんの一瞬だった。「ぼくが出よう。そろそろ顔を合わせておかないと」

メアリは飛びあがった。「あなたがアリステアに殴られるなんていや!」

レオは笑った。「まさか殴りはしないさ」

メアリは二人の男が並んだらどう見えるだろうと思った。とても華奢で、髪は淡い金色で、この世のものとは思えないほど青白い顔をした男と、浅黒くてがっしりした癇癪持ちの男。レオが戻ってきた。ついてきたのはビーンだった。

「急かすつもりはないんですが、お嬢さん、あと二週間ほどしたら休暇をとって旅に出る予定でして……」

「あなたの人物証明書ね」メアリはしどろもどろで言った。「あなたの——ええ、ちゃんと——用意してあるわ。封筒をとってくるわね」

部屋に戻ると、ビーンは部屋の隅の椅子にすわり、レオは向かいあったテーブルについていた。メアリは人物証明書を渡した。

「ダルメシアンのためなんです」ビーンは言った。

それを聞いてレオが笑いだした。頭をのけぞらせてヒステリックに笑いつづけ、ビーンが帰ったあとも笑いが止まらないまま、わめきたてた。「ダルメシアンのため！　ダルメシアン！　人物証明書をダルメシアンに！　そいつ、どうするのかな？　食べる？　土に埋める？」

こんなにワイルドで騒々しいレオは見たことがなかった。メアリは彼の肩に手を置いたが、彼は顔をゆがめてまだ叫んでいた。「ダルメシアン？　ダルメシアンがそれを読むとこなんて想像できる？　眼鏡をかけるのかな。ダルメシアンが！」やがて、不意に泣きだして、涙が頬を伝った。メアリの身体をつかんでひきよせ、一緒に床にすわりこんだ。彼の腕にきつく抱かれて、メアリは声を上げて泣きたくなった。

「メアリ、メアリ、死にたくない。生きたい。きみと生きていきたい。なんでぼくだけ、ほかの人みたいに年をとるまで生きてられないんだ？　死にたくないよ！」


放浪生活のなかで、ローマンはいつしか、一つの場所に二晩か三晩以上とどまることはせず、つねに移動を続けて、家庭生活に似たものからできるかぎり距離を置こうと決めていた。なのに、いまは〈グロット〉に腰を据えてもう三週間になる。ここを家庭に似たものに変えて、手押し車をアーチ道の風下に置き、シートを敷いて眠り、食料は茂みの奥に隠していた。ゴミが気になるので、枝にひっかかったストローをはずしたり、割れたボトルとパッケージを食料品屋でもらったレジ袋に放りこんだりして、少しずつきれいにしていった。そして、雨があたりをきれいに洗って、小さな池を縁どる石材の汚れを落とし、新鮮な水をたたえてくれた。

朝の七時に熱い太陽がのぼると、ローマンは橋の鉄細工の部分に背を向けてすわり、シャクナゲやニワトコの茂る彼の庭をながめた。すぐそばの池の水がすっかり透明になり、ガラスのような水面に顎髯の伸びた細い顔と痩せこけた身体が映っていたので、洗面台がわりにして顔と手をバシャバシャ洗った。ミルクとワインを飲むのに使ったマグと、唯一のキッチン用品であるナイフも洗うことができた。しかし、この家庭的な作業のせいで、歓迎したくない思いが浮かんできた。ホームレス暮らしというのは人為的に作りだすものではなく、本物の窮状と貧困から生まれるべきものだ。自分はやはり偽物、まやかしだ。ほかの人々の惨めな暮らしに勝手に加わっただけだ。目の前にそれがあって好都合だったから。

そろそろここを離れなくては。よそへ移らなくては。自分の手で築いた家庭――つぎはカーテンを吊ったり、段ボール箱で間仕切りを作ったりしかねない――ここを離れるのを渋っている自分に気づいて苦笑し、何かを愉快がる気持ちがまだ残っていることを知った。声を上げて笑うことだってできる。あの男を、彼女の交際相手を見当違いの方向へ追い払ったとき、あたふたする様子を見て大笑いしたではないか。

ここを離れれば、彼女を見守るのがむずかしくなる。しかし、いまの彼女には兄がついている。二人が一緒のところを、ローマンも何回か見かけている。どす黒い顔で彼女を追いかけまわす男から、兄が守ってくれるだろう。なんだったら、自分もあと一週間ほどここにいることにしようか。彼女がどこに住み、どこで働いているかも、小型犬を飼っていて、その犬を野球帽の老人がほかの犬と一緒に散歩させていることも、黒髪の男から控えめに言っても強硬な態度で脅されていることも、ローマンは知っている。ときどき思うのだが、彼の娘も成長したらああいう雰囲気の女性になっていたかもしれない。やはりほっそりと色白で、妖精のような顔立ちだった。何かあるたびに驚きの表情を浮かべる子だった。

休暇でキャンプに出かけたときのことを思いだした。彼とサリーとエリザベスの三人で。ダニエルはまだ生まれていなかった。場所はスコットランド高地で、ロンドン市内のこの荒れはてた庭園〈グロット〉とは大違いだが、洞窟と小さな池があるところは同じだった。遠くに山々がそびえ、湖には銀色の砂のビーチがあった。エリザベスは子供心にここがすっかり気に入り、ずっとここにいたいと言いだした。ロンドンに帰らなくてはならない、食べていくために働かなくてはならない、家を維持していかなくてはならない、エリザベスは学校に戻らなくてはならないということを、いくら理解させようとしても無理だった。ある晩、エリザベスの熱烈な願いを聞き入れて、テントやレンタルしたトレーラーのなかではなく、洞窟で眠ることを許可した。だが、当時の彼は心配性の父親だったので、娘のことが気になって眠れず、山腹に口を開いた洞窟まで行き、ひと晩じゅうそこで見張り番をしたものだった。

いまも、べつの場所で、べつの誰かのために同じことをしている。目を閉じると、妻と娘と息子の姿が浮かんできた。その顔は以前に比べるとおぼろになっているが、本質は変わっていない。三人とも彼の永遠の家族だ。キーツの詩の一部を変えたものが頭に浮かんだ――〝家族は消え去ることなく　永遠に若きままにお前の愛を受け止めつづけるのだから〟。歳月が彼の家族を変えることはなく、ふたたび奪い去ることもなく、彼がいくら運命と折りあいをつけるようになっても、ある種の満足を見いだすようになっても（いまでは、満足が訪れて運命のごとく自分を包みこむのが感じられる)、家族が消えてしまうことも、いまより遠くへ行くことも、その人生が忘れ去られることもぜったいにない。

池のほとりに腰を下ろし、膝に頭をのせて、自分と家族のために泣き、静かに涙を受け入れた。やがて身を起こして塀の下に立つと、通りの向こうからやってきて公園に入る彼女の姿が見えた。

21

「きみのお父さんは医者だったんだね」レオが言った。

「そして、あなたのお父さんは公務員」

二人は登記所のくすんだロビーで腰を下ろし、おたがいの出生証明書に目を通しているところだった。

「それって職業安定局の窓口係を美化した言い方だな」

「うちの父はただの町医者。偉くもなんともないのよ」メアリは何かにつけて彼を立てようとしている自分に気がついた。二人が同等であることを必死に強調しようとしている。レオが一九七一年生まれとなっているのを見て、自分が生まれたのは一九六五年であることを思いきって告白した。「うちの両親が亡くなったとき、あなたはまだ赤ちゃんだったのね」

挙式の日は八月十七日木曜日と決まった。いくつか手続きを終えたあとで、メアリはレオに、お兄さんに式にきてもらえるかしらと尋ねた。

「たぶんこないと思うよ。兄は結婚式なんて興味がないから」

「証人が二人必要なの。お兄さんなら適任でしょ。わたし、いとこのジュディスと友達のアンに頼むつもりだったのよ。それから、ドロシーアとゴードンもきてくれるわ。ねえ、とにかくお兄さんに訊いてみてくれない？」

「きみの望みなら」

「それから、まずお兄さんにお会いしたいわ、レオ。会わせてくれない？」

二人はメリルボーン・ハイストリートのカフェで外のテーブルにすわり、コーヒーを頼んだ。レオは長時間歩いて疲労困憊の様子だったので、メアリは家までタクシーにしようと決めた。椅子の背に頭をもたせかけていたレオが、ここで一瞬目を閉じた。

「お兄さんに会わせてもらえない、レオ？」

「なんで会いたいの？」

「だって、あなたのお兄さんでしょ。わたしは自分の身内がほとんどいないの」

レオは無言だった。メアリは彼の疲れた顔を、憔悴した表情を、悲しい思いで見つめた。

「うるさく言いすぎた？」

レオはメアリの手を握った。「きみは誰に対してもうるさく言うような人じゃない」

「あなた、お兄さんのことが大好きなんでしょ。いつもお兄さんの話をするから。あなたの人生にとってそんなに大切な人なら、わたしにとっても大切な人じゃなくて？」

コーヒーが運ばれてきた。メアリはブラック、レオはカプチーノ。「結婚したら、兄とは縁を切るつもりだ」レオはそう言って顔を背けた。「兄に会ってもらうつもりはない。はっきり言っておこう。その気はない」

「でも、あなた、お兄さんが大好きなんでしょ。あなたのために尽くしてくれた人でしょ。わたしには理解できないわ、レオ」

レオは冷たく言った。「前は大好きだった。すべてもう過去のことだ。兄は結婚式にはこない」

ブライトンのケンプタウンにある丘の一つに、ビーンの姉が所有する寝室二部屋の小さなテラスハウスがある。裏庭に出て椅子の上に立てば、二つの高層ビルのあいだに少しだけ海が見える。姉は毎年夏になると、ダービーシャー州北部の高原地帯ピーク・ディストリクトにある別れた夫の義理の妹の家へ泊まりに出かけ、姉が留守のあいだ、ビーンがテラスハウスに滞在することになっている。もう何年ものあいだ、二人は顔を合わせてもいない。母親が亡くなって以来、たまに電話で短く話をするだけだった。

ビーンは念入りにバカンスの支度をした。戻ってくるのは出発の一週間後になることを、顧客たちに一度だけでなく、何度もしつこく言っておいた。

「十一日の金曜日から散歩を再開します」一人一人に告げた。

アーナ・モロシーニが犬を何匹も散歩させている若い女性を見かけたとビーンに言った。いつも乗馬ズボンをはいてて、黒いロングヘアなの。若くて頑健そうよ。名前はウォーカー。滑稽だと思わない？　ウォーカーって名前の人が犬を散歩《ウォーク》させるなんて。その人のこと、何かご存じないかしら。あなたが留守のあいだ、その人がルビーの散歩をひきうけてくれると思う？

「とても可愛がっておいでのビーグルをあんな女に預けようなどと、本気でお考えですか」ビーンは尋ねた。「明らかに、連れている犬の数が多すぎます。犬がぜんぜん言うことを聞いてませんよ」

「まあ、あなたがそうおっしゃるのなら……」

ミセス・ゴールズワージーのところではそれ以上に不安にさせられた。バーカー＝プライスのところのチャーリーを散歩させている学校中退の少年に、〝臨時に〟マクブライドの散歩を頼もうかと思っている、と言われたのだ。

「わたしでは無理なの。膝が悪いから」

ビーンがミセス・ゴールズワージーの膝のことを聞いたのは、これが初めてだった。

リール・プリングはクスッと笑い、肋骨を見せびらかして、最高の方法を考えだしたと言った。あたしにはエクササイズは必要ないけど、ボーイフレンドには必要だから、自転車でアウター・サークルを一周することに決めたの。マリエッタを自転車につないで。

ビーンは愕然とした。「違法行為ですよ」

それは警察が心配すればいいことじゃない？ あの殺人犯をつかまえたあとで。

ミセス・セラーズはビーンと契約する前の状態に戻ればすむことだと言った。ダルメシアンを自分で散歩させるのだ。ただ、いささか機嫌を損ねた様子だった。たぶん、休暇に関して人物証明書に何か書いてくれてもよかったのに、と思っているのだろう。

バーカー＝プライスをつかまえるには、彼が議会へ出かける前の昼食時か午前中の遅い時間がうってつけだった。玄関前の石段のところで、チャーリーを散歩に連れていこうとしている学校中退の少年とばったり出会った。正午までに朝の散歩を終えてしまわない者をビーンは軽蔑していて、背の高い十六歳のこの子にも、例の表情で歯をむきだして見せた。

この日、バーカー＝プライスはひとことも口を利かなかった。玄関ドアをあけると、脇にどいてビーンを通し、玄関を閉め、書斎のドアをあけてから脇にどいてビーンを通し、ドアを閉めた。奥さんはどこだ？

使用人は？　清掃業者は？

ビーンはさらに何枚か写真を持参したが、それを差しだしても、バーカー＝プライスは無言で首を横にふるだけだった。金はすでに用意され、デスクにのっている紋章入りの用紙のとなりに二十ポンド札五枚が置いてあった。ビーンが片手を出すと、バーカー＝プライスが無言のままそこに金をのせた。書斎のドアをあけ、脇にどいてビーンを送りだし、あとは勝手に出ていかせた。ビーンが玄関ドアを閉めた瞬間、親指でライターをこする音が聞こえ、炎が立ちのぼって葉巻に火がつけられた。

〈打擲者〉を相手にするときは、ここまで単刀直入にやるのは無理だろう。ビーンはそう思っていた。〈打擲者〉がどこに住んでいるかも、本名もわからないし、前に顔を合わせた場所でその姿を捜してもなんにもならない。いま企んでいることが無意味になってしまうからだ。もちろん、向こうが姿を見せそうな場所で待ち伏せして、要求を突きつけるという方法もあるが、歩いてヨーク・テラスに戻る道々、この段階で自分から行動に出る必要があるだろうかと心に問いかけた。

あのとき、二人は目を合わせた。沈黙したままで。だが、その沈黙は雄弁で、おたがいに相手の心の内を読んだことをビーンは確信した。ビーンが全体の状況を見てとり、いまの相手の境遇を察したのが、〈打擲者〉にもわかったことだろう。こちらから言葉にする必要はいっさいない。バーカー＝プライス以上に沈黙を貫けばいいのだ。いまこの瞬間も、〈打擲者〉はビーンにいろいろ知られていることを気に病み、ビーンが〈打擲者〉の人生と将来を破壊する気になった場合、自分がどれほどの痛手をこうむるかについて考えていることだろう。

帰宅すると、家じゅうの窓をあけた。今日みたいに暑い日は、モーリス・クリゼローが亡くなる前にエアコンをつけてくれていればよかったのに、とつくづく思う。冷凍のボンベイポテトとピラフを電子レンジに入れた。バーカー＝プライスから巻きあげた百ポンドをバカンスに持っていくスーツケースにしまい、この調子で行けば、〈エクスプレス・ティッカ・アンド・ピッツァ〉に宅配を頼めるようになる日も遠くないと思った。

テレビをつけてBBCの一時のニュースを見ながら、ダイエット・スプライトを飲むうちに、またしても〈打擲者〉のことを考えはじめていた。何もする必要のないことがはっきりわかってきた。〈打擲者〉のほうから連絡してくるだろう。ビーンがここに住んでいることを知っているはずだ。モーリス・クリゼローの住まいを遺贈されるものと期待していて、クリゼローの死後、誰がそこに越してくるかを執拗に見張っていた可能性が充分にある。

〈打擲者〉がいつ押しかけてきてもおかしくない。

そんな思いから、漠然たる不安が湧きあがった。そっとする行為が何度もくりかえされた、まさにその部屋にすわっていると、雇い主の悲鳴や、鞭のヒュッという音や、杖で殴打する音が、ふたたび聞こえてくるような気がする。〈打擲者〉は名演技ができるだけでなく、腕力もあった。細くてもべつに関係ない。ものを言うのは筋肉だ。あの男なら残忍な暴力をふるいかねない。家に入れるのはやめて、例えばパブで会おうと提案するほうが賢明かもしれない。通りで立ち話をするだけでもいい。

よし、そうしよう。〈打擲者〉が現われたときにはーー自分が土曜日にブライトンへ発つ前にかならずやってくるだろうと、ビーンはいまや確信していたーー覚悟を決めて、何事も運任せにせず、人のいない場所や、照明のない場所や、さびれた場所で〈打擲者〉と二人きりになることは、ぜったいに避けなくてはならない。

いつもと同じく、四時十五分前に午後の散歩を始めた。ルビーは歩く気がなさそうで、ポートランド・プレースまでとぼとぼ歩きつづけた。一度だけ生気がよみがえったのはパーキング・メーターのそばまできたときで、その柱を相手に突飛な愛の行為に及んだ。コーネル夫妻が以前住んでいた家の前を通りかかると、すべての窓にブラインドが下り、地下勝手口にゴミの入った黒いポリ袋が三個放置されているのが見えた。つんとくる腐敗臭が歩道のほうまで漂っていた。

この午後も暑く、ビーンはクラウン部分がメッシュになっている赤い野球帽に、ジーンズに、行進する象の群れがプリントされた半袖のTシャツという装いだったが、それでも汗をかいていた。ブライトンへ行ったら、短パンに金を投資するとしよう。最近は短パンをはく連中が増えている。ビーンの年代の者までもが。パーク・クレセントの庭園に入ると、先週はみずみずしい緑だった芝生が急速に水分を失って茶色くなっていた。欲を言えば、この界隈で犬をもう一匹見つけたいものだ。そうすれば、デヴォンシャー・ストリートからパーク・スクエアまでルビーに孤独な散歩をさせずにすむ。そう考えて、ミセス・セラーズに誰か心当たりはないかと尋ねてみたが、向こうはなんの話かさっぱりわからないという顔で、呆然とビーンを見つめるだけだった。通りに出たとたん、スポッツがハアハアいいはじめた。

熱い風が木々を揺らし、土埃の上にゴミをまきちらした。マクブライドが眠そうな顔でアルバニー・ストリートの家から出てきたものの、歩くのをいやがって、三十秒おきに立ち止まっては身体を掻いていた。しかし、マリエッタのほうは元気そのもので、焦げ茶色の皮膚は毛を刈ってもらったばかりのように見えた。たぶん、そうなのだろう。リール・プリングにわざわざ尋ねるまでもない。

リールはビーンに非難されたことを忘れてしまったか、もしくは、気にしてもいないようだった。体調を崩した友人からついさっき電話があったと言った。その友人は若い元気なスパニエル犬を飼っていて、どうやって運動させればいいのかと困りはてているらしい。「家はどこなんです？　そのお友達の」ビーンは言った。「あまり遠くないといいんですが」

「あら、どこだったかしら。じつはね、彼女の家へは一度も行ったことがないの。グロスター・アヴェニュー？　それとも、グロスター・プレースだったかしら。たいした違いじゃないわね。わかるでしょ？」

いや、わからない。大きな違いだ。一キロほど離れている。

「あなたに電話するよう、友達に言っておくわ」

「それはそれは、大いに感謝します」ビーンは言った。しかし、向こうは皮肉に気づいていなかった。気づくような女ではない。

ミス・ジェイゴはすでに仕事に出かけていた。ビーンは預かった鍵でシャーロット・コテージに入り、グーシーが周囲を走りまわり、彼の脚に飛びつくあいだに、手早くあたりを調べた。レディ・ブラックバーン＝ノリスから届いた絵葉書。どこかはるかな土地の天候のことばかりで、興味深い話題はひとつもない。ジャンクメールの束、クリーニング屋のちらし。ビーンはグーシーを小脇に抱えて外に出ると、あとの犬たちのところに戻った。

公園に入ってから、スポッツとマクブライドが愛らしく並んでいる写真を撮った。どこからともなく物乞いが現われた。黄ばんだ歯に無精髭の、やや年配の男だった。人間の身体の一部というより木の幹に生えている毒キノコみたいな手を差しだした。

「紅茶代、恵んでくれないかね、旦那」

「とっとと失せろ」ビーンは言った。できることなら、一人残らず殺してやりたかった。〈串刺し公〉のことを世間がどう言っているにせよ、犯人の心理はビーンにも理解できるものだった。

この日は今年いちばんの暑さだった。公園の広々とした中心部は木々がなく、太陽の熱をまともに受けるため、わざわざそこを横切る者は誰もいなかった。歩いて帰宅する途中、メアリは木陰のあるアウター・サークルを通ることにした。プリムローズ・ヒル橋のそばにある楕円形のトラックで男性二人が走っていたが、どちらも黒い肌だから、この暑さもたぶん、心地よい暖かさ程度のことなのだろう。グロスター・ゲートのところでアウター・サークルを渡り、低い塀越しに下を見た。丸くて浅い二つの池のあいだに敷いたシートの上で顎鬚の男が眠っていて、横には開いた本が伏せてあり、池には何かのボトルが立てて冷やしてあった。

今度出会ったら、お金を渡すことにしようか。物乞いには昔から施しをしてきたが、遺産を相続してからは、施しのための五ポンド札と十ポンド札を持ち歩くようになった。あの男性は施しを喜んで受ける人だろうか。ぐっすり眠っていて、なんの悩みもないかに見える。もしくは、人生の秘密を何か見つけたかのようだ。家に着いたのはいつもより早かったようで、グーシーは散歩からまだ戻っていなかった。

五分後、見るからに暑さがこたえた様子で、グーシーがハアハア言いながら小走りで入ってきた。ビーンの顔はてらてら光り、汗の玉が噴きだしていた。三十度を超すなかを遠くまで歩くのは、年老いた身には辛いことだろう。一週間分の散歩料金を支払った。グーシーはキッチンで大きな音を立てて水を飲んでいた。ビーンを門まで送っていくと、ダルメシアンを紹介された。おとなしい犬で、メアリの手をなめてくれた。

「あなたの推薦で新しく加わった子です、お嬢さん」ビーンが言った。「いただいた人物証明書がミセス・セラーズのお気に召しましてね」

ビーンの媚びへつらうような態度に、メアリはいつも困惑する。ところが、今日はそこに、ビーンよりはるかに年下の男にしか似合わないような流し目が加わっていた。メアリを上から下までながめていて、まるで何かの査定か計算をしているかのようだった。メアリはあわてて家に入った。

この暑さでは食欲も減退だ。いや、まあ、人間だけのことかもしれないが。グーシーは元気をとりもどして、シーザーをむさぼるように食べていた。メアリはパンとチーズとサラダを少しつついただけだった。ここを去るときがきたら、この小さな犬と会えなくて寂しくなるだろう。レオと二人で自分たちのシーズーを飼うことにしようか。ギルドフォードのジュディスに結婚式の招待状を書き、大学で一緒だったアン・シモンズにも書いてから、グーシーにリードをつけてポストまで出かけた。

角のポストは投入口が二つともテープでふさいであって使えなかった。メアリが知っているもう一カ所のポストはカンバーランド・テラスの正面アーチのところにある。九時近くなっても、まだとても暖かだ。猛暑だった一日のあとに、ようやくこういう夜が訪れる。二、三日前には急に強い風が出てきて、季節はずれの落葉が見られた。プラタナスの葉が黄色くなって歩道にひらひら落ちたのだ。いや、もしかしたら季節はずれではなく、この時期にいつも起きる正常なことで、秋の到来を早めに告げているのかもしれない。落ちた葉は乾燥して縮み、メアリに踏まれて砕けた。メアリはカンバーランド・テラスの通路を通り抜けた。

公園は靄に包まれ、柔らかで神秘的な雰囲気だった。木々は紫がかったグレイの姿となり、微動だにせず立っていた。大気中にジーゼルオイルとラベンダーの匂いがした。奇妙な組みあわせだ。人の姿はほとんどなかった。歩道に並んだカフェのテーブルか、パブの庭にいるのだろう。手紙をポストに入れてから、施錠されている公園のゲートに目を向けた。世間の噂によると、警察がなかに入り、レストランや休憩所の陰で一夜を明かそうとする浮浪者たちを追い払うが、監視の目をくぐり抜けて茂みのなかや動物園の風下で眠る者もかならずいるという。そんなことを考えているうちに、この午後に寝姿を見かけた男のことが頭に浮かんできた。グーシーを抱きあげ、「小さな赤ちゃんね」とフワフワの毛に向かってささやきながら、グロスター橋のところでアルバニー・ストリートに戻ろうとした。

〈グロット〉の池の上に蚊柱が立っていた。旋回する昆虫や、鱗粉つきの翅を広げた蛾や、ブユや、アオバエがあたりを飛びかっていた。男はまったく気にならない様子だった。丸めた寝袋をクッションにして岩のあいだに腰を下ろし、本を読んでいた。メアリは男のことを以前ひそかにニコライと呼んでいたのを思いだした。男がゴーゴリの本を読んでいるのを目にしたからだ。メアリに気づいて、男が立ちあがった。女性が部屋に入ってきたときに男性が椅子から立つような、ちょうどそんな感じだった。

「こんばんは」メアリは言った。

男は微笑した。「こんばんは」

いい機会だ。男はスロープを少しのぼってきてメアリを見ていた。心配そうな顔だ。そんなことはありえないのに。男のそばまで下りていき、横にすわって話をしてみようか。でも、どんな話を？　なぜ？　ばかげた思いつきだ。それに、もうじきレオがくる。十分後には現われるだろう。いま「こんばんは」と言ったばかりなのに、それに続けてさらに愚かな挨拶をしてしまった。

「おやすみなさい」

男はうなずいた。何か気になっていたことが確認できたかのように。知的で、優しさの感じられる、きれいなブルーの目をしていた。

「おやすみ」男は言った。

メアリはその場を去りながら、男にお金を渡すつもりだったが何も持っていなかったことを思いだした。それに、いまでは、無神経で失礼なことのような気がしていた。

電話の声は男性だった。ビーンはなぜか、女性からの電話を予想していた。いや、じつを言うと、まさか本当に連絡があろうとは思わなかった。あのリール・プリング、頭が空っぽのあの女がよこした話なので、あてにならないと思っていた。妙な偶然だが、ビーンはそのとき、テレビで彼女を見ていた。〈イーストエンドの住人たち〉はお気に入りの番組で、一回も見逃したことがない。リール・プリングはさすがに女優で、生身の彼女とはまったく違っていた。まず実物よりもふっくらして、スタイル抜群に見える。画面にクレジットが流れていたとき、電話が鳴りだした。番組が終わっていなかったら、ビーンが電話をとることはなかっただろう。

電話の向こうの声は名前を名乗り（まあ、たぶんそうだろうとビーンは推測したのだが）、つぎに犬のことを何か言った。

「ミス・プリングのお知りあいですか」名前が聞きとれなかったので、ビーンはそう尋ねた。

「いまそう言っただろうが。急ぐんだ。一刻も早く会ってもらいたい」

その口調がビーンは気に入らなかった。「こちらもお目にかかりたいです。あなたと犬に。若い活発なスパニエル犬をおひきうけできるかどうか、まだわかりませんし。たしかスパニエルですよね？　まだ子犬ですか」

「子犬ではない。二歳で、わたしと一緒に犬の訓練学校に通った経験がある」

「まあ、考えてみましょう」ビーンはしぶしぶ言った。「お住まいはグロスター・アヴェニューだと、ミス・プリングから聞きました」それとも、グロスター・テラスだった？「わたしの散歩コースからかなり離れてますねえ」

「いや、グロスター・プレースだ。北の端のほう」

北の端ならそう悪くない。さほど熱のこもらない声でビーンがそう答えようとしたとき、電話の向こうの声が言った。

「だが、引っ越すことになっている。一ヵ月後にアッパー・ハーリー・ストリートへ越す予定なんだ」

犬をもう一匹加えるとしたら、まさに理想の住所だ。ルビーとスポッツのちょうど中間になる。

「明日なら伺えます。いまぐらいの時間でいかがでしょう？」

「三十分遅くしてくれ」

バカンスから戻ったときに犬が六匹待っているとわかっていれば、ブライトンでの日々がなおさら楽しいものになるだろう。六はきりのいい数字だ。この数字をずっと守っていかなくては。


「では、夜の九時ですね」

「九時ならちょうど都合がいい」

ビーンはテレビを消して荷造りに戻った。旅行に出るときはいつも、一週間前から毎晩少しずつ荷物を詰め、忘れものをしないよう気をつけている。しかし、赤い野球帽と象のTシャツは残しておいた。それで出かけるつもりだった。

のを目にして、連れがいないことを確認してからなかに入ると、女性は手を洗っていたので、彼女が悲鳴を上げるのもかまわずハンドバッグをひったくった。現金で七十ポンド。金以外はすべてバッグに残し、女性があとで見つけやすいようにと、ベンチの一つにそのバッグを置いていった。現金をクラックに換えて家に帰り、玄関ドアを鍵であけて、暑くて暗い家によろめく足で入った。幾筋かの光が床板に伸び、誰かがオレンジ色のチョークで線を描いたかに見えた。最初のうち、メモがあることに気づかなかった。玄関ドアのすぐ内側に、折りたたんだ紙が差しこまれていた。そばに封筒もあった。

ホブは字を読むのが苦手だ。いくらがんばっても進歩がなく、いまみたいに禁断症状の最中だと、よけい読めなくなる。メモと封筒をそばに置いてから、クラックの結晶をひと粒砕いて、じょうろの散水口の管に投げこんだ。つぎに、ねじ蓋、ストロー、缶の蓋をと

22

年寄りのドッグマンに新たな仕事。こうつぶやいて、ホブは笑いだした。このところ、たいしておかしくなくても、すぐに笑いがこみあげてくる。これまででいちばんでかい仕事になる。提示された金額のことを考えただけで、頭がくらくらする。これで禁断症状とは永久におさらばだ。そんな莫大な金が入ったら、永遠に禁断症状を遠ざけておける。この先ずっと、これまでとは違う自分になって生きていける――陽気に踊るひょうきん者、パワーレンジャー、のんきな男、楽しそうな男。

ホブはこっそり公園に出かけた。チェスター・ロードの女子トイレの外でじっと待ち、女性が入っていく

りだし、最後に散水口の穴の部分にライターを近づけた。息が続くかぎり長々と吸いこんだ。肺が機関車となって列車をひっぱっていくような気がした。煙が気管に流れこんだ瞬間、初めてアイスクリームを食べたときの感覚がよみがえった。

うれしいことに、今日はけっこうすらすらと字が読めた。封筒には市役所からの通知が入っていて、十五日の午前九時に窓ガラスを新しくするので、作業員を家に通すためにかならず在宅するように、と書いてあった。というか、だいたいそう書いてあるのだろうとホブは思った。メモのほうはカールからで、手書き文字のため、もっと読みにくかった。今夜きてほしい、頼みたい仕事がある、とのこと。

カールにもレオにも長らく会っていなかった。レオはよそへ移ったのだろうと思っていたし、カールまでいなくなっていても、驚きはしなかっただろう。ただし、行き先は見当もつかないが。カールがときたま帰ってきているのは間違いない。レオはもう長くないだろう。医者でなくても、カールみたいな頭脳がなくても、それぐらいはわかる。ホブは立ちあがって軽く踊り、宙にパンチをくりだし、母方のおばあちゃんが得意だった昔のこっけいな歌をうたい、つぎに、〈アイル・ビー・ユア・スイートハート〉と〈ナイト・トレイン・トゥ・メンフィス〉を口ずさんだ。レオの身に何が起きようと、この自分が死ぬわけではない。

ネズミどもは日中寝ているに違いない。〈トムとジェリー〉の漫画に出てくるジェリーみたいに、もしくは、クッションについているミッキーマウスみたいに（ただし、本物のネズミは毛に覆われていて柔らかい）、幅木の向こうで睡眠中のネズミたちを思い浮かべた。たぶん何百匹もいて、身を寄せあって丸くなっているのだろう。窓に板が打ちつけてあるため、風通しが悪いが、フラットのほかの場所に比べれば、キッチンの臭いのほうがまだましだった。ウィータビックスをパッケージから二枚とりだし、指で砕いて、テレビの前の床にばらまいた。砕いていたとき、ネズミがウィータビックスをかじるのは自分がクラックを吸うみたいなものかもしれないと思って、ククッと笑いたくなった。上の階へ行くことにした。

今日もエレベーターが動いていることを期待するのは、虫がよすぎるというものだ。やはりだめだった。気分がいいときの彼は階段をのぼるぐらい平気なので、はずむような足どりで八階までのぼった。わざと大きな音を立てたので、カールにも聞こえたに違いない。彼が入口のところに立ち、あけたドアを手で支えていた。ひどく惨めな表情で、レオに劣らず顔色が悪かった。

「レオの具合はどうだい？」気分爽快で行動に移りたくてうずうずしていなかったら、こんな質問はぜったいしなかっただろう。

カールは何も答えず、肩をすくめて視線をそらしただけだった。「いまから出かけてくる。長くはかからない。おまえにとりあえずKを二個やろう。それがいまのおれの全財産だ。再来週にならないと金が入ってこない」

「Kが二個？　二千ポンドってことかい？」

「値段の交渉なんかしても無駄だぞ。いまも言ったように、それだけしかないんだから」

「交渉なんかしてねえよ」ホブは言った。

「それと、Eを五百グラム。イエロー《LSD》でよければな」

「上等だ、カール」

汗が噴きだしていた。いままで読んでいた健康雑誌には、年をとるにつれて汗はあまり臭わなくなると書いてあったが、それを鵜呑みにするつもりはビーンにはなかった。昔から汗を気にするほうだったが、あのサドマゾ行為の時期以来、一段と強い嫌悪を抱くようになっていた。当時は、家のなかに、肉ともタマネギともつかない臭いが充満していたものだ。エネルギーを荒々しく使い切った結果だったのだろう。

本日二度目のシャワーを浴びてから、デオドラントをスプレーして、清潔な服に着替えた。丹念にプレスしたジーンズ、象のTシャツ、赤い野球帽。Tシャツは帰ってから手早く水洗いするつもりだった。朝までには乾いて、列車の時間に間に合うだろう。

八月は公園が九時に閉まる。つまり、湖のへりとケント・ゲートを通ってグロスター・プレースの端まで、ぎりぎりのタイミングで歩いていけるわけだ。フロリダみたいに暑くてじめじめした夜だ——ビーンは思った。フロリダへは一度も行ったことがないのに。

公園の外のルートを使うほうが距離的には近いが、道路を何度も渡らなくてはならないし、交通量も多い。公園のなかは安らぎと静寂が広がり、湖面はガラスのようで、大気中に濃厚な香りが満ちていた。空を見あげると、薄い靄が出て、空の濃い藍色が薄れはじめていた。すでに月が出ていて、淡い色の楕円が靄のなかでにじんで見えた。泥水に長く浸かっていた何かの死骸みたいだ。

鳥はみな、ねぐらに戻っていた。一羽の黒鳥は片脚で立ち、反対の脚と首を背中の羽根に埋めて眠っていて、遠くから見ると巨大なキノコのようだ。緑と栗色の羽根に包まれた鴨の群れが水辺で身体を丸め、絹のクッションに姿を変えている。しかし、迫りくる宵闇があらゆるものから色彩を奪って、草は灰色になり、湖面は黒いガラスになり、木々は命あるものというより、おぼろな形と影に変わっている。

物乞いがゆっくり近づいてきた。きのうビーンに金をねだった男のような気がしたが、いまはあたりに誰もいなくて、ここにいるのは二人だけなので、湖の小道ですれちがうとき、ビーンは顔をよそへ向けて相手に気づかないふりをした。最近は世の中が物騒で、誰がどこで暴力をふるうかわからない。公園内はほとんどの車の乗り入れが禁止されているが、王立公園警備隊のパトカーがゆっくり通りすぎていった。ここのパトカーは人々から〝レタスサンド〟と呼ばれている。白い車で、濃い緑と薄緑のストライプが入っているからだ。

ビーンの左のほうでは、サセックス・プレースのトルコふうの円屋根が夜明けの野営地みたいにきらめいていた。ボートはすべて、ハノーヴァー池の中央の小島に係留され、水に浮かんで軽く揺れていた。ビーンがそちらへちらっと目をやったのは、ここを通るとかならずムッソリーニのことを思いだすからで、そのため、草地を横切ってゲートへ向かおうとして、木々の下を歩いてくるムッソリーニが見えた瞬間は、自分の目が信じられなかった。視界をはっきりさせようとして、目をこすったほどだった。

ムッソリーニはビーンを待っていたかに見えた。どこへも行こうとせず、その場に立っているだけだった。警察用語で言うなら〝滞留〟だ。アウター・サークルの街灯がビーンの目に入った。そこを人々が歩いているし、マクレスフィールド橋のほうへ向かう車もある。ムッソリーニに視線を戻すと、暖かな薄闇のなかに、ずんぐりした顔立ち、痩せた身体、薄汚い古着が見えた。

「ずいぶんゆっくりだったんだな」ビーンは言った。

こんな暑い夜なのに、ムッソリーニはかなりの厚着で、物乞いが好んで身につける暗い色のぼろを何枚も重ねていた。何かを嚙んでいたが、ビーンの見たところ、ガムではなさそうだった。何なのかはわからないが、それを口の端のほうへ舌で押しやった。

「遅かったじゃないか」ムッソリーニは言った。「あんたのせいでこっちはえらい迷惑だ」

「かもしれんが、あんたのほうこそ遅すぎた。わたしが頼みたかった仕事を、ほかの誰かがすでにやってしまった。しかも、こっちで考えていたより少々荒っぽに響きわたった。

「ほかにも仕事があるかもな」ムッソリーニが言った。「いい方法で」

「いつだって、仕事を頼みたい人間がいるもんだ」

ビーンは肩をすくめた。少々足止めされてしまったが、ゲートをめざしてふたたび歩きはじめた。広いゲートで、柵についているスパイクの数はたぶん二十五本ぐらいだろう。ムッソリーニも並んで歩きだし、ビーンはすぐさま彼の臭いが気になった。爽やかな汗の匂いではなく、しみついた汚れ、洗濯していない服、害獣の排泄物、化学物質のつんとくる刺激臭、といったものだった。離れようとしたが、ムッソリーニが身を寄せてきて、背の低いビーンを見おろし、彼の胸をじっと見つめた。

「その象、気に入ったぜ」と言い、つぎに「ジャンボ、ジャンボ」と言いながら笑いだした。「ジャンボ、ジャンボ」

公園の静寂のなかに、ムッソリーニの哄笑が不気味

23

パーク・ロードはアウター・サークルの西側にあり、ベイカー・ストリートの端から北へ向かって、セント・ジョンズ・ウッド・ロードとアルバート・ロードが合流する地点まで延び、アウター・サークルとはハノーヴァー・ゲートとケント・パッセージでつながっている。ロンドン・モスクがあるのもこのパーク・ロードだ。ほかには、ランドルフ・シュタイナー・ハウス、〈ウィンザー城〉という名のパブ（すでに閉店）、〈ディロンのビジネス専門書店〉、多数のインド料理店がある。サンドイッチバー、ワインバー、誰も何も買っていない様子の毛皮店もある。

書店のすぐそばにあるのがロンドン・ビジネススクール、この名門スクールはサセックス・プレースにあり、建築家デシマス・バートンが手がけたリージェンツ・パークのテラスハウスのなかで最高に華麗と言われる建物を、校舎として使っている。建物はアウター・サークルに面していて、コリント式の円柱と多角形の出窓とドームが美しく連なった姿はとても軽やかで優美なため、石の塔というより絹のテントが並んでいるように見える。本を買おうとする学生たちは、わざわざベイカー・ストリートまで行ってからパーク・ロードに出る必要はなく、テラスハウスを出て左に曲がり、王立産婦人科大学を通りすぎると、ケント・パッセージと呼ばれる小道に通じる入口が見つかる。

パッセージは長い細道で、まっすぐに延び、木々が影を落とし、金網フェンスの奥には柵ではなく生垣が続いている。南側は王立産婦人科大学の色の薄いレンガ塀に日射しをさえぎられている。小道を縁どっているのは、プラタナス、ウルシ、イチゴ、ムクゲなど。

パーク・ロードに出る手前で小道はいったん広がって楕円形になり、ふたたび狭くなって、そこを通りすぎると広い通りに出る。書店はそこから何歩か行った左側にあり、右側にはケント・テラスがある。

アウター・サークルに面していないテラスハウスは、このケント・テラスだけで、イオニア式の円柱が並ぶあっさりした感じの建物だ。かつて、アンソニー・マドックスがビーンに話してくれた――建てられたのは一八二七年、ジョージ四世の弟ケント公にちなんでケント・テラスと名づけられたが、ケント公は王位継承権を持つ王女ヴィクトリアの父親ではあっても、ずいぶん前に他界していたため、とくべつ豪華にする必要も、独創性を重んじる必要もなかった。ビーンはそのとき、意地の悪い言い方だと思った。自分がケント公の像と似ていることはすでに意識していたが、テラスハウスの前を通るたびにマドックスの話を思いだし、あれは悪意から出た言葉だったのだろうかと思わずにはいられなかった。

ケント・テラスには風変わりな特徴が一つある。よく見かける黒い鉄柵のほかに、敷地内の円柱の上部にスパイクの飾りがついている。

ケント・パッセージと石段に通じるゲートの両側にも、こういう円柱が建っている。高さは成人男性の背丈ぐらいで、両方の柱の上部から鉄の枝が五本ずつ突きだし、それぞれの枝の先がさらに五本のスパイクに分かれている。一見、サンザシの小枝に見えなくもないが、醜悪かつ不気味で、何が目的でこんなものを作ったのか、あるいは、建築家が何を考えていたのか、どうにも理解できない。

この鉄のサンザシが男性の身体を刺し貫いていた。

そのために選ばれたのは、たまたま空を見あげないかぎり、ケント・パッセージからは見えず、柱の向こうをのぞかないかぎり、テラスハウスからも見えない場所だった。そのうえ、明け方からずっと、公園とその周辺に濃い靄が立ちこめていて、手近なものでさえ白いベールに包まれて輪郭がぼやけていた。

死体は広がったスパイクに胸を貫かれて柱の上に固定され、頭ががっくり落ち、手と脚が垂れ下がっていた。裸足で、裾がすりきれて膝に穴のあいたジーンズをはき、黒いロゴがついた洗いざらしの破れた灰色のTシャツと、食べもののしみと血でごわごわになったダークレッドのカーディガンを着ている姿からすると、生前は小柄な男だったようだ。脚も腕も細く、青白い素足が哀れを誘う。体重はたぶん、六十キロにも満たないだろう。とは言え、そんな高いところへ男を抱えあげるには、かなりの力が必要だったはずだ。

昼までにずいぶん多くの者がその下を通りすぎた。顔を上げて円柱のてっぺんを見た者は一人もいなかった。靄が消えて太陽が顔をのぞかせたあと、死体がようやく発見されたのは正午になってからだった。パトロール中の警官がアウター・サークルからパッセージに入ってきた。ボートが係留されている湖のまわりを巡回し、黄ばんで薄くなった芝生を横切ったあとで、ハノーヴァー・ゲートから公園の外に出たのだ。警官の視線は迷彩柄のズボンにグレイのベストという格好の浮浪者に据えられていた。浮浪者はゴミ箱あさりの最中だったが、その場所が窓をあけたまま駐車している車のすぐそばだったため、警官が怪しんだのだろう。

警官はその場にとどまり、ゴミ箱からテイクアウトの残りものを拾いあげた浮浪者がのろのろと北のマクレスフィールド橋のほうへ去っていくまで、監視を続けた。それからパッセージに足を踏み入れ、ゆっくり歩いていった。左側の建物の高い窓のところで、誰かがはたきの埃を払っていた。パッセージは全長の四分の三が日陰で、葉のあいだから日が射しこみ、地面に斑模様を描いていたが、やがて木の葉は姿を消し、太陽に照らされたスペースだけになった。

このスペースに影が落ちていた。

蟹に、もしくは、蟹の一部に似ていた。いや、前肢を伸ばした蛙のようでもあった。警官は上を見た。死体が垂れ下がっていた。服に包まれた袋といった感じ。ぐったりと力なく柱に身体を預けていて、手が垂れ、指のあいだに乾いた血の跡がついていた。

24

ディルとビーグル犬は湖の南西側に置かれたベンチにすわり、トラックスーツ姿の老女が鴨に餌をやるのをながめていた。一年前に比べて鴨の数が減っている。噂によると、ホームレス連中が鴨をつかまえて殺し、運河の土手で、火であぶって食べているという。ディルはいつも、人間を相手にするような調子でビーグルに話しかける。いまも犬に向かって、火であぶった鴨というものを一度も食べたことがないから、ぜひ食べてみたいが、どうやって鴨をつかまえればいいのかわからない、ましてや殺すなんてとうてい無理だ、と言っていた。それに、どうやって羽根をむしればいい？内臓はどうする？こんなふうに鴨の話をしているのは、死んだ男のことで恐怖に震えるのを止めるためだった。

ビーグルがしっぽをふりはじめ、ベンチの板に打ちつけた。ローマンが犬の頭を軽く叩いてなでてやり、ディルのとなりに腰を下ろすと、ディルはたったいまビーグルに聞かせたのと同じ鴨の話をローマンに向かって始めた。だが、ディルの震えはもう止まらなかった。

「どうしたんだ?」ローマンは言った。「また一人見つかったそうだな。それで怯えてるのか?」

「サツに連れてかれたんだ。そいつの顔を見ろって言われた」

「身元を確認するため?」

ディルはうなずいた。手の震えを止めようとしてビーグルの首輪をつかんでいた。「おれがそばにいるのを見たって、サツが言うんだけどよ、そんなの嘘だよ」顔を上げ、警戒するように軽く首をかしげた。いままで泣いていたのか、東洋人っぽい目が腫れていた。

「いや、いいんだ。痛めつけられたわけじゃないし」

「どうだったんだ?」

「その場所に入った」ディルは鼻にしわを寄せた。

「ポリ公がシートをめくって、その下のものを見せた。ふつうの死顔でさ、切り傷もなんにもなかった。知らない男だった。一度も見たことのないやつだ。サツの連中、間違いないかっておれに訊いて、それからポリ公がシートを戻した。いやな連中じゃなかったよ。一人なんか、ビーグルに菓子パンくれたしさ」

「たぶん、ホームレスの一人だと思うが」ローマンは言った。

「おれにはわからん。どう考えればいいのか、わからねえんだ。このあたりの仲間は一人残らず知ってるつもりだった。死んだ人間を見たことあるかい、ローマン?」

「母親」サリーと子供たちも。だが、そのことは言わずにおいた。ダニエルの顔はずたずただった。「母親の死顔を見ている」

「みんな、蠟細工みたいな顔なのかなあ。生きてたことが嘘みたいな感じの」

「さあ、わからん。あんた、セント・アンソニーの簡易宿泊所へ行ったらどうだ？」

「ビーグルは連れてくるなと言われた。どうすりゃいい？」

ローマンはふたたび歩きだし、クラレンス・ゲートへ向かった。花壇と芝生が灰色のふわふわしたガチョウの羽毛に覆われていた。花びらの上で羽毛が舞っていた。ベイカー・ストリートの北端にある売店で新聞を買った。第一面と内側の四つのページが、今回の殺人と前回二件の殺人の記事に埋めつくされていた。第一面に、四段抜きで柵の写真が出ていた。死体発見現場ということになっているが、じっさいはたぶん違うだろう。黒いスパイクつきの柵で、背後に草むらがあり、薄れゆく靄のなかに木々のぼうっとした形が見える。内側の紙面にさらに多くの写真が出ていた。カーヒルとクランシーの写真、リージェンツ・パークの柵の写真があと何枚か、運河の土手に腰を下ろしたり、うろついたりしているホームレスの一団の写真。

死体は〝中年後期〟（どういう意味やら……）の男性のもの、住所不詳。身元はまだわからない。ジーンズとカーディガンのポケットには何も入っていなかった。靴も靴下もなし。警察は捜査を進めるうえで一般の協力を求めていて……。

ローマンは、今回は逃げるのをやめようと決めた。いまの場所にとどまっていれば、いずれ警察が質問してくる。警察はリージェンツ・パーク近辺の、いや、おそらくロンドンじゅうのホームレス全員に質問するはずだ。この場にとどまり、警察の質問にできるかぎり答えて、良き市民になろう。そうしたことを経て、彼の人生に変化が訪れ、以前の人生がよみがえり、彼をかつてのような人間にしてくれる。

〝警察・立入禁止〟という文字が印刷されたブルーと白のテープが頑丈そうな円柱とてっぺんのスパイクに巻きつけられ、薄っぺらながらも抑止効果充分の境界線となっていた。ケント・テラスはふだんより活気づいていて、ほとんどの窓が大きく開かれ、ときおり人々が顔をのぞかせていた。しかし、ファラオの死体が発見されたときのように、新たな展開を期待する野次馬が集まっていたとしても、いまはもう誰もいなかった。制服警官が一人、ケント・テラスの前庭を歩きまわっていた。

パーク・ロードには、いつものように轟音を響かせて車が走っていた。ベールをかぶった女や二人連れの男がモスクのほうへ歩いていく。男どうしでにぎやかなおしゃべりに興じているが、女にはけっして話しかけない。ローマンがここにきてみたのは、噂には何度も聞いているが一度も見たことのない円柱について新聞で読み、興味を持ったからだった。

スパイクの根元のところから、黒褐色の筋が一本、クリーム色の漆喰の上を涙のように伝い落ちていた。

「あんたが想像してるようなものではない」警官が言った。「錆だ」

「死体をあの高さまで持ちあげるには、かなりの力が必要だ。てっぺんで見つかったんですよね?」

「新聞に残らず書いてあるよ」警官はそう言ってそっぽを向いた。捜査の秘密を守るために。いや、もしかしたら、うんざりしただけかもしれない。

翌日、警察がたまたまローマンに声をかけて署へ連れていき、リージェンツ・パーク界隈で暮らすホームレスについて根掘り葉掘り質問した。彼の態度とアクセントにひどく当惑しているようだった。

遺体安置所まで一緒に行って、今回の被害者の身元を確認してもらえないかと警察に頼まれたので、ローマンは「いいですとも。そうお望みなら」と答えた。

部長刑事（上級ランクの警官はホームレスの相手なぞしないのだろう）が妙な顔でローマンを見た。そばにいた巡査もローマンを見た。目を天へ向けることはさすがにしなかったものの、そうしたそうな顔だった。

ローマンは車で遺体安置所へ連れていかれた。警官二人が悪臭を予想しているのがローマンにも分かった。わざとらしくすくみあがり、シートの上で尻をずらし、窓をあけるつもりでいたようだが、まったく臭わないことを知って、失望したと言ってもいい表情になった。

死体は緑色のビニールシートに覆われていた。〝蠟細工みたいな〟というディルの言葉が思いだされた。ローマンが連想したのは、かつて見たことのあるソープストーンか白翡翠の彫刻だった。年齢は、そう、四十歳以上ならどの年代でもおかしくない。小さな口とふっくらした頰がどことなくハノーヴァー王家の顔立ちを思わせ、身元はわからないまでも、どこかで会った男のような気がした。

ローマンが部長刑事に言えたのはそれだけだった。

「男を知ってはいるが、どこの誰かはわからんと言うんだね？」

「知っていたとは言えないが、前に会ったことはあります」

「どこで？」

「リージェンツ・パークのなかでしょう。わたしは公園で暮らしているので」

部長刑事はとうとう、あんたのような男がなぜ路上暮らしをしているのかと尋ねた。

「好きだから」私生活をくわしく語る気はなかったので、ローマンはそう答えた。「性に合ってるんです」

「相当な変人だな」

「たぶん」

ローマンは帰ってもいいかと尋ねたいのを我慢して、部長刑事が書類をいじり、ときおり意味ありげな視線をよこすあいだ、広い刑事部屋でじっとすわっていた。以前だったら、こういう場所にくると緊張し、人目を意識して、軽い交通違反でもしたのだろうかと記憶をたどったことだろうが、いまの彼は軽い退屈以外に何も感じなかった。

部長刑事が「じゃ、これで。帰っていいぞ」と言って、ついでにつけくわえた。たぶん、言わずにいられなかったのだろう。「自分をとりもどすんだ。気をとりなおして、住むところを手に入れろ。あんたみたいな人にホームレス暮らしは似合わない。自分でもよくわかってると思うが」

ローマンはうなずいた。刑事部屋を出たが、ひきとめようとする者はいなかった。〈グロット〉に戻ってみると、警察の捜索によってゴミがきれいに消えていた。ローマンにはとうていできなかった徹底的な仕事ぶりだ。証拠品を見つけるために、紙切れもボロも一つ残らず運び去られていた。ローマンの手押し車も消えていた。たぶん、警察が持っていったのではなく、誰かに盗まれたのだろう。

あたりは暑苦しく、虫の住処と化していた。池の水は透明でも新鮮でもなくなり、浮きかすに覆われ、その上を虫が飛びかっていた。土埃のひどい木陰に入り、乾いた地面に腰を下ろした。もう少ししたら、外に出てカムデン・タウンまで行き、手押し車に入れてあった品々を買いなおさなくてはならない。古着、シート、毛布、水筒、その他さまざまな品。愚かなくだらないことに思われた。買うことができるからだ。ほしいものはなんでも買える身分なのだ。

部長刑事の言葉は、ローマン自身がずっと考えていたことを反復したに過ぎなかった。いまの暮らしを選んだことで彼は救われたが、その暮らしは人為的なものので、ホームレスになるべくドンキホーテのように突進しただけだった。この状態を続けるのがわがままなことに思えてきた。

もとの世界に戻ることこそ、真の勇気なのだろう。

レオは毎日夕方にメアリを訪ねてきたが、泊まっていくことはなかった。その理由として挙げたのが、前に二人が言ったように、シャーロット・コテージはブラックバーン＝ノリス夫妻の家だということだった。そのため、朝はこの家にメアリしかいなくて、一人でグーシーを散歩に連れていった。仲間の犬に会えないのがグーシーは寂しそうで、おまけに、甘やかされて育ったため、菊の花びらで作ったクッションみたいに草の上にすわりこみ、梃子でも動かなくなってしまうことがよくあった。そんなときはメアリが抱いて帰るのだが、八月の炎暑に毛皮のマフをはめているようなものだった。

しかし、夕方になってレオがやってくると、二人で一緒にグーシーの散歩に出かけた。レオは悲痛な顔で沈みこむかと思えば、病的なぐらいはしゃぎだし、それが交互にくりかえされていた。義務的にやっている犬の散歩を冒険に変えようと言いだして、ミセス・セラーズとスポッツをかならず見つけだすと宣言したりした。

一度など、血統のはっきりしない斑点模様の犬を散歩させていた女性に近づいたことさえあった。「ぼくのフィアンセはそのダルメシアンに人物証明書をお渡ししたでしょうか」と尋ねた。

女性は恐怖の表情を浮かべてあとずさった。もう一人、同じ質問を受けた飼い主はインナー・サークルのほうを指さして、あっちに警察署があるのを知っているかとレオに尋ねた。メアリは笑ってしまい、つぎに気恥ずかしくなった。パーク・ヴィレッジに戻る途中で、いったいどうしたのかとふたたびレオに訊いた。

「結婚するのが不安なの？」

「不安になるなんてありえない。きみと結婚することこそ、ぼくがこの世で何よりも強く願ってることだ」

「じゃ、何をそんなに悩んでいるの？」メアリは優しく尋ねた。

「死」レオは甲高い声で笑いだした。

家に入ったとたん、メアリにキスをしはじめた。唇に、喉にキスをして、ブラウスの前を開いて乳房にもキスをした。これまでのレオは控えめで穏やかなイメージだったため、こんな情熱を示されることにメアリは慣れていなかったが、それでも熱く応えた。二人のあいだにずっと欠けていたのはこれだったような気がした。

レオが「二階じゃなくて、ここで」とささやき、メアリを居間に誘いこむと、背後のドアを足で蹴って閉めた。

かつてここで、おたがいに膝を突いた格好のまま、彼がメアリを抱きしめ、結婚してほしいと言ったのだ。いま、レオが愛撫を始めていた。まるで初めてのときのように。メアリは全身が温かくなり物憂げにとろけていくように思った。いまの彼はもう軽い亡霊のような存在ではなく、たくましく、しきりにメアリを求め、唇を合わせたまま両腕できつく彼女を抱きしめた。電話が鳴りだし、メアリは無粋な邪魔が入ったことに腹立たしげな叫びを上げた。

レオが悪態をついた。「ほっとけよ。出なくてもいい」

メアリは何もしゃべれず、首を横にふっただけだった。電話は執拗に鳴りつづけた。二人は動きを止めてじっとしたまま、その音に聴き入った。音がやむと、レオはメアリの髪を、そして肩をなで、彼女を横向きにさせてから、左右の乳房を手のなかに包みこみ、その姿勢のままで挿入した。メアリは喜びの声を上げて背中を弓なりにそらし、彼は長い吐息をついた。

十時少し前に、レオがプリムローズ・ヒルの家に帰っていった。それまでのあいだ、二人は並んで腰を下ろし、おたがいの身体に腕をまわして、将来のことや、どこに住むかといったことを語りあった。さきほどまでのレオの荒々しさは消えて、穏やかになり、メアリの受けた印象では、希望に満ちた表情になっていた。彼が帰ったあと、メアリはグーシーを膝にのせてなでながら、レオについていきたい思いを阻んでいるこの小型犬に腹を立てないよう、必死に自分を抑えた。

ビーンもバカンスから戻ってきたはず。明日の朝になれば、いつもと同じく八時半にやってくるだろう。

ＩＴＮの十時のニュースを見ていたとき、ふたたび電話が鳴りだした。テレビを消して受話器をとった。アリステアのバリトンの声がいつもより深くなめらかに響いた。その響きにメアリは身をこわばらせた。長時間ゆったりと過ごした夜のあとで全身に緊張が走った。

「さっき電話したんだぜ」アリステアが言った。非難がましい説教口調だった。

彼女とレオはときどき、相手が一日じゅう電話のそばにすわって、ベルが鳴るのを待ちつづけているものと思いこむようなタイプの人間を、二人で嘲笑している。ご機嫌とりをするのはやめようと決心した。

「ええ、ベルの音は聞こえたわ。出なかったの。手が――離せなくて」

「電話に出ないなんて、いささか無責任だと思わないか？　大事な用件だったかもしれないだろ。身近な誰かが事故にあったのかもしれない」

「祖母はもう亡くなったわ」メアリは静かに言った。「身近な人といえば、いまはレオだけだし、さっきまで一緒にいたのよ」それは事実で、口にした瞬間、自分の孤独な境遇が身にしみた。ドロシーアのことも、いとこのことも大好きだけど、わたしにはもうレオしかいない。深く息を吸った。「わたしの手紙、届いたかしら」

「もちろん、それで電話したんだ。グズなやつだと、きみに言われそうだな。たしかに、時間を空けすぎた。ショックだったよ、メアリ。大きなショックだった」

どう答えればいいの？　〝ごめんなさい〟ではない。謝る必要はどこにもない。「遅かれ早かれ、誰かが現われるものよ。あなたにふさわしい女性もきっと見つかるわ」

アリステアは不機嫌な声になった。「きみの場合は、遅かれというより早かれのほうだったな。〝おれにふさわしい女性〟に関しては——あ、これはきみのロマンティックな表現を借りたんだが——きみが出てったあと、禁欲生活を続けてたなんて思わないでもらいたい。おれはそういうタイプの男じゃないんだ」

アリステアの言葉がメアリには信じられなかった。気にもならなかった。彼の言葉を聞いて、なぜか謝罪せずにいられなくなった。「あなたを傷つけてしまったのなら、ごめんなさい」

彼女の言葉は無視された。「電話した用件に移ったほうがよさそうだ。きみのおかげで話がそれてしまった。礼儀をわきまえた人間として、おめでとうを言いたかったんだ。うんと幸せになってほしい」

「ありがとう。優しい人ね、アリステア」

「それから、きみに渡したいものがあるってことも伝えたくてね。結婚のお祝いだ」

メアリは仰天した。「結婚のお祝いをくれるの？」

「そんなに不思議なことか？　二、三週間前、不可解にもぼくから逃げだす前に、きみは昔ながらの陳腐な表現を使って、いずれ友達になれればいいとぼくに言わなかったかい？」

「もちろん、そう望んでるわ。でも、あなたも同じ気持ちだとは思わなかった」

「メアリ、結婚のお祝いを用意したんだ。郵送でいいなんて言わないでくれ。頼む。きみに直接渡したいんだ」

アリステアに会うのはまっぴらだと思っている自分に気がついた。彼が押しかけてきたら、レオとの週末が台無しになってしまう。何をされるかと怯えながら、アリステアの到着を待ちつづけ、何時間も不安のなかで過ごすことになる。予告もなくビーンが訪ねてきて、レオが玄関に出るまで、てっきりアリステアだと思いこんでいた夜のことが思いだされた。

「月曜日」メアリはしぶしぶ言った。「月曜日でいいかしら」でも、ここで会うのはいや。「勤務が終わって家に帰るとき、博物館に寄ってくれない？　お茶かお酒を軽く飲んでもいいし」

「今度はもう逃げないでくれよ。いいね？」

このなにげない言葉にいかに多くの毒が含まれているかを思うと、背筋が寒くなった。いつもの癖で、ご機嫌とりをしなくてはという衝動に駆られたが、怒りがこみあげてきてその衝動は消え去った。

「ちゃんと会うって言ったでしょ、アリステア。会うのはそれが最後よ」

手押し車が消えたいま、警察に踏み荒らされた〈グロット〉は居心地のいい家庭ではなくなっていたので、ローマンは一夜を過ごす場所をほかに探そうとして歩きはじめた。所持品はすべて、新しく買ったリュックに入っている。ブルーのビニール製で、ひどい安物だが、金を払って買った新品であることは間違いない。一歩踏みだすごとに、容赦なくもとの世界へ連れもどされていくような気がする。

カンバーランド・ベイスンに係留されたハウスボートの一つで、何人かがパーティをやっていた。ローマンは橋の上で足を止めてその様子をながめた。若い者ばかりだ。男の一人は腰まで裸だった。女が泡立つシャンパンボトルをかざしていた。もう一人の女はギターを抱えて、鈍い響きの旋律を奏でていた。酒を注いでもらおうとしてグラスを差しだした若い女が、彼に気づいて手をふった。この瞬間ほど、路上暮らしとの決別をローマンがはっきり自覚したことはなかっただろう。

プリムローズ・ヒルから少し先のアルバート・ロード沿いに建つセント・マークス教会はネオゴシック様式の陰気な建物で、ローマンはこれを見て、ヴィクトリア朝の人々が礼拝の場所に中世建築の薄気味悪い不吉な要素を復活させたがったのはなぜだろう、と不思議に思った。ゲートと扉はスカイブルーに塗られていて、周囲と不釣合いな色だが、たぶん陰気な雰囲気を和らげるために選ばれたのだろう。教会の周囲は墓地というより庭園の雰囲気で、灌木が夏の終わりの花をつけ、アザミもふわふわの花を咲かせていた。ローマンは運河にかかった橋を渡った。運河はここで向きを変えて北へ進み、カムデン・ロックのほうへ流れていく。彼がいま立っているのは、ウォーターー・ミーティング橋という名の橋だった。

橋についている緑色の長方形のプレートには金色の盾が描かれ、〝知恵と勇気を持って〟という文字が入っている。どちらもローマンが必要とし、身につけたいと願ってきた資質だ。いまの彼はたぶん、それを以前よりも豊かに身につけているはずだ。欄干にもたれて、運河の先にある橋をながめた。二つの橋のあいだでは、運河沿いの道の縁まで芝生や草が生い茂り、教会の庭の木々が水面まで枝を垂らしている。

セント・マークス・スクエアに入り、そこからリージェンツ・パーク・ロードに出ると、そちらにも橋があった。教会の内陣側にスパイクつきの柵があるのを見て、少しばかり背筋が寒くなった。聖具室のドアと思われるところに続くステップにも同じデザインの柵がついている。誰かがスパイクのひとつに色とりどりの風船の束をくくりつけていた。きっと子供の誕生パーティをやっているのだろう。風船が大好きなのに割れるときの大きな音が苦手だったダニエルのことを思いだしながら、庭へ続くゲートを開き、小道を散策した。

黄昏の光を受けて、シュウメイギクが輝いていた。

蚊や、似たような虫であたりが活気づいている。なかには、ヌカカやブユといった獰猛なものもいる。暖かな空気の流れに乗って飛びかかっている。コウモリが一四、舞いおりてきた。さらにもう一匹。サリーがコウモリを怖がり、妙な迷信にとらわれていたことを思いだした。コウモリは女の髪のなかにもぐりこんで頭皮に咬みつくのが大好きだというのだ。ローマンのほうは、コウモリは平気だが、群れをなして飛びかう蚊は大の苦手だ。

墓石は一つもなかった。なぜだろうと首をひねった。墓石があったはずの場所には緑色のガーデン用ベンチがいくつか置いてある。十人以上すわれそうだ。眼下に見えるのは、木々と、白い実のついた茂みと、丈長の草だけ。草は運河の脇の小道と黄褐色の水面まで垂れ下がっている。金網フェンスが庭と運河を隔てる手ごわい障壁となっているが、その気になればよじのぼれる。ローマンはフェンスを乗り越えた。視線の先にはもう一つの橋。ちょうどいい避難所だ。路上で眠る者たちはたいてい、橋の下を寝場所にする。そんな曲がなかっただろうか。カントリーのマール・ハガードが歌っていた、橋の下に王国を作るとかいう曲。

小道に飛びおりた。あたりが暗くなりはじめていて、橋の上の照明が油の浮いた水面に映っていた。小道の端ぎりぎりのところで眠る者たちにとっては、金属パイプの手すりが安全装置になっている。銀色のパイプの表面に照明がギラッと反射した。茶色いレンガの下に先客がいることに気づいたのは、わずか二、三メートルの距離まで近づいたときだった。ホームレスというのは、何を着ても、あるいは、路上生活を始めた時点で何を着ていたとしても、みな、闇をまとっているように見える。衣服が黒ずみ、歳月と汚れによって闇の色に変わっていく。だから、遠くから見るホームレスの一団はブロンズの彫像のようだ。

路上で暮らしはじめたころのローマンもそんなふう

だった。ここにいる男もそうだった。汚れの化身のようで、こんな暖かな夜なのに黒ずんで脂汚れのしみついたぼろを何枚も重ね、首にもぼろを結び、皮膚は首の布きれやひび割れたブーツとほぼ同じ色になっている。首に結んだぼろ布とよれよれの帽子のあいだから顔がのぞいていた。黒人に負けないぐらい黒い顔だが、横から見ると鎌のような輪郭で、長い鉤鼻とあばたの目立つ肌をしている。

以前なら、ローマンに気づけば男のほうから声をかけてきただろう。仲間だと認めてくれただろう。ところが、今夜は違っていた。ローマンはその瞬間、自分の清潔さを、洗濯してある衣類を（中古を買ったばかりだ）、新品のリュックを痛いほど意識した。男が彼をにらみつけ、失せろと言わんばかりにこぶしをふりまわしたとき、ローマンは笑いそうになった。どう思われたのだろう？　道に迷った観光客？　だが、無理もない。観光客のような格好だし、本当に道に迷っていたのだ。いまは観光客のようにふるまうしかなかった。

「わかった、わかった」ローマンは言った。「邪魔はしない。おやすみ」

それが決定打となった。ふたたび土手をのぼり、フェンスを越えて教会の庭に入り、スカイブルーのゲートから外に出て、カムデン・タウンをめざして歩きはじめた。この新しいまともな服装なら、どこかの安ホテルで今夜の部屋をとることができるだろう。

25

八時半になってもビーンが現われないので、メアリはグーシーを自分で公園へ連れていった。早くもかなりの暑さだった。草は朝露に濡れていた。風がまったくないため、木々の葉はそよぎもせず、とろりと濃厚な液体でできているかのように枝から垂れ下がっていた。草むらと花壇と緑の芝生を砂漠に変えつつある太陽に、メアリは腕と顔を焼かれるような気がした。

ブロード・ウォークを横切って、レストランを通りすぎ、ロング・ブリッジを渡った。浮きかすに覆われた茶色い水の上を早くもブユが飛びかっていた。円形のインナー・サークルをアウター・サークルがいびつな形で囲んでいるため、初めてここにきた当時は、花壇のあいだを散歩していてすぐ道に迷ってしまったものだ。でも、いまなら目をつぶっていても公園の地図が描けるほどだ。左に曲がって、野外劇場の裏手の小道を歩きはじめたとき、一人の女性とすれちがった。見たことのない顔だったが、女性が連れている犬をグーシーはよく知っているようだった。

スコティッシュ・テリアとグーシーがしっぽをふり、鼻をくっつけて挨拶し、つぎに鼻を相手のしっぽの下に突っこんだ。ふざけてじゃれあい、うなりながら草むらをころげまわった。女性がふりむいて、ためらいがちに笑みを浮かべた。シャーロット・コテージの門柱につながれた犬の一団のなかにこの元気いっぱいの黒い小型犬がいたことを、メアリは思いだした。

メアリのほうから自己紹介をしたが、女性は名前を名乗ろうともしなかった。「あのビーンって男、まったく無責任ねえ」

「たぶん、わたしが日にちを間違えてたんだわ」メアリは言った。

「そんなことないわ。けさから仕事に戻るはずだったのよ。海辺がすっかり気に入ったのかも。明日になればしっぽを下げて戻ってくるでしょうね」

無意識の比喩だっただろうが、あまりにぴったりなので、メアリは噴きだしそうになったが我慢した。グレーシーを呼び、最後は無理やりスコティッシュ・テリアからひきはなして、飼い主の名前はわからないまま、小道を歩きはじめた。

アイリーン・アドラー博物館へ出かける途中でふたたび公園に入ったときは、朝の散歩のときよりずっと暑くなっていた。青空はすでに白っぽくなり、空気は湿気をたっぷり含んでいた。動物園のそばを通ると、動物たちは寒さと同じく暑さもあまり感じていないらしく、のっしのっしと歩きまわり、食べることに専念して満足そうに口を動かしていた。アルバート・ロードではディーゼルオイルと排気ガスの臭いが鼻を突いた。つんとくる熱い異臭。教会の庭にホームレスの一団が寝そべっているのが見えた。打ちひしがれた顔と荒れた手を除く全身がボロに覆われていなければ、日光浴を楽しむ人々に見えなくもないだろう。

来週いっぱい休暇をとるようにと、ドロシーアが言ってくれた――当たり前じゃない。仕事はゴードンが代わってくれるわ。結婚式の準備をするにはまる一週間必要よ。しかし、メアリはアリステアが月曜日に謎の結婚祝いを届けにくることを思いだし、予定を変更したら面倒なことになりかねないと思った。それに、結婚式の準備といっても、さほど手間のかかることではない。そこで、ドロシーアとゴードンが了承してくれるなら、休暇は水曜の朝からとることにしたいと言った。

「じゃ、今日の午後は早退なさい」ドロシーアは言った。「こんな日にコルセットやクリノリンを見にくる人は誰もいないから」

たしかに、来館者はほとんどなかった。メアリは四時前に帰宅した。四時十五分にやってくるビーンを迎えることができる。ところが、ビーンはまたしても現われなかった。三十分待ってみて、それから、ヨーク・テラスの彼の家へ電話をした。応答なし。レオが五時過ぎにやってきたので、二人で外の木陰に腰を下ろして紅茶を飲み、つぎにワインのボトルをあけた。庭には茶色とオレンジ色の蝶が飛びかい、銅色の翅を持つ小さな蛾も飛んでいた。グーシーはライラックの茂みの下に寝そべって、舌を出してゆっくりあえいでいた。

レオがスポッツの飼い主の名前を思いだしたので、電話帳で番号を調べた。ところが、ミセス・セラーズもこの一週間ビーンに会っていないし、連絡もないという。メアリとレオはあたりが涼しくなってから——もっとも、さほど涼しいわけではないが——二人でグーシーを散歩に連れて出た。おたがいの腰に腕をまわして帰る途中、今夜はイーディス・ストリートへ一緒にきてほしいとレオがメアリに頼んだ。だが、そんなことをしたら、明日の朝ここでビーンを迎えることができなくなる。明日はきっとやってくるはずだ。レオは反論しなかった。メアリにキスをして、彼女が目をさます前にシャーロット・コテージに戻ってくると言った。そっと家に入って、きみが喜んでくれるなら、ベッドにもぐりこむことにするよ。

「ええ、ぜひ」メアリは笑顔で答えた。

翌朝は寝過ごしてしまった。夢うつつでゆっくり愛しあったあと、メアリはレオの腕のなかでまどろんでいた。二人とも裸で、汗に濡れた身体が冷えてきて、そこでようやく時計を見た。九時近くになっていた。

ビーンはまだきていない。いつものビーンなら、こぶしでベルを押し、誰かが玄関に出るまで全体重をかけて押しつづけるはずだ。かならず聞こえてきたはずだ。押しつづけるのを遠慮するような男ではない。

ローブをはおって一階に下りた。レオが家に入ったとき、ドアマットから郵便物を拾いあげて、玄関ホールのテーブルに置いておいてくれた。ケープコッドの消印のある手紙はブラックバーン＝ノリス夫妻からで、帰国が予定より少し早くなると書いてあった。八月十九日にロンドン到着とのこと。

レオのために紅茶を淹れて、二階へ持って上がり、手紙を見せた。「釈放命令書よ」

「だろうと思った。結婚式の二日後には夫の家で暮らせるようになるわけだね」

その後一時間ほどは、手紙のことに気をとられて、ビーンの問題を忘れていた。しかし、十時半にミセス・セラーズに電話したところ、ビーンはそちらへも行っていなかった。つぎに、ミセス・セラーズに教わった番号で、女優のリール・プリングにかけてみた。リールは不便を嘆いているだけでなく、心配している様子だった。プードルのマリエッタのことなら大丈夫よ。

ボーイフレンドが日に二回、マリエッタを自転車につないで走らせてくれてる。彼ったら、スタイルが奇跡の変化を遂げてるから、ずっと続いてもかまわないって言うのよ。でも、ビーンはどうしたのかしら。死にかけてでもいないかぎり、無断で散歩を休むような人じゃないのに。リールはそう言って、ビーンのほかの顧客の名前をメアリに教えてくれた。

メアリはレオと二人でグーシーを散歩に連れて出た。ひどい暑さで、遠くまで行くのは無理だった。グーシーは家に帰ると水を半リットル近く飲み、ふたたびライラックの茂みの下に寝そべった。〈エクスプレス・ティッカ〉に電話して、二人のランチにターリーというインド料理にピクルスとナンを添えたものを注文したあとで、アーナ・モロシーニにかけてみた。

メアリがきのうの午前中に公園ですれちがった女性は、彼女ではなかった。彼女が飼っているのはスコティッシュ・テリアではないという。

「うちのは色気づいたビーグルなの」ミセス・モロシーニは言った。「あなたもきっと、うちの犬をご存じだと思うわ。避妊手術をすべきだって、わたしのパートナーは言うんだけど、やっぱり、いつか赤ちゃんを産ませたくてね」

「ビーンが……」メアリが言いかけると、ミセス・モロシーニがさえぎった。

「ええ、そうそう、姿を見せないんでしょ？　わたしがビーンに催促したものだから、ブライトンの電話番号を置いてってくれたの。でね、そこへかけてみたら、お姉さんって人が出たのよ。ビーンには一度も会ってないって。お姉さん自身もきのうバカンスから戻ったばかりだけど、ビーンの足跡はどこにもついてなかったそうよ」

そんな言い方をしたら、ビーンが迷子になったテリア犬か何かのようだ。飼い主のもとから逃げだしたあと、首輪をなくし、耳から血を流して、そのうち戻ってくるかのようだ。

もうじき一時というとき、ランチが届いた。宅配に使われているのは赤と白のバン、コック帽をはずして短パンに赤と白のベストだけを着けた男性が届けてくれた。二人は庭に出てキングサリと桜の木陰でランチをとった。安らぎに満ちた時間だったが、それもレオがデザートのラズベリーとネクタリンを運んでくるまでのことだった。スズメバチが飛んできたので、あわてて家に逃げこんだ。グーシーをいちばん涼しい場所に置いてやった。寝室の北側にある窓の下の腰掛けに。午後をどうやって過ごすのか、メアリはまだ尋ねていなかったが、レオはすでに決めていた。メアリをベッドに押し倒した。

「下におりるのはもうやめよう」

翌朝、ゲートが開いてまだ一時間しかたっていなかったが、暑さがひどくなる前にと思い、二人で犬を公園に連れていった。マラソン大会の最中だった。アウター・サークル一周、チェスター・ロードに入ってインナー・サークルの一部をまわり、ヨーク・ブリッジから外に出て、ふたたびアウター・サークル一周。それをくりかえす——二回？　三回？　ランナーは全員が男性で、全員が細くて、どの顔も必死の努力もしくは苦悶でゆがんでいた。痩せこけた胸にへばりついたTシャツは、洗濯のあとで雫が垂れているときに劣らず濡れていた。

レオが言った——あの連中を見ていると、こっちまで疲れてしまう。吐き気がしてくる。

メアリは心配そうに彼の顔を見つめた。「大丈夫？　こんなにたくさん歩くのは無理だったんじゃない？」

「あの連中のせいだ」レオは笑った。「連中のかわりに、ぼくが疲れてしまった」

しかし、おたがいの身体に腕をまわし、ぴったり身を寄せあって家に戻る道々、メアリは骨髄移植のことを思いかえし、いまだに移植が続いているような妙な感覚にとらわれていた。こうして二人で一緒にいるとき、あるいは、ベッドに並んで横たわっているとき、彼女から彼の体内へ力が注ぎこまれるような気がする。つねに開いている血管に何かの血清を注射するのに似ている。彼のほうへ身を寄せて頬にキスをすると、彼の腕に力がこもり、ウェストを彼の手で愛撫されるのを感じた。

「ビーンがいまごろやってきても、そのまま帰ってもらうしかないね」家に帰り着き、グーシーが疲れはてた様子でキッチンの床にのびたところで、レオは言った。「だけど、たぶん、こないだろうな」

「ええ、同感。ねえ、家のなかで倒れてるかもしれない。死んでるかも。まだ誰も見に行ってないんでしょ。かなりの年なのよ。見た目より年をとってるのよ」

「七十ちょっと過ぎだろ」

メアリは目を丸くした。「どうして知ってるの？」

「どうしてだろう？　ええと――ビーンが人物証明書をもらいにきたとき、そう言ってたような気がする。こっちを見てくれ、メアリ。ビーンのことが好きかい？」

「好きかって？　好き嫌いなんて考えたこともなかった。そうね、正直に言うと、好きじゃないわ。どうしても好きになれない」

「じゃ、それでいい。ビーンの心配をするのはやめよう。忘れるんだ」

レオは日曜新聞を買いに出かけた。不動産広告のページに二人で目を通して、セント・ジョンズ・ウッドとハムステッドにある一戸建てを探し、小さな広告に出ている番号の一つにレオが電話してみたが、誰も出なかった。ビーンは現われなかった。ランチの少し前にリール・プリングから電話があった。新しい散歩係が見つかってご機嫌だった。アメリア・ウォーカーって女性なの――散歩係《ウォーカー》のウォーカー。笑っちゃうでしょ？

メアリはリールに礼を言ったが、グーシーの飼い主の了解なしに未知の相手に犬を預けることはできない、しばらくは自分で犬を散歩させることにする、と告げた。レオが、暑すぎて何もする気になれない、ブラックバーン＝ノリス夫妻のソファよりベッドのほうが快適だ、と言った。気温は三十二度まで上がっていた。

「測定結果として出るのは、どうしていつも日陰の気温なんだろう？」レオが訊いた。「ずいぶん用心深いケチなやり方だ。日の当たる場所にすればいいじゃないか。きっと四十度ぐらいになるぞ」

「日の照る日ばかりじゃない――それが理由だと思うけど」

「悲しそうな声だね――そんなに悲しまないで」

「大丈夫よ」メアリは言った。「大丈夫、悲しくなんかないわ」

二人は汗に濡れた身体で愛を交わした。肌が密着し、離れるときにピチャッとかすかな音を立てた。汗もなまめかしい分泌物となった。彼の分泌物に比べるとさらっとしていて冷たく、ひどく塩辛い。メアリは舌で彼の塩分を味わい、目がかすかにシクシクするのを感じた。二人は湿ったてのひらを腹部と肩の湿った肌に当てたまま、軽い眠りに落ちた。メアリの胸の谷間を汗が伝い落ちた。

窓は大きくあけてあったが、重く垂れさがったカーテンを揺らす風はまったくなかった。マルハナバチのブーンという羽音に恐怖と安堵を交互に感じつつ、メアリは目をさました。横になったまま見守っていると、蜂はようやく、カーテンの合わせ目から自由な戸外へ飛んでいった。レオはぐっすり眠っていた。メアリは起きあがり、シャワーを浴びてから、バスタオルを巻いて寝室に戻った。そこで目にした光景に思わず息を呑んだ。眠るレオの頰に涙が光っていた。汗ではなく、本物の涙だった。レオが夢のなかで泣いている。

このことを彼に告げ、理由を尋ねるべきだとわかってはいたが、なかなか切りだせなかった。起きたときのレオは上機嫌で、暖かな夕暮れが夜の闇に変わったらどこかへ食事に出ようと言った。二人で初めて行ったあの小さなイタリアンはどう？　初めて顔を合わせた翌日だったね。

その前にグーシーを散歩させなくてはならなかった。暑すぎて、あまり遠くへは行けなかった。公園にきている人々はほとんどがぐったりして、黄ばんだ芝生に寝ころんでいた。

「死んでるみたいに見えるね」レオが言った。「戦闘が終わったあとの死体みたいだ」

いまがチャンスだ。メアリは愛情のこもった優しい声で言った。「どうして夢のなかで泣いてたの、レオ？　頰が涙に濡れてたわ」

「汗だよ」レオは軽い口調であわてて言った。

相手が怯えた子供だったとしても、メアリがこんなに優しい声を出すことはなかっただろう。「涙だったわ。泣いてたのよ。本当に」

「悪い夢を見たんだ。誰だってあることだろ」

「きっと、とても悲しい夢だったのね」

レオはそれ以上そのことに触れようとせず、太陽の下で寝ころんだ人々を話題にし、日光浴は二十世紀半ばから盛んになったが、流行りだしたときと同じくあっというまに廃れていくだろう、といった話をした。

グーシーにリードをつけて帰ることにし、児童遊園地を通りすぎてグロスター・ゲートに出た。シャーロット・コテージの前にパトカーが止まっていた。警官たちは車を降りてポーチの日陰を見つけていた。メアリとレオが玄関まで行くと、年上のほうが身分証を呈示した。

「マーノック警部です」

もう一人のほうは部長刑事で、ぼそぼそと名前を名乗ったが、メアリには聞きとれなかった。「入らせてもらっていいですか」

そこでレオが口をはさんだ。「どういうご用件でしょう?」

「おたくは?」

「レオ・ナッシュ」

「じつは、ミスター・ナッシュ、レスリー・ビーンの件なんです。レスリー・ビーンという男性をご存じですね」

レオの腕にかけていたメアリの手がこわばった。

「あの人に何かあったんですか」

全員が居間に入っていた。熱を帯びた毛皮のかたまりとなったグーシーが部長刑事の膝に飛び乗り、そこにうずくまったまま、一途な崇拝をこめて、あまり好意的とはいえない顔を見つめた。

「ビーンに何があったのか、話してもらえませんか」

レオが言った。

「いいですよ。協力していただければ。あなたもです、ミス・ジェイゴ。ビーンをご存じでしたね。犬の散歩を頼んでおられた。顔を合わせることは多かったですか」

「ええ。毎日」

「でしたら、顔を見ればわかりますね」

「もちろんです」

一般人に多くを語るべきではないという思いをマーノックが抑えこもうとしているのを、メアリは感じとった。〝その点についてお話しするわけにはいきません〟とか〝その質問には答えられません〟といった言葉が彼のなかに刷りこまれているはずだが、いまはどうやら、軽率にならないよう気をつけながらどこまで話せばいいのか、協力してほしければどこまで話さなくてはならないかを、決めようとしている様子だった。

「ミス・ビーンなる女性から、弟さんが行方不明だという通報がありましてね、四日の金曜日の夜から誰も姿を見ていないというのです」

「それで？」レオがとがった声で言った。

「五日の土曜日に、ケント・テラスの近くで身元不明の男性の死体が発見されました」

「でも、それってホームレスの一人だったんでしょ？」メアリは言った。

「警察も最初はそう見ていました。だが、数日前から見解が変わってきました。あなただって新聞の記事をすべて信じるわけではありませんよね。今回はどうも、タブロイド紙が〈串刺し公〉と呼んでいる男のしわざではなさそうなのです」

「でも、どうして？」

「いや」マーノックが返事をためらったので、部長刑事が言った。「お話しするわけにはいきません」犬が好きらしく、グーシーの耳をなでてやっていた。

「死体の着衣が当人のものではなかったのです。殺されたあとで着せられたようです」

「何かの冗談のつもりでしょうな、きっと」マーノックが言った。「サイコパスの連中は悪趣味なユーモアのセンスを持っていますから。さて、ミス・ジェイゴ、ミスター・ナッシュ、ここまで率直に包み隠さずお話しすることは、ふつうはないのですが……。じつは理由がありまして。お願いがあるんです。ミスター・ビーンに犬の散歩を頼んでいたもう一人のご婦人が、どうしてもいやだとおっしゃるので……」

「何がです?」レオが訊いた。

「死体の身元確認です」

ぞっとして、メアリは言った。「お姉さんがやってくださるでしょ!」

「もう八十歳なんです」部長刑事が答えた。「おまけに、二十五年間一度も会っていないそうです」不意に、秘密を打ち明けるかのように、小さく笑った。「ええ、たしかに、妙な話だとは思いますよ。だが、事実でしてね。お姉さんが留守のときにミスター・ビーンが泊まりに行き、お姉さんが帰ってくる前に出ていく。毎年。毎年そうしてたんです。四分の一世紀ものあいだ、顔を合わせたこともなかったんです」

二人で出かけた。

遺体安置所のなかはひんやりしていて、氷のような臭いが立ちこめていた。メアリは、きっと死の臭いだ、隠しきれない腐敗の臭いだと思ったが、レオがホルムアルデヒドの臭いだと教えてくれた。

メアリがここにきたのは死体確認のため、レオは彼女を支えて安心させるためだった。彼がビーンに会ったのは一回だけ、それも、夕暮れに照明のもとで短時間会っただけだった。

死体はみな、ファイルキャビネットみたいな緑色の金属製の引出しに安置されている。ここが最後の墓になるわけではないが、メアリには、人生の不気味な保管所のように思われた。引出しの一つがひきだされ、ビニールシートがめくられた。

メアリは激しいショックと嫌悪に襲われるものと予想し、ここにくる途中、覚悟を決めようと努めたが、現実に目にしてみると、死顔は穏やかで、なんの感情も浮かんでいなかった。この死体はビーン、それは間違いないが、マダム・タッソーから運んできた蠟人形みたいに見える。彫刻のような頭とこわばった顔は、命が宿ったことなど一度もなく、このポーズで型をとられ、鋳型からとりだされたかのようだ。

「ええ」メアリは言った。「この人は——ミスター・ビーンです」

「間違いありませんか、ミス・ジェイゴ」

わたしの声に疑念が混じっていたの？　この悲しい場所で死がひきおこした畏怖の念を、人生の末路を迎えた男が金属製の引出しのなかで彫像となったことへの感慨を、この警官に説明したくても、とうてい無理だった。

「ぜったい間違いありません」メアリは言った。

メアリもレオもショックを受けていた。黙りがちになり、車で家まで送ろうと刑事に言われたが辞退した。警察と亡くなったビーンの話題から離れる必要があった。二人だけで帰ることにした。あの小さなイタリアン・レストランでふたたび食事をするのは、メアリが何も食べる気になれないため、やめることにした。手をつなぎ、ときたま悲しげな視線を交わしながら歩きつづけたが、やがてレオが言った。

「笑顔になって。お願いだから。ぼくのために。きみは立派だった。キュウリみたいに冷静だった。ところで、どうしてキュウリに喩えるんだろう？　いつもそうだろ。誰もが知ってることだ。でも、なぜキュウリなのかな？　カボチャやメロンに喩えることはないのに」

「植物学者か野菜農家の人に訊くしかないわね」

「じつは、ぼくとしてはうんざりなんだけど、明日、葬儀に出なきゃいけない」

メアリはレオのほうを向いた。レオがいくら彼女の気分をひきたてようとしてもだめだったのに、この淡々とした言葉がメアリの注意を奪った。「そんなこと聞いてない」

「ごめん。家族ぐるみの古い友人なんだ。退屈で——あ、葬儀のことだよ。友人のことじゃなくて」

家に戻るまで、レオはそれ以上何も言わなかった。メアリは彼の目が腫れぼったいことに気づいた。ずっと涙をこらえていたかに見える。声もこわばっていた。

「葬儀は午後からなんだ。母親もくることになってるから、そのあと、一緒に家のほうへ行かなきゃならない。きみとはたぶん、一日じゅう会えないと思う」

「レオ、お母さまがロンドンにいらしてるのなら、お目にかかれないかしら。それから、結婚式にきていただけない？」

レオはメアリを手招きして、彼女の顔を両手で優しくはさんだ。

「ほんとにきれいだ。きみの顔はいくら見ても見飽きない。きみをじっと見ていたいと思わない日は一日もない」

メアリは微笑した。「わたし、お母さまのことを尋ねたのよ」

「明日が終わったら、ぼくは家族と決別する。みんなに別れを告げるつもりだ。最後の挨拶だとは誰も夢にも思わないだろうけど、でも、そうなんだ」メアリがレオの椅子の前に膝を突くと、彼は身を乗りだして、メアリに腕をまわした。「だから、今夜は家にはもう帰らない。野生の馬だって、ぼくを家にひきずっていくのは無理だ」

「じゃ、野生の馬を近づけないようにしましょ」メアリは冗談で返した。

26

その夜ふたたび、レオが眠りのなかで泣いていた。声は立てなかったが、寝返りを打って彼が顔を寄せてきたとき、メアリは頬に濡れたものを感じた。夜明けごろのことで、彼の顔がかすかに見えた。涙が光っていた。

朝がくると、レオは彼女より先に起きてベッドに紅茶を運び、郵便物、新聞、チラシ、サー・ステュアート・ブラックバーン＝ノリス宛ての税金納付書、レンタカーの広告を持ってきてくれた。とても陽気にふるまい、悲しげな表情を見せはするものの、午後からの試練をさほど気に病む様子もなかったので、メアリは何も言わないことにした。レオが葬儀にダークスーツを着ていくつもりだと知ってホッとした。それこそが礼儀正しい洗練されたやり方だと、メアリ自身も思っていたからだ。

とは言え、葬儀のことも、家族ぐるみの友人とは誰なのか、なぜ彼の母親が参列するのかも、レオは話題にしたがらなかった。レオが夜ごと流す涙は亡くなったその友人のためではないかと、メアリは勘ぐった。尋ねてはいけないような気がした。たぶん、いつか彼のほうから話してくれるだろう。朝食の席でレオが彼女の手を握った。二人でグーシーを連れて公園に出かけた。噴水式水飲み器のそばでレオが彼女と別れ、セント・マークス橋とプリムローズ・ヒルのほうへ去っていった。

歩き去る彼を見ているうちに、コヴェント・ガーデンでのあの午後が思いだされた。前回と同じく、小さくなっていく彼の姿を見つめた。あの午後、彼がメアリと一緒に過ごすつもりでいたのは明らかだが、急に姿を消した理由について彼の口から満足のいく説明はいっさいなかった。でも、もう気にしなくてもいいんじゃない？　いまの彼はわたしにキスをして、腕に抱いて、愛しているとささやいてくれるのだから。午後四時、十一人の子供の団体が博物館に入ってきた。スコットランドのラナークからやってきた子供たちで、シャーロック・ホームズ博物館の見学終了後、マイクロバスでこちらにきたのだった。メアリは一行を案内してガイドツアーをおこなった。疲れきった顔の教師から、子供一人一人にウォークマンでテープを聞かせるよりもそのほうがいいと言われたからだ。

この日は思わずエアコンがほしくなるような一日だったが、猛暑は短いあいだだけだから、いくつもの小部屋に分かれたこの小さな建物にエアコンを入れるのは無駄というものだった。通りに面したドアも、ショップの窓もあけはなしてあるが、それでも耐えがたい暑さだった。太陽が照りつけ、空気は静止している。ショップでは、子供たちが多くの来館者と同じく、博物館の展示物よりも売り物の工芸品のほうに興味を示し、カウンターに置かれたパンフレットや印刷物の縁は暑熱で丸まっていた。

五時になっても気温はいっこうに下がらず、アリステアは現われなかった。待つしかないとメアリは覚悟した。前に彼から逃げだしたことが、いまでは恥ずかしくなっていた。ずいぶん子供っぽいことをしてしまった。そういう性格を直したいと思っているのだが、アリステアがその子供っぽさを咎めつつ内心では喜んでいることも、彼女にはよくわかっている。女が弱くて愚かであれば、アリステアは自分の強さと支配力を実感し、優越感に浸ることができるのだ。

ステイシーが帰ったあと、メアリは外に出て、中庭の境界線となっている低い塀のそばに腰を下ろした。こういう暑い夏の宵は、ロンドンの街の歩道が活気づく。戸外で食事をしようという客のために、あちこちのレストランが店の表にテーブルや椅子やストライプのパラソルを並べていた。あと三十分で営業を終える店の経営者たちが戸口の石段にすわりこんでいた。どこも日除けを下ろし、セント・ジョンズ・ウッド・テラスの向かいのカフェでは、誰かがバケツの水を石畳にまいていた。

メアリは濡れた歩道から蒸気が立ちのぼるのを見つめた。きのうはずっとレオと一緒だったため、考えるのは彼のことばかりだった。母親と兄に会うのは葬儀そのものに劣らず辛いことなのだろう。レオと兄の関係が日に日に謎を深めている。兄とそんなに仲がいいのなら、なぜ決別するのか。母親や兄に会わせてほしいとレオに頼むことは二度としないでおこうと決心しながら、顔を上げると、地下鉄駅の方角からオードナンス・ヒルをやってくるアリステアの姿が見えた。結婚祝いのプレゼントはとても小さなものに違いない。上着なしで、薄い平らなブリーフケースを持っているだけだ。ブリーフケースはメアリが前に贈ったものだが、そのときでさえ、この薄さだとわずかな書類と手帳しか入らないだろうと思ったものだった。

メアリに気づいてアリステアが手をふったが、歩調を速めようとはしなかった。暑すぎて走る気になれないのだろう。遠くから近づいてくる彼を見たときに、かつては胸が高鳴り、わくわくする思いが全身を駆け抜けたことが思いだされた。いまはもう何も感じない。かすかに残っていた後悔の念も消えた。アリステアは暑さにまいっている様子で、顔が赤らんで汗の玉が浮き、髪が汗に濡れて頭皮にへばりついていた。彼がメアリの肩に手を置くと、ブラウスの薄い生地を通して、その手の熱い湿り気が伝わってきた。メアリは彼の手から逃れて、博物館のほうへ戻っていった。この人と顔を合わせるのは、たぶんこれが最後だろう。二度と会うことはないだろう。恋人だった。愛しあっているとかつては思っていた。永遠に本物の愛が続くと思っていた。こんな終わりを迎えるとは、なんて悲しく惨めなことなの。「アリステア、カフェへ行って何か飲みましょうよ」

アリステアの眉が上がった。メアリはこれまで気づかずにいたが、いまこの瞬間、彼の表情がひどく不愉快で冷酷なことを知った。「いいとも」アリステアは言った。「そして、ぼくがなかに入ってペリエを二杯注文するあいだに、きみはまた、あの有名な逃亡をするわけだ」

「いいえ。ぜったいしないと約束する」二人はすでに向きを変え、通りを渡っていた。アリステアはしぶしぶといった感じだった。「別れるときには、やはり……」

「儀式が必要かい？」

「きちんと別れの言葉を告げる必要があると思うの。それから、二人のあいだに悪感情は残ってないってことも言っておかなきゃ」

アリステアは笑った。ウェイトレスがやってくると、何がいいかとメアリに訊きもせずに注文した。「きみはどうやら」用心深く言った。「おれが未練たらたらだと思ってるらしい。たぶん、それで虚栄心を満たしてるわけだな。だが、未練はもうない。きみのことは忘れた。悪感情については、おれのほうは大いに残っている。それしかないと言ってもいいぐらいだ。ま、率直なところ、きみとはもうすっぱり縁を切りたい」

返すべき言葉がメアリには見つからなかった。ペリエの大瓶が運ばれてきた。二個のグラスに氷とレモンが入っていた。アリステアがペリエを注いだ。メアリは不意に、彼がもう一つのグラスに水を注いでこちらの顔にぶちまけるのではないかとの恐怖を抱いた。椅子をわずかにうしろへずらしたほどだった。自分はこれまで長いあいだ、アリステアがどんな行動に出るかを予測し、過去の仕打ちをはるかに超えるものを想像してばかりだったのだと、いま気がついた。アリステアはグラスのペリエを飲みほすと、手を下ろしてブリーフケースを開き、小さい平らな包みをとりだした。ビデオカセットぐらいのサイズの長方形で、厚みは一センチほど。ピンクと銀色の包装紙でギフト用にラッピングされ、銀色の細いリボンが渦を巻いて結び目から垂れていたが、アリステアが自分でやったような感じだった。四隅の折り方が雑だし、リボンもねじれている。カードに彼の字で〝メアリへ〟と書いてあった。大きいけれど不揃いな文字だった。

「ありがとう」メアリはおざなりに言った。

「最後に一つだけ、言っておきたいことがある。いいかい。おれとよりを戻せるとは思うなよ。うまくいかなくなったときに」

メアリは心とは裏腹に強気の返事をした。そうせざるをえなかった。「〝万が一〟うまくいかなくなったら、って意味じゃないの？」

「違う、きみが勝手にそう解釈しただけだ。いいか、おれに頼ってもだめだぞ。きみに忠誠を尽くす気はないからな。そのころには、おれもほかに誰か見つけてるだろう」

彼と会ったときに言うべき言葉を、メアリはいろいろ用意してきた。彼の将来の幸せを願う言葉。これからも友達づきあいをしていきたいという実現不能なことを願う表現までも。しかし、いまはもう何も言えず、彼の前で絶望を感じるだけだった。彼がいなくなれば、その絶望も完全に消え去るだろう。アリステアというのは、こちらが二度と近づく気になれない男。どうしてもっと早く逃げださなかったのかと、自分でも不思議だった。

彼が代金を払った。勢いよく立ちあがり、偉そうな態度になった。メアリはびくっとして、こわごわ彼を見つめた。

「今後顔を合わせる機会があるかどうか、おれにはわからん」アリステアは芝居がかったセリフを吐いた。

「だから、ここで永遠の別れを告げるとしよう。永遠に、永遠にさらばだ、メアリ！」

となりのテーブルにやってきた観光客の一団がふりむいて、こちらをまじまじと見た。ふたたび、アリステアが言った。

「永遠に、永遠にさらばだ、メアリ！」

椅子を乱暴にうしろへ押したため、椅子は歩道をすべっていき、横倒しになった。アリステアは足早に歩き去った。誰かが笑った。メアリは困惑し、ひどく動揺した。包みを手にとったが、彼女の小さなバッグに押しこむのは無理だった。手で持っていくしかなかった。この暑さのなかを遠くまで歩く元気はなかったが、それでも歩くことにした。日陰だけを選んで歩き、身体を動かせば脳内にエンドルフィンが分泌されて人の心を落ち着かせ、幸福感を与えてくれる、という説が真実であることを願った。

だが、メアリが求めていたのはエンドルフィンではなく、元気づけてくれる人だった。もちろん、レオもそういう人だ。しかし、本当に会いたい相手は祖母だった。祖母が生きていれば、メアリが幼かったころのように腕に抱き、暖かな沈黙のなかで抱きしめてくれるだろう。でも、祖母はもういない。灰になり、塵に還ってしまった。そのうちレオが戻ってきてくれる。今夜は家族のところにいるけれど。レオが玄関に現われたら、黙ってそばに行こう。そしたら彼がその腕に抱きしめてくれる。

ニコライとあだ名をつけた男のことが頭に浮かび、妙なことだが、こちらから声をかけて話を聞いてもらい、自分でもよく理解できない秘密を打ち明けるための相手を探すとしたら、あの男こそが数少ないその一人のように思われた。しかし、グロスター・ゲートまで行き、ブロンズの乙女像のそばで道路を渡り、〈グロット〉を見おろしてみたが、そこには誰もいなくて、ニコライの住処だった形跡も消えていた。塀の上から投げ捨てられた煙草の箱が池に浮かんでいた。それをべつにすれば、まるで郊外の家の庭みたいにこぎれいだった。

アリステアから受けとった包みを玄関ホールのテーブルに置いた。暑すぎるため、グーシーが走って迎えに出てくることもなかった。冷たいキッチンの床に腹這いになり、舌を垂らしてあえいでいた。あと数時間は散歩に出ないほうがいいだろう。レオが戻ってくるまで待って、一緒に散歩させることにしようか。グーシーの頭をなで、新しい水を入れてやってから、二階に上がってシャワーを浴び、Tシャツとパンツに着替えた。

ちょうどそのとき、電話が鳴りだした。レオからだった。何年か前、ドロシーアの夫ゴードンと、彼が麻酔からさめたすぐあとに電話で話をしたことがある。レオの声はそのときのゴードンとよく似ていて、不明瞭なしわがれ声で、呂律がまわらず、ひどく老けこんだ感じだった。

「今夜は抜けられそうにない。いつ抜けだせるかわからないんだ。ちょっと――ちょっと、困ったことになって。明日には帰る」言葉がとぎれ、嗚咽をこらえる声が聞こえたようにメアリには思われた。「それでいいね？」

「レオ、もちろんよ。でも、何かわたしにできることがあれば……」

「いや、きみが何を言うつもりか知らないけど、できることはない。誰も何もできない。ぼくなら大丈夫。アリステアには会ったかい？」

「ええ、あれが最後だと思う。結婚のお祝いをくれたわ」

「なんだった？」

「知らない。まだあけてないの」

「あけないほうがいいかもしれない。中身はたぶん爆弾だ」レオの声にはヒステリックな響きがあった。すすり泣きが聞こえたのはわたしの気のせい？ 「メアリ、今夜そっちに帰れなくてごめん」

「気にしないで。大丈夫よ」

しかし、本当に大丈夫かどうか、自分でもよくわからなかった。苦い失望に襲われた。どうして寒い夜や雨の夜より、爽やかな夏の夜のほうが、孤独が身にしみるの？ 冷蔵庫の食材を見ても、食欲が湧かなかった。炭酸入りの水を少し飲み、桃を食べてから、アイリーン・アドラー博物館のパンフレットの仕上げにとりかかった。週末までに印刷業者へまわすことになっている。印刷が上がってくるころには、わたしはもうメアリ・ジェイゴではなく、メアリ・ナッシュになっている。

わたしが望んでいるのはそれ？ それとも、ずっと旧姓を使う？ これまで一度も考えたことがなかった。パンフレットのどこかに〝作成メアリ・ジェイゴ〟、もしくは〝作成メアリ・ナッシュ〟と入れなくてはならない。どんな印象になるか、どう感じるかをたしかめたくて、新しい名前を書いてみた。世間ではよく、結婚前に新しい名前を書くと花嫁は不幸になる、と言われている。署名してみたが、気に入らなかったので、旧姓のジェイゴのままでいようかとも思った。

玄関ホールからグーシーの甲高く吠える声がした。何事かと思って行ってみると、〈エクスプレス・ティッカ・アンド・ピッツァ〉のチラシがドアマットにのっていた。玄関ホールのテーブルに、アリステアの結婚祝いを置いたままだった。ピンクと銀色の包装紙、渦を巻いたリボン、隅のところの雑なたたみ方。それを持って居間にもどった。グーシーがメアリの膝に飛び乗って、猫みたいに丸くなった。

リボンをほどくと、包みには粘着テープが巻いてあった。なかなかはがれなかった。ハサミをとりに行くのに、膝の犬を下ろさなくてはならなかった。そのとき、中身は爆弾かもしれないというレオの言葉を思いだした。もちろん、ばかげている。レオも本気ではなかったはず。しかし、メアリはチクタクという音を聞こうとするかのように、包みを耳もとに寄せた。ふってみた。なかで動くものはなさそうだ。音も聞こえない。

粘着テープをハサミで切って、隅を切りひらいた。包装紙のなかから出てきたのは銀色の薄い箱。文具店のギフトラッピングのコーナーで買えるような箱だ。蓋がテープで留めてある。それもハサミで切ると蓋がはずれた。緩衝剤のエアクッションと脱脂綿とティッシュ、そして、封筒に入ったカード。

アリステアがこんなものを選ぶなんて変ね。新郎新婦のイラストを見た瞬間、メアリは思った。人形っぽいイラストで、新郎はトップハットにモーニング、新婦はスカートの広がった白いドレスにベール、リボンで飾ったケーキの上に絞りだされた渦巻き模様のアイシングを土台にして、二人が立っている。その下には

お決まりの文句。〝幸せな結婚でありますように〟

これがアリステアの結婚祝い？　たったこれだけ？　カードのあいだに何かがはさんであった。手紙のようだ。便箋が二つ折りになっている。アリステアはカードのほうには何も書いていなかった。名前すら。メアリは一瞬、読まないでおこう、読まずに捨ててしまおうと思った。侮辱と非難の言葉を目にするのが怖かった。しかし、読まずに捨てるなんて臆病者のすることだ。読んでも害はないはず。ただの言葉だし、自分にとってはもうなんの意味のない相手からの言葉だ。折りたたまれた便箋を親指と人差し指ではさんだそのとき、電話が鳴りだしたので、便箋を持ったまま受話器をとった。便箋はA10サイズで、二つに折ってあった。

電話はレオからだった。「ごめん。さっきはあんな──みっともないところを見せて。いま、兄の家なんだけど、兄がちょっと出かけたから、急いで電話してるんだ。許してくれる？」

「許すも許さないもないでしょ。大丈夫？」

「元気にしてる」

メアリはせつない声で言った。「いますぐ戻ってこられればいいのに」

「メアリ、母が今夜は泊まっていけと言うんだ。母もここにきている。今後会う機会があるとしても、何年も先のことになるだろう。ぼくの言ったこと、覚えてるだろ？　これが家族と顔を合わせる最後の機会だって」

「いいのよ。泊まっていくのが当然だわ。気にしないで。わたしは大丈夫」なぜそのあとにさらに言葉を続けたのか、あとになって考えてみると、自分でも理解できなかった。「プレゼントをあけてみたわ。爆弾じゃなかった。カードと手紙と大量の詰め物だけだった」

「愛してる。それが言いたくて電話したんだ。木曜日には、きみはぼくの妻になる。幸せすぎて本当のこととは思えない」

「本当よ」

兄が部屋に戻ってきたに違いない。レオが、じゃあね、明日の夜にはそっちに帰る、と言って電話を切った。家族と最後の一夜を過ごすという彼の言葉に、メアリは不安を覚えた。不意に、不自然なこと、不必要なことに思われてきた。理由を尋ねればよかった。もっとくわしく話してと頼めばよかった。でも、まだ遅すぎはしない。明日、レオに尋ねることにしよう。

手にしたままだった便箋を開いた。

〈ハーヴェスト・トラスト〉のロゴである真紅のキノコとバタシーの住所。反対側に宛先。メアリ・ジェイゴ様、チャッツワース・ロード、NW10。その下に、〝ドナー支援担当者、デボラ・コックスより〟と書かれていた。日付は六日前。

メアリがまず思ったのは、旧住所に出すなんてひどい、ということだった。だが、〈トラスト〉に住所変更の届出をしていなかったことを思いだした。祖母の屋敷気付にしてくれるよう、一度頼んだことがあっただけ。あれが〈トラスト〉から受けとる最後の手紙になると思っていた。

ジェイゴ様

本日お知らせ申しあげることにつきましては、おそらく、貴女もすでにご存じのことと思います。ナッシュ氏と連絡をとられ、お会いになっていたのではないでしょうか。ナッシュ氏の病状悪化につきまして、最近何度か手紙でご連絡を差しあげましたが、お返事がなかったので、きっと連絡をとっておられるのだと思っておりました。

悲しいお知らせですが、あまり大きな衝撃を受けられぬよう願いつつ申しあげますと、ナッシュ氏は昨夜亡くなられました。二週間前から入院中だったホスピスで、眠るように逝かれました。お母さまとお兄さまに見守られて。

貴女にとってもさぞお辛いことでしょうが、骨髄をご提供いただいたおかげで、ナッシュ氏は寿命を伸ばし、生活の質を高めることができ……

メアリは手紙を膝に置いた。ひどく混乱していた。どうしてレオの死に衝撃を受けなきゃいけないの？ 五分前に本人と話したばかりなのに。きっと〈トラスト〉のミスだわ。ファイルがごっちゃになって、わたしを誰かほかのドナーと、そして、レオを誰かほかのレシピエントと間違えてるんだわ。

手紙を手にとり、もう一度読んでみた。〝最近何度か手紙でご連絡を差しあげましたが、お返事がなかったので……〟最近の手紙ってなんのこと？ 移植後の経過報告の手紙をアリステアが受けとり、開封していたということなの？ 不意に背筋が寒くなったので、開いた窓から流れこむ日射しのところへ行き、太陽の温もりを肌で受け止めた。〝ナッシュ氏は昨夜亡くなられ……〟

いまは午後七時、〈トラスト〉に電話して説明を求めたくても遅すぎる。最初のショックが消えると怒りがこみあげてきた。〈トラスト〉のミスを放っておいたアリステアにも文句を言いたかった。しかも、彼の場合は悪意からに決まっている。この手紙を結婚祝いとして届けにきた。これまでもアリステアからさんざんな仕打ちを受けてきたが、今回はとりわけ悪質だ。

電話が鳴りつづけた。ようやく応答があり、「アリステア・ウィンターです」という声がした。

「アリステア、メアリよ。わたしが電話した理由はわかるでしょ」

アリステアは電話を切った。あとに発信音が続いた。メアリは信じられない思いで受話器を見つめた。アリステアに以前ぶたれた頬に血がのぼり、冷たい指を当てると熱が伝わってきた。しばらくしてから、ブランディを少し注ぎ、ストレートで呷った。むせそうになったが、温もりがふわっと広がり、まるで、なんらかの発熱剤が体内に入ってそこから熱が広がり、皮膚まで届いたかのようだった。意識して深く呼吸した。アリステアの悪意に気が動転していた。電話の向こうの沈黙から満足と歓喜の響きが伝わってきたような気がした。

しかし、手紙を書いたのはアリステアではないのだと自分に言い聞かせた。彼はそれを届けにきただけ。実在の場所から出された本物の手紙であって、アリステアが偽造したものではない。彼は手紙がメアリのもとに間違いなく届くよう画策したに過ぎない。

昔のように尻込みしている場合ではなかった。何も考えないようにして、レオの兄が住んでいるプランジェント・ロードの家に電話をかけた。延々と鳴りつづけた。誰も出そうにない。兄の家にいると言っていたのに、レオはいない。気にするほどのことではないが。兄と二人で一杯やりに出かけたのかもしれない。あるいは、母親の滞在先へ一緒に行ったのかもしれない。でも、どう考えても変だ——不意に疑惑が噴出した——兄とは縁を切る、母に会うことは二度とないと言ったくせに、一緒に出かけるなんて。泊まってくるなんて……。

誰か一緒にいてくれる人がほしかった。この手紙を、そして、今回の出来事を客観的に冷静に分析できる人。しばらくしてから、ドロシーアに電話したが、洗いざらい打ち明けることはできず、気づいたときには、明日休ませてもらってもかまわないかと尋ねていた。水曜日から休暇をとる予定だったけど、明日からにしてもいいかしら。

「いいわよ。もちろん」ドロシーアは言った。「ゴードンに頼むから。ねえ、大丈夫？　声が震えてるけど。挙式前の緊張？」

「たぶんね」メアリは答え、なぜか受話器に向かって微笑しようとした。ドロシーアにこちらの顔が見えるかのように。「ありがとう、ドリー」

「結婚式なのよ。お葬式じゃないのよ」

「ええ」

手紙全体を、あるいは、一部を読んで聞かせるなんて不可能だし、薄気味悪いと思われてしまう。相手がドロシーアであっても、ほかの誰かであっても。ふたたび手紙を手にとり、もう一度読んでみたところ、前には気づかなかったものが目に入った。〈ハーヴェスト・トラスト〉の住所の下に、デボラ・コックスの自宅の電話番号が書いてあった。胃がむかむかした。ブランディのせいか、長いあいだ何も食べていなかったせいか。明日博物館を休ませてほしいとドロシーアに言ったのはなぜ？　何を期待しているの？　どんな亡霊がわたしを待っているの？

知ることへの恐怖が、知らないままでいることへの恐怖を圧倒しはじめた。いまここで手紙を処分してはどう？　こまかくちぎって灰皿で燃やしたら？　あるいは、外で小さな焚火をしたら？　そうすれば、そんな手紙は受けとっていない、アリステアの包みに入っていたのはカードだけ、というふりをして、レオには何も言わないままにしておける……デボラ・コックスの番号をダイヤルした。

二度目の呼出音のあとで応答があった。メアリが用件を切りだす暇もないうちに、カウンセリングが必要かとデボラ・コックスが尋ねた。〈トラスト〉のほうで喜んでカウンセリングの手配をさせてもらいます。ぜひ受けるようお勧めしたいわ。とくに、あなたの場合はレオ・ナッシュに手紙を出し、知りあいになられたのだから。

「じっさいに顔を合わせたわけでしょう？」

メアリは返事をためらった。震えはじめ、膝がガクガクした。どうすれば平然と嘘がつけるの？　「いいえ」と答えた。「会ったことはありません」

「でも、連絡はおとりになったのよね？　手紙で」

「ええ。連絡はとりました」咳払いをしなくてはならなかった。「どんな外見だったんでしょう？」

「えっ？」

「外見をお尋ねしたんです。レオ・ナッシュの」声がかすれていたが、嘘をつくのは楽になってきた。「写真を見せてほしいと頼んだんですけど、結局、送ってもらえなくて」

「金髪で小柄。百七十センチぐらいね。目は濃い色。会わなくてたぶん正解だったでしょうね。ドナーの人たちって、レシピエントに感情的にのめりこむ傾向があるの。移植につきものなのよ。だから、レシピエントが亡くなるとよけい辛いのね」

「たしか、お兄さんがいると……」

「ええ。十歳上のお兄さん。同じフラットで暮らしてたのよ。でも、そちらへ連絡をとるおつもりだとしても、わたしにはお勧めできないわ。さて、カウンセリングの手配ですけど……」

メアリは、いいえ、せっかくですけど必要ありません、と言った。静かに受話器を戻した。

27

ホブの体調は上々だった。

もう一週間以上、禁断症状が出ていない。禁断症状がどのようなものかも、さらには、落ちこむとどんな状態になるかも、急速に忘れつつあった。なにしろ、そういう状態を思いだすほど体調が悪化したことが、このところ一度もないからだ。金がたんまり入ったおかげで、この先何カ月も、ことによったら一年ぐらいは調子よく過ごせそうだし、働く必要もないほどだ。皮肉なことに、ここ何年もなかったぐらい多くの仕事が舞いこむようになり、必然的に、体調を上々に保てるだけの金も入ってきた。

なぜこんな状況が続くのかと不思議に思い、ある日、ルーに訊いてみた。カールが姿を消して以来、ほかに訊ける相手がいなかった。ルーは変わり者の老人で、七〇年代の若かりしころには、ホブと同じような仕事をあれこれやっていた。「理由はあんたのやる気満々の態度だな。やる気満々で、誠意をこめて仕事に当たるから、みんなそれを感じとって、頼みたい仕事があると、あんたのとこにくるってわけだ」と答えた。ホブはあのでかい仕事（大仕事のなかでもとくに大きかった）のあとも、すでに三件の仕事をこなしていて、そのうち一件は傑作にも、分別に欠けるバカ男、セント・マークス・クレセントに住むあの男を再度痛めつけることだった。

ホブが自分の家にいることはあまりなかった。どっちみち、家はゴミ屋敷だ。市役所が窓の修理を約束したくせに、結局、修理にはこなかった。もしかしたら、こっちが通知を読みまちがえたのかもしれない。修理にくるなんて書いてなかったのかもしれない。いずれにしても、窓に板を打ちつけた部屋は電子レンジのなかと変わらず、しかもこの暑さだから、室内にはいられなかった。そのため戸外で過ごすことが多くなり、バカンスに出かけたかのように楽しんでいた。ギリシャのコルフ島へ行くより楽しいぐらいだった。

リージェンツ・パークと、プリムローズ・ヒルと、セント・ジョンズ教会の庭をうろついて、ベンチにすわったり、芝生に寝ころんだりした。昼間は休憩所の外のテーブルで何か飲んだが、食事はとらず、せいぜいマグナムのアイスクリームかケトルチップスを食べる程度だった。体調のいいときは、あまり食べる気が起きない。たいていウォッカを飲み、ときたま気分転換にテキーラを飲むぐらいだ。戸外をうろつきはじめて数日たつと、ウォッカとテキーラを一本ずつ買って持ち歩くようになった。ただし、ホームレス連中みたいにポリのレジ袋ではなく、ちゃんとしたリュックに入れて。リュックにはまた、吸引道具一式も入っていた。じょうろの散水口、ライター、ストローの束（飲みものの代金を払うときに、カウンターから勝手にとってくる）、そして、予備のクスリ。ストックが減らないよう気をつけている。切らすことなどありえない。禁断症状を思いだすだけで震えが走る。

ストローは公園のあらゆる場所に投げ捨てた。ときに、一人でクスッと笑いながら考える――誰かが気づいて、話題にし、何が起きているのかと首をひねったりするだろうか。バラの茂みにひっかかったストロー。花壇に散乱するストロー。橋の下の汚い水面に浮かんだストロー。ホブはいたずら好きなので、ブロンズ像の乙女の口にストローを一本くわえさせたり、べつの六本で王冠を作ってサー・コワスジー・ジャハンギールの噴水式水飲み器に飾ったりした。楽しくて仕方がなかった。ある日、ボートが浮かぶ湖の絵葉書を買って、自分宛てに投函したこともあった。着替えのためと、トレント・ブリッジ・クリケット場の試合の一部をテレビで見るために、ときどき家に帰らなくてはならず、溶鉱炉みたいなフラットに入りこんだときに、自分で出した絵葉書がマットの上に落ちていた。〝バッチリいい天気。おまえもここにいればいいのに〟と書いてあり、〝愛をこめて、ホブより〟とサインが入っていた。

それを見て大笑いした。自分が出した絵葉書を受けとり、〝ここにいればいいのに〟と言ってもらうなんて、こんな愉快なことはない。笑いころげ、興奮しすぎたため、気持ちを落ち着かせるためにウォッカが必要になった。しばらく前から体重が減ってきていた。頭と顔は以前と同じく大きくがっしりしているが、身体が細くなり、腰のまわりの皮膚が脱ぎ捨てられた古い靴下みたいにたるんでいる。前にレオから、デブの女の子（レオは肥満体と呼んでいた）の話を聞いたことがある。その子がどういうわけか、拒食症になってしまった。皮膚が垂れ布みたいに骨格にまとわりついていたため、皮膚を少しずつ切りとって縫いあわせる手術を受けた。しかも、国民健康保険のおかげで無料。ホブは自分もその手術を受けられないかと考えはじめていた。もっとも、現実には無理。病院に入ったら、元気になるどころか、最初の日に禁断症状を起こしてしまうだろう。

目下、金には不自由していないので、コカインを好きなだけ買い、E《エクスタシー》も買い、エンジェルダストが手に入るときにはそれも買った。ビッグH《ヘロイン》は、注射針が苦手のホブにはだめだった。だから、クラック《コカイン》に出会ったときは、神からの贈物のような気がした。一度だけ注射針を刺してみたことがあるが、とたんに気絶してしまった。子供のころ、小児麻痺か何かの予防注射に連れていかれたときは、いったいどんな騒ぎになったことだろう。ホブのほうから母親に尋ねたことは一度もないが、もしかすると、母親は酔いつぶれていて、あるいは怠惰すぎて、予防注射を受けさせもしなかったのかもしれない。

一年か二年前は、オゾン層破壊の原因となるスプレー式しみ抜き剤の匂いを嗅ぐしかなかったが、そんなことはいまさら思いだしたくもなかった。かわりに、あと二件の仕事のことを考えた。チョーク・ファームで男の脚の骨を折る仕事と、リッソン・グローヴの裏で男をぶちのめす仕事。それぞれ五十ドルずつもらったが、チョーク・ファームの仕事については安すぎると思った。そもそも、脚の骨を折るのは世間が思うほど簡単なことじゃない。けっこう骨の折れる仕事だぜ。この駄洒落が気に入って、またしても笑いころげた。

ホブは毎晩のように〈グロット〉のそばの池で儀式をおこなった。気どった声の物乞いは姿を消していた。建築業者が数カ月前から工事を続けている家の持ち主は、侵入者撃退用に有刺鉄線とフェンスを増強するという無駄な努力をしていた。ホブにはその心理が理解できなかった。その程度のことで、ホブや世間ずれしたほかの連中を締めだせると思ったら大間違いだ。虫が飛び交う夕闇のなか、池を縁取る石材に腰を下ろして、じょうろの散水口にコカインを放りこむと、ねじ蓋を閉め、新しいストローを二本差しこんでから、コカインにライターの火を近づけ、それをブリキ缶の蓋にのせた。

　結晶のかたまりがくすぶり、パチパチと音をたてた。禁断症状からはずっと遠ざかっているが、なめらかな甘い煙が肺に流れこむと、その瞬間、くらくらするほど気分が高揚する。あとでEを一錠呑むか、PCP《フェンシクリジン》の煙を吸うかして、興奮しすぎたらシクロで気持ちを静めることにしよう——無知なあんたたちに教えてやると、シクロバルビトン・カルシウムのことさ。アルコールのエキスパートになるにはアル中が、忘却への旅を理解するにはヤク中が必要だ。

　笑いが止まらなくなった。思いきり笑い、哄笑を響かせながら、石畳の上や、カサカサの落葉が散らばる埃っぽい地面の上でころげまわった。橋の欄干から誰かの顔がのぞいた。夕闇のなかでその顔はおぼろにしか見えなかった。あばた面の痩せた顔が長いあいだホブを見守っていた。クソの山を見つけた犬みたいにころげまわっている姿に、きっと魅了されたのだろう。

　笑ってころげまわるのをやめる気になったところでピタッと止めた。自制心は完璧だ。吸引器具をリュックに戻し、ウォッカをひと口飲んだところで、一週間以上持ち歩いていた品に目を留めた。赤い野球帽と、行進する象の群れがプリントされたTシャツ。明日、カムデン・ハイストリートのオクスファム・ショップへこれを持っていき、寄付して、ウィンドーに飾ってくれるよう念を押してきたら、こんな愉快なことはない。

　〈グロット〉をよたよたとあとにして、アルバニー・ストリートの北端の信号を渡りながらその場面を思い浮かべ、またしても笑いの発作に襲われた。誰にも見られていないことを確認し、あいかわらず笑いながら、グロスター・ゲートのスパイクつきの柵を乗り越えて、ひっそりと静かな公園の闇の奥へ姿を消した。

孤独のせいで、メアリは無防備で傷つきやすくなっていた。無人島の浜に置き去りにされ、大海原を遠ざかっていく船を見つめている気分だった。わたしがどこにいるのか、何があったのかを知る人や、気にかけてくれる人は、この世にもう誰も残っていない。

グーシーを抱きしめた。あとになって、ずっとあとになってから、腕に抱かれて指をなめてくれた小さな犬が自分を救ってくれたのだと、メアリはよく言ったものだった。日中の暑さにもかかわらず、犬の温もりがほしくてグーシーをじっと抱くうちに、自分が何かとんでもない詐欺の被害者にされたことを理解しはじめた。ただ、その方法も理由もわからない。詐欺を働いたのが誰かということすらわからない。レオの正体を突き止める手段がないのだから。この謎を解こうとするたびに、震えの発作に襲われた。まるで外は冬の寒さで、公園には雪が積もっているかのように。

じっと動かず、何も考えず、ショック状態のまま一時間以上すわっていたに違いない。つぎに時計を見たとき、時刻は九時で、外は暗くなっていた。電気スタンドをつけると、蛾の群れが飛びこんできた。茶色の蛾、黄色の蛾、黒と白のダルメシアンみたいな斑模様の蛾。明かりに群がり、ランプシェードのまわりを舞った。レオの笑い声を、「ダルメシアンに人物証明書を」という声を思いだし、メアリは小さな苦悶の叫びを上げた。明かりを消し、蛾を追いだすために室内を真っ暗にしてから、もう一度プランジェント・ロードのレッドフェリー・ハウスに電話してみた。喉がカラカラで、締めつけられるような気がした。誰も出なかった。もう電話はやめよう。そう決心した。一つには、ばかげたことだが、何を言えばいいのかわからなかったから。夜のことを考えるとぞっとした。とても長く、とても孤独、深夜の時間帯はきっと耐えがたいことだろう。二階へ上がり、ブラックバーン＝ノリス夫妻のバスルームをのぞいてみると、カプセルの入った小瓶が見つかった。ラベルに〝レディ・ブラックバーン＝ノリス、不眠症用〟と書かれ、薬の名前と、就寝前に一錠ないし二錠服用のことという指示がついていた。

グーシーを庭に出してやった。夜の戸外は温かくて空気が柔らかく、上を見ると、ベルベットのような菫色の空に星がいくつかまたたいていた。ロンドンではめったに見られない光景だ。頭上をヒラヒラ舞うコウモリに向かってグーシーが吠えはじめたので、犬を連れて家に戻った。戸締まりをすませ、グーシーをベッドの足もとに寝かせてから、寝室の窓を大きくあけ、服を脱ぎ、水のグラスを持ってきてカプセルを一錠、そしてもう一錠呑んだ。横になる時間もないほどだった。眠りが黒い亡霊のように近づいてきて、メアリを包みこみ、翼のような広い腕に抱きよせた。

早朝の五時か六時ごろ目がさめた。睡眠薬のせいで、ぐったり重苦しい気分だったが、男がそばにいて愛しあったことを覚えていた。正体のわからない男が甘く優しく手を触れ、止めようのない力強い情熱を示し、愛の言葉をささやきながら、何度もくりかえし愛してくれた。メアリは起きあがると、やっとの思いでバスルームまで行った。吐き気がこみあげてきた。吐くのは苦痛で、喉が焼けるようだった。延々と吐きつづけ、ついには吐くものがなくなって床に倒れこんだ。

しばらくして、ふたたび眠りに落ちた――やがて、グーシーが外に出してくれと頼みにきて、むきだしの彼女の肩にアイスキューブのような鼻を押しつけた。メアリは床から身体を起こし、ローブをはおった。外は今日も快晴だ。青空。強烈な日射し。だが、太陽そのものは見ることのできない灼熱の炎だ。

庭から家に入ったちょうどそのとき、電話が鳴りだした。ここの番号を知っているのはレオだけだ。いえ、レオと名乗っていた男だけ。アリステアも番号を知っているが、彼がここに電話してくることは二度とないし、自分と彼が言葉を交わすことも二度とないのを、メアリは自然界の法則のごとく確信していた。鳴りつづける電話を凝視した。受話器をとった。

かけてきたのはデボラ・コックスだった。

メアリはどうでもいいことを尋ねた。「どうしてこの番号をご存じなの？　お教えした覚えはありませんけど」

「発信者番号のわかるサービスがあるでしょ」

「あっ。あ、そうね。ええ。で、ご用件は？」相手が誰であれ、メアリがこんなつっけんどんな言い方をしたのは初めてだった。「ごめんなさい。あの、どういうご用件でしょう？」

「お伝えしておきたいことがあったの。レオ・ナッシュにとても関心を持たれた様子だったから。どんな人間なのか、外見はどうなのか、って。こんなことを申しあげていいのかどうかよくわからないので、ここだけの話にしていただきたいの。でも、あなたは思慮深い方ですものね」

わたしのことなんか何も知らないくせに……。「で、どのようなお話でしょう？」

「レオのことなの」デボラ・コックスは言った。「じつはね、病気が再発したとき、あなたに二度目の骨髄提供を頼むのをレオが拒んだのよ。ドナーになれるのはあなたしかいないのに、レオは〈トラスト〉があなたに依頼することに強硬に反対したの」

メアリはこわばった口調で言った。「理解できない」

「あなたを二度とあんな目にあわせたくないってレオが言ったの――病院に入り、危険のつきまとう全身麻酔をかけられ、術後は安静が必要とされる。ぜったい反対だって言うのよ。彼の説得に全力を尽くしたけど、結局だめだったわ。あなたにお知らせしておくほうがいいと思って」

「彼はヒーローだったという意味？　輝く鎧をまとった騎士、無私無欲の聖人――そうおっしゃりたいの？　わたしに一週間の不快な思いをさせまいとして、自分の命を捨てた人だと？」

沈黙が流れた。その沈黙に怒りがこもっていることは、なぜか明らかだった。

「率直に言わせてもらうと、メアリ」ようやくデボラ・コックスが言った。「あなたがそんなに動揺するなんて思いもしなかったわ。やはりセラピーが必要ね。前に申しあげたカウンセリングの件だけど……」

こんなことをしたら、上品な礼儀正しい女のはずだったのが無礼な女だと思われてしまうかしら、と自分に問いかけながら、メアリは受話器を静かに置いた。

正体不明のあの男、あの詐欺師、わたしを欺いていたあの男は、これまでと同じく、夜をよそですごしたあとにふたたび戻ってくるのだろう。外はすでに熱気でむっとしていて、鍋から立ちのぼる湯気に大きな蓋をかぶせたかのようだった。比較的涼しいシャーロット・コテージから外に出ると、熱気が毛布のように押しよせた。グーシーは家に置いてきた。散歩には暑すぎるから、日に二回、庭に出すだけで満足させなくてはならない。家を出たのは恋人だった男を避けるため。しかし、また吐き気に襲われるのがいやで、恋人だったことなど思いだしたくもなかった。

ドロシーアに今日は休ませてほしいと頼んだことを、いまになって後悔していた。少なくとも博物館が逃げ場になり、そこなら彼に見つからずにすんだだろうに。行くところは公園以外になかったが、チェスター・ゲートから公園に入りながら（もっと北へ行って動物園の近くを歩いたりしたら、彼と出会うかもしれない）、いつまでもこうして逃げつづけるわけにはいかないと自分に言い聞かせた。いずれ顔を合わせることになる。アリステアがレオの死を知らせてきたことも、メアリが欺瞞に気づいたことも、彼には知りようがない。たぶん、今日のうちに、今日のいずれかの時点で、顔を合わせなくてはならない。ふたたび震えに襲われた。睡眠薬がまだ効いているらしく、頭がぼうっとして身体に力が入らないので、ブロード・ウォークの木陰のベンチに腰を下ろした。

あさって、式を挙げるはずだった。彼は結婚する気でいたはずだ。当然だ。それが目的だったのだから。結婚して、彼女の財産とベルサイズ・パークのあの大きな屋敷を手に入れることが。涙があふれ、頬を伝った。いかにも信用できそうで、感じがよくて、優しくて、みごとな役者だった。でも、レオ・ナッシュの出生証明書を見せ、カール・ナッシュを兄に持ち、わたしの骨髄をもらい、亡くなり、それなのに生きてるなんて、いったい何者なの？

かつてメアリがニコライと呼んでいた男がベンチの反対端にすわっていた。男がきたことにメアリは気づいていなかった。五分前、あるいは、十分前からいたのかもしれない。涙に暮れ、思いに沈んでいたため、外の世界から遮断されていた。

「泣かないで」男が言った。「どうしたんだね？」

メアリは顔を上げ、そちらへ視線を向けた。涙で視界がぼやけていたが、それでも、男の様子が以前と違っているのがはっきりわかった。変化はごく小さなものので、いまも顎鬚を生やし、いまもジーンズ、デニムの上着、すりきれたTシャツ、ぼろぼろのトレーナーという格好なので、どこがどう変わったとは言えない。しかし、いまの彼は浮浪者ではなく、一人の男だった。ブルーの目に、あるいは、以前より自信に満ちた肩の格好に、変化が宿っているに違いない。

お決まりの返事。だが、見知らぬ相手に対してほかに何が言えるだろう？「なんでもないの」

「ずいぶん悲しそうだね。わたしは退散するとしようか。よそへ行ってほしいだろ?」

ぶしつけな態度をとれるようになったメアリだが、やはり限界があった。「いえ。いえ、とんでもない」顔を背けた。「悲しいのは事実よ。でも、誰にもどうにもできないことなの」

ローマンはひどくためらいがちに言った。「話してみないか? とにかく、誰かに話を聞いてもらったら?」そのとき、彼自身は妻と子供のことを誰にも話していなかったことに気づいた。頭のなかにいるもう一人の自分に向かって話しただけだ。ほかのホームレス連中が察しているとすれば、彼が悲劇を抱えて生きてきたのと同じく、みんなもそれぞれ悲劇を抱えて生きているからだ。「月並みな言葉だが、真実だよ」ローマンは言った。「見知らぬ他人に話すのがいちばん楽な場合もある」

メアリは首をふった。立ちあがり、彼が止めようとすると――いや、わたしが退散しよう。きみを追い払おうなんて夢にも思っていない――ふたたび首をふり、右手を差しだして、そのまますわっていてほしい、としぐさで伝えた。

「話せないわ。単に――話すのに抵抗があるだけじゃなくて、どう言えばいいのかわからないの。そう、ほんとにわからないの」

ローマンは話の続きを促すでもなく、やめさせるでもなく、感情を抑えた顔で彼女を見ていた。

「自分が何をされたかもわかってないの。わかってるのは、残酷なひどい仕打ちを受けたということだけ」

「ときには怒りが救いになることもある。怒りを燃やしてごらん」

メアリはうわの空でうなずいた。ローマンは歩き去る彼女を見送った。彼女の身に何か恐ろしいことが降りかかったのだと確信し、それと同時に、挫折感に見舞われた。自分がそばにいれば、彼女を苦悩から救いだし、人生から守ってやれると、愚かにも思っていた。何さまのつもりだ？　自分自身も救えなかったやつに、どうして他人を救うことができる？

だが、これから先も、彼女が戸外にいるあいだは、けっして彼女から目を離さないでおこうと決心した。

28

カムデン・ストリートにセント・バーバラズ・ハウスという女子簡易宿泊所があり、エフィーはときどき利用しているのだが、いまそこを出て通りを歩きながら、〈オクスファム・ショップ〉のウィンドーに目を向けた。ほかの女が〈セルフリッジズ〉や〈D・H・エヴァンズ〉のウィンドーを見るときのような目で。〈オクスファム〉の値段でもエフィーには高すぎるが、無理をすれば買えなくはない。目玉の飛びでるような値段ではない。〈ハロッズ〉のような値段はついていない。エフィーはTシャツを買いたいと思っていた。なにしろ、うだるような暑さだ。ウィンドーに飾られたTシャツは一枚だけで、象がプリントされていた。

子象を二頭連れた象の夫婦のようだ。人目を気にすることなど、エフィーはとっくになくなっている——でも、胸に象が四頭も？　やめてよ！　どうせ十六サイズほど小さそうだし。

野球帽のほうは買う必要もなかった。ハンプティ・ダンプティみたいな彼女の頭にのせたところで、卵にニキビができたようなものだろう。〈スー・ライダーの店〉でTシャツを探すことにした。場所を覚えていればの話だが。ずっしり重い荷物を左手から右手に持ち替えて、よろよろと歩きだし、グロスター・ゲートのほうへ向かった。

しばらくすると、ディルが生活保護の小切手を現金にする途中でそこを通りかかったが、〈オクスファム〉のウィンドーはのぞきもしなかった。服など買ったことがない。週に五晩、エヴァーショルト・ストリートでスープとパンをふるまっている修道女たちが、古着も無料で渡してくれる。ディルは目下、ビーグルの餌を切らしてしまったため、そちらのほうが気になっていて、犬をパーキング・メーターにつないでから、インド人がやっているミニマーケットに入っていった。そこでシーザーを五缶買った。犬の餌のなかでは高級だが、小さなアルミ缶に入っているので、軽くて持ち運びが楽だ。ビーグルが大喜びで食べるだろう。

ローマンはホーリー・ホテルを出て福祉事務所と職業安定所のあるリッソン・グローヴまで行く途中、そこを通りかかった。ずいぶん距離があるが、二年近くのあいだ毎日のように何キロも歩いていた者にとってはなんでもないことだ。〈オクスファム・ショップ〉の前を通ったときは、かすかな気恥ずかしさがあって、ウィンドーから意識的に目をそらした。前の日に、手持ちの衣類をすべてここに寄付したのだ。路上生活のあいだ身につけていた服のうち、まだぼろぼろになっていなくてどうにか着られそうなものを洗濯し、ホテル備えつけの古いアイロンでしわを伸ばしたうえで。

きっとウィンドーに飾られているだろう。もちろん、寄付だから代金はもらっていないが、金を払って彼のお古を着ようとする人々がいることを思うと、なんとも気分が重かった。だから、ウィンドーには目を向けなかった。

ネッロもウィンドーを見なかった。やはり生活保護の小切手を現金化しに行く途中で、もらった金は〈レッド・ライオン〉で半分使ってしまった。ビーンの後釜にすわった学校中退の子が（アミーリア・ウォーカーからマリエッタを横どりすることにも成功していた）犬の一団をひっぱってウィンドーの前を通りすぎ、調剤薬局へ向かった。母親が呑んでいる処方薬のバルビツール系睡眠薬を、ここで出してもらうのだ。このところ、犬が公園の芝生で駆けまわることはほとんどなくなっている。学校中退の子が買物やスロットマシンで忙しいからだ。

犬の散歩のバイトを始めてわずか二日目には、顧客たちと交渉の末、午前中の散歩を二時間遅くしていた。調剤薬局に着くと、犬たちを外にしっかりつないで、ルビーがほかの犬に挑みかかったり、スポッツがチャーリーの尻の臭いを嗅いだりできないようにした。クロルメなんとかって薬を今日も百錠頼む。それから、こっちの処方箋はうちの弟の分。あいつのせいで、家族は一睡もできやしない。それは小児用ベイリウムをシロップにしたものだった。学校中退の子はそれを小分けにし、四十ミリリットルの小瓶に入れて売るつもりだった。スピードで興奮しすぎた神経を静めたい連中によく売れる。咳止めシロップは小瓶に入れられ、弟は夜の半分を泣きわめいて過ごすというわけだ。

ビーンに犬の散歩を頼んでいた人々ならTシャツと野球帽に気づいたはずだが、チャリティ・ショップのウィンドーをのぞく者は一人もいなかったし、ましてや店内に入るはずもなかった。いずれにしろ、バーカー＝プライス夫妻や、アーナ・モロシーニや、ミセス

・セラーズや、エドウィナ・ゴールズワージーから見れば、カムデン・ハイストリートは下層階級やボヘミアン連中の住む地区であり、リール・プリングから見れば、野暮ったい地区なのだ。学校を中退した子にとってはかえって幸いだった。そうでなければ、ゲームセンターの外の街灯柱にくくりつけた犬の一団を、この人々に見られていたかもしれない。ウィンドーを見た者が一人いた。それはヴァレリー・コンウェイ。ヴァレリーはカムデン・ハイストリートから脇へ入ったところで交際相手と暮らしていて、プジョーのショールームの受付という新しい仕事に歩いて出かけるところだった。ジェイムズタウン・ロードの近所の人々は、彼女がビーンをよく知っていて、毎日顔を合わせ、話をしていたことを知ると、大興奮だった。身元確認のために警察へ連れていかれたのが彼女でなかったことに、みんなが首をひねった。

「あたしはボー＝ピープの羊みたいなもんだからね」ヴァレリーは言った。「どこにいるのか、警察にはわからなかったんだろうよ」

しかし、ヴァレリーも公共心がないわけではなかった。それに、〈オクスファム・ショップ〉にはお上品すぎるタイプでもなかった。ヴァレリーの姉がどこかの〈オクスファム〉でしゃれたチューブトップを買い、ボドルムへハネムーンに出かけたときにそれを着た。なので、ヴァレリーもホルタートップを探していた。ウィンドーの中央に赤いホルタートップが飾ってあった。どうやら、マネキンの頭にかぶせた赤い野球帽と一緒に買わせようという魂胆らしい。ヴァレリーは心臓が不快な動悸を打つなかで、店に入っていった。

「あの帽子、どこから仕入れたかわかる?」

「誰が持ってきたかって意味なら」迷惑そうな顔をした中年のボランティアが言った。「その男のことははっきり覚えてるが、寄付してくれた相手にいちいち名前を訊くようなことは、うちではしてないんでね」

「もういいわよ」ヴァレリーは言った。「赤のホルター、もらってくわ。なんで野球帽のことを尋ねたかっていうとね、あたしが帽子を最後に見たときにそれをかぶってたのは、柵の上で串刺しにされたあの男だったから」

その日が訪れ、過ぎ去った。婚礼の日。彼は現われなかった。自分の正体が露見したことをなんらかの方法で知ったのだろう。詐欺は失敗。もし彼が本物のレオ・ナッシュに近い人間なら（そうに決まっている）、たぶん、〈ハーヴェスト・トラスト〉がメアリに通知を出したことを、そちらから知らされたのだろう。アリステアのところで留め置かれていなければ、通知はもっと早くメアリのもとに届いていたはずだ。

彼が現われなかったことは安堵であり、失望でもあった。安堵したのは、彼に話したこと、打ち明けたこと、愛を告白したこと、さほど時間を置かずに彼に抱かれたこと、やがて愛の営みに溺れるようになったことを恥じていたからだった。失望したのは、怒りに駆られていたからだった。ニコライから助言されたとき、無関心な顔をしたものの、その言葉が心に刺さった。〝怒りを燃やしてごらん〟。やってみた。おそらく生まれて初めて。

怒りが湧きあがり、大きくなり、大きくなるにつれて解放感のようなものが生まれた。なぜこれまで怒ろうとしなかったの？　たとえば、アリステアに対して。しかし、いま彼女が感じている怒りには捌け口が必要で、怒りをぶつける相手はレオしかいなかった。なのに、彼はこなかった。永遠にこないだろう。

かわりに警察がやってきた。

ふたたび確認を求めにきたのだった。今度は、赤い野球帽と象がプリントされたTシャツがビーンのものかどうか、答えてほしいとのことだった。ビーンがこれを身につけているのを見たことはありますか。

「ええ、何度も。暑い時期には、毎日その帽子をかぶってました。Tシャツを見たのは一度だけですが、ビーンのものに間違いありません」

メアリの態度は以前と違ってきっぱりしていたに違いない。マーノックが一度か二度、驚いたような視線をよこしたのも、そのせいだったのだろう。ビーンが誰かと一緒にいるのを見たことはありますか。たとえば、グーシーを返しにくるときに、誰かがついてきたというようなことは？　メアリが両方の質問に躊躇なくノーと答えると、刑事たちは礼を言って帰っていった。

夕方、ドロシーアが訪ねてきた。前の晩にメアリが彼女に電話をして、結婚式が中止になったことを告げたのだ。ただし、くわしい説明はしなかった。ギルドフォードに住むいとこに対しても、同じく説明を省略した。そもそも、自分でも理解できていないことをどうして説明できるだろう？　レオが大好きだったシャルドネのボトルが見つかったので、〈エクスプレス・ティッカ・アンド・ピッツァ〉に電話をして、チキンコルマ、ピラウ・ライス、ボンベイ・ポテトを注文し、八時に届けてくれるよう頼んだ。

メアリがドロシーアを好きな点の一つは、こちらが説明を拒んでも黙って受け入れてくれることと、なんらかの話題について沈黙しても、文句も言わずに許してくれることだった。ドロシーアは分別があり、よけいなことは言わず、人の心のなかには他人に踏みこまれたくない自分だけの場所があることを理解している。

「何も訊かないで」メアリは言った。「なぜかというと、わたし自身にもよくわからないから。たぶん、いつか事情がわかると思うから、そのときにちゃんと話すわね。でも、あなたは知りたくないかもしれない。気にしないかもしれない」

ドロシーアは桃とクロテッドクリームを籠に入れて持ってきていた。「食べるときまで冷蔵庫に入れておいたほうがいいわ」そのあとも同じ口調で続けた。「ひどく落ちこんでるの？」「わからない。妙な返事だけど、ほんとにわからないの。腹が立って仕方がないのよ。誰かにこんなに腹を立てたのは初めて。とっても不思議で新鮮な感じ。でも、彼に怒りをぶつけることはできない。だって、どこにいるかわからないんですもの」

二人はテラスの椅子にすわり、カンパリに氷とオレンジジュースとライムの薄切りを加えたものを飲んでいた。グーシーはライラックの茂みの下に半分だけもぐりこんで、芝生に顔を出して寝そべったまま、蛾が飛んでくるたびにパクッと咬もうとしていた。空はとても淡いブルーで、ぎらつく太陽に長いあいだ照らされて色褪せてしまったかのようだった。煙の匂いがした。禁止されている焚火から上がる違法な煙ではなく、どこかで火事が起きているのかもしれない。たぶん、ユーストン駅から延びる鉄道線路の土手あたりで。乾燥しきった草むらに煙草の吸殻が投げ捨てられるため、ひんぱんに火事が起きている。

「新聞を持ってきたわよ」ドロシーアが言った。「気晴らしにと思って。タブロイドのクズ新聞だけどね。バーカー＝プライスっていう議員の噂を耳にしたことは？」

「さあ、ないと思うけど」

「殺されたあのビーンって男が、議員の犬を散歩させてたんですって。きっとグーシーの散歩仲間だったのね。チャーリーっていう名前のゴールデン・レトリヴァー」

「その犬なら覚えてるわ」

ドロシーアが新聞の第一面をメアリによこした。記事そのものはたいした量ではなかった。大部分が写真と見出しだった。〝国会議員と彼のおもちゃ〟。その下に〝殺された男との関係はいかに？〟ごわごわの口髭に下手な散髪の、不機嫌な顔をした年配の男性がテーブルについている写真があった。場所はどこかのバーかクラブかもしれないが、個人宅の可能性もあり、となりには、ウェストまでのロングヘアに厚化粧の若い女がすわっていた。男性は先端の灰が落ちそうな葉巻をくわえているため、口の片側が下がっていた。ソーセージみたいにずんぐりした指が背後から女の肩をつかんでいるのが見える。女は彼の肩に頭をもたせかけている。こんなキャプションがついていた。〝おもちゃはおもちゃでしかないが、上等の葉巻は喫煙の喜びを与えてくれる。サマーズ・タウン及びサウス・ハムステッドを地盤とする保守党員、ジェームズ・バーカー＝プライス議員が友人とお楽しみ中〟。また、どこかのビーチで撮ったビーンのスナップ写真もあった。

メアリには記事の内容がどうにも理解できなかった。気晴らしがつねに気晴らしになるとはかぎらない。集中力ゼロのような気がした。活字の列が揺れていた。

「ねえ、読んで聞かせて」メアリは言った。

「いいわよ。朗読するのは好きだから。

〝隠れたつながり。ついにその全貌が明らかに。ジェームズ・バーカー＝プライス議員と、殺害された犬の散歩係レスリー・アーサー・ビーンのあいだに、いかなるつながりが？

ビーンは〈串刺し公〉の最新の被害者ではなく、この殺害事件は模倣犯罪である、と警察が発表してから数日が過ぎた。バーカー＝プライス氏の友人であるミス・トーイ・タウンゼンド（二十三歳）はレスリー・ビーンをよく知っていたそうで、警察にこう語っている――あたし、ビーンとは彼が執事だったころから面識があったの。ビーンは三年か四年前に、あたしが懇意にしていたモーリス・クリゼローの家で執事をしていたのよ。最近はあたしのお友達のジェームズ・バーカー＝プライスに雇用されて、チャーリーという美しいレトリヴァー犬の散歩係をしていたけれど、意見の衝突か何かがあったようで、散歩は中断されてしまった。ただ、レスは以後も、リージェンツ・パークのそばにあるミスター・バーカー＝プライスの家を訪問し……〟

若い女がこんな堅苦しい言い方をすると思う？」

「わたしには名誉棄損に聞こえるけど。この新聞社、訴えられたらどうする気かしら」

「平気なんじゃない？ 〝バーカー＝プライス氏（六十八歳）は本日、電話取材に対して、ミス・タウンゼンドと一緒に撮られた写真についてはまったく記憶にないと答えた。二カ月前にロンドンW1のパディントン・ストリートでベントレーを止めたとき、誘いをかけてきた若いレディがいたが、それがミス・タウンゼンドだったのかもしれない、とのこと。三十三年前に結婚したミセス・バーカー＝プライス（六十二歳）のコメントはとれなかった。夫妻は目下……二面に続く〟

Gストリングの女の写真が出てるわ。トーイって名前、まさか本名じゃないわよね。〝夫妻は目下、グロスターシャー州アパー・スローターにあるカントリー・ハウスで週末を過ごしていて……〟アパー・スローター？ スローターは虐殺って意味でしょ。信じられない」

「その地名ならほんとにあるのよ。ドリー、玄関のベルが鳴らなかった？」

「鳴ってないと思う。ねえ、聞いて。続きがあるのよ。〝バーカー＝プライス氏はのちに記者に語った〟――どうやら、記者のみなさん、カントリー・ハウスの外で張りこんでるようね――〝わたしとビーン氏のあいだにはなんの諍いもなかった。そのようなことはありえない。ビーン氏は労働階級、わたしは議員を務める身だ。ビーン氏を解雇したのは犬の散歩係として無能だったからだし、氏がわたしの家を訪ねてきたとか、わたしが支払いを続けていたとかいう噂には、ひとかけらの真実もない〟――あら、やっぱりベルが鳴ってたのね！」

〈ティッカ〉の店員が誰かいないかと家の横手にまわってきていた。赤と白のTシャツに赤いジーンズというう制服で、蓋つきの料理がのったトレイをリュックのようなベルトで腰に固定していた。

「ごめんなさい」メアリは言った。「ベルがよく聞こえなかったの」

「キッチンに置いてきましょうか」

「まあ、助かるわ」

店員は家に入り、戻ってきて、ドロシーアに〝あれっ？〟というような目を向け、やがて笑顔になった。

「ぼくの見間違いじゃないですよね？」

「間違ってないわ。大丈夫よ。あなた、クリーニング店のバンを運転してた人でしょ？　もう五年になるかしら」

「そうです。そのとおり。そして、あなたはセント・ジョンズ・ウッドのチャールズ・レーンに住んでいる」

二人は思い出話を始めた。メアリは家に入り、オーブンの温度を低めにして、コルマとライスとポテトを入れた。カムデン・パッセージの店でレオが買ってくれた婚約指輪が指にはまったままだった。それをはずし、ディスポーザーに投げこんでスイッチを入れたらどうなるだろうと考えた。ディスポーザーがこわれる危険がある。貧しい浮浪者に渡して、売るように言ったほうがいい。指輪をはずしてカトラリーの引出しに入れた。それから、桃二個の皮をむいてスライスし、リキュールをかけようと思って捜した。先週レオの持ってきたアマレットが……。

たとえ心のなかであっても、彼をレオと呼ぶのはやめたほうがいい。彼の名前はレオではない。オリヴァーでもない。わたしの骨髄を受けとった人は長いあいだ〝オリヴァー〟だったけど、いまはその仮名で呼ぶことすらできない。移植を受けたのは彼ではなく、わたしの知らない死者だったのだから。

冷蔵庫からワインを出し、コルクスクリューを見つけて、二個のグラスと一緒にトレイにのせた。ドロシーアはラウンジチェアに横たわり、飛行機雲がいくつも浮かんだ淡い色の空を見あげていた。グーシーが彼女の膝によじのぼっていた。〈ティッカ〉の店員はすでに帰ったあとだった。

「気の毒な人なのよ」ドロシーアが身を起こしながら言った。「クリーニング店のバンを運転中に誰かをはねて、刑務所に入ったの。もちろん、さっきはわたし、それには触れなかったけどね。でも、よく覚えてるわ。相手を殺すつもりもなかったのに刑務所に入れられるなんて、あんまりだと思わない？」

「ときどき考えるのよ――どんな罪を犯した人でも、刑務所に入れるべきではないって」メアリは言った。

「でも、あまり現実的な意見じゃないわね。あの人、ドラッグかお酒か何かやってたの？」

「お酒を飲んでたの。お酒の話が出たついでに、そのボトル、わたしがあけましょうか」

メリルボーン・ロードを走る車は週末になるとスピードを上げる。交通量が減って、スピードを落としたり、ひんぱんに停止したりする必要がなくなるからだ。八月中旬の日曜日は、年間のどの日よりも車の量が少なくなり、五〇年代か六〇年代のハイウェイといった感じになる。昔は車を走らせるのが楽しいことで、空気が比較的澄んでいた。

しかし、八月中旬の土曜日は、休みで出かけようとする者が多くなり、観光客と歩行者が街にあふれ、三車線の道路では、車がうなりを上げてユーストンと地下道へ向かい、または、チャペル・ストリートとメリルボーンの立体交差路とM4道路をめざして猛スピードで走っていく。ときたま、ベイカー・ストリートかパーク・クレセントの信号で停止せざるをえなくなり、急ブレーキの音が響きわたる。平日は車の流れがのろく、重苦しくかたまって時速三十キロぐらいでゆっくり進んでいくが、夏の終わりの土曜日は猛スピードの巨大な集団と化すため、平日よりはるかに危険だ。

土曜の朝、メリルボーン・ハイストリートでパンを買って帰る道々、メアリはそんなことを考えていた。グーシーを腕に抱いていた。朝晩の日課以外の散歩に連れて出たのだが、犬は車の騒音に怯えて彼女の手に顔を埋めてしまった。メアリは足早に道路を渡って、慣れ親しんだ公園の緑地に犬を連れて入った。グーシーは湖の岸を駆けおりるとすぐさま、いかにも喉が渇いていた様子で水を飲んだ。広々とした芝生の上に、早くも太陽に熱せられた蒸気が立ちのぼっていた。暑さのせいで芝生は全体に黄ばみ、ところどころ、干からびて枯れてしまっている。毎日、朝いちばんに花壇に散水がおこなわれるが、その水もすでに蒸発し、うなだれている花もある。メアリは小道の日陰ばかりを選んで歩いた。

ベンチにすわった男性が『ライ麦畑でつかまえて』のペーパーバックを読んでいた。反対端にすわった女性は新聞を広げていて、第一面に〝国会議員、殺人とセックスがらみの中傷に対して訴訟を考慮中〟という見出しが出ていた。メアリは自分の将来について考えようとした。どこに住むのか、何をするのか。レオ、オリヴァー、いえ、名前はわからないけど、あの男が言っていた。「結婚式の二日後には夫の家で暮らせるようになるわけだね……」

そこで思いだした。今日、ブラックバーン＝ノリス夫妻が帰ってくる。彼があぁ言ったのは、ブラックバーン＝ノリス夫妻が帰宅してメアリが留守番から解放されるからだった。あたりを見まわしてグーシーの姿を捜した。ジャック・ラッセルと仲良くなって、しっぽをふりながら鼻をくっつけあっていた。メアリはそばまで行き、グーシーにリードをつけて、もう一匹の犬をそっと追い払った。

「今日、帰ってくるのよ」グーシーに話しかけた。

「あなたのご主人夫妻が。家族、飼い主。あなたがどう呼んでるか知らないけど。さあ、急いで帰りましょう」

いけない、わたしったらおかしくなりかけてる。人前で犬に話しかけるなんて。グーシーが指をなめてくれた。いいえ、わたしとの別れを惜しんでるわけじゃないのよ、この子には何もわからないもの――自分に言い聞かせた。いい子だけど、やっぱりただの犬。

カンバーランド・ゲートを抜け、カンバーランド・テラスの横を通ってアルバニー・ストリートに出た。パーク・ヴィレッジ・ウェストに入ると、ちょうど、ブラックバーン＝ノリス夫妻の乗ってきたタクシーがシャーロット・コテージの門の前から走り去るところだった。


金曜の夜、ホブは〈怪物を造る男〉というホラー映画を見るため、家で寝ることにした。割れた窓に樹液の濃厚な匂いを放つブナの生木の板が打ちつけてあるため、室内は埃っぽい窯の内部のようだった。換気をするには玄関ドアをあけはなしておくしかないが、そんなことをする者は誰もいない。物騒すぎる。映画が始まる前に、いつもの儀式をやってロックを二個吸い、それからウォッカに移った。ストレートだが、タバスコを一滴加えて、マスタードの粉を散らした。言い訳をする必要はないが、もしあれば、フラットの悪臭と熱気を忘れるためだと言っただろう。ウォッカを飲みながら、健康のことを考えて、ダッチー・オリジナルのビスケットのジンジャー風味を一枚かじった。

目がさめたとき、テレビがまだついていた。腕時計の針が止まってしまったため、何時になったのかわからない。暗くても明るくても、部屋のなかはほとんど変わりがない。空高くのぼったまぶしい太陽がブナの板材の隙間から射しこみ、薄汚れたカーペットの一部に明るい筋を描いていた。いま気づいたのだが、室内の悪臭は彼自身の臭いだった。マダム・タッソーの外に出ているハンバーガーの屋台みたいな臭い。蠟人形館と公園のあいだのミューズに住む人々から、タマネギと脂の多いビーフの悪臭が家に流れこんでくるという文句が出ている。臭いが問題になるだろうか、それとも、何か手を打つべきだろうかと、ホブは考えこんだ。闇のなかで、何かが彼の足の上を走り抜けた。

悲鳴を上げた。飛びあがり、てのひらで明かりのスイッチを押すと、ネズミが逃げていくのが見えた。穴のあいた幅木のほうへあわてて走っていく。ただのハツカネズミ。それだけのことだ。ネズミたちがビスケットの屑を大喜びで食べていたのだろう。よろよろとバスルームへ行き、盛大に小便をした。コカインをやると小便の量が増える。父親違いの弟がそう言っていたが、なるほど、そのとおりだ。浴槽には汚れた皿がどっさり置いてあった。何週間も洗わずに放ってある。手持ちの食器を一つ残らず使いはたし、それが浴槽に積み重なって、すでに埃をかぶり、蠟のような小さな粒々に覆われている。植物の種のように見えるが、じつはハエの卵だ。皿とグラスのあいだで動くものが見えたような気がして、ホブは顔を背けた。妙だ。幻覚に襲われたことは一度もないのに。LSDやマッシュルームのたぐいにはまったく興味がない。

風呂に入ろうと思ったがやめた。皿をどこへ移せばいい？　部屋に戻ってソファに横になった。ついでに明かりも消してソファに横になった。テレビを消した。どういうわけか、義理の弟——妹が離婚するまでの話だが——のことを考えはじめていた。ホブは彼のことがけっこう好きで、同情している。なぜかというと、ティーンエイジャーのときにLSDをやり、それもたったの一度だったのに、何年もたってからネズミの幻覚に悩まされるようになったのだ。いきなりネズミの群れが現われて全身を言いまわるというのだ。もと義理の弟はネズミが死ぬほど嫌いで、病的に恐れているため、みじめな人生を送っている。気の毒に、と思った。しかし、何についても、誰についても、ホブが長いあいだ考えつづけることはない。アル中と酒の関係と同じく、ホブも自分が使っているクスリのことを考え、自分に語りかけ、注意を向け、驚きを感じる。ほかの連中ともクスリについて語りあいたいが、あいにく、話し相手が一人もいない。

ネズミどもが戻ってきた。パタパタと駆けまわる音が聞こえた。下の階に住む女性が前に言っていたが、夜中にふと目がさめるとパタパタと音がしたので、懐中電灯でベッドの下を照らしたところ、彼女が落としたチョコ菓子のスマーティーをネズミが鼻で押しながら、壁の穴のほうへころがしていくのが見えたそうだ。笑わずにいられない光景だ。床に光の筋が現われた。さらにもう一筋。朝がきたに違いない。

今日のうちにエイガー・グローヴまで出かけて、ある男を痛めつけることになっている。その男のした何かがルーの癇にさわった《ゴット・アップ・ルーズ・ノーズ》らしい——ルーが好きなのは鼻からクスリを吸いこむ《ゴット・アップ・ヒズ・ノーズ》ほうなのだが。男が何をしたかというと、ヘロイン一袋とマリワナを買うと言っておきながら、取引を反故に（これはルーの使った言葉）してしまったのだ。ホブはその嘘つき男を二週間ほど動けなくする料金として百ポンド渡され、おまけとして、コカインの結晶《ロック》を四個もらった。ホブの思いはそのロックに向いたが、フラットにはもう二個しか残っていなかったので、我慢しきれなくなったところで、前の晩に持ち帰ったものを捜しによろよろと部屋を出た。赤いベルベットの巾着袋。あれにクスリが入っている。たぶん、キッチンに……。

巾着袋が見つかったので、感光性があるコピー機の部品入れとして使われていたアルミ箔袋に粉を入れた。クスリの吸引に使う道具の多くと同じく、これも裕福な地域のゴミ箱から拾ってきたものだ。袋の底を切り裂いて、バスルームからとってきた小皿に粉をこぼし、袋をかぶせてから、上をギュッとひねり、できた隙間に口をあてた。じょうろの散水口ほど巧妙な仕掛けではなく、満足度も低いが、いまはこれで我慢するしかない。とにかく、ふつうのパイプよりましだ。マッチで粉に火をつけた。

それはフェンサイクリジン、俗称エンジェルダスト。いまでは流行遅れで、わりと安く手に入る。前にテレビで見たことがあるが、象牙の密猟者か何かからサイや象を守るためによそへ移すとき、意識を失わせるために麻酔銃に入れるのが基本的にこのクスリだという。ホブはこれをたまにしか吸わないが、現実から遊離した気分になれるところが気に入っている。〈怪物を造る男〉の登場人物になって、テレビのなかで暮らし、何百万もの人に見られているような気がする。あるいは、透明人間になって、誰にも見られていないような気もする。どちらの感覚も陶酔をもたらしてくれる。全身から汗が噴きだした。浮遊するような感覚がある。これもダストの作用だ。起きあがって歩きまわり、軽くダンスのステップを踏み、不意に、小さな頭とバレエダンサーの足を持つ細い長身の男になったような気がした。ここを出て、一日が本格的に始まる前に、嘘つき野郎をぶちのめしてやれるかもしれない。

心臓がドクドク打っているのを感じた。ふだんは心臓の鼓動なんか意識しないのにと思うと、なんだか愉快になってきて、笑いながらフラットのなかを踊ってまわり、必要なものを拾い集めた。赤いベルベットの巾着袋を持たずに出かけるなど考えられない。気分を高揚させてくれるクスリが必要だし、心臓の鼓動が高まりすぎて苦痛になったときには、気分を静めるためにべつのクスリが必要だ。風呂に入って着替えをする気は失せてしまった。そんなもの、誰に必要なんだ？

心臓が止まっていた。ホブは一瞬、恐怖にとらわれた。たったいま自分が笑った理由を、ふだんは心臓の鼓動など意識しないものだということを忘れていた。ふたたび跳ねまわり、宙にパンチをくりだすと、心臓のドクドクドクという音が体内から湧きあがって耳に届いた。またしても笑いながら、自分の胸を、皮膚と肋骨の下で時計がチクタク動いている場所をこぶしで叩いた。

赤いベルベットの巾着袋を上着のポケットに入れて、フラットをあとにし、コンクリートの通路に出た。わずかに残った芝生の上に、部品を奪い去られたバンがタイヤのない姿で放置され、駐車場のがらんとした通路には割れたガラスが散乱している。このあたりはスプレーの落書きだらけ。使われている色は赤で、まるで血のようだ。とはいえ、爽やかな朝で、空はブルーの真珠のごとく澄みわたり、大気はひんやりと新鮮で、夜のあいだに公園の空気がこちらに移動してきたような感じだった。あたりはがらんとしていて誰もいない。早朝にしか見られない光景だ。腕時計を見ると、まだ六時半にもなっていなかった。

コンクリートの階段を下り、エイガー・グローヴへどう行くかを考えようとしたが、頭に浮かんでくるのはなぜか、ユーストンの荒廃した地区に延びる鉄道線路だけで、橋や、立体交差路や、組立て玩具の恐竜みたいな首を伸ばしたクレーン車が次々と目の前に現われた。心を落ち着けないと。興奮を静めるものが何か必要だ。鎮静剤《イエロー・ジャケット》かベイリウム——何があったっけ？　ネンブタールを二錠、てのひらに出して、自分の唾で呑みこんだ。

三十分後、警察がホブを訪ねてきたとき、あたりはあいかわらず殺風景だった。時刻は七時になったばかり。パトカーがガラスの破片を砕いて敷地に入りこみ、部品を奪い去られたバンの横で止まった。マーノックは部長刑事と制服警官を連れていた。制服警官はパトカーの運転役。板でふさがれた窓を見て、三人は顔を見あわせ、肩をすくめた。玄関にはベルがついていなかった。部長刑事がノッカーを打ちつけた。二回打ちつけ、つぎに、玄関ドアの郵便受けの隙間から叫んだ。

「警察だ、あけろ！」

あける者はいなかったので、ドアを打ち破った。むずかしいことではなかった。二回体当たりし、運転役の警官がブーツで蹴っただけで、ドアが開いた。すさまじい悪臭に迎えられて、三人はその瞬間、部屋に死体があると思いこんだ。

29

ブラックバーン＝ノリス夫妻は旅行に小型ビデオカメラを持参していて、長いバカンスの様子を一分一秒に至るまで記録していたのではないかと思われるほどだった。ビデオ鑑賞をメアリが承知すると、夫妻は子供のように喜んだ。同時に、意外そうな表情でもあった。たぶん、口実をつけて断わられると思っていたのだろう。しかし、メアリにしてみれば、カーテンを閉めた居間にじっとすわり、何もしゃべらずにいられることがありがたかった。まったく似合わない派手な水着を着てホテルのプールサイドでくつろぐ夫妻、ポンチョをはおってロバの背に乗った夫妻、インカの遺跡をながめる夫妻、高層ビルの最上階の回転レストランでロブスターを食べる夫妻――メアリはこうした光景に視線を据えたまま、自分の未来に思いを向けることができた。これから何をするのか、どこへ行くのか。

結婚する気でいたことをブラックバーン＝ノリス夫妻にはひとことも知らせなかったおかげで、煩わしい質問や慰めの言葉から逃れることができた。夫妻は優しく、愛想よく、メアリに接してくれたが、それはあくまでも、自分たちの話を聞いてくれる相手、バカンスの思い出に喜んで耳を傾けてくれる相手としてであり、留守番役と犬の世話係としてメアリ以上の適任者はいないという理由からだった。

夫妻はビデオが終わったところでようやく、メアリの祖母の死を話題にしたが、たった一人の大切な身内を亡くしたメアリに同情するためというより、自分たちが友人を失ったことを嘆くためだった。しかし、メアリは自分を哀れむのはやめようと思い、急いでビーンのことに話題を移した。

夫妻は高齢で、日焼けして年代物のなめし革みたいな顔になってはいるものの、旅行に出る前に比べると弱ってきたような印象だった。残忍な殺人については遠まわしに切りだしたほうがいいと思い、まず、ビーンが犬の散歩を続けられなくなったことを告げた。しかし、なぜだ、どういうことだ、とサー・ステュアートが腹立たしげにわめいたので、ビーンが亡くなったことを静かに伝え、暴力による死だったことをつけくわえると、弱っているという印象は消え、夫妻の顔にあからさまな興味が浮かんだ。

「殺されたというのかね？」

「ええ、そういうことです」

「あの〈串刺し公〉なる人物に？」

連続殺人のニュースは夫妻のもとにも届いていたようだ。おそらく、アメリカの新聞が記事にしたのだろう。リージェンツ・パークで三件の連続殺人となれば、暗黙のルールを破ってでも記事にする価値があるとみなしたのだろうか。

「それがどうも違うみたい」メアリは答えた。「ビーン殺しの犯人はまだつかまっていませんが、ほかの二人を殺したのと同じ人物でないことはたしかなようです」

「ビーンが……」驚きのあまりそれまで言葉を失っていたレディ・ブラックバーン＝ノリスが言った。「ビーン……」ふたたびつぶやいた。「殺されるなんて、いったいどんな恨みを買ったのかしら。誰か知ってる人はいないの？」

ビーンの死がもたらしたその他の影響を夫妻が悟るまでにしばらくかかったが、ようやくそのときがきた。サー・ステュアートがランチの食前酒として妻とメアリのグラスにシェリーを、自分のグラスに強いウィスキーを注ぎながら言った。言葉を口にすることで恐怖を確認しようとするかのように、はっきりとした発音で。

「では、犬の散歩は誰がやっていたのだね？」

「あの、わたしが」

「ああ、メアリ、大変だったね！　仕事があるし、ほかにもいろいろと忙しかっただろうに。あのチビ犬の散歩をきみにさせることになるとわかっていたら、留守番を頼むようなことはしなかったのに」

夫妻がグーシーに再会しても少しもうれしそうでないのと同じく、グーシーのほうも、二人の顔を見ても知らん顔だった。レディ・ブラックバーン＝ノリスは犬の頭を軽くなでて、体重は増えずにすんだようねと言っただけだし、サー・ステュアートはまったくの無関心だった。

「散歩させるのは楽しかったわ。グーシーがとっても可愛いんですもの。それに、わずか二週間のことだったし。ティーンエイジャーの男の子がいて、その子がビーンの仕事をひきついだようですけど、わたしは頼むのを保留しました――お二人の目でその子のことを判断していただこうと思って」

「信用していいのかしら」レディ・ブラックバーン＝ノリスが両手を広げた。メアリは一瞬、シーズーを安心して預けられるだろうかという意味にとった。「鍵を預けても大丈夫かしらね。その子が勝手に家に入るわけでしょ」

サー・ステュアートは自分のグラスにウィスキーを注ぎたした。「どこの馬の骨ともわからん若造をこの家に入れるなど断じて許さん」

「わたしに散歩は無理ですよ」彼の妻が言った。「もう年ですもの。関節炎を患ってるし」

「いまいましい犬め、まったく厄介者だ」

夫妻はメアリにランチを一緒にと勧めた。シャーロット・コテージを去らなくてはならない、しかも今日じゅうに、という事実をメアリが痛感したのは、ランチへの誘いを受けたこの瞬間だった。あらかじめわかっていたはずだ。夫妻の帰国の連絡も事前にもらっていた。不当だなどと文句は言えない。二階にほとんど使っていないハンドバッグが置いてあり、そこにベルサイズ・パークのランバル邸の鍵が入っている。この何週間か訪れる者もいなかった暗くて埃っぽい大きな屋敷。しかし、とにかく行くところがある。財産も住む家もなく路上で暮らすあの多くの人々に比べれば、ずいぶん恵まれている……。

エイガー・グローヴに住む男は必死の反撃に出て、そのせいでホブは唇を切り、片目に黒あざを作った。だが、反撃も男の身を守る役には立たなかった。無駄な抵抗はやめて襲撃者の好きにさせておいたほうが、男のためにはよかっただろう。ホブは仕返しに男の目と唇を攻撃し、みぞおちと胸に蹴りを入れたが、肋骨の折れる音を耳にして、そこでやめることにした。

くるときは地下鉄を使ったが、いまは歩いていた。ずいぶん長い距離を歩いたあとで、靴の爪先に血がついていることに気づいた。もしかしたら、血の混じった足跡を残してきたかもしれない。不意に不安に包みこまれ、誰かに狙われているような気がしてきた。誰もが彼を見ていた。すぐうしろに男性がいた――ホブはたえずふりむいてその姿を確認した――きっとあとをつけてきたのだ。足跡を追ってきたのだ。どの方向へ行こうと、男はついてくるだろう。ケンティッシュ・タウンのほうへ戻っても、そこで待っているだろう。これ以上つきまとわれたら殺すしかない。どこか静かなところに、たとえば、木々に囲まれた狭い通りに誘いこんで、そこで殺すしかない。

しかし、つぎにふりむいたときには、男の姿は消えていた。角の賭け店に入っていったのだ。ホブは今日が土曜日だったことを思いだした。宝くじの当選発表の日。くじに当たったら、世界じゅうのコカインと、サファリ・パークの動物すべてを意識不明にできるぐらいのPCPを買い占めることができる。しかし、くじを買うのはやめた。くじを買うというのは、誰かと話をし、金をとりだし、人のなかに入ることだ。考えただけでうっとうしい。

角のスーパーに入ると、なかにいたのはインド人の店主とインド人の若い女だけで、ホブはドリンクの冷蔵棚から無言でコークをとりだし、無言で金を払った。スクラッチカードはいらないかと訊かれたので、うなずき、削ってみたが、もちろんはずれだった。マークが三つそろえば当たりだが、ウォーカーズのポテトチップスも、テネリフェ島での週末バカンスも手に入らなかった。コークの缶をあけた。べつに飲みたいわけではない。これでブラック・ビューティ（アンフェタミン）二錠とメセドリンを流しこむのだ。気分をシャキッとさせたかった。

コークを飲んだため、小便がしたくなった。トイレが見つからなかったが、ブロード・ウォークの男子トイレに着くまで待てなかった。路地に入って、どこかの家のゴミ入れに犬みたいに小便をかけた。公園に入ってから、靴についた血を草で拭きとろうとしたが、血はすでに乾いていた。まあ、気にすることはない。強烈な日射しの下では、どうせ血なんか見えやしないのだから。セント・マークス・スクエア橋のところで、運河沿いの小道に下りた。カムデン閘門のほうから船がやってきて、アルバート・ロードの下をくぐり、デッキにいた女がホブに手をふった。女の顔は太陽を受けてロブスターみたいに真っ赤だ。ホブは手をふりかえすのをやめた。ルーかカールの姿を捜していた。グプタは、日中はけっして姿を見せない。

運河の土手には三、四人のホームレス以外に誰もいなかった。ホームレスは人のうちに入らない。一人が仰向けに寝ていた。片手が垂れて水に浸かり、ゆるんだ唇から落ちたばかりの空っぽの酒瓶が腕に抱かれてまっすぐ立っていた。赤ん坊もたぶんこんな格好で寝るんだろう。おっぱいを吸いつくし、くわえていた乳首を放す前に眠りこむ。横を通りすぎるとき、ホブは股間を蹴飛ばしてやりたい誘惑をこらえた。今日はもう充分だ。

人目につかない場所を見つけ、木々のあいだに腰を下ろして、ベルベットの袋の中身で儀式をおこなった。ロック二粒——ま、いいよな。しかし、もうこれしか残っていない。めったにないことだが、ほんの一瞬、頭が冴えて、どれだけ手に入れようと、ジプロックの小袋をどれだけ持っていようと、大事に残しておくのは自分には無理なことだと悟った。あればあるだけ吸ってしまうだろう。終わりはなく、飢えが満たされることもない。しかし、二粒のロックから立ちのぼる煙を吸いこむうちに、悟りは消えていった。ガソリン臭い大気と、運河の悪臭と、澄んだ青空のなかへ煙自体が消えていくのと同じく、悟りも消え、失われていった。

心臓が動悸を打つのを感じ、その音を耳にした。ふたたび活力が湧いてきて、退屈や不安に悩む暇はなくなり、妄想も消え去って、運河の土手を踊りながら進んでいった。浮浪者たちは見向きもしなかった。ガリガリの身体と大きな頭の男が踊りまわるよりも奇妙な光景を、みんな、毎日のように目にしている。ホブはしだいにすべてを忘れ、意識のなかに残ったのは、自分のエネルギーと、幸福と、それをもたらしてくれたクスリだけになった。ルーのところへ行こう。約束はしていないが、行ってみよう。

公営住宅の玄関先に立ったルーは、ホブを家に通そうとしなかったが――妻と子供がいるし、今日は土曜日だ――手持ちのロックをすべてホブに売った。十五個。午後から新たに仕入れるつもりだった。ホブは割引価格でこれを手に入れた。催眠剤のツイナールも一緒に買ったおかげで、特別サービスだった。帰りはタクシーを拾い、運転手がわざとらしく鼻をクンクンいわせてうしろの窓をあけてほしいと頼むのを無視したが、アルバート・ロードから脇道へ入る直前に、ここで降ろしてくれと運転手に言った。家に帰る気をなくしたのだ――家で何が待っている？

「口頭で契約を交わしたはずですがね」運転手が言った。

「なんだと？」

「紳士協定だ。お客さんをプランジェント・ロードまで送るって約束だった。ユーストン駅の近くでしょうが」

「おれは信号のとこで降りる。気にさわったのならごめんよ」ホブは笑いだした。「こっちはべつに金払わなくてもいいんだけどさ。あんたが決めてくれ」

ホブはタクシーを降りた。運転手が一ポンド六十ペンスとつぶやいたので、代金を渡した。チップ抜きで。

「身体ぐらい洗ったらどうだね？」うしろから運転手が言った。「このタクシーは消毒しないとだめだな」

ホブはうれしくてたまらなくなった。人の家をまわってその連中の車に乗りこむ、すると、連中はホブの悪臭を消すために大金を注ぎこむはめになる——そんな愉快なことはない。青信号で道路を渡り、信号待ちをしているジャガーのボンネットに唾を吐いた。ジャガーのドライバーが高級車をあとに残して追いかけてくることはありえない。ざまあみろ。

いまも住宅の改修が続いているとしても——資材が置きっぱなしになっているから、たぶんそうだろう——今日は土曜日なので、作業をしている者はいなかった。すでに午後の二時になっているのを知って、ホブはびっくりした。今日という日はどこへ消えちまったんだ？　一日一日がどこへ消えていくんだ？　庭園のゲートを押しひらき、有刺鉄線にひっかからないよう気をつけて〈グロット〉へ下りていった。頭を低くし、身をかがめて、這うように進んでいく途中、有刺鉄線の鋭い棘に服をひっかけてしまった。

水が半分ほど入ったコンドームが8の字形の池に浮かんでいた。拾いあげて茂みのなかへ放った。不意にひどい疲れを感じた。この感覚なら知っている。しょっちゅう経験している。クスリの効果が薄れてきたためで、禁断症状の始まりだ。だが、ホブは何もせずにじっとすわったまま、池を見つめていた。水面に緑の泡が浮いているが、水そのものは透明で、池の底を覆ったレンガやガラスの破片が見える。

ホブの頭のなかに広がった感覚は、正確に言うと、痛みではなかった。頭に帽子をかぶせられ、縁に通した紐で締めつけられるという感じだった。その感覚が数分続いた。そのあいだ、じっとすわって池をのぞきこみ、震えていた。やがて痛みが襲ってきた。ごく軽く始まった頭痛が急速に悪化して激痛となり、まるで、誰かがホブの帽子の上に金属製のヘルメットをかぶせ、彼の大きな頭には窮屈すぎるサイズなのに無理やり頭を押しこみ、両脇と開口部についているレバーとボルトを締め、ネジで固定したかのような感覚だった。

ホブは震える手で赤いベルベットの袋を開いて、儀式の準備にとりかかった。ストローは半分に切ったのが一つ残っているだけだった。新しいのを買うつもりだったが、忘れていた。散水口の管にあけた穴の一方をふさぐのは無理だったので、管を直接くわえ、砕いたロックに火をつけて、白い煙を吸いこんだ。ふだんよりツンとくる感じで、あまり甘美な味わいではなかった。咳が出てきたが、それでも、ふたたび管をくわえた。

やがて何かが起きた。手の震えが止まり、頭痛も消えはじめたが、頭のなかにこれまでまったく経験したことのない感覚が生じた。トンネルから猛スピードで出てくる列車の音か、車の追突事故の音を聞いているような感じだった。ガチャン、ザーッ、長々と続く爆発音——これがすべて同時に聞こえてきた。

身体が変化していくのを感じた。恐怖に襲われた。どこが変化したかがわからないからだ。ただ、一分前の自分と同じでないことだけはわかった。しばらく前の彼といまの彼は違っていた。両手を前に出そうとしたが、左手が動かなかった。朝起きたときに腕が痺れていることがあるが、ちょうどそんな感じだった。ただ、いつもなら、腕をさすれば徐々に感覚がよみがえるのに、今日は麻痺したままだった。しかも、ものの形が見えなかった。見えるのは明るさだけ。そして、池のなかへ足がズルッとすべった瞬間、水しぶきのなかで虹が弧を描いた。

いまはもう痛みはないよ、母さん
だけど、ああ、喉がカラカラだ
ビール工場へ連れてってくれ
そして、そこで死なせてくれ

時差と高齢のため、午後の半ばになると、ブラックバーン＝ノリス夫妻は睡魔に襲われていた。サー・ステュアートのまぶたが垂れ、憤慨の表情でそのまぶたを無理に開いた。妻がメアリに言った。「まだ出ていかないでしょ？　わたしたちを置いていったりしないわね？」

　メアリは躊躇した。「もう一晩泊まっていくようにと言ってくださってるの？」

「あのね、ダーリン、ずっといてほしいの！」そのすぐあとに本音がのぞいた。「あの厄介な犬をどうすればいいの？　前の飼い主が亡くなったから、うちでひきとっただけなのよ。わたしじゃ散歩させられないわ」レディ・ブラックバーン＝ノリスは居眠りしている夫を指さした。「この人も無理」

「ご迷惑でなければ、明日まで残ることにします。明日になったら、犬の散歩をひきうけている例の女性か、もしくは男の子を見つけてきますから、そのどちらかと交渉なさればいいと思います――いかがでしょう？」

「そんなことで頭を悩ませずにすめば、どんなにいいかしら」レディ・ブラックバーン＝ノリスは言った。「疲れてクタクタ。わたしの体内時計のネジがきっとすりきれてるのね」

　メアリはレディ・ブラックバーン＝ノリスが眠りに落ちるのを見守った。午後の日射しが入らないよう、カーテンを閉めた。廊下に出ると、グーシーが寝そべってあえいでいた。抱きあげてキッチンへ連れていき、水を与えて、ひんやりしたタイルの上に寝かせてやった。グーシーがメアリの指をなめた。レディ・ブラックバーン＝ノリスと顔を合わせた時間はまだわずかだが、メアリは夫人の胸の内を読みとり、それがどの方向へ進むかを予測できるようになっていた。夫人から一緒に暮らしてほしいと提案があるのは確実で、そうなったら、たぶんイエスと答えてしまうだろう。

　今夜一晩だけシャーロット・コテージに泊まり、明日になったら出ていこう。どんな人生が待ち受けているにしても、裕福な老夫婦の話し相手としてこれから何カ月も何年も過ごすなんて考えられない。二階へ行き、スーツケースの一つに服を詰めた。もうじき六時、グーシーの散歩時間をとっくに過ぎている。ブラックバーン＝ノリス夫妻は眠ったままだ。グーシーも寝ている。蛇口をひねってグラスに水を入れ、半分飲んでから、頭上の空を通りすぎる飛行機の低い轟音と、窓枠に止まった雀蜂のもっと力強い羽音に耳を傾けた。することがもう何も残っていないような気がした。読むものも、見るものも、気にかけるものもない。話し相手はいないし、一緒にいてくれる相手もいない。ここでじっとしていたら、泣きくずれてしまいそうだ。

　家の鍵をジーンズのポケットに入れ、眠っている老夫婦にもう一度ちらっと目を向けてから——サー・ステュアートは大きないびきをかきはじめていた——シャーロット・コテージをあとにし、アルバニー・ストリートに出た。日中の気温がようやく下がり、影が長く延びはじめていた。聖パンクラスのフレスコ画のそばにある信号のところで道路を渡り、うしろを向くと、ニコライも彼女のあとから渡ってくるところだった。観光客をぎっしり乗せたツアーバスがプリムローズ・ヒルのほうへ走り去った。自転車のハンドルにユニオンジャックがついているのを見て、今日がＶＪデイ（対日戦勝記念日）だったことを思いだした。この数日、国家行事もメアリの頭を素通りしていた。

　ニコライにおざなりに手をふった。グロスター・ゲートのそばの児童遊園地はまだ混みあっていた。カーキ色の軍服を身に着け、勲章で飾り立てた老人たちがメアリの前をよろよろと歩いていた。行進の列から迷いでてしまったかのようだ。自分はなぜここにきたのか、どこへ行こうとしているのか、とメアリは自分に問いかけた。そのとき、誰かに名前を呼ばれた。なつかしい声。メアリの全身に衝撃が走った。

「メアリ！」

彼女がレオという名前で知っていた男性が、噴水式水飲み器のところで、灰色の花崗岩の石段にすわっていた。

30

ホブを見つけたのはマーノック自身だった。

警察は朝からずっと、ホブの訪れそうな場所をあちこちまわって彼を捜しつづけていた。最新の目撃情報はエイガー・グローヴの男性から入ったもので、病院のベッドに寝かされてはいたが、襲撃者の名前を告げることができた。男性は歯を四本失い、肋骨二本にひびが入り、鎖骨が折れていたが、ハーヴィー・オーウェン・ベネットのことを話したくてうずうずしていた。ベネットが〈串刺し公〉だと男は主張した。二件のホームレス殺しもベネットの犯行だという。マーノックの意見は違っていたが、それは言わないことにした。エイガー・グローヴの男が事実無根の中傷をしても仕方のないことだ。とにかく、いまのところは。この男も天使ではなく、前科を並べればブロード・ウォークぐらいの長さになり、マーノックはあとでそれをさらに長くするつもりだった。マーノックのにらんだところでは、ナースメイド・トンネルでビーンの金をひったくったのは、このエイガー・グローヴの男と思われる。

悪党どもが密告をすると、マーノックはいつもほくそ笑む。この先の展開が楽しみになってくる。たとえば、ハーヴィー・オーウェン・ベネット。ベネットがビーンを殺して、五本の枝に分かれた鉄の木に突き刺したわけだが、それは誰かが金を払ってベネットにやらせたことで、マーノックはその人物の名前をベネットから聞きだすことに期待をかけていた。エイガー・グローヴの男がいいきっかけを作ってくれた。

マーノックはその日、ベネットの大家族を一人残らず訪ねてまわった。信用できない連中だが、ベネットには会っていないという連中の言葉を、くやしいが信じることにした。息子には半年前から会っていないと母親が言ったので、六月にこの母親から聞いたことを思いだして、マーノックは苦笑した。ファラオが殺されたとき、この母親は、ホロウェイ・ロードで開かれていた銀婚式を祝う徹夜パーティにホブも出ていたと証言したのだ。

ベネットを捜して、警察は公園じゅうを調べてまわった。マーノックは〈グロット〉がオックスブリッジのアクセントでしゃべる高慢ちきな浮浪者のねぐらだと思っていたので、危うく調べずにすませるところだった。パトカーの後部シートに乗っていたマーノックの目をとらえたのは、木の枝にひっかかった床屋の看板みたいな赤い渦巻き模様のストローだった。ハーヴィー・ベネットがクスリをやるときの儀式には、ストローが必要だ……。

ホブは薄汚れた小さな池に半分浸かった格好で倒れ

ていた。そばへ駆けつける前から呼吸音が聞こえてきたので、まだ息のあることがわかった。ベネットを助けだす前に、マーノックの部下の部長刑事が早くも携帯で救急車を要請していた。

「まだ若いのに」部長刑事は言った。「というか、比較的若い。だが、脳卒中を起こしたようだな」

救急車の運転手はホブを担架にのせながら、自分は医者ではないが、と必要もないことを言った。さらに続けて、自分の見たところでは、脳卒中だろうと言った。

「しかも、何回も続けて」マーノックは言った。「かって知っていた男に、こいつより一歳か二歳だけ上で、クスリの好みも同じだったやつがいるが、続けざまに二十回も発作を起こした」

「なんとまあ！」救急車の運転手が言った。「それが死因に？」

「ある意味ではな」マーノックは言った。「二週間後、人工呼吸器のスイッチが切られた」

怒りなさい。メアリは自分に向かって言った。怒って当然だわ。無視して通りすぎるべきよ。彼なんかいないようなふりをして。それとも、強く出て、彼のことをどう思っているか、はっきり言ってやろうかしら。こぶしをきつく握りしめた。彼が目の前にきていた。

「けさの八時からここにいたんだ」彼は言った。「きみを待っていた」

「けさは公園にくるのをやめたの」メアリは言った。「すごく暑かったからね。ペットボトルの水を買ったけど、生ぬるくなってしまった。ずっと起きているつもりだったが、いつのまにか居眠りして、目をさましたときには、きみに会う機会を逃してしまったと思った」

メアリは彼に対して一度も使ったことのない口調になっている自分に気づいた。

「何が望みなの？」

「たぶん、そういう目でぼくのことを見てるんだね。いつも何かを望んでいる男。あらゆる場合において、どんな得があるかを計算して行動する男」

「それが真実の姿じゃなくて？」

「かならずしもそうではない」

メアリは木陰に入り、肌理の粗いひんやりした樹皮に手を当ててうつむいた。「あなたに会うことは二度とないと思ってた。そう願ってた。あなたが何をしたかはわかってるわ。この何日か、そればかり考えてた。ほかに考えることがなかったから。あなたがどう弁解しようと、情状酌量の余地はないのよ」メアリは彼のほうを向いて、その顔をちらっと見やり、一時間か二時間ほど忘れていたことを思いだした。二人の愛の行為を。思いだしたとたん、熱い怒りで顔に血の色がのぼった。燃えるようなその色を目にして、彼も気づいたに違いない。「あれは最悪の裏切りだったとぼくが言っても、きみにとっては、なんの慰めにもならないだろうね」

アリステアの小さな意地悪――それも、この男の裏切りに比べたらなんだというの？

「あの――できれば――一緒に家まで行ってもいいだろうか」

「ブラックバーン＝ノリス夫妻が帰ってらしたの」

「じゃ、ここでぼくと一緒に腰を下ろして、もしくは、ベンチかどこかにすわって、話を聞いてもらえないかな」

メアリはふたたびうつむいた。無意識のうちに首を左右にふっていた。かすれた声で、言葉が口を突いて出た。

「あなたの名前は？」

「えっ？」

「名前は何かって訊いたの。レオって呼ぶことはできない。あなたの名前じゃないもの」

「ぼくの名前はカール。カール・ナッシュ。レオはぼくの弟だった」

メアリはすわりこんだ。彼が芝生に並んで腰を下ろしたが、メアリが両手で押すしぐさを見せ、距離が近すぎることを伝えると、少し離れた。メアリはここで初めて彼を見て、軽蔑しきった視線を向けた。彼の目が涙で潤んでいた。

「レオはぼくが育てた。ぼくとは十歳以上離れていた。うん、そう、ぼくはもちろん二十四じゃない。きみより年上だ、メアリ。年下ではない。三十五歳だ」

「人間って、人から聞いたことを鵜呑みにするものね。とにかく、わたしはそうだわ。あなたに言われたことをすべて信じていた。しかも、あなたの出生証明書を見たのよ」

「きみが見たのはレオのものだ。レオが白血病と診断され、骨髄移植が必要だと言われたとき、ぼくはなんの問題もないと思った。母親がいたし――レオが十歳のときに出ていった人で、レオのことなんかこれっぽっちも気にしてなかったけどね――ぼくもいた。どこかに父親違いの妹も二人いた。ところが、誰も適合しなかった。そんなことってあると思う?」

「その話なら前に聞いたわ。ただ、移植が必要なのは弟さんじゃなくて、あなただってふりをしたのね。きちんと説明する気があるのなら……」

「レオのふりをした理由を話せというのかい?」

「財産目当てだったのね?」メアリは苦々しく言った。

彼は肩をすくめただけで、否定はしなかった。「ぼくは昔、俳優だった。仕事はなかったけど。つぎに、学校の教師になった。おかしいだろ? それから、かなりの金を稼いだ。主として、取引で」

メアリは自分が世間知らずなのを自覚していたが、どういう点が世間知らずなのかよくわかっていなかった。彼の目の表情からすると、取引といっても屑鉄や骨董品ではなさそうだ。

「ドラッグだよ」彼はいらだたしげに言った。「レオに医者を見つけるために金が必要だった。〈ハーヴェスト・トラスト〉を知る前の話だ。第三世界のどこかの国へ出かけて、金で医者をつかまえるしかないと思っていた。そこにきみが現われた」

「そのころのわたしはお金なんてなかったわ。寝室が一つしかないウィルズデンのフラットに住んでて、年収一万二千ポンドだった。どうしてわたしのことをリッチだと思いこんだの？」

彼はあっさり答えた。「便箋の最初の部分だよ。住所が書いてあった。パーク・ヴィレッジ・ウェスト、シャーロット・コテージ」

一瞬、メアリは目を閉じた。彼が寄ってきたのを、見てはいないが肌で感じとり、身をひいた。彼に目を向けた。

「そして、わたしの家ではなかったことを知って、わたしを捨てた。二度と会わないつもりだった。そういうことなのね。あなたは病気じゃなかった。病気になったことなんて一度もなかった」

「たしかに」彼は言った。「それが残念でならなかった」メアリは彼の苦い微笑を信じられない思いで見つめた。この数分でずいぶん老けこんだように見える。四十か四十五といってもいいほどだ。微笑で彼の青白い顔にしわが刻まれていた。「ぼくは切実に金を必要としていた。わかるだろ。レオがまた悪くなることはわかっていた。いくつも徴候があったから。ぼくは弟の病気に関して専門家になっていたんだ」皮肉っぽいふざけた表情は完全に消えていた。「弟を心から愛していた。信じてくれ。ぼくの言葉を少しでも信じてくれる気があるなら、どうか信じてほしい――きみの同情や哀れみを請うつもりはないが、極悪人だとは思わないでほしい。ぼくは弟のことをわが子のように愛していた。というか、自分ではそのつもりだった――子供を持ったことがないからね」

「あら、それで許されるの？　弟さんを愛していたから、わたしを利用したことは許されるわけ？」

「違う、メアリ、許されはしない。だけど、それしか方法がなかったんだ。きみのお祖母さんが亡くなり、それを知って、ぼくは戻ってきた。きみ、遺産のことを話してくれただろ。ぼくには想像もつかない莫大なものだった」

メアリは意に反して興味を覚えはじめていた。自分が傷つくのを承知で尋ねた。

「途中でばれたかもしれないでしょ。〈トラスト〉からわたしのほうに、レオの――あなたの弟さんの――病気が再発したって連絡があったかもしれないじゃない。どうするつもりだったの？」

「覚悟はしていた。姿を消すことにした。だけど、あの家の郵便受けにいつも目を光らせていた。いつも――いつも、ぼくが先に起きてただろ」彼は目をそらしていた。

「だから、わたしと一緒にいたのね」メアリは苦々しく言った。露骨な言葉を使うことはどうしてもできなかった。「だから、泊まっていったのね。朝いちばんに郵便受けをのぞこうとして」その言葉を口にするのは困難だった。一度も使ったことがなかったから。「だから、わたしと寝たのね。ファックしたのね」

彼の返事は単純明快で、メアリもついに、彼の正直さを信じるしかなくなった。「最初はそうだった。やがてきみを愛するようになった。きみにもわかってただろ？」

三十分ほどのあいだ、自分たちのほかにも公園にきている人々がいることを、メアリはすっかり忘れていた。子供が金切り声を上げ、ブルーと白の軽いボールが芝生の上をころがってきて足もとで止まった瞬間、二人きりではなかったことに気づいた。立ちあがり、ジーンズについた枯れ草を払ってから、ポールを投げかえした。彼がそれを見守り、不安な表情で待っていた。

「何を言ってほしいの?」うんざりした口調で、メアリは彼に訊いた。

「ぼくを信じる、と」

自分も気づいていたはずだとメアリは思った。愛の行為が病人の弱々しいものから熱狂へと変わったとき、黙従が情熱に変わったとき、それに気づいたものの、理由は尋ねなかった。彼の病気がどんどんよくなっている。そう思っただけだった。

「あなたを信じるわ」

投げやりな声でメアリは言った。安堵が押しよせ、屈辱を感じる必要はもうないのだと悟ったのは、そのすぐあとだった。この人はわたしを求めてくれた。無理に愛を交わしたのではなかったのだ。

「あの時点ですでに、きみと結婚したいと思っていた。それまでは考えたこともなかったのに」彼はきつく目を閉じ、勢いよく立ちあがった。「最後に一つだけ頼みを聞いてくれないかな。しばらく一緒に歩いてくれる?」

「さあ……」彼のことをレオと呼びそうになった。「決心がつかないわ、カール」

本当の名前を呼ばれて、彼は頬を赤くした。自分の名前はカールなのだと、あらためて悟った様子だった。「二人で食事に出かけたあの店、覚えてる? 初めてのとき。あのイタリアン」

「あなたが病気のふりをしていたとき?」

そう言われて、彼はひるんだ。「すまない。そうするしかなかったんだ。そうするしかないと思っていた。メアリ、ぼくは金を手に入れるためにもっと悪辣なこともやってきた」

「聞きたくないわ」

「今夜、あの店へ一緒に行ってくれないか――勝手な願いだけど。食事をつきあってくれたら——それで終わりにする。どう？」

メアリはうなずいた。彼から聞きたい答えがまだ残っている。「一緒に歩くわ」

「レストランにもきてくれる？」

「たぶん」

カールはあらためて立ちあがると、メアリに片手を差しだしたが、彼女は首を横にふった。二人は無言で芝生を横切り、チェスター・ロードを渡り、ブロード・ウォークを歩いた。

「レオはすべて知っていた。最初はおもしろがっていた。二人とも最初はおもしろがってたんだ。レオは何もかも聞きたがったが、ぼくは——しばらくすると、こまかい話をしなくなった」

「ほんの好奇心から……」メアリは皮肉っぽい口調が得意ではないことを自覚していた。痛烈なことを言うのは苦手だが、とにかくやってみた。「好奇心からお尋ねするんだけど、どうしてレオが自分で会いにこなかったの？　それとも、正直にふるまうのはおもしろくなかったの？」

「ああ、メアリ、レオはまだほんの子供で、小柄で、教育がなくて、体調も万全ではなかった。ぼくはレオを愛していたし、きみもレオに会えば愛してくれただろうが、ああいう愛とは違う。本物のレオが相手だったら、きみは結婚するとは言わなかっただろう」

小道を歩いて湖まできたとき、メアリは不意に自分のことを考えるのをやめ、不本意ながら、そして恐れを抱きつつも、彼のことを考えはじめた。怒りは消えていた。燃えさかることはけっしてなかった。彼の腕に手をかけ、顔をのぞきこんだ。

「ほんとに悲しかったでしょうね」

「気遣ってくれてありがとう」

「ああ、カール。わが子を亡くすようなものですもの」

「たぶんね。だけど、もっと残酷だった。ぼくが殺したようなものだ」

「なんですって？」

「いや、そういう意味じゃない。この手で殺したわけではない。あの〈串刺し公〉のようなやり方とは違う。ただ、レオが元気になれる唯一のチャンスをぼくが奪ってしまったんだ」

「意味がよくわからない……」

「きみはふたたび骨髄を提供してくれただろう。違う？　頼まれれば、そうしてくれただろ？」

「ええ、でも……」

「きみ自身、そう言ったじゃないか。二人でお祖母さんの屋敷へ行ったときに。結婚してほしいとぼくが頼んだ日に。きみはぼくに骨髄を提供すると言ってくれた。きみの夫に。だけど、それを必要としたのはぼくじゃなかった。本物のレオ・ナッシュだった。


レオの病状はすでにかなり悪化していた。きみの骨髄があれば助かっただろうが、ぼくからきみに頼むわけにはいかなかった。そうだろ？　〈ハーヴェスト・トラスト〉経由で頼むこともできなかった。結婚したあとで、金が必要になったとぼくが言えば——たとえば、五万ポンド必要だと言えば——きみは用意してくれただろう。そうすれば、その金を持ってインドへ行き、レオに適合する骨髄を手に入れることができただろう。だが、レオは死んでしまった」

メアリは考えこんだ。自分が弟を殺したようなものだとカールが言ったとき、彼の腕にかけていた手をひっこめたが、いまはその手を戻し、軽く置いたままにしていた。ヨーク・ゲートから公園の外に出ると、前方に見えるセント・メリルボーン教会の時計が時刻を告げはじめた。たぶんＶＪデイの祝典のせいだろうが、交通量が多く、どの車もスピードを出していた。

「とんでもない皮肉だよな。レオを愛していたぼく、レオのためならどんなことでもする覚悟だったぼく、現にどんなことでもしてきたぼくが、自分のしでかしたことのせいで、あいつが生き延びる唯一のチャンスをつぶしてしまった。レオのために金がほしくてこんな方法を選んだばかりに、めちゃめちゃにしてしまった。だから、ぼくが殺したも同然なんだ。ぼくさえいなければ、レオはいまも生きていただろう」

二人は歩道の端まできたので、ハーリー・ストリートの信号に向かって歩きはじめた。車の騒音がひどいため、声をはりあげなくてはならなかった。

「年寄りのドッグマン」カールが言った。

「ビーンのことね。ビーンが——どうかしたの？」

「あいつがぼくを脅迫しようとした。きみに話すと言ったんだ——ぼくに関することを」カールは微笑した。

「いま話したようなことではなく、もっとべつの、さらに忌まわしいことを。それだけは許すわけにいかなかった」

「聞こえないわ。車の音がうるさくて聞こえない」

「かえってよかった」カールは言った。声が低くなり、半ばひとりごとのようだった。「いずれにしろ、きみに許してもらえないことはわかっているが、誰かに金を払って——ビーンの件を処理するような男には、きっと我慢がならないだろう」メアリのほうを向き、彼女の肩をつかんだ。「メアリ！」叫ぶような声だった。

「聞こえる？　きみとの仲はこわれてしまった。よくわかっている。念のために訊きたいんだが、〈ハーヴェスト・トラスト〉の手紙をどこから手に入れたんだい？」

メアリも声をはりあげなくてはならなかった。「アリステアがよこしたの。結婚のお祝いだと言って！」

「クズ野郎」

彼女は一度もふりかえらなかった。ローマンは彼女が男の腕に手をかけるのを見て、一瞬、順調にいっているのだと思ったが、やがて、順調からはほど遠いことに気づいた。不吉な予感を覚えた。ひきかえすつもりだったが、考えなおした。見守ることにした。

二人のあいだには強烈な感情が流れているらしく、どちらも身をこわばらせていた。ローマンは二人の十メートルほどうしろを歩きながら、驚嘆の目で見守った。彼女が手をひっこめ、たじろぎ、名前を呼んだ。

「カール……」ローマンにも聞こえるぐらい大きな声だった。そうか、カールという名前だったのか。だが、彼女の名前は？　不思議なことに、最初の出会いからずいぶんたち、顔を合わせたことが何度もあるのに、いまも名前を知らないままだ。

「なんですって？」彼女の叫びが聞こえた。

カールが何か説明していた。彼女が猛烈な勢いで首をふったが、しばらくすると、離していた手を戻してカールの腕にかけた。ただ、なんとなくよそよそしい感じで、愛情ではなく哀れみからそうしているように見えた。想像力がたくましすぎるぞ――ローマンは自分を戒めた――それに、スパイしすぎだぞ。二人の問題は二人に解決させればいい。どうも、痴話喧嘩の末に仲直りという程度のことではなさそうだ。

しかし、ローマンは二人を追ってヨーク・ゲートまで行った。セント・メリルボーン教会の時計が七時を告げていた。メリルボーン・ロードの歩道には人があふれ、車はユーストンの地下道のほうへ猛スピードで流れていた。ローマンと二人の距離が縮まっていた。これだけ近くなると、ふりむいた彼女に気づかれでもしたら何か言い訳をしなくてはならないだろうが、何も用意していなかった。しかし、彼女はふりむかなかった。カールの顔をじっと見ていた。愛情や熱っぽさのこもった視線ではなかったが、それでもなお、この世に自分たち以外の者は存在していないかのようだった。

彼女の声は低いままで、しかも車の轟音にかき消されていたが、カールと呼ばれた男は車に負けないぐらい大きな声で叫んだ。誰に聞かれようとかまわないという感じだった。

「あいつなしで生きていくことはできない。あいつのいない人生なんて耐えられない」

ローマンはほんの一瞬、手を伸ばせば彼女に触れられるぐらいそばまで行っていたが、人混みのなかでよくあるように、二人の人間がローマンと彼女のあいだに割りこんだため、うしろへ下がるしかなくなった。二人は歩道の縁に立つ人々のなかにいた。みんな、信号が変わったら道路を渡ろうと待ちかまえている。この交差点は赤信号で延々と待たされ、ようやく青に変わったと思ったら、あっというまに赤に戻って渡れなくなってしまう。七、八人が信号待ちをしていて、その先頭に彼女とカール、車が三車線を流れていくあいだ、みんながじっと待っていた。

そのあとで起きたのは一瞬のことだった。ローマンは首を伸ばしたが、前にいる連中より背が高かったので、歩道の縁に立つカールが彼女をうしろへ軽く押しやるのがはっきり見えた。彼女を救うために、守るために、うしろで待つ人々のほうへ軽く押したのだった。カールは頭を下げると道路へ飛びだし、両腕を広げて車の流れに突っこんだ。乗用車の前に、タクシーの前に、コンテナトラックの進路に、車のボンネットをめがけて、車輪の下に向かって。

カールが車道へ飛びだしたとたん、一人の女が悲鳴を上げた。こぶしを握りしめたローマンは、自分の荒い呼吸を耳にした。ブレーキが悲鳴を上げ、警笛が鳴り響いた。カールが宙に投げだされ、沈みゆく太陽を背景にしてブルーの大気中に弧を描き、陽光を浴びてぎらつくクロム材の反射光に貫かれた。地面に倒れてタイヤの下敷きになり、金属に押しつぶされた彼を、不意にハイビームになったヘッドライトが照らしだした。

どこかで血が噴きあがった。ローマンは白いエナメルの車体に大きな血しぶきが飛ぶのを見たように思った。倒れる彼女を抱き止めるため、必死にそちらへ向かったが、彼女の周囲には、身をかがめる者、そばに膝を突く者などで人だかりができていた。ローマンは脇へどき、よけいな手出しはせずに、急に人が少なくなった歩道に立ったまま、うなだれて両手に顔を埋めた。

早くもサイレンのうなりが聞こえてきた。

31

何日ものあいだ、マーノック警部か部長刑事がハーヴィー・オーウェン・ベネットのベッドのそばにすわり、名前を聞きだそうと待機していた。ベネットが意識をとりもどして、誰にビーン殺しを依頼されたかを話せるようになるのを待っていた。ベネットの大家族も、たいてい一人か二人、病院にきていた。父親違いの兄弟か姉妹、継父の娘、母親、継父たち、ベネットの伯父と名乗る男たち。何人かがベネットのぐったりした手をとった。

ベネットは身じろぎもしなかった。中心静脈栄養法によって栄養補給がおこなわれ、人工呼吸器によって心臓と肺の機能が維持されていた。広い額と石板のような頬に、ときたま汗が噴きだした。

病院に搬送されてから三週間後、担当医からマーノックに話があった。ハーヴィー・ベネットが口を利くことは二度とないだろう。目は開いたままで、自分で閉じることはないだろう。考えることも、記憶をたどることも、推測することも、さらには、苦しむことすらありえない。脳のかなりの部分が損傷を受けている。

ジェームズ・バーカー＝プライスはタブロイド新聞社を相手どって訴訟を起こし、かなりの慰謝料をかちとった。訴訟の理由は、娼婦と関係を持っていたという新聞記事ではなかった。それは当人も認めていて、次期総選挙で地元選挙区の公認候補になれるかどうかが疑問視されている。彼が訴訟を起こしたのは、殺人事件と関わりがあるかのような記事を書かれたからだった。

学校を中退した生徒は復学した。正確に言うなら、シックス・フォーム・カレッジという大学進学のためのコースを提供している学校に戻り、ビーンが散歩させていた犬はグーシー以外すべて、アミーリア・ウォーカーが散歩をひきうけることになった。十七匹を一度に連れて歩いても、この女性は楽々とこなしているようだ。

メアリ・ジェイゴは祖母の屋敷を売ってよそに家を買うつもりでいたが、カール・ナッシュの死後、しばらくのあいだ屋敷に戻り、そのまま住みつづけることにした。建築業者を雇って上の階を何戸かのフラットに改装し、友達のアン・シモンズがその一つに越してきた。〈ハーヴェスト・トラスト〉のほうから、ドナー登録を継続してもらえないかと頼まれ、十二月にふたたび骨髄提供をおこなった。今度の相手は十六歳の少女で、メアリが知らされた名前は〝スーザン〟、メアリのほうは〝バーバラ〟だった。

ローマン・アシュトンはプリムローズ・ヒルのプリ

ンセス・ロードにある家で二部屋を借りたが、住み心地はあまりよくなかった。自宅の売却で得た金すべてを、トム・ウートラムとの不安定なベンチャー事業に注ぎこんだ。〈タリスマン出版〉が巨大コングロマリットに吸収合併されてしまったからだ。あるアメリカ人から資金援助を受けて、ウートラムと二人で、歴史小説のみをペーパーバックで出す出版社をスタートさせた。これまでのところ、驚くべき成功を収めているが、その成功がいつまで続くだろう？

社屋はメリルボーン・ロードにあり、ローマンは雨が降らないかぎり、公園を通って徒歩で仕事に出かけていた。金髪の女には一度も出会わなかった。彼女がグロスター・ゲートを抜けて動物園の南側を通り、チャールバート橋まで行くことは、もはやなかった。チェスター・ロードを渡ることも、バラ園を駆け抜けることもなかった。

ところが、ある日ばったり、彼女と出会った。ローマンがアウター・サークルを渡って出版社へ行こうとしていたとき、モンキー・ゲートのそばに止まったばかりの車から、彼女が犬と一緒に降りてきた。

「あら」彼女が言った。

「やあ」

「あの……このあたりで何度も捜したんですよ。でも、一度も会えなくて。きっと――あのう、よそへ越されたんだと思ってました」

「わたしもきみを捜していた」

二人は門を通り抜けてブロード・ウォークを歩き、芝生に出た。彼女は犬の首輪からリードをはずして放してやり、身体を起こして片手を差しだした。

「メアリ・ジェイゴです」

「ローマン・アシュトン」

「以前にお目にかかったときは、ある夫妻に頼まれてその家の留守番をしてたんです。夫妻から飼い犬を譲られました。あまり犬を可愛がる人たちじゃなくて、わたしになついてくれてたから。いまはベルサイズ・パークに住んでいます。車も買いました。だから、この公園まで散歩に連れてこられるんです。ただ、今日はちょっと遅くなってしまったの」

「だから、これまで一度も会わなかったわけだ」

「路上暮らしはやめたんですか」

「この八月に」これを聞いて彼女がビクッとしたことに気づき、ローマンはあわてて言った。「あることを乗り越えるために、ようやく決心したんだ。乗り越えるのは永遠に無理だろうし、正直なところ、それを望んでもいないけれど、きびしかった二年間の暮らしに感謝している。そのおかげで——ほかに考えることができた。いまは仕事を始めて、住むところを探している」

「最後にお会いしたとき、怒りを燃やすようにとアドバイスをくださいましたね」

「わたしが？　覚えてないな。で、そのとおりにしたのかな？」

「怒りをぶつけるべき相手はどこにもいませんでした」メアリはそう言って、自分の靴に視線を落とした。「自分以外には。少しだけ強くなったような気がします。人のご機嫌をとることが少なくなりました。人をすぐ信用するのもやめました。あら、どうしてあなたに洗いざらい打ち明けているのかしら。こんなこと、知りたくもないですよね」メアリは犬を呼びはじめた。「グーシー、グーシー、どこなの？」

「聞いてほしいことがある。きみがパーク・ヴィレッジで暮らしていたころ、わたしはきみの保護者になろうと決めた。きみを見守っていけると思っていた。きみには保護が必要だと自分に言い聞かせた。一度、男がきみを追いかけていたとき、わたしが逆方向へ追いやった」

　メアリは最初、信じられないという顔でローマンを見ていたが、やがて微笑が広がった。

「だが、あまり役に立てなかった。そうだろう？　何もできなかった。きみがどんな経験をしたにせよ、わたしの力で阻止することはできなかった」

メアリが急に真顔に戻った。「いくらあなたでも阻止するのは無理だったでしょう。あんなことになったのは、わたしが孤独だったから。だから、あんなひどいことに……。でも、もう終わったことです」

知っている――ローマンは思った。この目で見ていた。シーズーが走ってきて、身を震わせながら彼女の足もとにすわり、顔を見あげた。

「いつも抱っこをせがむんですよ。困った赤ちゃん」メアリは犬を抱きあげた。「さっき――住むところを探していると言われましたね。あの――じつは、わたし、大きな屋敷を相続して、少し手を入れたんです。もしフラットをお探しならと思ったんですが――でも、たぶん……」そこで口ごもった。軽率だった過去の自分を思いだし、分別を働かせようとしている様子だった。「……たぶん、おたがいのことをもう少し知ったほうがいいですね」

「きわめて賢明な意見だと思う」ローマンは言った。

運河の土手の男は何週間も、いや、何カ月も前からそこにいた。夏の盛りからずっと。つねにいるわけではない――ほかに職業があるので――しかし、夜になると、少なくとも週に三日はここにきて、あたりに目を光らせ、じっと待っていた。彼がここにくるようになったのは、デイヴィッド・ジョージ・ネラー、通称ネッロの死体が動物園の外にある柵の上で発見される以前からだった。

ネッロが殺されたことに、彼は責任を感じていた。もっと警戒していれば、二カ月前の八月に始めたことを続けていれば、ネッロはいまも生きていただろう。ネッロの人生が――そして、いまの彼の人生が――生きる価値のあるものだったのかどうか、問いかけても意味はない。問題はそこではない。

彼がここにきた最初の晩、仲間からローマと呼ばれていた顎鬚の男も寝場所を求めてここにやってきた。だが、彼はこぶしをふりあげ、醜い顔をゆがめて、男を追い払った。たしかに醜い顔だ――だが、それがどうした？　いまなら、ニキビの治療法はいくらでもある。薬とか、その他いろいろ――気どって表現するなら、投薬治療。しかし、彼が十四歳だったころは、治療法などなかった。だが、ニキビの跡がひどくても、結婚や、昇進や、自分の仕事をする権利の妨げにはならなかった。

彼はこれで五十回目ぐらいになるが――いや、そこまで多くないかもしれない――教会の墓地を通り、イバラやイラクサのあいだを抜けて運河の土手に下りていった。彼が身につけているしみだらけの黒くて古いボロは、破れかけたブーツから脂じみた布製の帽子まですべて、死んだ男たちのものだった。ときたま、自分の縄張りに誰かほかの者が入りこんで一夜のねぐらにしていたらどうしようかと、考えこむこともあった。だが、そういう事態になったことはまだ一度もなく、今夜も大丈夫だった。ここに腰を据えると、彼はいつも頭上を通りすぎる車の音に耳を傾け、そのうち、バンの音が聞き分けられそうな気になってくる。もちろん、そんなわけはないのだが、バンのジーゼルエンジンはタクシーよりも音が大きくて、うるさく響きわたる。

車が通ると橋が震動し、トラックのような大型車の場合は轟音が伝わってくる。暗くなってすでに数時間、この季節だと夕方の五時には暗くなるのだが、寒くはなかった。橋の下はいつも湿気がひどくて、レンガに水がにじみ、地面はぬかるみ、運河の水はどす黒く、彼が想像したこともないようなぎらついた光を放ち、油が虹色の筋を描いている。流れが悪くて水がよどんだままの運河には、何か不気味な雰囲気がある。はっきり言って、この運河は溝に水を入れただけのことで、その溝も人の手で掘ったものだ。夜ごと運河のほとりで腰を下ろすようになるまで、彼はこうした事実について考えたこともなかった。

居眠りしないよう、つねに気をつけていたが、知らぬまに眠りこんでしまうことがよくあった。だが、彼の待ち受けていることが起きれば、それで目がさめるはずだ。眠りからさめるのはたいてい夜明けの少し前で、じっとり湿ったコンクリートの上で寝ているため脚にも背中にも痛みが広がり、おまけに、全身が汚れているような気がしてならない。夜のあいだに何かべとべとしたものが貼りついて、皮膚と服のあいだに被膜ができるような、そんな感じだった。

今夜はたぶん、眠りこむこともないだろう。非番だったので、午後から寝ておいた。最初の晩は手ぶらで出かけてきたが、それ以後、ここにくるときはかならず食料持参だった。しかも大量に。ピッツァ——皮肉なものだ——ミニサイズのポークパイ、サモサ、ソーセージ、袋入りのポテトチップス、バナナ。彼の妻はバナナを〝果物のジャンクフード〟と呼んでいて、その理由は彼にもわかっていた。健康によくないからではなく、簡単に食べられるからだ。一本食べた。持参したフラスクのコーヒーを少し飲んだ。

そばに置いた手押し車は〈グロット〉に捨てられていたものだ。誰が捨てたのか、誰が使っていたのかは、神にしかわからない。いまは彼のもので、彼のシート、寝袋、クッション、懐中電灯、禁煙しなくてはいけないのに夜明けがくる前に吸うことになりそうな煙草、食料、フラスクに入ったコーヒー、ペットボトルの水、《トゥディ》紙、スティーヴン・キングの最新作が入っている。いつか、スティーヴン・キングが作品のなかで運河のことを書いてくれないだろうか。運河がじっと横たわり、静止したままで、あるいは、水面をかすかに揺らして、何かを待ちつづける不気味な様子を。

もしかしたら、すでに書いているのかもしれない。

カムデン・タウンのほうで犬が吠えはじめた。ひとしきり吠えたあとで、オオカミみたいな遠吠えに変わった。動物園のオオカミたちはけっして遠吠えしないようだ。彼はピッツァを半分にちぎり、もう半分にちぎって食べはじめた。暗さの度合いからでは時刻はわからないが、すでに十一時を過ぎて真夜中近くになっているだろう。頭上の交通量はずいぶん減った。一台も車が通らないまま長い時間が過ぎ、やがて、橋がガタンと揺れる。

暗すぎて本や新聞は読めず、かといって、懐中電灯をつけてまで読む気にはなれなかった。ところどころに光の薄膜をまとって揺れる黒い水面をじっと見つめた。橋がガタンと揺れてからつぎに揺れるまで何秒かかるかを数えはじめた。中程度の交通量のときは、秒単位で考えるのがよさそうだと思ったのだ。百十秒、つぎは百八十秒。三度目にとりかかり、二百十七まで数えたときだった。橋の欄干から誰かに見られているような、むずむずする感覚に襲われた。

彼のすわっている場所からだと欄干は見えず、アーチの底面が見えるだけだった。苔が生えて緑色を帯び、赤いレンガのあいだから水が一滴落ちてきた。彼は草に覆われた地面を指で探って平らな石を一個拾うと、地面と平行に構えてから水面すれすれにすべらせた。石はおもちゃのモーターボートみたいなしぶきの跡を残した。頭上の橋から足音が聞こえたような気がした。

彼が従事している職業では、そのメンバーは恐怖に無縁と思われている。軍隊のイメージと同じだ。しかし、近ごろは、恐怖を感じないふりはしなくてよくなっている。ただ、それを顔に出してはならない。彼も恐怖を感じるが、顔に出さないためのあらとあらゆる方法を知っている。少なくとも、煙草の箱に手を伸ばして一本とりだし、口に持っていったとき、手は震えていなかった。マッチをすって、橋の下に広がる光と、手すりのきらめきと、水のなかへ消え去る黒い影を見つめた。

男はどちらの方角からくるだろう？

耳をすませると、何かが踏みつぶされる音が聞こえた。プラスチックのような硬い感じのゴミ。土手を下りてくる靴の重みでゴミが砕けた。彼はその音のほうを見て、自分の役を演じる準備を整え、侵入者を撃退するためにこぶしをふりあげた。オックスブリッジのアクセントで話す浮浪者に対してもやったように。

ようやく終わる。彼にとって、もしくは〈串刺し公〉にとって、吉と出るか凶と出るかはわからないが、これで終わりにしなくてはならない。待つのも、見張るのも、今夜かぎりだ。何よりも先に、ナイフのきらめきが目に入った。

腰を上げた。自然にふるまうのだ。運河の土手をねぐらにしているホームレスなら、起きあがり、あとずさり、暗い運河に煙草を落とすだろう。橋の土台に背中をつけた。服の中綿を通して冷たさが伝わってきた。

男が降りてきて、漆黒とまでは言えない闇のなかに姿を現わした――長身、まだ若い、あの赤と白のベストの上にダークな色のコンバット・ジャケットをはおり、赤いジーンズの上に迷彩柄のズボンをはいている。唇が犬のようにめくれあがっていた。

橋の土台に背中をつけたホームレスへの攻撃は突然で、瞬時にして凶暴性がむきだしにされたが、まったくの不意打ちとはならなかった。ナイフが何か柔らかく分厚いものに突き刺さった。だが、それは人の身体ではなかった。流血沙汰にはならなかった。ナイフがひきぬかれ、ふたたび突きだされたものの、標的には届かなかった。ふりあげた腕が誰かにつかまれ、不自然な角度で持ちあげられた。黒いボロの束から脚が現われ、熟練の技で狙いを定め、蹴りを入れてきた。コンバット・ジャケットの男は低くうめいた。持ちあげられた手が震え、指が開き、ナイフがコンクリートの上にころがった。

そこでふたたび蹴りが入った。前より荒っぽく、狙いは正確だった。男は両腕を上げ、一瞬、ガードレールからわずか三十センチほどのところで静止し、叫ぼうとして口を開いた。ブーツの爪先が飛んできて、平たい破城槌のごとく胸郭のすぐ下にめりこんだため、男はうしろ向きに倒れ、悲鳴を上げながら、大きな水しぶきとともに運河に転落した。しぶきは橋の高さまで上がり、運河の岸にいた人物はびしょ濡れになって、悪態をつきながら身を震わせた。

濡れた地面に伏せた。運河に落ちた男が泳げるかどうか様子を見ていた。うまくはないが、そこそこ泳げる。冷たい水のなかでもがき、水を跳ね飛ばして咳きこみながら、犬かきで浮いている程度だ。

手押し車には携帯も入れてあった。それをひっぱりだして電話をかけた。電話の相手に向かって現在地を告げながら、〈串刺し公〉が公園を避ける理由をみんなで推測していたことを思いだした。公園の何に怯えてるんだろう？　公園の何が危険なんだろう？　なぜ公園に入ろうとしない？　だが、単純なことだった。答えは簡単。公園は車の乗り入れが禁止されている。入れるのは公園警察と公園管理事務所の車だけ。赤と白の宅配用のバンは入れない。

運河に落ちた男は五分間持ちこたえていた。そろそろ限界のようだ。あと五分すれば、到着した連中が男を助けだしてくれる。いや、もう五分もかからないだろう。男が水中でもがき、運河の岸をめざして虚しく奮闘し、石を弱々しくつかもうとするのを、彼は見守った。

じっと見守りながら、さらに二分待った。それから土手をのぼり、あたりを探って長さ二メートルほどの棒きれを見つけた。まだ枯葉のくっついている木の枝だった。泥だらけの小道を下りて、人命救助のために木の枝を差しだした。びしょ濡れになった青白い手が枝をつかんだ。彼はレンガとコンクリートの小道が出会う場所に立って足を踏んばり、枝をひきよせた。黙秘権があることを告知したのちに、男の名前を呼び、こう告げた。

「ジョン・ドミニク・カーヒル、ジェームズ・ヴィクター・クランシー、デイヴィッド・ジョージ・ネラーに対する殺人容疑、および、ウィリアム・マーノック警部に対する殺人未遂容疑で逮捕する……」

訳者あとがき

二〇一五年五月二日、現代英国ミステリ界を代表する作家、ルース・レンデルが亡くなった。『薔薇の殺意』で一九六四年にデビューして以来、半世紀にわたって〈サスペンスの女王〉として数多くの重厚な作品を世に送りだし、英国のみならず世界中のミステリファンを唸らせてきた作家である。残念でならない。

レンデルのずば抜けた偉大さはその輝かしい受賞歴にはっきり表れている。英国推理作家協会から年間最優秀長篇に与えられるゴールド・ダガー賞を四度受賞し、一九九一年にはカルティエ・ダイヤモンド賞（功労賞）を贈られている。また、アメリカ探偵作家クラブの最優秀長篇賞にも何度もノミネートされ、一九九七年には巨匠賞を受賞している。

レンデルの作品が日本で初めて紹介されたのは一九八〇年、『ひとたび人を殺さば』（角川文庫、深町眞理子訳）であったが、レンデル人気の高まりとともに出版点数も増え、ピーク時の八八年にはなんと、長篇八作、短篇集二作が一年のうちに出るという驚異的なことになった。その後徐々に沈静化して年に一、二作のペースで翻訳出版が続いていたが、残念ながらここ十年ほど、新作の翻訳には出会えなくなっていた。

それだけに、今回『街への鍵』をお届けできることになったのは、レンデルの大ファンである訳者にとっても大きな喜びである。最新作ではなく、一九九六年刊の長篇で、約二十年前の作品になるわけだが、普遍的な人間心理を軸とした物語のため、古さはまったく感じられない。

主人公のメアリ・ジェイゴは妖精のごとき繊細な美しさを備えた若い女性。強引で支配的な恋人と暮らしてきたが、ある白血病患者のために自分の一存で骨髄提供をしたことが彼の怒りを買い、暴力をふるわれ、ついに家を出ていく決心をする。リージェンツ・パークの近くで新たな生活のスタートを切ったメアリはやがて、骨髄のレシピエントである若い男性と顔を合わせることになる。レオ・ナッシュ。淡い金髪に白い肌、穏やかで繊細な性格。外見も内面もよく似た彼にメアリはどんどん惹かれていく。それが悲劇の始まりだとは知る由もなく……。

物語の中心となるのはメアリだが、ほかに三人の人物も重要な役割りを果たし、合計四人の視点を交えてストーリーは進んでいく。

まずはヤク浸りのホブ。暴力行為を請け負って小遣い稼ぎをしている。

二人目は、富裕層の飼い犬を散歩させて生活費の足しにしている老人ビーン。

そして、交通事故で最愛の妻子を亡くし、辛い現実から逃避するために自らホームレスの暮らしを選んだローマン。

レンデルはまったく異なる世界に生きるこの四人の目を通して物語を進めていくが、作中で語られるホームレス連続殺人事件の全体像を読者にはなかなか見せてくれない。肝心な部分を巧みにぼかして読者の好奇心をあおり、その一方で手がかりをさりげなくちりばめておいて、最後にアッと言わせる構成は、さすが半世紀にわたってイギリスのミステリ界に君臨してきた女王の貫録と言っていいだろう。

レンデルの新作を読むことはもうできないのが残念だが、数々のすばらしい作品で世界中の読者を魅了し、豊かな読書のひとときを与えてくれた、いまは亡き偉大なるミステリ作家に心からの感謝を捧げたい。

なお、七章に出てくるトマス・グレイの詩〈田舎の墓地で詠んだ挽歌〉は福原麟太郎訳を、十二章に出てくるシェイクスピアの『お気に召すまま』の一節は小田島雄志訳を使わせてもらったことを、ここにお断わりしておく。

二〇一五年八月

HAYAKAWA POCKET MYSTERY BOOKS No. 1898

山《やま》本《もと》やよい

訳者略歴
同志社大学文学部英文科卒，
英米文学翻訳家
訳書
『セプテンバー・ラプソディ』サラ・パレツキー
『五匹の子豚』アガサ・クリスティー
『漂う殺人鬼』ピーター・ラヴゼイ
『妻の沈黙』A・S・A・ハリスン
（以上早川書房刊）他多数

この本の型は，縦18.4センチ，横10.6センチのポケット・ブック判です.

〔街《まち》への鍵《かぎ》〕

2015年8月10日印刷　　2015年8月15日発行

著者	ルース・レンデル
訳者	山本やよい
発行者	早川浩
印刷所	星野精版印刷株式会社
表紙印刷	株式会社文化カラー印刷
製本所	株式会社川島製本所

発行所 株式会社 早川書房
東京都千代田区神田多町2－2
電話 03-3252-3111（大代表）
振替 00160-3-47799
http://www.hayakawa-online.co.jp

（乱丁・落丁本は小社制作部宛お送り下さい
送料小社負担にてお取りかえいたします）

ISBN978-4-15-001898-6 C0297
Printed and bound in Japan

ハヤカワ・ミステリ〈話題作〉

1893
ザ・ドロップ
デニス・ルヘイン
加賀山卓朗訳

バーテンダーのボブは弱々しい声の子犬を拾う。その時、負け犬だった自分を変える決意をした。しかし、バーに強盗が押し入り……。

1894
他人の墓の中に立ち
イアン・ランキン
延原泰子訳

警察を定年で辞してなお捜査員として署に残る元警部リーバス。捜査権限も減じた身ながらリーバスは果敢に迷宮入り事件の謎に挑む。

1895
ブエノスアイレスに消えた
グスタボ・マラホビッチ
宮﨑真紀訳

建築家ファビアンの愛娘とそのベビーシッターが突如姿を消した。妻との関係が悪化する中、彼は娘を見つけだすことができるのか？

1896
エンジェルメイカー
ニック・ハーカウェイ
黒原敏行訳

大物ギャングだった亡父の跡を継がず、時計職人として暮らすジョー。しかし謎の機械を修理したことをきっかけに人生は一変する。

1897
出口のない農場
サイモン・ベケット
坂本あおい訳

男が迷い込んだ農場には、優しく謎めいた女性、小悪魔的なその妹、豚を飼う凶暴な父親がいた。一家にはなにか秘密があり……。